GENTE, ISSO É LONDRES

Hanan Al-Shaykh

GENTE, ISSO É LONDRES

Tradução de Jemima Alves

Tabla

Título original em árabe

إنها لندن يا عزيزي / Innaha London ya azizi

Editora
Luci Collin

Coordenação editorial
Laura Di Pietro

Revisão
Isabel Jorge Cury
Juliana Bitelli

Capa e projeto gráfico
Marcelo Pereira / Tecnopop

Diagramação
Valquíria Palma

Este livro atende às normas do Novo Acordo Ortográfico em vigor desde janeiro de 2009.

Dados internacionais de Catalogação na Publicação (CIP)

S538g

Shaykh, Hanan
Gente, isso é Londres / Hanan Al-Shaykh ; tradutora: Jemima Alves. – Rio de Janeiro : Tabla, 2022.
388 p. : il. ; 21 cm.

Tradução de: Innaha London ya azizi.
Tradução do original em árabe.

ISBN 978-65-86824-41-4

1. Ficção árabe. I. Alves, Jemima. II. Título.

CDD 892.736

Roberta Maria de O. V. da Costa – Bibliotecária CRB-7 5587

[2022]

+55 21 997860747
editora@editoratabla.com.br
www.editoratabla.com.br

Nota da tradutora

Primeira obra de Hanan Al-Shaykh publicada no Brasil, este romance resultou da experiência de mais de trinta anos da autora libanesa como imigrante na capital britânica. Ainda que não seja o mais reconhecido de sua numerosa produção, escrita em árabe e em inglês, este livro mostra a destreza e a maturidade intelectual de Al-Shaykh, que descende da longa tradição de escritoras árabes a exercerem seu papel social por meio da narrativa engajada, apresentando suas demandas e tecendo críticas aos mais diversos setores da sociedade, tanto a dos países árabes como a dos países ocidentais.

Gente, isso é Londres, considerada pela crítica uma obra pertencente ao gênero pós-colonial, desvela a personalidade provocativa de Al-Shaykh por meio de seus protagonistas: Lamís (iraquiana), Amira (marroquina), Samir (libanês) e Nicholas (britânico), vozes que, segundo a autora, enunciam suas opiniões sobre a sociedade britânica e sobre os árabes que nela vivem. Assim, esses personagens criam uma atmosfera multifacetada resultado do processo de imigração e do encontro de alteridades no país estrangeiro.

Por se tratar de uma narrativa que enfatiza a multiculturalidade guardada no "ser árabe", os diálogos são registrados em três diferentes dialetos, a depender da origem do personagem ou do prestígio conferido a determinado dialeto na comunidade em que ele está inserido. Dessa maneira, embora Amira seja oriunda do Marrocos, ela opta pela utilização do dialeto egípcio, justificando sua preferência. Não obstante a relevância desses falares no contexto do romance, tal riqueza infelizmente se perde quando a traduzimos para a nossa língua. A fim de que o fenômeno seja, em alguma medida, marcado no texto de chegada, fiz uso, nos diálogos, de um discurso mais coloquial do português brasileiro, bem como, para sustentar a proximidade com o texto árabe, preservei todas as falas registradas em inglês.

Dada a sacralidade atribuída à língua árabe pela religião muçulmana, decidi reproduzir as expressões religiosas, uma vez que, não importa o idioma falado pelo crente muçulmano, elas sempre serão enunciadas em árabe. Assim, há, no fim deste volume, um glossário que contempla tais expressões, além dos vocábulos da cultura árabe que optei por manter.

Embora, à primeira vista, a narrativa possa parecer simples a um leitor menos atento, a autora tece, nos diálogos e descrições aparentemente comezinhos, críticas sociais e políticas que exigem certo domínio das relações Oriente-Ocidente para serem reconhecidas. Foram mantidas também imagens da cultura árabe por meio da reprodução de provérbios que talvez causem algum estranhamento. Todavia, considero interessante propiciar ao leitor brasileiro, que tão pouco conhece os povos árabes, a experiência de ser levado às margens dessa cultura.

Para Tarek e Juman Malouf,
e para Londres

PRÓLOGO

— Ai de mim! Ai de mim! Me ajuda, Deus! — gritava Amira, enquanto o avião subia e descia feito um ioiô. Suas súplicas quase encobriam os rogos dos outros passageiros, que também clamavam: — *Allahu akbar*! *Allahu akbar*!

— Meu filho, como fui deixar meu filho?! — lamentava Lamís, a passageira sentada ao lado de Amira, que, com os gritos contínuos e a turbulência, sentia o coração disparar. Só depois, à medida que a aeronave estabilizava, ela se deu conta: — Cadê a minha bolsa? Cadê o meu passaporte?

Um passageiro inglês correu para ajudar a aeromoça a se levantar. A algazarra que Amira fazia impedia que os outros passageiros pudessem voltar ao normal, transformando todos em radares capazes de captar qualquer tremor, imaginário ou não, principalmente porque haviam caído em si: estavam dentro de uma caixa de lata voadora, com duas asas artificiais, que vagava pelo espaço aéreo entre as nuvens e o desconhecido.

Amira vociferava e enxotava todos que tentavam acalmá-la. Brandia os punhos na cara deles. Seus dedos pareciam peixinhos com anéis reluzentes ao redor do pescoço e cauda colorida. O rosto largo de Amira lembrava o para-lama de um velho Oldsmobile, com a maquiagem carregada, o chamativo vermelho dos lábios e os enormes óculos de armação dourada que adornavam seus olhos.

Ela levantou o traseiro, mais parecido com uma mesinha sobre a qual seria possível colocar um cinzeiro ou um copo, querendo escapar do avião de uma vez por todas. Gritava, chorava e não ouvia nenhuma das palavras tranquilizadoras, fosse de Lamís, que estava ao seu lado, ou do homem do Golfo, que ela havia conhecido no aeroporto de Dubai e que lhe dizia:

— Não tenha medo, a vida pertence a Deus, Senhor dos Céus e da Terra.

Também não deu ouvidos ao passageiro inglês sentado em paralelo a ela, na fileira ao lado, e nem sequer ao próprio comandante do avião, que, deixando a cabine, caminhou entre os passageiros acalmando-os, como se fosse um agricultor inspecionando sua plantação.

— Não chore, está tudo bem, a turbulência passou e não acontecerá de novo — em tom sincero e amistoso, Nicholas, o inglês, repetia essa frase ao ouvido de Amira, esperando que, talvez, ela o escutasse e abrisse os olhos.

— Ai de mim, ai de mim! Deus, me proteja! Me perdoe, meu Deus, não me condene, não me castigue!

Assim que o avião estabilizou, Amira começou a contar dólares, colocando cada maço dentro de um envelope.

— Foi só uma turbulência — disse Nicholas. A frase fez Amira relembrar o que acontecera e, ao ver-se novamente na iminência de cair, sua agitação aumentou.

Nicholas olhava para Lamís, que mantinha a compostura. Ele ergueu as sobrancelhas e cerrou os lábios, como quem admite o fracasso em ajudar a passageira que estava ao seu lado.

Por dentro, no entanto, Lamís fervia de pavor. Seu valioso passaporte continuava desaparecido, muito embora a aeromoça, mais de uma vez, tivesse anunciado o sumiço. Passados alguns minutos, Nicholas, ao encontrar o precioso documento de Lamís no chão, entregou-o à dona, que agradeceu como se ele tivesse lhe restituído sua própria vida. Por mais tempo até do que desejava, o inglês deteve-se a olhar aquele rosto, enquanto pensava nas mulheres devadasis — nuas, no silêncio dos templos em Khajuraho, na Índia, que ele visitara havia dois dias. Elas exalavam sedução, com os cabelos soltos e a cabeça inclinada para trás, exibindo aqueles seios empinados em corpos exuberantes e roliços.

Um homem com uma roupa espalhafatosa, agarrado a um cesto de palha com tampa, procura algo; ao encontrar, na classe executiva, o que procurava, inclina-se para Lamís e lhe dá um cutucão no braço:

— Com licença, *mademoiselle*, estou quase ficando maluco. A senhora é árabe, não é? Por favor, será que teria pílulas para dormir ou algum calmante? Por favor, meus nervos estão em frangalhos...

Lamís estendeu a mão e, abrindo o zíper da bolsa, chegou até a caixa de calmantes que ali repousavam tranquilos; enquanto isso, se perguntava como aquele homem do cesto sabia que ela tomava essas pílulas.

— Muito obrigado, muito obrigado. Deus enviou a senhora para me salvar — disse ele.

Amira, cujo choro já estava amainando, olhou para os dois e se sentou finalmente, clamando o perdão de Deus e jurando arrependimento pelas imprecações.

Lamís lhe ofereceu um calmante, mas Amira, balançando seus peixinhos, disparou:

— Não, não! *Auzubillah*! Deus me livre de acontecer alguma coisa de novo e eu estar ferrada no sono... Que Deus não permita isso!

— *Mademoiselle, mademoiselle*, vou lhe revelar um segredo, mas, por favor, jure que não vai contar a ninguém... jure que não vai me denunciar. Ah, me perdoe, não precisa jurar, você parece ser uma boa pessoa... é que eu tenho... um macaquinho no cesto.

Ela olhou para o cestinho imaginando como era possível esconder um macaco ali. Não queria se envolver... talvez ele fosse preso. Mas, mesmo assim, esforçou-se e perguntou:

— Ele fugiu?

— Pra onde ele fugiria? Eu amarrei os pés e as mãos dele e levo o cesto junto ao peito feito um emplastro. Preciso dar pro macaquinho uma pílula para dormir. Ele está mordendo a palha do cesto.

— Mas eu já lhe dei pílulas.

— Sim, me deu duas. Meu Deus, não sou louco, muito embora eu pareça estar louco... mas ele não toma as pílulas a menos que eu lhe dê alguma coisa para comer... uma uva ou um chocolate...

— Ah, me desculpe, mas não tenho nada disso comigo. Peça à aeromoça.

— Como vou pedir? Estão todos ocupados, apressados e preocupados com o próprio umbigo! Quem vai me ouvir? Ninguém vai me ajudar nessa.

Não reconhecendo em Lamís nenhuma expressão de que ela, compadecida, pudesse salvá-lo, voltou-se para Amira.

— Com licença, *madam*, por que a senhora parou de chorar? Por gentileza, volte àqueles gritos histéricos e aproveite para pedir uma fatia de queijo ou pode ser também uma barra de chocolate.

Amira nem deixou o homem terminar e caiu no choro novamente, agitando os pulsos:

— Deus me ajude! Deus me guarde! Minha pressão está caindo... estou tonta... pelo amor de Deus, um pedaço de pão, um queijinho, uma barrinha de chocolate.

Amira foi prontamente atendida pela aeromoça, mas, ao receber seu pedido, se apavorou outra vez, pois acabara de jurar a Deus que seria uma pessoa mais íntegra.

"Mas não seria uma boa ação o que eu fiz?", perguntou a si mesma. "E Deus não recompensa as boas ações?", completou.

Então Amira entregou ao homem tudo o que a aeromoça havia trazido. Ele agradeceu, beijou as mãos de sua benfeitora e desapareceu em direção ao fundo do avião.

— *Alhamdulillah*, chegamos em segurança — repetiam os passageiros árabes uns para os outros, depois de o piloto anunciar que a aterrissagem no aeroporto de Heathrow ocorreria em quinze minutos.

O homem do Golfo esticou-se na primeira fileira dirigindo-se a Amira:

— *Alhamdulillah*, chegamos em segurança. Confie em Deus sempre. Ele tem poder sobre todas as coisas.

Quando Lamís ouviu a palavra "Heathrow", pensou em Edward Heath e na área de Hampstead Heath, com suas ladeiras verdes, seus bancos e postes de iluminação. Lembrou-se de Jill Rowe, a professora de seu filho na pré-escola, e na pergunta que havia feito a ela: se o motivo de ela ensinar a canção "Row row row your boat" era porque se parecia com seu sobrenome.

Tudo verdejava, até as rodas-d'água e os rios tendiam para o verde.

Os passageiros árabes espicharam o pescoço para ver e suspiraram maravilhados. Nicholas também suspirou pelo verde londrino. Ele havia se esquecido de quanto sentia falta daquela paisagem que, até então, tratara com tanta indiferença.

Os médicos no Golfo costumavam prescrever o verão da Inglaterra aos pacientes. Toda área verde em Omã sempre foi considerada uma espécie de milagre. A mídia do país filmava tudo que era arbusto florido, como se anunciasse a descoberta de novos poços de petróleo. Nicholas esticou o dedo, parecendo o dedo de Adão que toca o dedo da deusa Londres. Omã começava a se tornar um planeta distante: sentia-se como se nunca tivesse sido atraído pelos socalcos de suas montanhas.

O homem do cesto voltou a se aproximar dos assentos de Lamís e de Amira, apesar de todas as advertências da aeromoça, que o seguia enquanto ele falava:

— Me ajudem, eu vou morrer.

Lamís sentiu pena dele:

— Você quer uma terceira pílula?

— Não! Não! Ele está dormindo como uma pedra. O problema sou eu. Estou morrendo de medo de que peguem o macaco e me prendam.

Ele estava todo encolhido e o medo se refletia em seus olhos como se ali pulsasse seu coração.

— Os fiscais da alfândega inglesa checam as pessoas ou as bagagens de mão com raio-x? Será que eu devo afogar o macaco no vaso sanitário ou dizer pra aeromoça que achei ele aqui no avião? — o homem perguntou a Lamís e a Amira.

— Não tenha medo, estou ao seu lado, não tem raio-x. Deixe o avião aterrissar primeiro. Deus nos proteja, Deus nos proteja, eu vou ajudá-lo. Volte pro seu lugar e confie em mim. Quer dizer... confie em Deus! Deus nos proteja.

— Só um momento, madame, a senhora conhece um restaurante chamado Tabbula?

— O da avenida Edgware? Sim. Fica a alguns passos da minha casa.

Amira cumpriu sua promessa. Assim que deixou o avião, acompanhou Lamís. O homem do cesto, que se chamava Samir, seguiu junto com elas, empurrando um carrinho com duas malas sobre as quais o cesto com o macaco foi despretensiosamente colocado. E quando Samir começava a grudar nela, Amira cantarolava para ele: "Deixe-me... deixe-me sonhar, deixe-me", e então o distraía dizendo:

— Olha só, todos estão adorando a sua roupa!

Ele examinou atentamente a camisa Versace, as botas de caubói, o casaco grosso, bem maior do que seu número, e uma enorme echarpe colorida. Então Amira perguntou a Samir:

— Tem certeza de que você não é o Klinger, do seriado *Mash*?

Com sua cara comprida, Samir riu de Amira e isso evidenciou ainda mais o longo nariz, as grandes costeletas e os cabelos crespos, que, com certeza, haviam sido alisados.

— Sou parecido com o ator, sim; ele é libanês, como eu, madame.

O motorista do táxi estava à espera. Exibia uma plaquinha com o nome: Amira Faiz. Quando Amira viu que era uma minivan, começou a insultar o motorista. Em seguida, olhou à sua volta, procurando o homem do Golfo e seu sobrinho. Não os viu. Por fim, pediu que Lamís a acompanhasse.

Lamís sentia-se aliviada e contente, pois não estaria sozinha ao chegar a Londres. Ajeitando melhor os óculos, Amira avistou o rapaz inglês que, em tom sincero e amistoso, tinha tentado acalmá-la. Chamou-o.

CAPÍTULO UM

I

Lamís girou a chave na fechadura. Ouviu um ruído e, assustada, olhou para trás. Não havia ninguém, apenas ela e uma maleta com suas iniciais: LHR. Ao entrar, sentiu o cheiro de lugar fechado. Vendo as malas e as caixas — que deveriam ter lhe enviado a Dubai durante sua estada por lá — encostadas na parede da sala, desabou em lágrimas.

"Não faz mal, vou chorar. Chorar faz bem", pensou, e seguiu derramando lágrimas copiosas até parar, de repente, como se tivesse concluído uma tarefa. Em seguida, agachou-se para beijar o chão, conforme havia prometido a si mesma que faria assim que chegasse a Londres, exatamente como um exilado quando regressa a seu país e à sua casa, mas foi tomada por um acesso de tosse. O carpete fazia cócegas em seu nariz e o pó deixava sua garganta irritada. Levantou-se e começou a passear pelo apartamento. Assim que o avião aterrissou, ela se imaginou correndo até o colégio interno do filho, procurando-o por todas as salas e chamando bem alto o seu nome: "Khalid, Khalid!", até encontrá-lo. Então, se lançaria sobre ele, o abraçaria e lhe pediria perdão.

"Quando ele era pequeno", fala sozinha e, de novo, chora com a lembrança do filho, "os tapetes altos atrapalhavam os carrinhos e, por isso, ele tinha que brincar com eles na cozinha."

Entra na cozinha, depois no quarto e se atira na cama. Deita-se, estende as mãos e toca o seu corpo; apalpa as costelas como um cauteloso camponês que quer comprar uma vaca sem machucados aparentes (desconhecendo, porém, aqueles que ficam escondidos sob a pele).

Fica frustrada por ter se deitado ali e, principalmente, por não sentir o contentamento que sonhou sentir no momento em que pisasse em solo inglês.

"Por que sempre que conseguimos algo que desejamos muito nos entediamos e queremos algo diferente?", pensou.

Assim que se divorciou, Lamís foi para Dubai, onde viviam seus pais e uma irmã casada, que a encorajou a abrir seu próprio negócio: venda de plantas ornamentais para decoração de interiores. Começou comprando flores e plantas desidratadas (além de tudo o mais que fosse preciso) em Covent Garden; mas, depois de dois dias em Dubai, já queria estar deitada em sua cama de Londres. Sua vida havia se tornado uma espécie de pesadelo em que ela ia cruzando várias direções, como uma agulha com linha nas mãos de uma costureira inexperiente. Ao desembarcar, os funcionários da alfândega desconfiaram do seguinte: entre os pacotes de buquês desidratados — cada um deles devidamente classificado com nome e número —, havia cinco flores secas de papoula, quatro, na verdade, porque uma delas não estava seca. Por causa dessa flor, bem parecida com a da romãzeira, embora menor, mais redonda e mais bonita, e pelo seu formato — lábios carnudos que insinuavam um beijo —, seu passaporte britânico foi confiscado e ela foi transferida para o Departamento de Investigação Criminal de Dubai.

Por vários dias andou atrás do cunhado, parecendo uma ovelha que segue seu pastor em busca de pasto, sabendo que ele a conduzia a uma miragem. Ele parava, ela parava. Ele caminhava, ela fazia o mesmo. Foram de escritórios e luxuosas casas a galerias e salas de espera nos ministérios onde os responsáveis lhe asseguravam: "É verdade, é verdade. Nós fervíamos isso e dávamos aos bebês para eles dormirem, mas isso foi antes de mudar a lei...".

Dubai mudara. Não era mais aquele país onde Lamís havia respirado a brisa da liberdade. Até no aeroporto, que, apesar do requinte, da limpeza, da vastidão e da agilidade nos serviços, em nada se assemelhava a qualquer outro aeroporto e nem a qualquer outra fronteira árabe. Parecia mais um hotel: até o agente de segurança tinha carimbado o passaporte dela como se aquilo fosse a conta de um restaurante! Dubai era diferente de qualquer outro país árabe. E entrou nele como se fosse uma refugiada iraquiana.

A flor de lábios carnudos que insinuavam um beijo acabou transformando Lamís em uma bola de bilhar: rolando e chocando-se nas bordas da mesa, tentando escapar por alguma caçapa; tudo inútil, pois não havia caçapas. Assim permaneceu, nessa sinuca sem caçapa, por um mês inteiro. E, não fosse pela intervenção de alguém, que foi capaz de lhe devolver a liberdade, continuaria rolando na mesa de bilhar.

Entretanto, a decisão que garantiu a liberdade de Lamís, ao mesmo tempo a encheu de medo. Ela compreendeu que o sistema legal daquele país era um ninho de aranhas que teciam suas teias entre a papelada já gasta de tão manuseada. Todos aqueles que haviam se encarregado de seu caso nada mais eram do que fantoches especializados em gastar seu tempo criando confusão. Eles recebiam as pessoas em seus escritórios e, depois, se despediam iludindo todos com falsas promessas. Lamís via-se de mãos atadas. Todos sabiam que ali só existia uma única opinião, a decisão dependia de um único indivíduo capaz de resolver tudo. Mais tarde, também descobriu que nenhum daqueles "representantes legais" havia levado seu caso a alguma autoridade competente; tinham apenas deixado que as coisas seguissem seu curso.

Pensou em ligar para o internato e falar com Khalid. Pensou em preparar uma xícara de chá. Pensou em ligar para sua amiga Balqís e pedir ajuda na reconciliação com seu marido e seu filho, mas decidiu esperar até as onze horas.

Tomara essa decisão enquanto estava no táxi, quando sentiu medo e desalento pelo simples fato de ver as casas e os hotéis que pareciam abandonados, com cortinas tristes e descuidadas, como se fossem cenários de um filme ou de uma peça de teatro.

Pela janela do quarto, fixou os olhos na torre da BT. A familiaridade com o apartamento era o que a impedia de enfrentar a realidade. Tinha que ir embora dali, mesmo que seu ex-marido tivesse insistido, dizendo que ela podia ficar o tempo que quisesse. "Porque ele quer que você volte para ele", lhe dissera sua irmã. "Ele ainda não perdeu a esperança, principalmente porque não tem outra pessoa na vida."

Lamís e o marido tinham morado ali, naquele apartamento mobiliado, durante os primeiros anos do casamento. Quando, um tempo depois, se mudaram, seu marido manteve o imóvel como investimento, e também para que o endereço para correspondência não precisasse ser trocado. O apartamento tinha permanecido vazio durante esses anos, a não ser quando era usado para receber algum hóspede em visita a Londres. A princípio, Lamís ia ali só uma vez por mês, com uma diarista, para limpá-lo, mas, nos dois últimos anos, começou a ir de vez em quando para ficar sozinha e poder ler ou escutar música em total liberdade, sem que se sentisse culpada.

As coisas familiares ao seu redor provocavam um sentimento de perda e desolação.

"Uma da irmãs Beverley, do famoso trio inglês de cantoras, aquela que morou aqui antes de nós, é que deveria se sentir assim, não eu", pensou Lamís, enquanto olhava para a poltrona acetinada do quarto, de tom pistache, para a mancha que a cantora deixara na cabeceira da cama, também pistache, e para o sofá adamascado com estampa de rosas, no qual a cantora e suas irmãs se sentavam para ensaiar aquela canção que falava de um cavalo, a favorita da rainha-mãe. E, no banheiro, elevava a voz cantando: "Quanto custa o cachorro da vitrine?".

A sogra de Lamís tinha muito orgulho daquele apartamento, muito embora as irmãs Beverley fossem totalmente desconhecidas do público árabe.

A maneira como a cantora tinha organizado seu armário, de acordo com o comprimento de suas roupas e a altura de seus chapéus, foi o primeiro detalhe que incitou Lamís a se rebelar contra sua própria natureza conformista. Sentiu uma secreta admiração por aquela cantora que havia imposto sua vontade sobre todas as coisas, ao passo que ela não ousava sequer pensar no que queria e, menos ainda, expressar seus desejos. Sempre deixara que o marido decidisse por ela, enquanto sua sogra, por sua vez, decidia por ele. Quando se mudaram para o apartamento, a sogra pôs-se a reorganizar a divisão dos armários: ela deu a seu filho a maior parte do espaço e distribuiu as roupas de Lamís, parte em outro quarto e parte no pequeno corredor do lavabo. Apesar de tudo, Lamís pareceu estar em um paraíso: quando solteira, em Beirute, ela possuía espaço apenas para um par de vestidos no guarda-roupa da casa.

Pegou-se cantarolando: *How much is the dog in the window/ Woof woof/ The one with the waggy tail...* ("Quanto custa o cachorro da vitrine?/ O que balança o rabo de alegria...")

Lamís começou a chorar novamente. Lembrou-se das canções inglesas que aprendera com seu filho na época em que ele estava no jardim de infância.

Quando abriu mão de sua guarda, sob a condição de vê-lo sempre que quisesse, não imaginou quanto sofreria: era como se, ao apanhar uma rosa, a fascinante beleza da flor não lhe permitisse ver os espinhos que a rodeavam. De novo ela pensou em ligar para o filho no internato. Relembra do quarto dele na casa. Sente saudade dele e também da casa. Seria possível que não tornaria a ver a casa que passara quase um ano mobiliando? Nunca mais poderia sentir orgulho de ter organizado todos aqueles cômodos? Não abriria mais os espaçosos armários? Não desfrutaria da beleza de seus móveis? E também não mais apreciaria o parque nem os pássaros que mergulhavam no lago todo coberto pela névoa da manhã e, às vezes, pelo sol, em vez de estar olhando essa torre da BT, circundada por panelas e frigideiras?

Correu para o telefone e começou a discar o número de Balqís, mas se deteve e não completou a chamada. Será que Balqís continuava sendo sua amiga? Os amigos dos casais divorciados tornam-se bolas de futebol: não se sabe na rede de que time vão entrar. Ela deveria ligar para seu ex-marido e dizer que queria voltar para casa. Começa a ligar para o celular dele, mas se detém antes de concluir a chamada.

Será que ela realmente gostaria de voltar para sua casa, para aquele mundo do qual havia fugido?

Lembrou-se de como odiava o lar conjugal e o mundo no qual ela vivia, comparáveis à família Addams, da série de televisão, que vivia uma vida ao estilo Frankenstein em meio à normalidade de uma cidade estadunidense. Lembrou-se do rosto severo de sua sogra, que sempre com uma expressão sarcástica advertia Lamís com aquela frase apavorante: "Não demore nesses seus passeios. Você tem suas obrigações matrimoniais à noite".

Agora ela estava em outra Londres, onde tanto desejara viver livremente. Lembra-se do dia em que fora sozinha ao Soho e por lá caminhara carregando um candelabro veneziano de cristal, na tentativa de consertá-lo em uma loja chamada Stitch. Estava completamente feliz, mas sentira certa inveja dos jovens que aparentavam ter sua idade, sentados nos cafés, e do moço que arrumava as flores na vitrine de uma das lojas. Ela ria das advertências de sua sogra e de seu marido sobre caminhar pelas ruas do Soho, cheias de maníacos sexuais, drogas e álcool. Lembrou-se de que não tinha voltado para casa imediatamente, mas que entrara em um *pub* e bebera um suco de laranja. Depois, ao descer as escadas em direção ao banheiro, ouviu uma canção inglesa que fez seu coração disparar.

Lamís sentia, no entanto, que a possibilidade de viver daquele modo mais livre era algo tão remoto quanto a distância entre o Sol e a Terra. Depois do divórcio, não correu pelo parque descalça gritando: "Sou livre! Sou livre!", como havia prometido a si mesma. Acontecera na noite anterior à sua partida para Dubai, e ela apenas sentou-se em um quarto de hotel, de frente para uma garrafa de champanhe num balde, observando o gelo derreter, com o rosto sobre as mãos. Lembrou-se do amigo de seu pai, preso no aeroporto de Atenas por estar levando uma placa de haxixe; quando foi solto, alguns meses depois, sentia saudade da rotina do presídio e do tempo que havia passado debaixo da figueira jogando xadrez com um dos companheiros de prisão.

De repente, o apartamento abandonado deixa Lamís em desespero, exatamente como lençóis sujos acabam encorajando algum suicida a dar cabo de sua própria vida. Deitou-se de bruços e pensou: "Preciso expor meus joelhos à luz, como aconselha aquela revista, para que a luz, batendo nas veias e artérias, ajude meu corpo a recuperar a vitalidade".

— Você está cometendo uma maldade contra si mesma e contra todos nós, exatamente como fez seu pai consigo e conosco — lhe disse sua mãe, exaltada, ao telefone quando soube do pedido de divórcio. — E o que vai ser do Khalid? Você não tem coração? — sua mãe gritava com a voz ensandecida. — Por acaso se esqueceu de quão apegado a você ele é? E que ele saiu do seu ventre? Bem, de qualquer modo... você devia é ter transformado a vida do seu marido num inferno, para que fosse ele a pedir o divórcio! Ou... por que você mesma não arrumou uma mulher para ele? Por que não fez o jogo, sua idiota? Você não sabe, por acaso, que ao pedir o divórcio você ficará sem direito a um pedaço de pão? É como se você tivesse deixado escoar pelo ralo todos os bens dele: os dois edifícios no Líbano, os dois apartamentos em Londres, o dinheiro, tudo jogado no esgoto! Mas preste bem atenção: agora você tem passaporte britânico e isso lhe garante residência. Abra um processo contra ele pedindo metade dos bens... e a guarda do seu filho...

Depois começou a amaldiçoar Lamís, dizendo que ela era o próprio Azrael, que lhe arrebatara a vida e a fizera chafurdar na lama. E tudo isso depois da alegria que a pusera nas nuvens ao escutar os comentários, em Najaf e por todo o Iraque, de que Lamís vivia como uma princesa, de que morava em um prédio onde também residia um lorde, o qual, certa vez, recebeu a visita da própria rainha: Sua Majestade subira no mesmo elevador que Lamís usava diariamente e jantara na sala que ficava bem no andar abaixo da sala de Lamís.

Todas essas lembranças a fizeram tremer como uma pluma. Foi até a janela, a abriu e gritou. Ainda assim, tudo permaneceu imperturbável. Voltou para a cama envergonhada pelo que havia feito. Passados alguns segundos, não ouviu nenhum barulho à porta do apartamento, ninguém interfonou da portaria perguntando o que tinha acontecido, tampouco ouviu a polícia ou a sirene de uma ambulância; deu-se conta de que sofria da mesma solidão de que tanto falam no Ocidente, aquela de Eleanor Rigby, da canção dos Beatles. Tinha catorze anos quando escutou essa música no Clube dos Oficiais, em Damasco, primeira parada da família após deixar o Iraque. Ela espiava o salão de festas para ver os soldados dançando tango com aquela melodia e, quando chegavam ao refrão "Todas essas pessoas solitárias/ De onde todas elas vêm?", a dança passava a ser tipicamente árabe, e todos sacudiam o peito e o traseiro. Por isso, sempre considerara "Eleanor Rigby" uma canção muito divertida, até ouvi-la novamente em Londres.

Agora, a cabeça de Lamís doía e, numa agitação íntima, ela se perguntou: "Para quem eu ligo? Para quem? Todas as pessoas que eu conheço são amigas do meu ex-marido e da mãe dele. Ligo para a professora de língua árabe do meu filho? Eu tenho o número do telefone dela, mas ela nunca me deu uma chance de mostrar que sou bem o contrário do que ela imagina: uma intrometida preguiçosa como as demais. Ou ligo para a Fifi, a funcionária da Selfridges que atendia aos pedidos pelo telefone e uma vez me perguntou se eu era árabe de tanto azeite de oliva que eu comprava?".

Lamís olhou fixamente para um prego que a cantora havia colocado para pendurar uma foto ou quadro que acabara levando consigo. Lamís só conseguia pensar no fantasma da Beverley Sister.

Como é que não tinha conseguido conhecer nenhum inglês com quem pudesse tomar um chá ou uma cerveja?

Os ingleses seguiam sendo inacessíveis para ela, assim como a cidade. Os lugares são pessoas e as pessoas com as quais ela tinha alguma relação eram a cantora, alguns médicos e o general.

Costumava ver o general acompanhado por uma enfermeira que, todos os dias, o obrigava a caminhar puxando-o pelo braço, como se ele fosse um cachorro grande. Ele resistia e reclamava a ponto de gritar, mas ninguém ouvia, a não ser as altas árvores que rodeavam a praça, onde as casas pareciam um quartel.

O general era um dos ingleses que haviam lutado na Segunda Guerra Mundial, entre os desertos da Líbia e El Alamein, e haviam desembarcado com seu regimento nos portos de Beirute, Porto Said, Haifa e Chipre antes de voltarem às areias e à frente de batalha. Ele era diferente dos taxistas londrinos que contavam a Lamís suas aventuras durante as guerras em Áden ou no Canal de Suez.

Uma vez, o general ouviu Lamís chamar por seu filho em árabe: "Khalid, Khalid *taal habibi*".

O menino estava brincando com um barquinho com controle remoto que flutuava na fonte da praça quando a enfermeira se aproximou de Lamís, que pensou que ela chamaria sua atenção por ter erguido a voz para ordenar ao filho que se afastasse da fonte, já que ele tinha molhado os cabelos e a roupa. Os ingleses são assim: provocam a gente só para poder criticar. Uma vez, um estranho, apontando para uma placa na entrada da praça, lhe disse: "Leia, aqui bicicletas são proibidas!". E em seguida, também provocou uma mulher que passeava com seu cachorrinho: "Leia, aqui é proibido andar com ele sem coleira!".

— Desculpe, o general gostaria de saber se você é árabe e, caso seja, de qual país você vem.

Mas o general não deixou nem a enfermeira terminar o sorriso. Tentou explicar a Lamís, com muita dificuldade, porque tinha parte da boca paralisada, que ele havia estado na Palestina durante a Segunda Guerra Mundial e que aquela tinha sido a época mais bonita de sua vida. Contou também que, quando esteve lá, conhecera uma senhora libanesa chamada Nádia Haddad, que vivia na Palestina com o marido que trabalhava em um banco. Tinham mantido contato por muitos anos, até mesmo depois de ela ter deixado a Palestina e voltado para o Líbano. Mas ele perdera o contato com o casal no início da guerra civil no Líbano. Então ele pediu à enfermeira que ela desse a Lamís seu cartão de visitas:

— Mas eu não tenho nenhum aqui, general. De qualquer forma, o seu cartão não será útil à senhora.

O general reuniu todas as suas forças e disse:

— Por favor, talvez você possa encontrar a senhora Nádia Haddad.

A enfermeira argumentou sensatamente com ele, como se estivesse se dirigindo a uma pessoa normal:

— Mas essa senhora não é libanesa; já nos contou que apenas viveu por algum tempo em Beirute, só isso.

A enfermeira tentava dar continuidade à conversa com o general, mas ele tomou a mão de Lamís e, curvando-se, beijou-a e disse:

— Ava Gardner? Ava Gardner?

Quando Lamís voltou a se encontrar com eles, a enfermeira lhe entregou quatro cartas endereçadas a Nádia Haddad.

— Finalmente a encontramos. Comecei a temer que você já não viesse mais à praça! — disse-lhe a enfermeira, respirando aliviada.

— Meu filho estava doente.

— Ah! E ele está melhor?

— Está, sim, muito obrigada. Mas eu não conheço nenhuma Nádia Haddad.

— Isso não importa. O importante é o general se distrair com algo que lhe agrade. E agora ele está se sentindo muito otimista. Já não me tortura a cada vez que temos que sair do apartamento. Agora ele caminha sem reclamar. Está muito entusiasmado para vê-la. Parece que a lembrança de Nádia Haddad lhe foi benéfica. E fico muito feliz por ele.

— Mas o que eu faço com as cartas?

— Nada. Prometi ao general que as entregaria para você. Sem dúvida ele se sentirá feliz pelo simples fato de que as cartas estão com você, sendo você árabe.

Lamís ficou bastante surpresa com a lealdade da enfermeira em cumprir o desejo do general enfermo. Passou a considerar a lealdade uma característica dos ingleses.

O número do telefone do general continuava na sua agendinha. Havia apenas poucos nomes e, ao lado, os respectivos números, embora soubesse, de antemão, ao anotá-los, que nunca ligaria para nenhum deles. Mas, ao mesmo tempo, tinha medo só de imaginar perder aqueles nomes: a atriz que conhecera quando Khalid pisou no rabo de seu cachorro; o vendedor no Kensington Market que lhe pediu que trouxesse do Iraque arroz âmbar, antes da Guerra do Golfo, claro; a estadunidense com a qual se encontrara no Harvey Nichols; e a mãe de um garoto que frequentava o mesmo jardim de infância de Khalid.

— O general está?

— Quem fala? — alguém respondeu. — O general morreu faz uns cinco anos. Em que posso ajudar?

— Nada, não. Muito obrigada.

"Ah, morre e me abandona." Mas, em vez de rir da situação absurda, se sentiu perturbada e tornou a ligar para o telefone do general.

— Alô. Eu liguei há uns segundos e perguntei a respeito do general. Tenho comigo umas cartas dele para Nádia Haddad, mas, por causa da guerra no Líbano...

— Me desculpe, não entendi. O que a senhora deseja exatamente?

— Saber se você quer essas cartas.

— E para que eu vou querer cartas escritas por um louco nos últimos dias de loucura da sua vida?

Lamís lembrou das palavras que o general dissera e que a enfermeira esclarecera: ele queria alertar Nádia Haddad para que ela não ligasse para sua casa diretamente, mas que entrasse em contato através da enfermeira. Numa outra ocasião, Lamís vira o general de novo; foi quando a enfermeira lhe mostrou uma fotografia dele.

— Viu como era charmoso? — a enfermeira disse. — Ah, sem dúvida esta aqui deve ser Nádia Haddad. Ele tem razão, ela se parece com a Ava Gardner. E quem será este? Será que é o marido dela?

Lamís virou a foto e leu o que estava anotado: *King David Hotel, Palestine, 1946.*

Bastaria apenas o convite de um inglês para que ela pudesse penetrar na vida e na casa dos ingleses, como basta apenas uma formiga para liderar todo o formigueiro até o torrão de açúcar. Havia escutado muitas histórias sobre mulheres árabes que tinham se apaixonado por um inglês simplesmente por ele ser inglês: o açougueiro, assustadoramente viril, sobretudo quando cortava a carne com calma e maestria; ou o pintor com aquela grande brocha, que lia um livro de filosofia no intervalo do café; ou o contador da escola das crianças; o enfermeiro da sala de emergências; o âncora do jornal que, toda noite, aparece na TV...

— Quem? Quem? É possível que nós não conheçamos nenhum inglês, a não ser os médicos? — disse ao seu marido, quando estavam seguindo os trâmites para encaminhar o pedido de nacionalidade inglesa. Por fim, os documentos foram assinados pela irmã da professora de equitação, que era inglesa, e por um iraquiano naturalizado inglês, depois de ter imigrado para a Inglaterra por causa da Revolução de 1958.

Ligaria para o dr. Collins?

O dr. Collins era o ginecologista que sabia que ela continuara virgem apesar das primeiras tentativas de seu marido; logo, soube também quando ela perdeu a virgindade e quando engravidou. Ele acompanhou sua barriga crescer mês a mês. Conhecia sua terra, seus ancestrais e tinha tirado de seu ventre outro árabe. Uma mão inglesa penetrando suas entranhas, agindo como um mediador entre ela e seu progênito, entre ela e seu marido. O doutor era sempre extremamente cortês e delicado:

— Vou aquecer o aparelho até que fique morno e não seja desconfortável.

Ele informara o resultado do exame enviando um cartão oficial branco, escrito com uma caligrafia que parecia a de um convite para uma condecoração: *É com imenso prazer que comunicamos que o resultado do seu último exame...*

"Os médicos são os únicos homens ingleses por quem nosso corpo é tocado, estabelecendo-se assim uma relação especial entre nós, mulheres árabes, e eles", pensou ela.

Lamís conhecera o dr. Collins através de uma conhecida sua, uma mulher árabe que costumava visitá-lo semanalmente para lhe pedir uma pílula que despertasse o desejo de fazer sexo com seu marido ou para, pelo menos, suportá-lo.

— Não há pílulas para isso. Por que não experimenta tomar um copo de vinho?

— Não, não. *Auzubillah,* eu não bebo.

— Diga ao seu marido que não sente desejo por ele.

— Não, não. *Auzubillah, auzubillah,* eu não posso. É *haram*, pecado, não quero ferir seus sentimentos.

— Não existe tal pílula para isso, acredite.

— E eu não tenho desejo algum... acredite.

— Então, por que não pede o divórcio?

— Eu o amo. Vivemos juntos há dez anos. Mas não suporto dormir com ele.

— Desculpe, não tenho como ajudá-la.

— Além do senhor, não há ninguém que possa me ajudar.

— Está bem, venha, deite-se na maca que eu vou examiná-la.

— Não, obrigada. *Bye*, doutor, *bye*.

Lamís ligou para o dr. Collins e quem atendeu foi a secretária:

— Gostaria de marcar um horário?

— Sim, gostaria.

— Só tenho para a terceira semana deste mês. O dr. Collins está muito ocupado...

Lamís se lembrou do homem que ela conhecera na Opera House, quando fora assistir à ópera *Carmen*, e que, assim que soube que ela era árabe, lhe perguntou se gostava de *Aída*. Pelo contexto da conversa, ela deduziu que havia uma ópera chamada *Aída*. O homem estava a ponto de convidá-la para assistirem a tal ópera juntos, mas Balqís estava com ela, tentando engolir cada palavra e, claramente, desaprovando a permissividade da situação e do convite.

Lamís pedira informações ao homem sentado ao seu lado e ele, vez ou outra, suspirava profundamente.

— Por quê? Por que Carmen fez isso? Não entendo... ela o amava...

— Deveriam colocar a legenda na tela. Não sei o que você não está entendendo. Está enganada. Carmen já não amava José!

— O que ele lhe fez para que deixasse de amá-lo?

— Nada. Ela é boêmia e gosta de trocar de amantes — sussurrou o homem ao ouvido de Lamís e acrescentou:

— Carmen alertou-o, desde o início, que o amor para ela é como um pássaro que pousa e logo se põe a voar. Ela disse explicitamente a José que seu amor se dissipou e que estava procurando uma paixão tempestuosa; mesmo assim, brincou com a vida dele e o fez escapar da Justiça.

De repente, Lamís sentiu que Carmen havia lhe restituído a realidade. Estava inquieta, como o rabo cortado de uma lagartixa, pela simples razão de se encontrar ali, sentada na Opera House, muito bem-vestida, enquanto deixara o marido e o filho em casa... e também a sua sogra, que, certamente, estaria dando voltas ao redor deles para, ao menor sinal, demonstrar sua prontidão. Mas ao final da ópera foi tomada por uma sensação de relaxamento, a ponto de não querer mais voltar para casa. Quem dera pudesse ficar invisível e se enfiar na própria cama, sozinha!

Um ressentimento pela vida que tinha aumentava sempre que Lamís captava vibrações de outros mundos; quando voltava do cinema, da ópera ou do teatro. E, já em casa, sentia um prazer especial ao tocar o ingresso que guardava no bolso da jaqueta ou na bolsa. Essas experiências a ajudavam a suportar a existência de sua sogra e dos amigos de seu marido, o fedor de charuto, o jogo de cartas e os restos de comida por todos os lados.

Ao abrir sua mala, Lamís sente os cheiros de Dubai: ar condicionado, poeira, especiarias e os odores dos escritórios ministeriais. Essas lembranças a perturbam. Num gesto rápido, ela fecha a mala e senta-se sobre a cama. Não protelaria mais a organização de sua nova vida! A indecisão rouba o tempo. Pensa em ligar para Amira e pedir desculpas por não aceitar o convite do jantar com o inglês e Samir, especialmente porque havia confirmado que iria quando o inglês lhe perguntou no táxi. Coloca uma fita cassete no aparelho, mas, assim que ouve a primeira nota, desliga a música. Pega caneta e uma caderneta da bolsa e se põe a escrever:

Este se tornará meu país. Não viverei uma vida provisória aqui:

1) Acabo de chegar a Londres e isto aqui vai ser só um hotel;

2) Procurar um apartamento para alugar.

Risca "procurar um apartamento para alugar" e escreve:

2) Melhorar o meu inglês;
3) Procurar trabalho, qualquer um. Economizar dinheiro, usar metrô ou ônibus em vez de táxi;
4) Fazer amigos entre os ingleses;
5) Deixar este apartamento assim que possível;
6) Cortar a comida árabe. Não para evitar o mau hálito por comer alho e coentro, mas porque a comida árabe me dá segurança e tranquilidade, me faz lembrar dos dias de infância e da minha casa.

Inclinou-se para alcançar o telefone e colocou-o sobre a cama. Viu-se refletida no espelho e apressou-se em acrescentar um sétimo item:

7) Parar de usar kohl *preto nos olhos.*

Levanta-se e, com um pedaço de algodão e creme, limpa o *kohl* dos olhos, feito uma cobra que troca de pele e a abandona entre os cactos, como vira uma vez no pequeno deserto de Najaf: a pele largada sob o sol parecia uma sacola plástica, mas com desenhos e manchas em tons, claros e escuros, de marrom. Não ousou tocar aquela pele.

Seu pai lhe explicara que aquele era o vestido que a cobra havia tirado para usar um novo, mais bonito e elegante, pois havia sido convidada para um casamento. Perplexa, Lamís perguntou ao pai:

— A cobra tirou o vestido aqui fora? Não ficou com medo de ir pro inferno?

Os olhos são a porta de entrada para a alma.

Em Beirute, foi a mãe de Lamís quem decidiu que ela deveria se casar com o homem iraquiano, dono do prédio moderno no qual tinham se refugiado. O belo banheiro todo de mármore a impressionara muito quando ela e Lamís, em certa ocasião, o usaram. Sua mãe notou que, no abrigo, o homem iraquiano olhava para Lamís com muito interesse, enquanto os demais só se preocupavam com a comida que as mulheres daquele prédio, e do prédio vizinho, brigavam para ver quem a prepararia. Quando o iraquiano pediu a mão de Lamís aos seus pais, ela se recusou a casar com ele. Sua mãe suplicou que ela aceitasse aquele noivo enviado por Deus, para resgatá-los do poço e devolver a dignidade a toda a família. A mãe olhou fixamente para o nada, como se dissesse ao marido: "Deixa isso comigo". O pai, por sua vez, olhou de soslaio, pedindo que ela fosse misericordiosa com a menina. Em resposta, a mãe o encarou com uma expressão de ameaça. Passados alguns dias, quando Lamís concordou com o casamento, sua mãe, quase humildemente, abandonou aquele olhar e expressou seu contentamento.

Deveria Lamís culpar o olhar da mãe pelo curso que sua vida tinha tomado? Os olhos — como dizem — são as mais preciosas das joias? Ou devia culpar o espelho que a arrebatara?

Aquele olhar dentro do espelho confirmava sua existência desde criança... enquanto todos na casa — até os pássaros nas gaiolas — estavam ocupados com seus próprios assuntos. Ela contemplava seu rosto na superfície da água, nas tesouras, na tampa da caneta, no prato de sopa, no fundo da xícara vazia, no...

O espelho a transportava para outro mundo, um mundo das cores e da imaginação. Tudo com a bênção e o incentivo da mãe, que não parava de falar de todos os atributos da beleza e seus sinônimos, de tudo que tinha relação com a matéria. Lamís se questionava: "Será que ela se importaria tanto comigo se eu não fosse bonita aos seus olhos?".

Sua avó materna gritava para que ela parasse de se olhar no espelho, principalmente à noite, ou ele a engoliria. E quando seu pai pediu à avó que parasse de dizer essas bobagens, ela então contou a Lamís várias histórias sobre espelhos: uma vez um homem, duvidando da fidelidade da esposa, consultou um astrólogo que lhe deu um espelhinho capaz de descobrir a traição de sua esposa. Por fim, a esposa acabou engolida pelo espelho, presa dentro do vidro.

Lamís sempre relembrava essa história e, toda vez que seu marido pensava em presenteá-la com algo, ela pedia um espelho. Contudo, o espelho nunca a abduziu do marido.

Na cidade sagrada de Najaf, a mãe de Lamís sempre fazia amizade com as esposas dos alunos de teologia vindos do Cairo, de Beirute, de Damasco e do Marrocos para lhes pedir emprestadas revistas femininas trazidas nas visitas aos maridos. Pedia também que lhe comprassem colares da moda e batom com o dinheiro que ela estava sempre tentando poupar.

Um dia, Lamís acompanhou a mãe à costureira. Nem bem chegaram, a costureira deu um jeito de tirar a sua própria mãe da sala, pedindo a ela que fosse preparar o jantar. Assim que sua mãe foi para a cozinha, a costureira arrastou a mesa até a porta para impedir a entrada — tudo para que sua mãe não voltasse e visse os modelos escandalosos que a mãe de Lamís havia escolhido: roupas que traziam descobertos o antebraço e os tornozelos, além dos tecidos de cores espalhafatosas nunca vistas na cidade, nem mesmo na tonalidade das flores.

Lamís contemplava seu rosto até nos perigosos dias do passado, para que o espelho lhe trouxesse tranquilidade. Via seu reflexo no metal; contas azuis envolviam o pescoço da mula que os levava pelas montanhas e pelos vales do Curdistão quando fugiram do Iraque carregando consigo apenas duas maletas. Seu pai também carregava o alaúde, enquanto sua mãe carregava uma sacola plástica contendo uma saia plissada, que havia comprado de uma das mulheres vindas do Líbano. O marido tentara dissuadi-la de levar aquela saia, prometendo lhe comprar outra, mas ela não se convenceu:

— É seda verdadeira. Vou usar assim que chegarmos a Damasco.

Montada na mula, ela carregava a sacola junto ao peito. Todos temiam as hienas. A mãe, além das hienas, também temia as chuvas e os ventos, que podiam estragar a preciosa saia. O pai temia tanto por seu alaúde que os membros da caravana passaram a imaginar que devia haver dinheiro dentro do instrumento e do saco que a mulher levava agarrado ao peito.

Tentando demovê-la da ideia do divórcio, sua mãe lhe disse: — Este é seu destino. Se Deus não quisesse que você se casasse, teria deixado que as hienas comessem você! Temos que agradecer a Deus a todo momento, por não termos sido comidos pelas hienas.

Lamís abriu a janela do quarto e gritou:

— Deus, obrigada por não ter sido comida pelas hienas!

Uma pomba voou.

"Se tivesse ficado casada", pensou Lamís, "não poderia ter gritado da janela." Nesse momento, diante dessa constatação, Lamís sentiu um enorme prazer e se pegou sorrindo. Levantou-se feito uma tempestade, porque queria comprar feijão ou lentilha. As mulheres repetiam ao doente, àquele que estivesse triste, ao apaixonado, ao viúvo e ao divorciado:

"Levante-se, coma legumes para fortalecer o estômago e deixe que Deus fortaleça seu coração". Ela precisava fortalecer o estômago antes de ligar para o filho. Mas, no fim, não teve coragem de sair do apartamento: a sogra e o ex-marido tinham fechado a porta de Londres na sua cara.

2

Apesar de Samir praticamente não ter tirado os olhos de Nicholas durante todo o trajeto desde o aeroporto, ele notou que tinham desaparecido os jardins, as áreas verdes e as grandes construções. Era como se ele estivesse em Beirute, na Rua Mazraa, mais precisamente. Restaurante, farmácia, dentista, clínica de hemodiálise, imobiliária, todas as placas em árabe: "Entre! Você encontrará tudo o que lhe agrada. Falamos árabe"; remoção de pelos indesejados com as mais avançadas técnicas, Café Moonlight, Maruch, Sucos Ranuch, Beirut Express, Loja A Elegante. Por toda parte, árabes com suas túnicas, *dichdachas* brancas e *abaias* pretas, ou com roupas modernas.

— Meu Deus! — exclamou ele, involuntariamente. — É inacreditável! Transportaram a Rua Mazraa pra Londres! Eu me lembro de quando meu pai, que Deus o tenha, levava a gente no cine Salwa e comprava pãezinhos de zaatar. Eu queria sentar na primeira fila pra poder tocar os atores.

Mas onde estão Piccadilly Circus, Oxford Street e o Big Ben? Cadê a neblina, a neve e o frio?

O motorista do táxi para em frente ao Café e Restaurante Tabbula. Samir se despede de Amira e de Nicholas, virando a cabeça para ver a avenida a sua volta. Recebe no rosto o cheiro de chawarma e de chich tawuq. Sua entrada causa burburinho e trocas de olhares entre os jovens sentados no balcão: desde o que fritava falafel, passando pelo caixa e pelo rapaz que preparava sucos, chegando até mesmo ao que cantava a plenos pulmões: "Eu disse que te amava, mas você não me ama".

Samir deu uma olhada no espelho que tomava toda a parede atrás dele.

— Ai, ai, *ya mama*, xiii, eles têm razão de rir de mim — disse, ajeitando o cabelo. — Acabo de sair do avião, gente! Deus é testemunha.

A rapaziada se matou de rir, pois Samir falava como uma mulher, com um tom afeminado. Para espanto de todos, Samir começou a rir com eles. Então, mais sério, perguntou aos rapazes do balcão:

— Por favor, por acaso, algum de vocês conhece um rapaz chamado Faruq?

Um homem, que estava sentado à mesa em companhia de uma estrangeira loira, dirigiu-se até onde Samir se encontrava e apontou para si próprio.

Samir aproximou-se dele. Colocou sua maleta no chão e entregou-lhe o cesto, sem acreditar que aquele homem gordo e mal-apessoado era irmão do sujeito que o havia enviado até Londres.

— Qual é? Você é mudo? Por que não fala?

O homem balançou a cabeça assentindo que, sim, ele era mudo.

— Afff... sou burro mesmo! Não me leve a mal, mas seu irmão não me disse que você é mudo. Como você deve saber, ele chega amanhã.

O homem dá um tapinha no ombro de Samir e, sutilmente, levanta o jornal, a lata de biscoitos vazia e um pulôver para ver o macaco, que estava dormindo. Gesticula para Samir com as mãos nos ouvidos, na cabeça e depois cobrindo os olhos como se perguntasse se o macaco estava dormindo.

— Está. O malandrinho já está viciado em pílulas pra dormir.

Samir ainda trocou umas palavras com os jovens no balcão que, como ele, eram libaneses; quis dar um tempo antes de sair atrás do homem e da mulher.

— A irmã do mudo está num hospital, à beira da morte, e eu contrabandeei o macaco de Dubai pra ela poder se despedir dele. Tadinha, ela criou o bicho como se fosse um filho. Amamentava ele num peito e o filho no outro. Por favor, me dê um sanduíche de falafel. É pro macaco, tadinho.

As palavras de Samir, como se fossem estalos de salão, causaram um grande alvoroço nos rapazes do balcão; um deles, todo irônico, disse:

— Pergunta aí pro macaco se ele gosta de molho tártaro no sanduíche!

O homem mudo estacionou o carro numa rua estreita onde, dos dois lados, se alinhavam construções brancas parecidas com hospitais prestes a desabar. Entraram os três num prédio. Samir reparou na pintura descascada, no pó e na sujeira acumulados nas janelas do térreo.

"Dá para acreditar que em Londres tem prédios como este, sem elevador?", pensou Samir. Subiram Faruq e a mulher, que, ao saber que o apartamento ficava no andar superior, bufou aborrecida. "Eita, não é que até os ingleses reclamam?", Samir refletiu, admirado, enquanto subiam os milhares de degraus. A mulher, que não era nem feia nem bonita, não tinha sorrido para ele nenhuma vez, o que era algo raro, pois as mulheres costumavam se divertir muito com ele, mesmo que não abrisse a boca. "Vai ver ela tá naqueles dias... ou tá triste por causa do amigo mudo, gordo e com pelos pretos nas orelhas."

De repente, temeu que os dois lhe fechassem a porta na cara. Foi um erro entregar o macaco daquele jeito. Apressou o passo e ficou mais perto deles; tinha que finalizar logo a transação: o macaco em troca de mil dólares.

O apartamento era extremamente sujo e descuidado, a um ponto inimaginável. Tudo espalhado pela sala; a maior bagunça! O tapete azul tinha enormes manchas marrons. Só o lustre no centro da sala, de pé-direito alto, evidenciava que o apartamento tivera um passado glorioso. O homem estendeu o cesto novamente a Samir, que ouviu uma voz:

— Acorda ele pra gente ver.

— *Bismillah arrahman arrahim*! Gente, ele falou! É um milagre! Você finge ser mudo? Que tal perguntar como foi a viagem? Me virei do avesso. Fiquei com o coração na mão por vinte e quatro horas e só voltei a ser gente no táxi. Nem pra falar um muito obrigado! Seu irmão se ajoelhou e me beijou os pés pra que eu aceitasse trazer o bichinho. Arrisquei minha vida, meu futuro e o dos meus cinco filhos só por pena da irmã de vocês. E você mandando em mim como se fosse o dono do mundo!

A mulher se intrometeu dizendo:

— O que está acontecendo? O que ele tem?

— Ele quer que eu me ajoelhe e agradeça... é isso que ele quer.

— E ele tem razão, você deveria agradecer a ele — disse a mulher; e virou-se para Samir:

— Muito obrigada.

— Tudo bem, cara, muito agradecido. Mas faça o macaco acordar agora.

Samir se inclinou em direção ao cesto. Pegou o macaco, que abriu os olhos por um momento e logo tornou a fechá-los. A mulher, aproximando-se, falou:

— Meu Deus, ele é do tamanho de uma galinha.

— Ele tá com sono; ainda não passou o efeito da pílula pra dormir. Mas, vamos lá, *yalla*, cadê a grana?

— Me disseram pra te dar oitocentos dólares.

— Não, você tá enganado, são mil dólares, em dinheiro vivo.

— Os outros duzentos são pelas diárias e pra comida até você viajar de volta.

— Mil dólares. E eu vim pronto pra ficar de pé, sem comer e sem dormir.

— Aqui qualquer hotel custa mais de cem dólares.

— Não se preocupe. Me dê os mil dólares e deixe o resto comigo.

— Quando o macaquinho acordar, eu te dou o dinheiro. Como vou saber que ele não tá morto?

Samir correu até o macaco, pegou-o e o estendeu sobre um pedaço de móvel que algum dia deve ter sido um sofá. Colocou o ouvido na barriga do bicho:

— Olha só como a minha cabeça sobe e desce. Isso significa que ele tá respirando — disse isso e colocou a mão na boca do macaco. — Olha a respiração dele, quente como o fogo.

— Esqueci de te perguntar se ele fez as necessidades.

— Claro que sim! Ele me pediu permissão no avião, umas três vezes, e depois lavou as mãos. É um macaco muito educado.

O homem gritou com Samir:

— Como assim? Não te contaram?

Samir levantou e forçou um sorriso:

— O seu irmão me disse que não era pro macaco sair do cesto, nem quando fosse cagar. Ele me disse pra deixar a merda no cesto, caso contrário, a gente poderia ser castigado. Na Inglaterra eles têm medo de doenças. Não permitem nem a entrada de animais nem a saída de comida.

Nesse ínterim, a mulher inglesa havia pegado um livro e se deitado no outro sofá. Samir abriu um espaço e se acomodou ao lado do macaco.

O macaco se espreguiçou antes de Samir. Num piscar de olhos, saltou e começou a urinar nas mãos, diante da mulher inglesa que olhava chocada. Então, começou a coçar a cabeça. A mulher gritou, mas foi tarde demais, pois o macaco já saltara alcançando a corrente que sustentava o lustre.

— Você não queria que ele acordasse? Pronto, acordou!

Samir e o homem tentavam atrair o macaco para que ele descesse, mas, cada vez que o lustre pendia, mais alegre ficava o macaco, que se agitava ainda mais. Pressentindo o medo da mulher, o bicho começou a inclinar-se sobre ela tentando intimidá-la com caretas, mostrando os dentes num largo sorriso, gritando alto. Samir ria. Toda vez que a mulher tentava escapar em direção à cozinha, o macaco se esticava obstruindo o caminho.

— Faça ele parar! Vai fazer esse teto cair na nossa cabeça.

— Pare. Está me ouvindo? Parado, desça já! — E, dirigindo-se ao homem, acrescentou: — Viu que ele não me obedece? É capaz de ficar assim a noite toda e o dia todo também.

— Ele vai ficar assim? Não pode ser!

— A menos que você dê pra ele um comprimido pra dormir. *Yalla*, vamos, me pague os mil dólares pra gente encerrar esse papo duma vez.

— Tudo bem, mas com uma condição: não me deixe com o macaco.

— Ok, não tenha medo. Eu acompanho você e nós levamos ele até a doente.

— Doente?

— Sim, sua irmã. Você esqueceu? Eu contrabandeei ele de Dubai pra Londres por causa dela. Alô! Alô! Tem alguém aí ou caiu a linha?

O macaco deu um ganido curto, mas bem agudo. Olhou para a mulher, que, por sua vez, voltou a gritar e só parou quando o animal se acalmou e se pôs a olhar para ela.

— *Yalla*, vamos levar o macaco pra doente e cada um toma seu rumo.

— Amanhã. Agora deixa ele descansar e descanse você também.

— Tenho que fazer um monte de coisas. Quero passear. Eu tenho amigos que estão esperando meu telefonema.

— Se você sair por essa porta, perde o dinheiro.

— Quem me garante que você vai me dar os mil dólares?

O homem mete a mão no bolso, tira um maço de dólares e entrega a Samir, que agarra o dinheiro e confere a quantia. O macaco pula sobre ele e se pendura com as quatro patas. Samir se afasta do bicho e coloca a grana no bolso. Abraça o macaco, que havia colocado o dedo na boca antes de se apoiar no seu peito. Em seguida, quase sem perceber, Samir tem o maço de dinheiro surrupiado pelo macaco e, só depois de muita correria atrás do bicho, conseguiu juntar as notas — quando o macaco se cansou. O homem não permitiu que

Samir deixasse o apartamento e não parava de insistir que ele obrigasse o macaco a evacuar, muito embora ele já tivesse urinado mais de uma vez.

As janelas do prédio da frente e as árvores da rua evidenciavam que ele realmente estava em Londres, diferentemente daquele apartamento semiabandonado e decadente. Samir dava voltas pelo cômodo, do mesmo jeito que fazia o macaco; não perguntava pelo irmão bonito do falso mudo e nem pela chegada dele. Nada mais importava, desde o momento em que os fatos reais não coincidiam com suas elucubrações. Havia imaginado que se encontraria num belo apartamento, com a lareira acesa, e que o homem com quem se encontraria estaria vestindo um robe de seda, com lenço de seda no pescoço, calçando sandálias de couro legítimo. Também havia imaginado que ele o conduziria até o quarto onde haveria quadros excitantes e filmes pornográficos sendo exibidos numa grande tela, incentivando-os a ir mais longe do que aquilo a que estavam assistindo. Mas, em lugar disso tudo, se viu sentado ao lado de um homem e uma mulher, num apartamento horroroso, onde todos os olhares e corações se fixavam no ânus do macaco.

— Pode ser... pode ser que ele queira fazer mesmo... Olha, olha, ele afastou as pernas.

Quando o bicho voltou a subir pela porta aberta, o homem gritou:

— Droga, caga logo e vamos acabar com isso!

— Talvez, se você cagar na frente dele, ele veja e imite...

— Sério? Você tá tirando sarro da minha cara?

— Sério! Tenta. Você não tem nada a perder...

— Mas como vou tentar isso aqui na sua frente?

— Por que na minha frente? Na frente dele!

— Eu não quero ficar sozinho com ele no banheiro. Esse macaco é doido.

Nesse momento, o macaco pulou, agarrou-se ao varão da cortina e ficou de cabeça para baixo. Em seguida, se pendurou pelo rabo liberando as quatro patas para, de novo, se agarrar na cortina. Durante essas manobras, o varão e a cortina vieram abaixo.

O bicho então soltou um grito agudo, bateu palmas e pulou no ombro de Samir agarrando-se a ele com as quatro patas. Samir sussurrou alguma coisa ao ouvido do macaco, que o imitou inclinando-se na direção de seu ouvido.

— Que foi? O que ele falou? — perguntou o mudo.

— Ele quer comer. Quando come e enche a barriga, o intestino funciona e ele faz as necessidades. Eu posso sair pra comprar comida pra ele. O coitadinho tem fome.

— Eu vou. O que é que ele come?

— Pistache, amendoim, mas com casca, ovo, banana, pão e biscoito, flores, camarões pequenos. Ah, se por acaso você encontrar uma dúzia de moscas... traga. Não é mentira, ele é louco por moscas e por pulgas.

— Volto num minuto. Não tire os olhos dele.

O homem saiu batendo a porta atrás de si. Samir, na ponta dos pés, deu largos passos em direção à porta. Parou, lembrando-se de sua maleta, e voltou para apanhá-la. Nesse exato momento, a porta se abriu e o homem retornou.

— Como sou responsável pelo macaco, tenho que deixá-lo trancado no banheiro até eu voltar. Pode ser que ele fuja de você.

— Não se preocupe. Ele não vai fugir.

— Pode ser que não fuja, mas pode fazer outras coisas. Só quero ficar com a consciência tranquila.

Samir colocou o macaco no banheiro e deu papel higiênico para ele brincar. O homem trancou o banheiro, colocou a chave no bolso e saiu apressadamente.

— Só um minuto. Vou voando.

O homem deu duas voltas na chave. Samir correu até o telefone, sussurrando: — Vai e tomara que não volte! — Tirou o cartão de Amira do bolso e discou o número.

— É a dona Amira? Aqui é o Samir, o dono do macaco. Amira, não dá, fui sequestrado. O cara me trancou com o macaco. Sim, estou esperando o macaco cagar, com o perdão da palavra. O cara disse que quando o macaco fizer as necessidades estarei livre, quer dizer, tudo depende, com o perdão da palavra, da merda do macaco... Sim, ele foi justo, dona Amira, me deu os mil dólares depois de me espremer igual a um limão. Tá me ouvindo? Não, é o macaco que tá gritando.

O macaco fazia um barulho infernal golpeando a porta e dando urros estridentes. De repente, silêncio. A seguir, um aguaceiro começou a correr por baixo da porta do banheiro indo em direção ao corredor. O macaco voltou a gritar. Temendo uma inundação da casa, Samir gritou com a mulher:

— Levanta daí! Você lendo toda tranquila enquanto a gente fica debaixo d'água!

Samir pegou sua maleta, colocou-a sobre a mesa, conferiu o passaporte no bolso e os dólares. Pegou seu casaco e o colocou sobre a maleta. Talvez o que o macaco tinha feito correspondesse à solução para sua fuga dali! Talvez os vizinhos viessem ou os bombeiros, como nos filmes estrangeiros. Mas, no fim, foi o homem quem chegou, xingando sem parar. Entregou a chave para Samir temendo que o macaco, de algum modo, quisesse se vingar.

No chão do banheiro, completamente inundado, boiavam o sabonete, o xampu e a escova do vaso. E como foi que o macaco tinha colado o papel higiênico nas paredes, não há como saber! O animal tinha mastigado a cortina do banheiro e cuspido pedaços dela. As argolas de plástico da cortina estavam espalhadas pelo chão e dentro do vaso sanitário. O espelho estava coberto de espuma. No ombro, o macaco levava uma toalha suja. O homem se pôs a procurar na água, como se tivesse perdido algo valioso. No tapete do banheiro, que havia se transformado em um barco, o homem se agachou, começou a engatinhar e não se levantou até que o macaco começou a fazer caretas, mostrando os dentes e rindo enquanto apontava para ele.

"Me devolva a liberdade, liberte as minhas mãos. Já lhe dei tudo e nada me restou", cantava Samir, em pé, e, como a cantora Umm-Kulthum, juntava as mãos com extrema emoção. O homem, rindo, disse:

— Já te disseram que você deveria ser ator?

— Sim, todos os macacos que encontrei já me disseram isso. O que você ainda quer de mim, cara? Me deixe ir embora.

— E você acha que vai deixar o macaco comigo?

— Vou te fazer um favor. Limpo o banheiro e vou embora.

Samir, dobrando a barra das calças e arregaçando as mangas, começou a limpar o banheiro.

— Vou lhe dar cinquenta libras a mais, mas você tem que me ajudar a pensar num jeito de ele cagar. Depois disso, vá com Deus.

— O zoológico. Ligue pro zoológico — disse Samir.

O homem discou para o serviço de informações e solicitou o número do zoológico. Assim que a chamada foi atendida, o homem passou o telefone para Samir, que, imitando o sotaque de caubóis dos filmes norte-americanos, disse:

— Eu tenho um macaco que não vai ao banheiro, quero dizer ao *toilette*. Não digo que ele não vai tomar banho, mas ir no *toilette*... Que que eu faço com ele pra que ele... faça as necessidades?

O homem desligou o telefone.

— Que inglês perfeito você tem! — disse o homem, debochando de Samir.

— Por que você não falou então, já que fala inglês tão bem? Ou essa mulher aí, que já deve ter lido uns três livros.

— Tenho medo de que eles venham e levem o macaco.

— Tá bom, o que você acha? Tenho um amigo inglês...

— Tá louco? Um inglês? Isso é dar um tiro no pé!

Samir, pacientemente, argumentou:

— Esse cara inglês é diferente. Ele veio com a gente no táxi. Gosta muito dos árabes. Até sabia qual o tipo do macaco e disse que o nome da espécie é como o café: *cappuccino*. Imagina só, ele reconheceu o bicho pela barba branca e pelo rabo. O que acha? Telefono pra ele? Eu pergunto; ele responde. Só isso.

— É bem esse o meu medo. Tá bom, não vai contar pra ele onde você tá!

— Ora, nem eu mesmo sei onde estou!

— Tudo bem, então.

Samir correu para o telefone e ligou para Amira.

— Dona Amira, me acuda, por favor, a senhora tem o número do telefone do Nicholas?

— Olha, não perca seu tempo, ele gosta de mulher.

— Eu sei, eu sei, dona Amira, mas tem a ver com o macaco, não me leve a mal...

Discou o número de Nicholas. Ao ouvir sua voz, exclamou:

— Ah, *mister* Nicholas, graças a Deus encontrei você! Aqui é o Samir, o dono do macaco, lembra? Pois o bichinho não que ir no banheiro, quer dizer, ele não consegue fazer as necessidades. Me ajudaria a fazer ele cagar?

Samir só foi sair do apartamento no dia seguinte, quando o macaco evacuou os diamantes que havia engolido em Dubai, enfiados em umas uvas enormes. Ao ver o homem agachado no chão, com uma colher e um saco nas mãos, Samir pensou em roubar uma das pedras preciosas, mas estava tão indignado que desistiu. Começou a gritar com o homem e chegou até a dar um chute nele, enquanto dizia:

— Ladrões! Criminosos! Vou fazer a polícia prender vocês. Se Deus não olhasse por mim, eu estaria na cadeia.

O macaco, rápido e esperto, começou a capturar algumas pedras, mas largou-as quando o homem lhe ofereceu um saco de pistaches. O homem contou as pedras e, mais de dez vezes, confirmou o resultado lançando olhares para Samir e para a mulher. Ao final, entregou mais duzentas libras a Samir, que agradeceu. Os três então saíram do apartamento, descendo os milhares de degraus. Na frente do edifício, Samir jogou o macaco para que o homem o segurasse e disse com ironia:

— *Yalla*, rápido, a doente está esperando!

Pela primeira vez, Samir respirou o ar de Londres e gritou, olhando para o céu:

— Ah, que bela é a vida em liberdade!

Mas, de repente, sentiu o macaco se agarrar a ele. Olhou ao redor, em pânico: o homem e a mulher haviam desaparecido.

— *Bismillah arrahman arrahim*! — gritou Samir.

Em seguida, viu ambos num táxi preto. O homem colocou a cabeça para fora da janela do carro, gritando:

— Tem razão. Nada mais belo do que a liberdade!

3

Amira entrou no prédio Ninho de Pássaros, na Edgware Road. Atrás dela estava o motorista do táxi, carregando sua mala. Amira deu dez libras de gorjeta ao taxista e, a seguir, estendeu a mão para Nicholas, despedindo-se:

— Vá com Deus e não se esqueça: às nove! — disse Amira.

O porteiro do prédio comentou, atônito:

— Dez libras de gorjeta? E o que estava fazendo com um rapaz, louro e tão bem-vestido, um verdadeiro inglês?

Amira se assustou com o que viu no espelho do elevador: muitas sardas espalhadas na testa e nas bochechas.

— Não estava tão feio assim em Dubai! Será que tudo que não é branco fica mais evidente em Londres?

Mas afinal nem se preocupou muito porque um belo bronzeado é o maior desejo de todo inglês. É um tom de pele que significa que a pessoa comprou passagens de avião, se hospedou em um hotel, arcou com os gastos para poder ficar deitada numa praia, jogar tênis ou esquiar nas montanhas. O branco, para os britânicos, remete ao gelo e à neve, e não à pureza e à beleza, como em seu país natal.

Amira apressa-se em esvaziar a mala dentro da qual estão os travesseirinhos que, por vingança, havia roubado de um camarote do iate. Também roubara um envelope laranja que o cliente segurava e começou a rasgar os papéis que estavam dentro dele. Pareciam importantes. Alegra-se ao ver as caixas de perfumes e cremes, algumas compradas, mas a maioria, roubada das inglesas que, quando saíam do navio para conhecer alguma praia, as deixavam no iate. E aquelas que não roubou, jogou ao mar.

Olha para o relógio. Conclui que o cara do Golfo talvez não estivesse pronto para receber sua chamada agora. Então, disca o número do telefone de sua amiga Náhid, mas logo percebe que a linha ainda estava cortada. "A Náhid não pagou a conta telefônica até agora! A conta já deve ter ultrapassado umas mil libras."

Entra na cozinha e não vê nem sinal da lata de cerveja que havia deixado sobre a mesa antes de viajar para testar se o porteiro entraria ou não no apartamento durante sua ausência. Mas não importa, ele logo será seu serviçal, quer queira, quer não. Na verdade, ela não sentia tanta atração por ele quanto sentia pelos anteriores, que cumpriam qualquer tarefa que ela pedisse em troca de serviços sexuais gratuitos. Aliás, ele parecia nem gostar de Amira e tinha até dado queixa dela na polícia, alegando temer por sua família, principalmente por sua filha, que, em breve, completaria dez anos. Entretanto, o policial, que tinha apelidado o prédio de "Ninho de Pássaros" e que depois tinha acabado por se tornar amigo de Amira, aconselhou o porteiro a arranjar emprego em outro prédio.

O policial simplesmente declarou:

— Ninguém pode afirmar que essa mulher infringe a lei e pratica prostituição, contanto que permaneça em seu apartamento, e não na rua. E, de todo modo, são árabes com árabes, por que nos intrometeríamos nesse assunto?

Amira limpou o rosto com água de rosas; em seguida, empapou um algodão com azeite de oliva e passou sobre as manchas marrons. Foi para a cama, pegou o telefone e ligou para o homem do Golfo.

— Poderia falar com o senhor...

Ao que lhe responderam:

— Meu tio está no hotel.

— Mas aí não é da casa dele?

— É, sim. Mas na casa há vários andares e meu tio tem medo de tropeçar e rolar de alguma escada. Ele está com a vista muito fraca. Depois de amanhã vai fazer uma cirurgia...

— Ah, entendi. Por favor, poderia me passar o nome do hotel e o número do quarto? — fala e, não encontrando papel, anota tudo na mão mesmo.

Aquela informação, para Amira, fora como se ela tivesse recebido um vale que garantiria seus serviços para o resto da vida. Diante dessa ideia, foi tomada por uma sensação de vigor que há muito tempo não sentia. Apressou-se para tirar tudo que tinha no rosto, passou o creme rosa e, a seguir, o branco. Colocou uma porção de pulseiras de ouro, pegou o presente que havia trazido para Náhid, colocou-o numa sacola e correu para a casa da amiga. Náhid não estava; Amira procurou, inutilmente, por caneta e papel na bolsa. Não achou nada, a não ser uma caixinha de chicletes. Meteu tudo na boca e passou a caixinha vazia por baixo da porta, como sinal de sua visita. Então, em busca de Náhid, se dirigiu ao apartamento de Bahiya, que dava para o Hyde Park. No caminho, não resistiu à tentação e parou para apreciar as belas flores, a fonte e o arco do triunfo Marble Arch. De lá, seguiu para Bayswater e pensou: "Eu tenho que morar aqui! Esta é a verdadeira Londres".

Assim que entrou, Náhid a viu e gritou de alegria. Bahiya, por sua vez, a cumprimentou friamente, embora parecesse um gesto cordial aos olhos das demais.

— Londres sem você não vale uma casca de cebola — Náhid apressou-se em dizer.

— Quase morri de saudade de vocês. A viagem foi um desastre — Amira muda do dialeto marroquino para o egípcio, com o qual estava familiarizada e que a fazia sentir que a vida era mesmo um jogo divertido.

— Por Deus, o que aconteceu? — pergunta Náhid.

— Não aconteceu nada — Amira fala e olha para o rosto de uma mulher envolto no *hijab*. — Seu rosto não me é estranho.

— Puxa! Não reconhece a Katkuta? — perguntou Bahiya, surpresa, vangloriando-se pela visita da famosa dançarina.

— Pois eu pensei comigo mesma que você tinha justamente cara de estrela!

— Muito agradecida.

— Mas o que aconteceu, Amira? Dizem que Dubai é o Jardim do Éden. Você não conseguiu aguentar o calor e a poeira? Virou inglesa ou o quê?

Ignorando a pergunta de Náhid, Amira se dirigiu novamente à dançarina:

— É uma honra conhecê-la, madame Katkuta. Sua presença ilumina Londres. Eu sempre adorei a sua dança, especialmente nos filmes... com Rushdi Abaza.

— Muito obrigada, senhora, muito obrigada! Mas, então, quer dizer que Dubai por fora é uma beleza e, por dentro, só tristeza?

— Bem, minha querida, Dubai tem Natashas por todo lado, numerosas como grãos de areia, como gafanhotos, um exército de prontidão, um bando de formigas loiras amontoando-se sobre a comida, enviadas pelos comunistas pra arrancar dinheiro dos árabes e pra nos transmitir doenças. E pensar que o coitado do meu sobrinho passou a juventude na prisão porque acreditava na sua bandeira vermelha! Essas piranhas invadiram os hotéis, as joalherias, as lojas de materiais elétricos, as lojas de perfumes, as lojas de roupas... Até aí, o que se pode fazer? Mas uma russa cantando *ya zahratan fi khayali*[1], ah, isso me deixou maluca!

— *Yalla*, Bahiya, conte pra Amira sobre sua última invenção...

— Não é invenção nem nada. Instalei no quarto um sistema de refrigeração que permite manter os casacos de pele no verão e no inverno sem que sejam comidos por traças. Eles permanecem frescos como as rosas. E quem quiser usar será muito bem-vindo. Só cinquenta libras por ano. Quem também tiver *mulukhiya* seca, que traga junto com os casacos, porque a geladeira comum altera o cheiro e o sabor da *mulukhiya*.

— Eu dei a minha estola pra mãe da Bahiya. Você lembra, Bahiya, quando você tampou os olhos da sua mãe e, então, colocou a estola nas mãos dela dizendo: "Adivinha só, *ya mama*!" — e a coitada gritou: "Que alegria, vamos ter *mulukhiya* com coelho"?

Bahiya se irritou com essa história:

— Você, Amira, sempre gostou de nos infernizar, a mim e a mamãe. Ela estava brincando, pelo Profeta, estava apenas brincando! De todo modo, a sua estola estava sendo comida pelas traças e você parecia um gorila quando a vestia.

As mulheres caíram na risada, mas foram interrompidas por Amira, que respondeu, indignada:

— Eu também estava brincando. Você leva tudo a sério!

Náhid, querendo descontrair o ambiente tenso, disse:

— Escuta, Amira, podemos ficar neste quarto refrigerado por uns cinco minutos; ele enrijece a pele como se você

---

1 "Oh flor na minha imaginação", título de uma canção interpretada pelo cantor e compositor sírio-egípcio Farid Al-Atrash. (N. T.)

tivesse esticado o rosto com pregadores de roupa. Quantas vezes por semana mesmo o especialista sugeriu, Bahiya?

— Uma vez por semana — respondeu Bahiya. — Mas em caso de grande necessidade, como uma festa, por exemplo, duas vezes. Isso numa situação muito especial. Mas não se iludam: o quarto refrigerado não faz ninguém emagrecer.

— E quem quer emagrecer ? — disse Amira com um tom de voz quase agressivo, convicta de que Bahiya se referira a ela.

Bahiya respondeu, sem olhar para Amira:

— Alguém que foi ao dentista pra ter sua mandíbula costurada e teve que comer papinha porque era só o que passava por entre os dentes. Uma pessoa que emagreceu porque está convencida de que nosso Senhor Jesus Cristo ficava muito triste toda vez que ela abria a geladeira ou chegava perto de um pedaço de basbussa; então, pra não deixá-Lo tão triste, ela jurou não abrir mais geladeira nenhuma. Afinal, Ele já sofreu demais...

Náhid, tentando amenizar o péssimo clima que surgira entre Bahiya e Amira, comentou:

— E não é que a minha irmã perdeu o processo que moveu contra o marido! Era pra ele pagar uma indenização depois que se divorciou dela com a desculpa de que ela tinha se descuidado e engordado.

Concordando, Katkuta deu sequência ao assunto:

— Até a televisão no Egito anunciou que demitiria as apresentadoras se elas não emagrecessem. É inacreditável!

— Isso é uma conspiração internacional. Os homens árabes estão negando seu arabismo, seu passado, pra seguir os gostos do Ocidente. Ter ancas largas era o padrão de beleza — afirmou Amira, numa espécie de resposta ao que ouviu de um cliente dos Emirados e seus amigos em Dubai que a fizeram duvidar de seus encantos femininos, transformando-a numa avó senil que mais parecia um buda sorridente. Tudo porque, sem pedir sua opinião, a gordura se multiplicara em seu corpo fazendo-a se sentir um travesseiro.

— Náhid, vamos até o Gazela Express! Quero comprar um tecido — dizendo isso, Amira se virou para Bahiya e disse: — Confessa, vai, você fez plástica no nariz, não fez?

— Eu? *Auzubillah*! — respondeu Bahiya. — Perdi cinco quilos e tudo em mim ficou mais fino.

As duas amigas saíram juntas e Amira censurou Náhid por sua tolice que a estava tornando igual às outras:

— Vocês dão muita confiança pra Bahiya só porque acham que ela mora num prédio de luxo. Mas no dia em que a esposa do xeique saudita decidir visitar Londres, ela vai enxotar Bahiya e perguntar: "E você, quem é?". E os casacos de pele vão lhe dizer: *bye, bye, baby*! Vai ver que esse aparelho refrigerador do apartamento é pro dinheiro não apodrecer. A mais pura verdade é que esse xeique dela estava atrás de mim, e, por Deus... eu aceitei me encontrar uma única vez com ele... mas senti tanto asco que disse que dele eu não queria nenhum tostão. Ele exige das mulheres que leva pra casa que massageiem sua perna paralisada, dizendo: "As gueixas fazem assim!". Ora, uma gueixa jamais tocaria numa perna paralítica. Senhor do céu, me perdoe. Depois ele me fez sentar para ouvir alaúde no andar de baixo, no lago do jardim, até que congelei e fiquei batendo o queixo, plantada ali, olhando a fonte d'água e aquele músico horrível que tocava alaúde muito mal. E não é só isso! Sua excelência, o xeique, enfileirou à sua volta diretores de bancos ingleses e suíços que só olhavam pro chão. Por Deus, eu fiquei foi com vergonha por eles. E a digníssima senhora Katkuta, dançarina número I do Egito, hein? Se arrependeu, pediu perdão a nosso Senhor e está até usando o véu! Que será que está fazendo aqui no nosso meio? Deve estar querendo colocar a gente no caminho reto, ou, pelo jeito, só sabe se divertir na companhia de gente como nós...

Náhid interrompeu Amira:

— Amira, *habibti*, o que foi que aconteceu em Dubai?

— Lembra do Muhammad, dos Emirados?

— Aquele que tem pneus sobressalentes? E dá para esquecer? O que foi que aconteceu? Ele morreu e não te colocou no testamento?

— Me tratou pior que cachorro, feriu minha dignidade, meu orgulho e minha beleza. Fugia de mim e levava inglesas e russas pro iate como se elas fossem moças de família e eu, um lixo.

Amira se viu obrigada a recordar sua história com Muhammad, o homem dos Emirados que quase desmaiou quando a viu nua, como se fosse a primeira vez que via uma mulher assim e que, então, dissera:

— Seu corpo é como um ramo da acácia-branca; seus seios são como ovos de avestruz; sua barriga, um campo de margaridas; e suas nádegas são dunas de areia.

Quando ele retornou aos Emirados, tentou convencer a esposa para que ela dormisse nua com ele, às vezes, seduzindo-a, outras, jurando que, diante de uma recusa, ele se casaria com outra, a quem presentearia com joias preciosas. Até que, certa noite, ela aceitou, sob a condição de que o quarto estivesse totalmente escuro. Mas, no instante em que ele a viu, gritou assustado, cobrindo o rosto: "Não, não, não". Que desgosto sentira ao ver os flácidos seios da esposa, pendurados até a barriga como se fossem tetas de uma cabra velha e desnutrida. “Não, não, não.” Vira a barriga dela, que parecia um pneu que se sobrepunha a outro pneu e a outro ainda. Depois disso, passou a se comportar como um Casanova que satisfazia as mulheres em vez de ser satisfeito por elas. Quando me viu, falou que eu tinha engordado. O funcionário do hotel me disse para adiantar o pagamento caso eu quisesse permanecer ali. Resumindo, ele me largou, depois de me pagar uns centavos.

— E aí, o que aconteceu? — perguntou Náhid.

— Deixei o hotel e fui viajar, mas antes escrevi pra ele um bilhete bem cruel: *Querido Muhammad, agora entendo por que você gosta de transar na jacuzzi. É para que as coisas fiquem confusas para quem está com você... a água corre e ninguém descobre que você é impotente.*

— Bem merecido! E, mais que isso, você tinha que ter dito que estava grávida!

— Claro que eu disse. Grávida de gêmeos, mas o truque não funcionou. Ele começou a me dar conselhos, todo nervoso: “*Haram, haram,* é pecado”. De uma hora para outra, se tornou tão devoto quanto o grande xeique de Al Azhar.

— Não é possível isso, Amira! Outro dia mesmo eu disse pro Stanley: “O que é que está acontecendo, você agora virou o grande xeique de Al Azhar?”.

— Você disse “Stanley”?

— Sim, Stanley, em carne e osso. Eu o encontrei por acaso na Edgware Road e ele começou a me passar um sermão sobre o meu futuro e tal...

— Ele tem razão, Náhid. Sabe, eu tenho pensado no futuro. Já tenho trinta e seis anos. Quem se acostumou a sedas, joias e comida boa não consegue viver no caminho da retidão.

— Você se esqueceu da água quente, dos táxis e dos médicos da Harley Street.

Ao chegarem a Oxford Street, Náhid e Amira seguiram pela avenida em frente à Selfridges, mas, em vez de se dirigirem à loja de tecidos tão admirada por mulheres indianas e árabes, sentaram-se em um café para comer uns doces e conversar.

Amira abriu a bolsa, tirou um pequeno embrulho e o deu para Náhid, que voou feito um pássaro para cima do presente, rasgando o papel e abrindo a caixinha: era um par de brincos no formato de uma gaiola de ouro com um pássaro dentro. O pássaro recolocou um sorriso no rosto de ambas, que então passaram a rir e a fazer brincadeiras como faziam no passado, quando estavam em plena atividade e felizes, antes de ter que recorrer àquela simpatia para reaver a clientela: queimar, como se fossem incenso, os lenços de papel Kleenex com esperma dos clientes. O corpo de Amira começara a mudar e ela engordara; já Náhid passou a se irritar com qualquer coisa, perdendo o controle e discutindo com os clientes.

Despediram-se, depois de prometer que, no dia seguinte, conversariam seriamente sobre a situação da vida delas. Em seguida, trocaram elogios e concluíram a conversa concordando que ambas eram mais bonitas e sedutoras que Bahiya.

4

Nicholas abriu a mala e espalhou suas roupas como se fosse um diabético à procura de insulina para aplicar-se e evitar um desmaio. Assim que localizou a toalha, ele relaxou. Retirou dela uma adaga de ouro e prata que havia visto meses antes e que, por fim, conseguira comprar. Pendurou-a, exatamente como imaginara, na parede perto da escrivaninha. Agora, com aquela adaga árabe, com a caixa de madeira da Índia e vários tarbuches de palha do Sri Lanka, a decoração de seu apartamento estava completa. "Maravilhoso! Fantástico!", disse, afastando-se, dando mais uma olhada e se parabenizando pela compra.

Tudo estava no lugar, exatamente como ele havia deixado. Deu uma volta no apartamento como quem apresenta saudações a si mesmo. Regou as plantas, que não precisavam de muita água, já que Júlia, a diarista, diligentemente as regava uma vez por semana, quando vinha fazer a limpeza. Odiava aquele recorrente sentimento de solidão e nostalgia que o dominava toda vez que regressava a Londres, após uma viagem a Omã. Mas, o que ele queria? Que o sofá abrisse os braços e o abraçasse, ou que as almofadas apertassem sua mão, dando-lhe boas-vindas? Entrou na cozinha, ligou a cafeteira elétrica e, sem nenhuma pressa, observou até que a água tivesse fervido. Levou a xícara de café ao sofá, sentou-se e viu as marcas em círculo causadas pelo produto com que tentara, na visita anterior, remover as manchas de chocolate. O que Liz pensaria se visse aquilo?

Lembrou-se das tâmaras que havia trazido. Despejou-as num prato de cerâmica e começou a comê-las. Comeu cinco, levou os caroços para a cozinha, pensou em comer mais algumas, mas se deteve. Pegou a correspondência e, entre as cartas, encontrou uma de Anita; mas, antes de lê-la, separou o restante da correspondência descartando o que não lhe interessava. A bela letra inclinada de Anita perguntava se ele poderia emprestar a tapeçaria pendurada na parede; ela pretendia usá-la em um de seus ensaios fotográficos. Ele ficou pensando se aquele pedido era um pretexto ou se era algo verdadeiro. Olhou a tapeçaria indiana bordada com pavões, gazelas, serpentes, leões e flores, caçadores a cavalo, alguns deles tocando trombetas.

Uma vez, Anita queria fazer amor sobre a tapeçaria e tentou convencê-lo a tirá-la da parede.

— Mas essa tapeçaria tem dois séculos, eu preciso ter cuidado — ele respondeu.

Quando Nicholas se recusou a retirar a tapeçaria, o desejo só aumentou e ela não o deixou em paz até que ele a tirou da parede.

Quando encontrou Anita pela última vez, achou que seria possível convencê-la de dormirem na mesma cama, porém apenas como amigos. Ela não se constrangeu nem se espantou, também não tentou fazê-lo mudar de ideia, apenas deu um largo sorriso com seus grandes olhos:

— Irmã e irmão? — ela perguntou.

Em seguida, o sorriso desapareceu, dando lugar ao medo, e ela sussurrou:

— Irmão, precisamos respirar mais forte para que o astronauta pense que somos duas árvores, pois as árvores no espaço fazem um som muito forte ao respirar. Olhe, você percebe como ele está se aproximando de nós?

Sua imaginação despertou o desejo de Nicholas e o dissuadiu de sua decisão de preservar seu corpo para aquela por quem se apaixonaria e com quem viveria, já que o sexo casual havia se tornado uma rotina que o entediava. Deitado de costas, ele instintivamente acabou por se inclinar em direção a Anita, cuja respiração penetrou sua boca e lhe percorreu as vértebras. Mesmo assim, ela se afastou chorando:

— Me prometa! Me prometa, meu irmão, que o seu casamento não o separará da sua cega irmã que vive na escuridão eterna. Você sabe como vive o cego? Ele...

Após essa lembrança, correu para discar o número de telefone dela. Foi a secretária eletrônica que respondeu, mas ele não ficou desapontado, pois sabia que ela, às vezes, imitava a secretária, por isso disse:

— Anita, é o Nicholas. Acabo de voltar.

Havia ainda uma carta de seu pai perguntando se ele tinha entregado a versão da Bíblia em árabe a Sayf, em Omã. A tal Bíblia, de mais de três mil páginas, ainda repousava sobre a mesa à sua frente.

> *[...] sua mãe quase não se mexe. As pessoas de Hampshire são muito generosas, como você sabe... Sempre que a visitam, lhe trazem bolo. Ela diz que não pode recusá-los! Cá entre nós, ela adora preparar bolos também. Durante sua visita ao médico especialista, ela desceu, com a ajuda de uma enfermeira, para ser pesada em uma balança da cozinha do hospital. Disse que se sentiu um saco de batatas ou de farinha. Ela me acusa dizendo que, se não fosse minha profissão, poderia ter mantido sua forma.*

Nicholas interrompe a leitura, pensativo; por fim, ri dessa última frase da carta do pai:

> *De todo modo, ela é muito preguiçosa, a ponto de achar que comer tâmaras não é tão fácil quanto comer bolo, já que há uma barreira, o caroço e, algumas vezes, a casca. Em Omã, ela só poderá comer tâmaras. O médico disse a ela que três tâmaras equivalem a uma colherinha de açúcar. Tudo bem, não faz mal. Enfim, em Hampshire o clima é ameno, meu filho. Espero que ela aceite viajar*

comigo para Omã, caso contrário, viajarei sozinho, principalmente porque você vai arcar com todos os custos da nossa viagem. Eu lhe agradeço muito por isso. Ela tem que considerar como umas férias, só isso, já que várias vezes se queixa de que nós nunca mais saímos de férias. A última vez foi há dois anos, quando uma amiga dela nos emprestou uma casa que estava caindo aos pedaços: a cozinha não tinha nem pia. Além disso, a praia estava forrada de turistas alemães se torrando ao sol... Omã me parece o lugar ideal para passar o inverno. Bem, viajar tem a vantagem de me manter longe da frustração diária que nós, pessoalmente, e a Igreja de modo geral, sofremos tentando angariar fundos. Os jovens da nossa comunidade terão uma nova visão a respeito da vida do pastor, descobrindo que ele gosta de aventuras e de viajar para lugares distantes.

Também tinha uma carta de Liz. Nicholas hesitou em abri-la, mas, por fim, por consideração àquela caligrafia, registrada em sua memória, abre a missiva. É um recorte de jornal sobre uma mostra de arte bizantina no Metropolitan Museum em Nova York, acompanhado de um cartão de boas-vindas por seu retorno a Londres, expressando o desejo de vê-lo. Uma onda de desconforto o atingiu, não apenas pela mensagem de Liz, mas, sobretudo, por aquele cartão, que trazia uma imagem do trono do sultão Mahmud que parecia um sapo.

Nos últimos meses, desde que Nicholas tinha começado a trabalhar no ramo da arte em Omã, Liz passara a persegui-lo com recortes de jornais relacionados aos árabes: artigos sobre Saddam Hussein, sobre o medo que as dançarinas árabes tinham dos fundamentalistas islâmicos e da necessidade de contratação de guarda-costas para protegê-las, outro sobre a doença crônica de Hafiz Alassad e um sobre as crianças egípcias que, por umas poucas libras, vendiam lagartos que eram depois revendidos no Ocidente por cem dólares cada um.

Ele já não caía nas garras daquele olhar sedutor de Liz — primeira coisa nela que o fizera se sentir atraído, quando se conheceram, cinco anos antes, na Sotheby's. Nicholas costumava se surpreender com aqueles olhos que tudo sabiam, como se tivessem vida própria. Eram feiticeiros, capazes de desvendar os enigmas do movimento preciso do pincel, da cor esmaecida, de alguma equação, de algum fato histórico. Suas íris, repositórios de numerosas informações e de múltiplos idiomas, não se assemelhavam às de nenhum outro olho, como uma impressão digital não se iguala a nenhuma outra. Nicholas tornou-se escravo daqueles olhos que sempre o dominavam, de tão obcecados pelas artes. Ele a ouvia, porém eram os olhos que falavam, pensavam e bocejavam. Nicholas nunca havia notado tal particularidade no olhar de nenhum outro funcionário da Sotheby's, nem no de nenhum comprador do leilão e nem mesmo nos próprios objetos de arte.

Ele enlouqueceu de tanto desejo por ela; queria poder contemplar aqueles olhos para sempre e eles estavam a seu serviço, dormindo, sorrindo, gemendo de prazer ou ardendo de ciúme. Sentiu uma intensa paixão por Liz. Aquele olhar o engolira, dando a ele a sensação de pertencimento, de se ver no centro das coisas em Londres; foi aquele olhar que o apresentou às ruas e aos becos, aos clubes e restaurantes, que o levou a grandes festas. Mas Liz decidiu deixá-lo porque ele não queria se casar. Após o período da perda, quando Nicholas se envolveu em casos passageiros, Liz voltou, ignorando o assunto do casamento. A felicidade de Nicholas com o regresso de Liz era indescritível e Londres não era grande o suficiente para celebrar aquela reaproximação. Foram juntos para Florença e visitaram a colina de Fiesole. Seguiram por uma estrada pavimentada que, de um dos lados, tinha um muro e, do outro, construções voltadas para as colinas verdes. Nicolas comentou que caminhar pela Muralha da China deveria ser parecido: andar por um caminho de concreto, em meio à natureza verdejante. Mas Liz logo corrigiu suas informações ao apontar que a largura, o comprimento e a localização das duas muralhas eram muito diferentes.

— Eu me referia apenas à sensação, Liz. Não estava fazendo uma comparação.

Ambos adoravam Fra Angelico, que vivera naquela igreja, mas não havia pintado absolutamente nada em suas paredes. Caminharam pela escuridão da minúscula igreja, parando diante dos poucos quadros que havia ali e, então, entraram numa sala em que a escuridão era intensificada pelo tom opaco da madeira. A luz do pátio, que rodeava a abadia como mãos afetuosas a sustentá-la, incitou Nicholas a deixar Liz, seus livros e papéis, e se deter diante da janela aberta no corredor que dava para outro pequeno pátio, onde algumas plantas e flores modestas eram regadas por um clérigo que cantarolava baixinho. Também havia uma grande gaiola pendurada ao lado da janela, em que se apinhavam pássaros que entravam em suas casinhas, comiam, banhavam-se e balançavam-se num cestinho pendurado no meio da gaiola. Um dos pássaros esperava alguma notícia na entrada de sua casinha, em seguida, entrava novamente nela, limpava suas penas, bicava as penas de outros pássaros... num movimento contínuo de cores que se misturavam e saltitavam. Liz se aproximou de Nicholas e lhe perguntou o que estava acontecendo:

— Esse pequeno pátio é muito bonito. Venha, vamos nos sentar aqui um pouco.

— Não, venha comigo. Quero lhe mostrar uma coisa nesses afrescos.

— Eu quero lhe mostrar este pátio e o jardim...

— Lindo — ela disse sem sequer olhar o pátio —, mas venha comigo.

Nicholas sentiu-se sozinho, a despeito da presença de Liz ao seu lado. Embora tivesse se livrado desse sentimento de solidão com o retorno de Liz, após a separação que durou dois meses, agora ele se sentia completamente só.

Quando regressou a Londres, Nicholas se afastou dela definitivamente. Abandonou aquele olhar à própria sorte: vagando por livros, enumerando, relembrando, reunindo especificações e chegando a conclusões. Tirou o casaco; não havia mais a necessidade de se proteger da frieza daquele olhar. Ela, por sua vez, experimentava todas as prescrições racionais, sexuais e psicológicas. Chegou até a pedir a ele que não andasse de bicicleta, pois isso poderia influenciar no desejo sexual. E ela só o deixou em paz quando ele lhe disse que já não sentia desejo por nenhuma mulher.

Nicholas jogou o cartão no cesto de lixo e foi preparar outra xícara de café. Pegou mais algumas tâmaras, apanhou sua agenda, alguns panfletos e cartas e começou a fazer chamadas telefônicas. Anotou as datas de alguns leilões na agenda, ligou para a Academia de Artes, para o Museu Lord Leighton e para algumas outras galerias. À medida que fazia as chamadas, sentia que não havia deixado Londres. A vida pulsava novamente em seu apartamento. Declarou para si mesmo que a vida entre Omã e Londres era perfeita e invejável. Ligou para a Sotheby's:

— Aqui é o Nicholas. Retornei esta manhã.

Pensou em dormir umas duas horas antes de encarar qualquer coisa relacionada ao trabalho. Colocou a cabeça no travesseiro e, nesse instante, Lamís lhe veio à cabeça, a mulher que pegara de suas mãos o passaporte como se ele estivesse entregando a ela algo inestimável. Recordou a agradável sensação experimentada no táxi ao lado dos passageiros árabes.

Liga para seu secretário em Omã e pede a ele que descubra o significado de "Lamís"; não querendo desligar o telefone, espera pela resposta

— Lamís quer dizer "toque suave".

Quando, no táxi, Nicholas perguntou como ela se chamava, Lamís respondeu enfatizando o "m" e o "s", e o modo que pronunciou o nome revelou seus dentes brancos e perfeitos. Suas mãos eram belas e delicadas e seus cabelos — como os cabelos da maioria das mulheres árabes — intensamente negros, um longo rio amarrado sobre a nuca. No táxi, ela parecia ter descido serenamente de seu lugar no pedestal de um santuário, sobretudo quando, com timidez e algum constrangimento, abriu a boca para responder às curiosidades de Amira. Ela aparentava ser ainda mais autêntica assim, longe da companhia das outras estátuas do santuário. Seus olhos negros proclamavam paixão sem que ela soubesse disso, inclusive quando tentavam, apressadamente, compreender o que se passava ao seu redor, como se ela tivesse acabado de nascer. Do mesmo modo, seu enorme sorriso e seu corpo desprendiam a mesma elegante delicadeza. Quando tirou o pulôver, ele pôde notar, sob a camisa, os seios rijos que não necessitavam de sutiã. Aos olhos de Nicholas, ela aparentava ser uma pessoa muito sensível, fragilizada e apreensiva. "Será que está doente?", ele pensou; mas aquela tez morena indicava uma saúde ótima. Não podia perguntar o que se passava com ela, assim, diretamente; teria que esperar a oportunidade adequada.

Apesar de a maioria das mulheres árabes que viviam em Londres insistir que elas eram modernas e já não correspondiam ao estereótipo da mulher árabe típica idealizado pelo Ocidente, ele sentia, desde o início de seu trabalho na Sotheby's, que havia uma barreira invisível entre ele e elas. "Será que essas mulheres são vaidosas por causa de sua extraordinária elegância, com os cabelos sempre bem-arrumados e tingidos de loiro?", pensava Nicholas. Mesmo estando numa posição de superioridade naquela situação, ele não ousava encará-las por muito tempo e seguia elucidando os detalhes desta ou daquela peça, fossem elas estudantes que faziam anotações, ou mulheres interessadas em leilões de arte.

Ficava confuso em relação às personalidades contraditórias daquelas mulheres, camaleões que mudavam de cor; tinha a impressão de que todas se equilibravam numa corda bamba. A aparência elegante e a gentileza nas conversas, às vezes, não combinavam com sua argúcia ou ambiguidade quando tentavam interrogá-lo, de maneira indireta, sobre a estimativa de preço que supunham ter esta ou aquela peça ou sobre quem eram as personalidades árabes que participariam do leilão. Quando soube que mantinham jejum durante o mês do Ramadã, ele se perdeu completamente. Procurava entender, sem ferir seus sentimentos, por que jejuavam, mas não usavam o *hijab*. Ficou mais surpreso ainda com a resposta de uma delas:

— O que tem a ver o jejum com o *hijab*?

Mas Lamís parecia diferente. Lembrou-se do prazer que sentiu quando a ouviu contar a Amira que era divorciada.

O telefone tocou. Era David, um ex-colega da Sotheby's perguntando se os omanis se interessariam pela gazela, se ele havia retornado por essa razão e se acreditava ser possível alcançar o maior preço no mundo dos leilões islâmicos. Com isso ele se referia à singular gazela do século x que descansava na fonte dos jardins da medina omíada de Zahra, perto de Córdoba, antes de, no século passado, acabar finalmente em um palácio austríaco.

— David, posso retornar a ligação esta tarde ou amanhã, pela manhã? Desculpe, mas neste momento estou um pouco atarefado com algumas coisas.

Nicholas deixa o apartamento em direção ao seu carro na Eccleston Square. Um vizinho surge de uma janela e lhe informa que havia enxotado três rapazes que estavam mexendo no veículo.

— Acho que pensaram que o carro estava abandonado. Da próxima vez que viajar, seria bom pedir a alguém que dê umas voltas com o seu carro de vez em quando, pra mudá-lo de lugar...

Nicholas agradeceu e foi tomado pelo pensamento de que o sentido de vizinhança continuava existindo e que isso tornava Londres menos distante e indiferente do que ele a julgava ser. Talvez devesse vender o carro ou dá-lo a alguém de sua família.

Foi até Park Lane, passando pelo Marble Arch e então Edgware Road, onde morava Amira. Estacionou o carro em uma esquina e caminhou, observando a atmosfera árabe familiar a ele... e a palavra *halal* exibida nos restaurantes e lojas. Nicholas ficou imaginando qual seria a razão de os árabes utilizarem aquela palavra tanto ao falarem de carne como ao se referirem a mulheres. Talvez, se ele tivesse estudado a língua árabe como deveria, poderia entender a formação da personalidade dos árabes, de sua cultura e de seus hábitos.

Um homem olhava para todas as mulheres que passavam a sua frente, enquanto sua esposa, enrolada em panos como se fosse a um baile de máscaras, caminhava ao seu lado, trazendo um filho pela mão; a empregada filipina os acompanhava, segurando pela mão o outro filho e carregando uma sacola cheia de bananas e melancias.

"Será que Lamís faz suas compras aqui e frequenta os restaurantes árabes?", se perguntou.

Dois homens pareciam estar discutindo algo sério. Antes de cada um deles começar a falar, tocava o membro, como se pressionasse um botão que o ajudaria a extrair a voz de suas entranhas. Ambos calçavam botas adornadas com argolas e fivelas prateadas.

Já na entrada do prédio de Amira podia-se sentir o cheiro de comida não inglesa. De imediato, aquela atmosfera transportou Nicholas para Omã e suas casas conhecidas pelas cortinas sempre fechadas, como se fossem feitas de cimento. Amira o esperava na porta do apartamento: com todos os seus adornos e com os lábios pintados de um jeito cômico que fez Nicholas rir, talvez porque o batom tinha manchado um dos seus dentes ou porque Amira tinha as pálpebras pintadas com uma sombra verde que combinava com os botões de seu *tailleur*, que ameaçava arrebentar cada vez que ela falava, ou ainda porque o cabelo dela estava plissado como o de uma cantora de ópera.

— Eu cheguei muito cedo?

— Não, não, de jeito nenhum.

Amira havia colocado tanto perfume que parecia estar vestindo uma roupa de perfume. De trás do barzinho de bambu, ela lhe perguntou o que queria beber.

— Você tem vinho? Branco ou tinto. Para mim, tanto faz — ele respondeu.

Nicholas seguia chocado com o que via e seus olhos nem piscavam, exatamente como acontecera no passado: quadros com molduras douradas representando cenas mitológicas românticas, como a de uma jovem entalhando o nome de seu amado no tronco de uma árvore enquanto enxugava as lágrimas de seus olhos, ou a de uma mulher nua em cujo torso pousava uma águia com as asas abertas. Apontando para o quadro, Amira disse:

— Foi um verdadeiro achado na Bayswater, num domingo.

Além disso, havia cortinas floridas, sofás dourados em estilo Luís XVI, com algumas coroas partidas que deixavam o gesso à mostra, e a mesa, que tinha o tampo de vidro sustentado por algo que parecia uma aranha gigante ou um escorpião de ferro. Havia também um grande ovo, posicionado sobre uma base de metal dourada, do qual saíam dois pássaros negros com olhos, bico e patas dourados e que disputavam o ovo.

Nicholas pergunta:

— Esse cheiro é de coentro ou cominho? Eu não consigo diferenciá-los.

— Você deve estar com fome. Peço uma comida do restaurante libanês?

— Não, não estou com fome, era só curiosidade. Mas me atrasei, por acaso? Eu me esqueci! Marcamos às oito ou às nove?

Então ele viera por causa dela, não pela comida árabe nem pela bebida, como geralmente faziam os homens ingleses que a visitavam.

— Ah, eu também me esqueci. O Samir ligou e disse que ainda estava esperando o macaco ir ao banheiro fazer as necessidades!

— Ah, ele me ligou também.

— Eu sei, fui eu quem deu seu número a ele.

— Ele me fez rir e logo desligou. E a Lamís? Teve notícias dela?

— Lamís não me ligou. Não tenho o número do telefone dela. Você tem?

— Não.

— Ela deve aparecer. Nós, árabes, sempre nos atrasamos.

O telefone toca e faz o coração de Nicholas pular de nervoso. Poderia ser Lamís se desculpando... dizendo que não viria mais.

Enquanto Amira procurava o telefone, Nicholas começou a se sentir frustrado. Estava tudo acabado. Lamís desapareceria de sua vida. Pensou em passar na casa dela, que ele sabia onde ficava. Esse pensamento fez seu coração disparar novamente. Iria até lá e deixaria um bilhete. Mas o que escreveria?

O telefone continuava a tocar, Nicholas queria procurar por ele, mas, finalmente, Amira o encontrou e atendeu, com voz suave:

— Alô — disse, enquanto piscava para Nicholas.

— Alô. Sim, é a Amira.

— É a Lamís? — Nicholas perguntou. — Por favor, pegue o número do telefone dela! — mas Amira ignorou o pedido e continuou a conversa.

— Amanhã. Durma bem.

Quando desligou o telefone, Amira caiu na gargalhada.

— A Lamís deixou você louco!

Nicholas riu e quase sugeriu que eles fossem buscar Lamís. Amira pegou o uísque e serviu a ele um copo. Nicholas aceitou a bebida que nem havia pedido.

— Obrigado, Amira. O que faremos?

— Esperamos uma meia hora. Então, pedimos o jantar aqui. Lamís provavelmente vai se atrasar. Que tal?

— Será que aconteceu algo de ruim com ela? Parecia estar deprimida no caminho do aeroporto até aqui.

— Pode ser que estivesse com tontura; ela não come nada. Quer que seu manequim seja zero. Vou pedir a comida. O que acha?

— Não estou com fome. Você mora sozinha? Você trabalha?

— Meu marido está em Dubai. Eu trabalho com pedras preciosas.

Nicholas considerava Amira diferente das árabes que ele via na Sotheby's ou em Omã, nos coquetéis, mulheres que não prestavam atenção em nenhuma conversa, cujos olhares vagueavam observando tudo sem enxergar nada, mulheres que temiam o marido e sentavam-se quietas como os gatos, para evitar que seus colares fizessem algum ruído. E ela também não era como as árabes que ele havia visto na praia — com seus belos maiôs e as unhas pintadas, como lábios coloridos na areia — sob os coqueiros, indiferentes a tudo à sua volta, sobretudo aos estrangeiros. Ele se pegou pensando se seria falta de curiosidade ou se não o achavam atraente por ele ser loiro e não ter pelos no peito. Elas colocam os fones do *walkman* no ouvido e se deitam sozinhas ou com o marido; sem dúvida, eram os cantores estrangeiros que agradavam aos seus tímpanos, ou então eram os astros hollywoodianos que elas buscavam nas revistas que liam.

— Que tal mais uma dose? — pergunta Amira ao se levantar.

Nicholas ouviu o estalar do gelo enquanto ela, de repente, agarrou seus ombros massageando-os, fazendo-o não apenas sentir suas unhas, mas ouvir o som delas em sua camisa. Deveria suspeitar que ela tentaria seduzi-lo; ela apertava o peito contra sua nuca e ele podia sentir seu hálito quente; então, a mão dela infiltrou-se entre sua pele e a camisa... Aí ele arqueou as costas, inclinou-se para a frente distanciando-se dela e, mesmo hesitante, tentando não lhe ferir os sentimentos, mentiu dizendo:

— Me desculpe, Amira, fiquei surpreso, eu realmente fiquei chocado... você é árabe... não sei o que...

— Por mais que tentem, não conseguirão aprisionar o que tenho no meu corpo. Em primeiro lugar, sou um ser humano antes de ser uma mulher árabe. Sem dúvida deve ter percebido a atração que sinto por você, por isso fiquei à vontade e o provoquei. Eu sei que, mesmo me atirando em você, não me censuraria, mas justificaria meu comportamento.

Nicholas ficou sem palavras e se sentiu muito desconfortável, cheio de remorso, porque sabia que não teria uma ereção.

— Me desculpe, é que eu...

— Eu sei, eu sei. Um homem não é como um guarda-chuva automático que se aperta um botão e ele abre. — Apesar de se sentir bastante confuso, ao ouvir a comparação feita por Amira, Nicholas caiu no riso e, ao ver o embaraço dele, Amira começou a rir de um jeito escandaloso. Em seguida, inclinou-se e beijou o lado direito de seu rosto, depois, o esquerdo e, novamente, o direito, antes de se despedir dizendo:

— Três beijinhos, como é o costume.

No caminho de volta ao carro, Nicholas passou por um homem árabe que barganhava, em inglês, com uma prostituta também árabe. Isso o levou a pensar que, no final das contas, Edgware Road era uma rua inglesa.

CAPÍTULO DOIS

I

Foi a gata quem recebeu Lamís e a conduziu ao andar de cima, onde a professora de inglês britânico tomava café contemplando a Primrose Hill:

— Por favor, Lamís, entre. A pronúncia do seu nome está correta? Desculpe não tê-la recebido à porta.

"É claro que você reconheceu meu sotaque", pensou Lamís.

— Por favor, sente-se. Café? Chá?

— Não, obrigada.

A gata cercava Lamís, a olhava fixamente e se esfregava em seu vestido, nos sapatos e na bolsa.

— Ela quer conhecer você. Isso a incomoda?

— Não, em absoluto.

— Então você quer dominar o sotaque britânico?

— Sim.

— Posso saber qual a razão?

— Quero viver em Londres.

— E, no momento, onde você vive?

— Em Londres!

— Quando você chegou?

— Há treze anos. Mas não sentia que estava vivendo em Londres de fato, já que sempre me mantive imersa em um ambiente completamente árabe.

— Claro, tinha necessidade de estar rodeada por uma atmosfera árabe, principalmente porque a sua presença aqui é consequência da Guerra do Golfo.

— Não, eu deixei o Iraque antes que a guerra começasse.

— Ah... claro, claro.

A professora se sentou no sofá e convidou Lamís a sentar-se também.

— Vou lhe fazer algumas perguntas, se você não tiver nenhuma objeção, porque essas aulas não mudarão apenas a sua pronúncia, mas também a sua maneira de articular a língua. Tudo o que tem relação com a sua voz e com a sua garganta mudará. Não é só uma questão de pronúncia, é algo muito mais profundo. O árabe é a sua língua materna e modificar o modo como você fala, inevitavelmente, influenciará a sua personalidade.

— Entendo, entendo.

— Por isso gostaria de saber por que, depois de treze anos, você decidiu, de repente, adquirir o autêntico sotaque britânico? E por que escolheu viver na Inglaterra e não em outro país?

— Eu vim a Londres para me casar com um iraquiano que já morava aqui. Agora, me divorciei. Temos um filho. Decidi me integrar nessa sociedade e me tornar parte dela. Preciso trabalhar e acredito que o aperfeiçoamento da pronúncia inglesa me ajudará nisso.

— Em outras palavras, você escolheu a Inglaterra como seu segundo país...

— Não, não. Como primeiro país. Eu saí do Iraque quando tinha doze anos e não acredito que voltarei a morar lá.

— Então você está mesmo determinada. Muito bem, vamos começar.

A professora falava sem parar, a ponto de Lamís começar a sentir sono. Pensou: "Os ingleses são assim, muitas explicações e muito pessimismo. Será que dá mesmo para milagrosamente falar inglês como um inglês?".

A professora repreendeu a gata, que havia derrubado uma caneta, algumas folhas de papel e um livrinho, antes de tentar derrubar um livro grosso. Depois, desculpou-se com Lamís dizendo que a paixão do felino era ver coisas caindo.

— Às vezes, tenho medo de que ela sinta prazer em ver a si mesma caindo lá do ático.

Depois de uma hora, Lamís deixou a professora e saiu segurando um papel. Ela deveria praticar as duas primeiras linhas que constavam daquela folha. As recomendações da professora ecoavam em sua cabeça como uma buzina: "Ligue a TV, vá ao teatro ou ao cinema toda noite, converse com seus amigos ingleses, afaste-se, até mesmo em pensamento, de tudo que é árabe. E abstenha-se também das comidas árabes, pois seu subconsciente pronunciará seus nomes".

— Está bem, está bem, farei isso!

Lamís se parabenizou intimamente por ter conseguido deixar seu apartamento porque, quando se levantou naquela manhã, esteve a ponto de dar uma desculpa qualquer à professora e cancelar a aula. Tinha acordado com o coração disparado, temendo ainda estar em Dubai. Abriu as cortinas: são elas que obscurecem a verdade, tornando todas as cidades parecidas; ou mais, ocultam as cidades e deixam as pessoas à mercê de sua solidão e de suas obsessões.

Contemplou a torre à distância. Olhando para baixo, viu a entrada de uma casa com canteiros de flores; em seguida, viu a mulher trocando a fralda de seu bebê. Também ficou observando as numerosas caixas de papelão, malas e sacolas atrás de si. Aproximou-se delas e tentou abrir a primeira, mas parou, feito uma raposa que sonda sua presa sem a certeza do ataque. Ligou para a escola de seu filho, mas desligou antes de perguntar por ele. O que lhe diria? Mesmo sendo mãe e filho, viviam separados, exceto pelos encontros esporádicos. Voltou a bisbilhotar um escritório em frente, onde os funcionários, em suas respectivas mesas, pareciam estar ocupados. Ancorou o olhar sobre os tubos dos telhados dos prédios que tinham uma forma muito engraçada de cogumelos metálicos que expelem fumaça.

Durante o dia a torre da BT se transforma de Mickey Mouse em torre de observação de tom cinza-pálido. Ali do seu apartamento, Lamís via algumas plantas brotando do cimento e a bela cúpula de uma igreja de cor verde oxidada, bastante exótica naquela região. Apenas uma árvore se erguia desse cimento, tentando viver com todas as suas forças.

Em Najaf não se podia olhar a não ser pelas frestas das janelas fechadas; por isso, as janelas dos banheiros eram bem altas. O ápice dos olhares furtivos se dava durante as festas religiosas, através dos lenços negros das mulheres e do sangue que cobria o rosto dos rapazes que se golpeavam com espadas, gritando: "*Haydar, haydar, haydar,* Al-Abas, Al-Abas, Al-Abas".

Será que essa estrangeira, que está arrumando a roupa do seu filho agora, sabe que existe uma cidade chamada Najaf?, pensou Lamís ao ver sua vizinha correndo a cortina na sua cara, deixando aberta apenas uma fresta. Tinha o menino ainda nos braços quando se deu conta de que Lamís a observava.

Depois que deixou a professora, Lamís caminhou convicta de que não encontraria sua ex-sogra nem seu ex-marido nas ruas de Primrose Hill. Queria descobrir uma outra Londres, ou mais de uma Londres, do mesmo jeito que a cidade era conhecida por seus habitantes.

Estava decidida a se expandir exatamente como havia feito a princesa fenícia Elissa, que fundou Cartago mesmo contra a vontade do irmão, que a proibiu de estabelecer seu reino, dando a ela apenas uma parte da terra cuja área não ultrapassaria o tamanho do couro de um boi. Mas ela ardilosamente o enganou, ao pedir que seus súditos cortassem o couro em tiras finíssimas e muito compridas de tal modo que seu reino acabou se estendendo até a praia e suas ondas.

Lamís andou por entre as ruas e os cafés, olhando tudo a sua volta. Viu plantas e arbustos das fachadas das casas; notou também que, para a alegria dos passantes, muitas tinham vasos com flores sobre a mesa; numa das casas havia um cavalo de madeira exposto. Antes, Lamís pensava que todos que viviam em ambientes como aqueles eram certamente felizes. Mas vieram à sua mente as cortinas do lugar em que vivia com o marido e o buquê de flores sobre a mesa. Seu coração se encheu de angústia quando se viu dentro daquele "lar", o marido falando ao celular, a sogra sentada bebericando café e brincando com o neto, com a TV ligada a todo o volume.

Umas quadras depois, ela se pegou rindo de dois pratos de papel-alumínio em cima de uma árvore; eles tinham, bem no meio, dois círculos pretos que pareciam olhos. Eram arbustos entrelaçados ao longo do muro do jardim de uma casa, cujos galhos haviam sido podados na forma de um animal com rabo.

Não sorria desse jeito desde que saíra de Dubai. Repensou e se deu conta de que também rira com o homem libanês, dono do macaco. "Preciso me desculpar com a marroquina, Amira, por não ter ido jantar com eles", pensou Lamís, de repente.

Contemplou a planta-animal novamente. Sem dúvida, a pessoa que teve a ideia de transformar o arbusto num animal devia ser muito criativa, de caráter espirituoso, como seu pai, que não deu a menor atenção à exposição de barcos e iates em Earls Court, mas ficou fascinado com as flores estranhas colocadas em volta das embarcações. Voltou o olhar da planta-animal para a sala de visitas da casa imaginando-se sentada nela, muito embora não conseguisse discernir os móveis, já que estava escuro. Mas conseguiu ver um aparelho de chá chinês sobre a mesa da cozinha. "Quem podou os arbustos daquela forma seria um homem ou uma mulher?", pensou. Deu mais alguns passos e depois parou ao notar alguém empurrando a porta de ferro. Era um inglês que carregava sacolas; de uma delas, se via uma laranja quase saindo. Voltou apressadamente e chamou o homem, que não havia notado sua presença ali:

— Desculpe!

O homem virou-se para ela. Era de meia-idade e atraente. Não lhe perguntou nada.

— Isto é seu? É um dragão?

— Sim, é do meu jardim. Um dinossauro.

Ele pôs a chave na fechadura da porta e entrou apressado. Talvez não quisesse conversar com uma mulher que não sabia a diferença entre um dinossauro e um dragão.

Lamís olhou em volta, não viu nenhuma parada de ônibus e percebeu que na rua não havia nenhum táxi.

"Mas para que tanta pressa? Por que temia não encontrar um táxi? Podia caminhar, mesmo que levasse uma hora para chegar ao apartamento. Podia pegar um ônibus ou o metrô. Afinal, o que é o táxi?", perguntou-se. "É apenas um meio de transportar pessoas de um lugar para outro, não é uma boia de salvação, muito menos um porto seguro."

Não se perderia porque tinha olhos para ler os nomes das ruas e ouvidos para escutar a pessoa que lhe indicaria a direção que deveria seguir. Podia parar num café ou num restaurante para comer. Afinal, por que a pressa? Mesmo com esses pensamentos, ficou aflita por conseguir um táxi, sentindo-se culpada, como antigamente, imaginando que todos estão em casa à sua espera. Não se tranquilizou até que avistou um táxi vazio e deu sinal.

Em pouco tempo estava de volta ao apartamento. Sentiu o coração apertado por uns instantes. Não havia ninguém a quem dar explicações nem para contar sobre seu dia: a aula de língua inglesa, a caminhada para além do couro do boi e aquelas poucas horas tão agradáveis que passara.

O telefone tocou e ela o atendeu de imediato. Era Balqís, repreendendo-a por ainda não ter ligado para ela.

— Consegui o seu número com sua família em Dubai. Estou muito preocupada com você. A história da papoula nunca me passou pela cabeça, incrível.

Lamís tenta parecer natural, pensa em dizer a Balqís que ela tinha decidido não encontrar com ninguém do passado. Todas elas haviam se tornado suas amigas só por causa de seu casamento. Como não conseguiu dizer nada, caiu em prantos e então concordou em encontrá-la na Leighton House, onde estava em cartaz uma peça de teatro que tratava da vida do artista Lord Leighton, por ocasião de seu centenário. Desligou o telefone e, de repente, sentiu-se aliviada. Ligou para a escola de Khalid e lhe disseram que retornasse a ligação em duas horas. Hesitou antes de dar seu nome, mas, inesperadamente, deixou uma mensagem: "Aqui é a mãe dele. Voltei de viagem e estou com muita saudade do meu filho".

Ficou satisfeita com o que havia dito. "É a verdade, sou sua mãe, embora tenha me divorciado de seu pai, serei sua mãe para sempre. Ninguém poderá arrancar de mim essa condição, nem mesmo ele", pensou. Sentiu-se muito ativa e começou a dar voltas ao redor das caixas. Abriu uma delas, pegou um embrulho, começou a abri-lo até que surgiram os pés da estátua de uma mulher japonesa de marfim. Teve a sensação de que aqueles pés poderiam pisar e esmagar sua mão, então os embrulhou rápido e os devolveu à caixa. Essas eram algumas das coisas das quais ela gostava muito, que havia escolhido e comprado, sempre com a desaprovação da sogra, não porque esses objetos tivessem grande valor nem pelos detalhes em ouro, mas porque ela não declarava o preço nem a procedência deles. Certa vez, sua sogra lhe disse que a esposa de fulano havia ido a uma festa beneficente e gastara em torno de meio milhão de libras.

— Como é que a senhora sabe? — perguntou Lamís, indignada.

— Somei os preços das joias e das roupas na calculadora, porque eu sabia o preço de tudo que ela comprava.

Diante dessa lembrança, Lamís hesita em ir ao encontro com Balqís. Vai até a cozinha, aperta o botão da chaleira elétrica e começa a preparar uma xícara de café. O cheiro do café desperta nela o espírito de aventura novamente. Num rompante, decide vestir-se, talvez ainda sob influência da propaganda da Nescafé, em que uma moça sozinha na praia seca as lágrimas assim que bebe o café, enquanto a música se intensifica: "Agora vejo claramente, hoje é um dia de sol".

Desta vez, passou mais tempo que o usual na escolha do que iria vestir. Queria que Balqís a visse como outra pessoa: uma Lamís mais feliz porque tinha se divorciado, uma Lamís mais livre, não aquela pessoa reprimida, não aquela imprudente, mas uma mulher mais equilibrada, diferente de todas elas. Escolheu uma camiseta de náilon com desenhos e vestiu por cima de uma regata branca; colocou umas calças prateadas bem folgadas. Em vez dos sapatos de salto alto, calçou um de bico fino baixo, parecido com os sapatos de Aladdin. Prendeu os cabelos para trás com uma faixa deixando-os levemente soltos, como se pudessem se soltar definitivamente a qualquer momento.

— Leighton House, por favor. Holland Park.

— Onde?

— Leighton House. O Museu Lord Leighton, no Holland Park.

— Ah.

Quando o táxi parou em frente ao museu, o aperto no peito foi diminuindo ao sentir o perfume estimulante do ar. Parou para contemplar as altas árvores. Mas, ao enxergar o penteado de Balqís, que, de pé, checava as horas e ajeitava os cabelos e a gola do casaco, foi tomada pela tensão novamente. O penteado de Balqís a transportou ao passado, resgatando a marca tão exclusiva: a bolsa Chanel, os botões Chanel, aquelas duas letras "c", parecidas com uma pinça fórceps, eram um símbolo que indicava que a pessoa que o portava tinha o direito de pertencer ao círculo — círculo de afiliação aos grupos de caridade, onde mulheres competem no modo de se vestir, na posição social e frequentam aulas na

Sotheby's e na Christie's: cursos de decoração de mesas, da história da cerimônia do chá inglês, da geologia especializada em pedras preciosas, da história do chocolate, do bridge e dos arranjos de flores... Inclusive, quando combinavam de ir a um restaurante depois dessas aulas, sentiam-se realmente merecedoras de estar naquele local, como se aquelas aulas as fizessem atravessar os muros ingleses, aumentando a confiança de que as experiências vividas naquele país não eram em vão. Quem poderia acusá-las de serem frívolas?

Nesse sentido, Balqís era exatamente como as outras: uma galinha a ciscar o chão, se lamentando.

— É *haram* se divorciar! *Haram*! — declarou Balqís quando soube da separação de Lamís.

— Estou sofrendo com náuseas e palpitações. Não me sinto feliz — Lamís disse a ela, certa vez.

— Será que você está com otite? — perguntou Balqís. — Será que tem uma tênia? Talvez tenha abusado do chocolate ou do zaatar.

Aconselhou, então, Lamís a experimentar o feng shui; disse que lhe traria paz de espírito. E, realmente, Lamís trocou sua cama de ferro e o espelho escuro, colocou rosas perto da cama, sem se importar com a irritação que a fragrância acentuada das flores causava à sua garganta, nem com o despertar de seu marido pedindo uma aspirina.

Lamís retrocedeu. Precisava fugir. Não podia se encontrar com Balqís. Foi se afastando da entrada do museu pela beirada dos muros, olhando para os carros. Implorava para que passasse um táxi. "Como Balqís pôde me esperar por quarenta e cinco minutos? Ela é extremamente leal e generosa. Isso é o que importa. Já eu... deveria me envergonhar do meu comportamento. Deveria ir até ela e abraçá-la. Mas estou fugindo. Tenho medo de olhar para Balqís e ver seu marido escondido detrás do seu penteado, censurando-a por ela ainda conversar comigo."

A maioria das mulheres transforma-se no marido, não apenas no nome, mas também na aparência. Em muitas ocasiões, especialmente nas festas beneficentes, Lamís chegava a sentir que estava ao lado do empreiteiro, e não de sua serena esposa, ou que Nirmin e seu colar cravejado de pedras preciosas haviam desaparecido, dando lugar a seu marido diplomata, que ajeitava nervosamente a gravata. Até a própria Lamís se transformava em uma mulher rica, segurando um charuto numa mão e na outra passando as contas da *masbaha*, enquanto dizia:

— Já experimentei de tudo... juntei uma grande fortuna e agora que tenho cinquenta anos... não há mais nada a ser feito, a não ser exercer a política.

Passa um táxi livre e Lamís pensa em correr até ele, mas é Balqís quem corre até ela. Talvez a tivesse visto lá de dentro do museu. Lamís se dirige à entrada do edifício como se tivesse acabado de chegar, dá uma olhada no relógio e espera que Balqís a chame:

— Lamís! Lamís!

Sem saber direito como, Lamís pagou o ingresso, entrou e se apressou em juntar-se ao grupo de cinco pessoas que bebiam champanhe. Recusou uma taça, para surpresa de todos, principalmente porque o champanhe estava incluso naquele ingresso tão caro.

Foram conduzidos, ela e o grupo, no escuro, em direção a uma porta aberta da qual se podia ouvir vozes inglesas mescladas com o barulho de pratos, garfos e colheres, além do tinir de cristais. Em seguida, uma voz os alcançou:

— Naturalmente, Sua Alteza. Gostaria de mais uma dose de conhaque?

— Vai tocar Brahms? — pergunta outra voz.

A elegante guia sinaliza para que o grupo a siga até a sala de jantar, onde, parado de pé, o garçom olhava a mesa sobre a qual havia restos de pão, lírios, velas, pratos com uvas e porções de queijo. Ele, então, começou a recolher os pratos de sobremesa, inclusive um que permanecia intacto. As vozes se fizeram ouvir novamente:

— O frango e a sopa! Tudo delicioso! Meus parabéns. Muito obrigado, Alteza.

Entra um rapaz, que parece ser ator, e conversa com o garçom que continuava a recolher os pratos com doces. Lamís não entendia o que se passava entre eles. Depois de uns minutos, finalmente compreendeu que o rapaz era mesmo um artista iniciante que queria ver Lord Leighton para se desculpar e se retratar sobre ele ter dito que Leighton não passava de um aristocrata. Ali estava ele tentando persuadir o garçom a arranjar um encontro. Lamís fixou o olhar no rosto do jovem ator, que, nas têmporas, tinha veias saltadas e se imaginou flertando com um homem como aquele, olhando para ele, ali da cabeceira da mesa onde ela estava sentava, enquanto ele, de pé, mostrava os quadros que trazia debaixo do braço. Ela conseguia ouvi-lo da outra extremidade da sala; então se levantaria, arrastando seu vestido longo como a cauda de um pavão real, afastaria as facas e as colheres de prata, os cristais, os vasos de flores, afastaria os quadros, o jarro de vinho, a meia taça e se aproximaria da ponta da mesa, onde ancoraria, oferecendo sua boca a ele.

Lamís se perde em meio às paredes púrpuras e aos tapetes persas enquanto ouve o artista dizer:

— Lotus em Holland Park.

A guia encara Lamís e pede que ela se dirija ao local onde se encontrava o ator, que estava de pé e vestia uma *abaia* branca. Ela recebeu a mensagem antes de o ator se virar e falar algumas palavras em árabe, das quais ela entendeu:

— *Salam ya hajj Abdullah wa subhanallah*[2].

Então, o ator abriu as duas folhas da porta e o grupo adentrou o universo de *As mil e uma noites*, deixando Lamís à beira do abismo. Cúpulas azul-turquesa nas abóbadas, ladrilhos de cerâmica decorados com pássaros sobre galhos de árvores e em volta da fonte de água, rodeada de mosaicos brancos, cinza e pretos, colunas vitorianas que exibiam versículos corânicos em árabe na cor azul.

Seus olhos passam rapidamente sobre aquilo que havia deixado o grupo maravilhado, pois ela estava familiarizada com o que se ocultava detrás das paredes dos mausoléus e dos muxarabis: mulheres suplicando a Deus para gerarem filhos, para que o marido volte para elas, para se curarem de alguma enfermidade. O rosto das mulheres tinha formas obliteradas pela madeira cúbica e arredondada dos muxarabis. Lamís não permitia que tudo aquilo penetrasse seus olhos e tentasse atraí-la, mas a voz intensa do muezim penetrou seu coração: quando ela era pequena, seu pai aproveitava o chamado do muezim para se esconder no sótão e poder tocar violino. De repente, o cheiro do incenso foi se intensificando, avançou até seus olhos, penetrou a poeira dos tapetes persas inertes e as frestas do piso de madeira dominando o perfume das orquídeas espalhadas aqui e ali, com suas cores de confeitos Smarties. Ouviu-se então um

2 "Que a paz esteja com você, *hajj* Abdullah, e glorificado seja Deus." (N. T.)

dos integrantes do grupo, que assistia à peça em pé, sussurrar para a pessoa que o acompanhava:

— Parece que estou numa igreja.

— É esse incenso, *luban*, que vem dos países árabes.

— Exato, os três reis magos.

O grupo passou ao estúdio de Lord Leighton: o centro de ideias, cores, transpiração dos poros da pele, sonhos, países distantes e tudo o que trazia, em profundidade, a mente daquele que ali se sentou e se prostrou, chorou e sorriu. Sem dúvida, a atmosfera do passado continuava dominando essa parte capturada do espaço, aninhada nos cantos altos e inacessíveis, longe do alcance de qualquer um. "Poderia ser eu, no lugar dessa atriz que não sabe se reclinar nessa cadeira árabe nem se postar adequadamente nesse muxarabi", pensou Lamís.

As molduras das imagens árabes haviam sido entalhadas com a memória árabe, não com a memória dos ingleses. Lamís sabia o que queriam dizer aquelas peças silenciosas, conhecia sua história, conhecia o que estava vendo. Quiçá pudesse ter se deitado ali, enquanto Lord Leighton misturava suas cores! A tranquilidade envolvia aquele lugar e se podia ouvir o murmúrio das árvores.

Abriu a bolsa em busca de goma de mascar. Sempre que mascava, desejava que lhe acontecesse algo inesperado.

"Preciso pertencer a um grupo como o desta noite, cujo destino é um só. Talvez seja isso que eu deva fazer todas as noites, sair da casa de Lord Leighton e ir a outras casas, onde eu viva a vida dos outros, nem que seja por pouco tempo. Por que cada um de nós tem que construir uma vida para si mesmo? Talvez os olhos que já viram todo o universo tivessem se sentido esgotados e, então, quisessem dormir."

Sempre que alguém do grupo respirava, espalhava-se o cheiro do champanhe ou do vinho. Lamís percebeu, de repente, que se encontrava na escuridão, apesar das velas acesas espalhadas por toda parte, nas escadas, nos umbrais e na solidão daquela casa.

Sentiu alguém tocando seu ombro, viu o brilho dos óculos e os dentes brancos, ouviu uma respiração. A partir desses detalhes, Lamís construiu uma imagem mental para aquele vulto, quando uma voz feminina lhe disse:

— Me desculpe.

O calor da amabilidade se dissipou e Lamís se viu novamente sozinha no vazio daquele lugar. Talvez algum dos presentes se sentisse como ela se sentia naquele momento, mas não tinha coragem de se aproximar.

O grupo se moveu, como se todos estivessem hipnotizados, seguindo o som dos passos, ora sobre a madeira, ora sobre o tapete. Os olhares se cumprimentaram de novo ao se encontrarem sob a fraca iluminação e, logo a seguir, no quarto onde Lord Leighton tossira muito, até a vida o deixar.

O quarto dele era parecido com a cela de um monge. Uma cama simples encostada na parede nua, como que desejando se afastar de toda beleza e sedução que havia do lado de fora. Tudo para adentrar em seu próprio ser. Lamís saiu dali sentindo-se aliviada. O remorso com relação a Balqís havia desaparecido por completo. Foi tomada pela certeza de que não regressaria à sua vida anterior, nem por um segundo. Alegrou-se por ser divorciada. Entrou na livraria do museu. Se Balqís, de fato, tivesse interesse pela exposição, teria entrado sozinha. O mais provável era que Balqís desejava apenas descobrir o que acontecera a Lamís em Dubai; em troca, contaria as novidades e os comentários da sogra de

Lamís sobre a situação. E, naturalmente, para poder contar às outras que havia visitado a exposição: "*Yeh, yeh*, uma loucura, fantástica!". Embora Balqís tivesse ido só para provocar inveja nas amigas.

Lamís estava escolhendo um livro sobre Lord Leighton, mas logo se flagra devolvendo-o e apressando-se para comprar outro ingresso e poder entrar novamente na exposição. Vira Nicholas, o homem inglês que havia encontrado o seu passaporte no avião e que insistiu em ajudá-la carregando sua bagagem até o elevador.

Ele estava conversando com uma mulher de uns quarenta anos quando Lamís se aproximou deles:

— Nicholas, você se lembra de mim?

— Ah, Lamís, que maravilha, como você está? Desculpe. Pamela, esta é a Lamís — disse ao apresentar as duas. — Ficamos os dois esperando você naquela noite.

— Prazer em conhecê-la, Pamela. Você vai à exposição da vida de Lord Leighton?

— Eu não — respondeu Pamela rapidamente.

— Pamela é uma das organizadoras — explicou Nicholas. — Bem, eu quero entrar no século XIX por uns vinte minutos... É uma boa ideia.

— Eu os convido. Vou pegar ingressos para vocês — disse Pamela.

— Eu tenho um ingresso — respondeu Lamís.

— Então, vou pegar um para o Nicholas. Ah, acabo de me lembrar, temos de lhe pagar o valor do *bakhur*, não é? O desta vez e o da vez passada também.

— Para sua sorte, tive uma conexão em Dubai, voltando da Índia. Tinha me esquecido completamente do *bakhur* na viagem.

Desta vez Lamís não queria que a escuridão a dominasse. Memorizou as paredes, os salões e suas portas, como se fosse um cego que, pela repetição e pela prática, sabe onde andar para não cair no buraco e encontra o caminho desejado.

Lamís fingia estar interessada e absorta naquilo que via pela segunda vez. Somente quando o cheiro do *bakhur* se espalhou, elevando-se por cima das cabeças, é que aquela atmosfera meditativa a arrebatou novamente.

— Parece que estou em uma igreja — ela repetiu o que ouvira uma mulher inglesa dizer.

— O *bakhur* está penetrando minhas narinas — Nicholas sussurrou. — Estou tremendo. Quero confessar.

— Confessar?

Ele agarrou uma mecha do cabelo de Lamís e a apertou, emitindo um som indefinido, que podia ser tanto de dor como de prazer. Ela não entendeu o significado daquele som, até que Nicholas acariciou seu rosto, passando os dedos por sua pele como se desenhasse algo. Quando ele repetiu o gesto, ela tocou seus dedos e ele a beijou delicadamente, com a mesma suavidade dos perfumes das orquídeas e dos lírios brancos que dominavam o ambiente. Lamís sentiu seu coração estremecer de constrangimento, mas Nicholas voltou a beijá-la, como se estivessem sozinhos ali. Na verdade, encontravam-se mesmo sozinhos, pois o grupo havia se dirigido à sala contígua. A boca de Nicholas era como uma abelha que acabara de descobrir onde se escondia o néctar. Puxou-a novamente para que alcançassem o grupo, como se nada tivesse acontecido. Por isso, ela não imaginou que ele voltaria aos seus lábios, como se buscasse algo que havia deixado para trás. Lembrou-se do slogan do gel de banho:

"Coisas estranhas acontecem após um banho com Badedas". *Strange things happen after Badedas* e surpresas como essa, após um divórcio... Assim, Lamís fora beijada, de verdade, pela primeira vez na vida.

Ao deixarem o museu, seguiram caminhando pelo Holland Park, por entre as casas escuras e as iluminadas. Lamís não conseguia se concentrar na conversa. O beijo ainda pulsava dentro dela, que não sabia para qual caminho Nicholas a conduzia. Seguiu andando até que viu que voltavam ao museu, onde Nicholas havia estacionado seu carro. Desejou que ele não lhe perguntasse onde ela havia estacionado o seu, pois sentia vergonha de nunca ter aprendido a dirigir. Também desejou que ele não perguntasse qual era sua profissão.

Meio hesitante, ele indagou:

— Você está voltando para casa? Quer uma carona?

— Quero, sim, obrigada.

Será que ela estava pensando que ele iria deixá-la ali? Ela permanecera calada enquanto caminhavam juntos; ele ficou imaginando que ela se arrependera do beijo...

Enquanto Nicholas dirigia, Lamís se observava espantada, perguntando-se como, tão rápido, a sensação de perda e de solidão tinha desaparecido.

Tudo parecia distante e insignificante: o divórcio, as caixas amontoadas no apartamento, as aulas de sotaque britânico, o apartamento abandonado, a busca por emprego... como se tudo que desejasse fosse um homem que a beijasse como a beijara Nicholas, na noite de Londres.

2

— Vem, Amira, vamos pegar o ônibus, está frio demais. Até a maquiagem está ficando congelada e estragando. Além disso, o ponto fica longe do Hotel Dorchester e ninguém vai ver a gente descendo do ônibus. Venha, vamos! — disse Náhid.

— Ei, você se esqueceu da árvore que vigia o Dorchester? Os olhos sempre vigilantes enxergam tudo. As luzes dela mais parecem as narinas de Rudolf, aquela rena de Natal que tem o nariz vermelho.

O táxi levou as duas até a entrada do luxuoso Hotel Dorchester. Amira deu cinco libras de gorjeta ao porteiro que abriu a porta. As duas amigas seguem conversando enquanto adentram o hotel, fingindo-se de mulheres confiantes apesar do lugar suntuoso. Assim que o garçom, com toda a gentileza possível, as conduz a uma bela mesa, elas respiram profundamente, dando-se conta de que naquela sala pairava uma atmosfera europeia: a beleza das melodias do piano, a suavidade das luzes, o perfume das rosas e das enormes flores que dominavam o salão, tudo isso as ajudaria a atrair clientes num piscar de olhos.

Nesse momento, passou diante delas um cortejo: uma mulher seguida de suas acompanhantes. Seus passos afundavam no macio tapete sem que se ouvisse ruído, nem mesmo quando pisavam sobre os ladrilhos, que reluziam como espelhos. *Abaias* pretas e roupas longas ressaltavam o branco das toalhas de mesas que pareciam lâminas de neve.

Os sussurros de "*princessss... princess...*" encobriram as notas do piano que ressoavam em todos os cantos das altas paredes, penetrando os ouvidos do *maître*, transmitindo a ele a vitalidade e o sentimento de importância de seu ofício, de modo que ele corria para servir a princesa árabe.

A princesa se sentou com suas três acompanhantes, depois que os dois homens, um inglês e um árabe, que estavam no final do cortejo, as deixaram a sós, após conversarem com o *maître* e, em árabe, com uma das acompanhantes.

— Deve ser uma princesa importante. Quem sabe um dia você também será princesa, Amira.

— Você viu a palma da mão dela? Parece que sofre de alguma doença de pele, como se estivesse usando luvas com pintinhas.

Amira e Náhid trocaram essas palavras enquanto, como se fossem duas estátuas, olhavam para a mesa da princesa. Os olhares, tanto os árabes quanto os estrangeiros, não cessavam de observar aquela mesa. O pianista começou a demonstrar seu virtuosismo. Até o chá quente foi vertido do bule com rapidez e a xícara descansou feliz na mão da princesa.

— Quando eu era pequena, me sentia feliz toda vez que a professora me pedia que eu devolvesse o copo de água na prateleira dela, na sala dos professores, só para poder colocar meus lábios em cima da marca de batom dela — disse Náhid.

Amira não escutou a amiga. Não parava de olhar para a princesa e seu séquito. Uma bela mulher entrou no salão e foi conduzida pelo *maître* à mesa da princesa como se ele fosse um mestre de cerimônias. A mulher curvou-se para beijar a princesa, que insistiu em se levantar, oferecendo a ela um lugar a seu lado, cedido por uma das acompanhantes. De repente, algo eclipsou a beleza daquela senhora, a cor de seu casaco, a exuberância de suas joias, a sua bolsa cara: a princesa com toda a sua distinção; ela era como uma tocha, apesar da discrição de seus trajes e de seu rosto quase sem maquiagem, a não ser pelo sóbrio batom. O que mais chamava a atenção na princesa era seu cabelo negro, volumoso e brilhante e também seu precioso relógio. Amira observou o pescoço da princesa, grosso, e seus braços que pareciam fortes, apesar de cobertos por um tecido leve.

— Diga, Náhid, pela honra de sua mãe, estou tão gorda quanto ela?

— Não! *Auzubillah*, você está fofinha. Ela é gorda. Olhe a grossura das pernas dela!

— Chega de mentiras, Náhid! A princesa está de saia longa.

— E daí? O importante é o tornozelo. Pelo Profeta, olha, parece um pilão.

— Ok, ok.

"Que diferença faz se o tornozelo da princesa parece um pilão e as minhas pernas são lindas, como todo mundo que as vê me diz?", pensou Amira. Ela raramente sentia suas pernas firmes no chão quando entrava nos hotéis, ou quando as cruzava... pelo contrário, elas estavam preparadas para ser expulsas a qualquer momento e nem sempre suas belas pernas garantiam clientes...

A princesa se sentou à mesa com uma postura de guia espiritual, sem dúvida porque desde seu primeiro grito, ao nascer, ela tinha sido esperada por todos no palácio, enquanto o primeiro grito de Amira tinha ecoado entre lamentos e frustrações: sua mãe queria devolvê-la ao útero, na esperança de que Deus ouvisse suas súplicas e transformasse a filha em um filho homem.

Amira imaginou a princesa brincando nos jardins do palácio enquanto ela, no Marrocos, se amontoava em torno do rádio, com seus irmãos e irmãs, para ouvir a novela egípcia.

Certa vez, seu irmão mais velho, ao sentir um cheiro ruim, começou a procurar de onde vinha, mas não descobriu. Porém, ao se aproximar de Amira, ele franziu ainda mais o rosto ao perceber que aquele cheiro horrível vinha da calça da irmã. O banheiro estava ocupado, ela tivera que esperar para entrar e não tinha conseguido aguentar. Então tentou encontrar outra calça, nem que fosse de sua mãe, mas não achou.

Lembrou-se também de quando tremia de febre e só quem lhe fazia companhia era o gato, enquanto todos se afastavam dela. E havia uma professora sua que se compadecia dela, lhe recomendava escovar os dentes com sal e água depois de perder a esperança de enviar comunicados à família de Amira, solicitando que comprasse uma escova e creme dental para a menina.

Ainda pequena, Amira começou a roubar dinheiro dos bolsos de seu pai e de seu irmão mais velho. Também roubava pacotes de absorventes higiênicos nas lojas, para usar em vez daqueles panos que não retinham o fluxo, deixando o sangue escorrer por suas coxas e manchando sua roupa. Para fazer a higiene, antes de se encontrar com o homem de seus sonhos, ela roubava grampos de cabelo e sabonete das casas dos vizinhos. Conheceu um jovem pacato, a quem amou, apesar dos dentes estragados. Ele prometeu a ela que entraria na universidade, se formaria engenheiro para ganhar bastante dinheiro e poder arrumar os dentes. Desse modo, chegaram a um consenso nos assuntos do amor, da vida e do casamento. Mas a mãe de Amira, uns meses antes do casamento, desfez o acordo feito com a família do noivo. Tudo porque ela teria que presentear a filha com os móveis do quarto e, para comprar os tais móveis, teria que vender suas pulseiras de ouro. Quando Amira ameaçou se suicidar, fugir para as montanhas ou para o mar, a mãe permaneceu irredutível, não foi atrás dela; ao contrário, gritava e jogava na filha a água com a qual havia limpado o chão. Amira saiu correndo em direção a uns rochedos próximos ao mar. Pediu ajuda ao marido de sua tia, que lhe parecia alguém educado — havia vivido na Inglaterra e trabalhava na cozinha de um hotel. Disse-lhe, chorando, que queria se matar. Ele não lhe perguntou o motivo, apenas gritou: "Por acaso um de meus filhos se afogou no mar?!".

— A princesa parece ser marroquina, ou será que não?

— Parece ser egípcia também... A gente se parece um com o outro. Não somos todos árabes?

— Quem dera... quem dera!

Amira deixou que Náhid capturasse o primeiro cliente. Não queria caçar naquela noite, tampouco queria deixar o hotel, até que a princesa e todos que estavam ao seu redor se levantaram. O cortejo se pôs a andar e, atrás dele, seguiu Amira. Observava que uma das acompanhantes distribuía, de um maço de cédulas que tinha na mão, uma, duas, três notas de cinquenta libras para o pianista e para os garçons; para o *maître* ela deu seis notas daquelas.

Amira parou na escada do Dorchester. Ficou observando o Rolls-Royce que conduzia a princesa e suas acompanhantes. Eram tantas cabeças próximas que Amira conjecturou que a princesa não passava um só dia sozinha, estando sempre rodeada de gente. Em seguida, se viu oferecendo ao porteiro, o qual novamente lhe abrira a porta, uma nota de dez libras. Naquele momento, jurou a si mesma que, na próxima vez, daria àquele homem uma nota de cinquenta. Talvez duas. Nunca mais se contentaria em estender a mão se não fosse para dar mais de dez libras. Ela não queria nem se lembrar de que costumava aceitar trezentas libras. Subiria seu preço para, no mínimo, umas mil...

Contrariando o seu hábito, entrou no táxi com extrema tranquilidade e equilíbrio, como se fosse Cleópatra suspensa nos ombros de seus súditos, e, com a maior calma do mundo, disse ao motorista o endereço de seu apartamento. Enquanto isso, seus olhos se deixavam seduzir por muitos sonhos que a faziam sorrir, confiante. Mas, quando o táxi passou em frente ao salão de Wasim, ela esqueceu de todo o equilíbrio e gritou ao motorista que parasse, batendo no vidro que os separava.

Wasim estava na sala das mulheres que usavam *hijab*. A sala escondida era, na verdade, reservada às fumantes e às coitadas que estavam familiarizadas com a mão de Wasim, não com seu pente. Warda Al-Jazairia cantava e os pratos de comida libanesa se empilhavam sobre uma bandeja colocada numa mesinha.

Amira esperou enquanto Wasim terminava de fazer o cabelo de uma cinquentona, deixando que seus dedos brincassem com as mechas e depois tocando a bochecha da cliente, enquanto deixava o cabelo cair sobre ela. A cliente escondia sua satisfação e fingia repreendê-lo: dizia que parasse, quando, na verdade, queria mais. "Se eu fosse cabeleireiro, brincaria com essas mulheres como se elas fossem chiclete sobre os dedos, correria atrás delas descaradamente, e elas me dariam gorjetas ainda melhores, pois são umas coitadas que depois de um longo jejum aceitam até casca de cebola", pensou Amira.

— Wasim, quero pintar meu cabelo de preto e alisá-lo até que fique uma seda. Também quero cortá-lo na altura do pescoço. Nada de volume nem de *spray*. Quero que ele fique brilhante como uma berinjela.

— Não acho uma boa ideia. Acredite, madame Amira, sempre que a mulher avança na idade ela precisa de tons mais claros no cabelo. Se você fosse menos morena, eu seria o primeiro a lhe sugerir pintar de preto-azulado ou cor de tulipa negra.

— Eu já decidi, Wasim. Podemos começar agora?

— Amanhã, na hora em que você quiser. Quer ver a peruca que a Bahiya encomendou?

— Claro.

Pelo espelho, Wasim fez sinal para um rapaz que foi até uma gaveta, abriu e retirou dela uma sacola com várias perucas. Amira escolheu uma peruca loira e disse a Wasim:

— Vou levar esta; experimento em casa e a devolvo amanhã.

Caminhou pela Upper Berkley Street em direção à Edgware Road, passando por trás do Hotel Cumberland.

De repente, lembrou-se do homem do Golfo que conhecera no avião. (Também estava começando a se esquecer das coisas, como se o aumento de peso não fosse o suficiente para atormentá-la.) Como é que tinha se esquecido de contar a Náhid sobre o homem do Golfo, em vez de ficar falando sobre o trabalho de ter que sair à caça de clientes?

Mas, volta a se lembrar de que o chá da tarde no Hotel Dorchester tinha sido como uma profecia. Corre para o hotel, mas para antes no supermercado que ficava em frente e compra três buquês de rosas.

Bateu na porta do quarto 609 duas vezes antes de ouvir uma voz perguntando:

— Quem é? Quem é?

— Abra. Quem? Que Deus abra sua cova! Sou Amira, a mulher que você conheceu no avião.

— Amira?

O homem do Golfo abriu a porta. Vestia pijama e calçava chinelos:

— *Marhaban, ahlan wa sahlan*! Entre, por favor.

Ela lhe estendeu as rosas meio murchas e ele as levou ao nariz para cheirá-las.

— Meu Deus, pelo Profeta, que beleza — disse isso apesar de as flores não terem cheiro nenhum. Como não sabia o que fazer com elas, as colocou sobre a mesa, em cima do guia turístico de Londres.

— Queria convidá-lo para jantar e lhe dar as boas-vindas a Londres.

— Está tarde e eu já jantei. Ah, você é aquela mulher que gritava que precisamos confiar no Todo-Poderoso, já que nossa vida está nas mãos Dele...

— Quer que eu leve você para dar uma volta? Você vai se distrair e nem pensará na cirurgia dos olhos! Vamos a um cabaré dançar e beber, ou prefere caminhar pela Edgware Road? — ela perguntou.

— Não posso. Estou aguardando. Meu sobrinho me disse que o hospital me procurou.

— Fiz reserva num restaurante. Queria convidar você.

— Peço um jantar para você aqui?

Não o deixou pedir comida. Sentou-se ao seu lado enquanto a televisão permanecia ligada.

— A cirurgia vai ser amanhã?

— *Inchallah*. É uma cirurgia simples, a *laser*. O colírio tem me deixado muito desanimado, juro, principalmente à noite, quando meus olhos ficam cansados.

— Vão examinar os seus olhos amanhã e você precisa passar na prova, caso contrário adiarão a cirurgia.

— Como você sabe? Já fez cirurgia a *laser*?

— O que é isto? — ela perguntou apontando para os olhos do homem.

— Os olhos.

— E isto?

— O nariz.

— E isto?

— A boca.

— E isto? — ela aponta para seus seios enquanto se deita na cama.

Ele se pôs a rir.

— E isto? — perguntou, indicando seu sexo.

— Ah, você é muito simpática, de verdade. Eu disse pro meu sobrinho que, quando você se juntou a nós no aeroporto de Dubai, eu fiquei intrigado. Pensei comigo mesmo: "A *irmã* é casada e gosta de fazer graça ou é uma prostituta?" — falou isso e se deitou sobre ela.

Amira se levantou e disse que estava indo embora. Ele pediu a ela que ficasse por mais meia hora, até que fosse o momento de pingar o colírio. Passados quinze minutos, ela disse:

— *Yalla*, vamos!

Falou isso e pingou algumas gotas de colírio nos olhos dele; se despediu, assim que ele entregou uma quantia de dinheiro, bem maior do que ela esperava.

Amira caminhava pela Edgware Road. Viu as prostitutas europeias, orientais, em bando ou sozinhas. Passou pelo Moon Light Café. O cheiro de fumo perfumava a rua: o café estava cheio de árabes fumando narguilé. Rapidamente entendeu que havia muitas como ela que, sentadas ali, tentavam caçar alguém, embora homem nenhum arriscasse dirigir sequer um olhar a alguma delas, pois ao seu lado estava o cunhado ou o sogro. Parou no Sucos Ranuch, tomou um suco e comeu um chawarma. Notou que o local não recebia apenas clientes árabes e estava cheio de ingleses também, especialmente de jovens que trabalhavam com moda e publicidade. Foi até o banheiro e, enquanto estava sentada, tirou da bolsa a peruca loira e a colocou; pegou uma echarpe de seda e jogou sobre o *tailleur*. Ajeitou a peruca em frente ao espelho e entrou no Hotel Cumberland novamente. Parou diante do quarto 609. Bateu na porta. Não ouviu nenhuma resposta. “Deve estar sem forças! Amira deve ter esgotado toda a força dele”, pensou.

— Quem é? Quem?

— Sou a Nawwal, parente da Amira.

— Amira esqueceu alguma coisa?

— Não, sou a Nawwal, parente da Amira.

Esperou uns cinco minutos. Estava a ponto de bater novamente, quando ele abriu a porta.

— Seja bem-vinda. Eu já estava dormindo.

— Espero que tenha tido lindos sonhos...

— Já é de manhã? Entre, fique à vontade.

Entra e se senta tímida e hesitante, com os olhos baixos, encarando o chão e esfregando as mãos uma na outra.

— Muito obrigada. Amira me ligou e disse para eu visitar e cumprimentar você — disse, lançando o olhar para os elegantes chinelos do homem.

— O que mais ela lhe disse?

— Que você é muito elegante e um grande cavalheiro. Imagina, ela me acordou dizendo que você fará uma cirurgia nos olhos, que talvez vá direto para casa e depois disso não será mais possível que eu o veja, já que você estará com sua família. Ela me disse também que você é muito bondoso.

— Ela deve ter dito outras coisas.

— Fico constrangida em dizer...

— Não fique.

— Ela me contou muitas coisas boas sobre você, inclusive que deixa pra trás jovens de dezoito...

— Não fumo, não bebo, nem tomo nenhum remédio. E tenho a consciência tranquila, *alhamdulillah*. Mas a sua voz se parece muito com a dela, *subhanallah*.

Ela colocou uma goma de mascar na boca, na esperança de que, grudada nos dentes, a goma pudesse disfarçar sua voz. Em seguida, tirou a camisa do pijama dele e acariciou seu peito. Ele suspirou. Ela o agarrou pela cintura de novo e, como esperava, o pássaro estava dormindo. O que ocorrera entre eles naquela noite fora o despertar da vida, ou o estertor da vida, antes da presença da morte. Não voltou a tentar mais nada, mas se achegou ao seu peito. Então, ele lhe perguntou:

— Ela... como se chama?... Ah, Amira. É sua irmã?

— Não, é minha prima.

— Mas, *machallah*, você é loira!

— Minha mãe é holandesa.

— Bendito seja Deus! Não quis desapontar nem a mãe nem o pai e misturou o loiro e o moreno.

— Amira me disse que se apaixonou por você. E ela tem toda a razão.

— Ela é uma moça muito boa. Pingou colírio nos meus olhos. Se você a visse gritando no avião!

— Quer que eu pingue colírio nos seus olhos?

— Não sei que horas são agora. Eu estava dormindo. Ah, vocês me distraíram.

— É meia-noite — mentiu, pois eram onze horas. — Quer que eu pingue as gotinhas?

— Não. É só a cada seis horas.

— Eu espero duas horas e pingo para você. É melhor que descanse na cama.

— E deixar você? Não está certo.

— O importante é você descansar.

Ela se levanta e ele a segue. Senta-se sobre a cama dele e estende-lhe a mão; ele achega-se ao seu lado.

— Então, quer dizer que a Amira está apaixonada por mim? E você?

Amira relaxou, fechou os olhos, colocou uma mão sobre o peito e a outra sobre a barriga. Para seu espanto, ele disse para ela tirar a roupa. Amira temeu que ele reconhecesse seu *tailleur* e sua lingerie. Afastou completamente a ideia da cabeça ao ver os olhos dele como dois grãos de trigo que ela iria comer em vez de jogá-los aos pombos numa gaiola. O homem se perdia nas curvas de seu corpo, murmurando algo ininteligível, como se estivesse dizendo a ela: "Por onde, por onde começo? Como começo? Não consigo começar". Ela tentou ajudá-lo, mas ele permanecia como o pescoço de um galo, sem músculos e sem carne, apenas bolhas de ar. Enquanto se remexia e gemia, ela ouviu algo que soou como ganidos. Ele caiu no riso. Deu-lhe palmadinhas, beijou suas costas e a agarrou com todo o carinho e alegria. Beliscou a pinta que ela tinha no ombro e balançou a cabeça de um lado para o outro:

— Não, não tem jeito, confesse, você é a Amira. Por que está mentindo? Diga a verdade! Se deu ao trabalho de trocar a roupa, pintar o cabelo, enrolar, fazer rodeios, mudar a voz e o nome... mas não pode mudar essa marca de nascença no ombro. Confesse a verdade. Confesse, *ya* Amira, confesse.

Eu conquistei seu coração. Diga, com sinceridade, que você se apaixonou por mim e não consegue me deixar!

Amira não conseguia dormir. Tentou ligar para Náhid várias vezes, sem sucesso. Queria contar-lhe uma ideia que a obcecava, exatamente como um mosquito atraído pela luz azul nos açougues.

"Sempre que um homem árabe, assim como esse do Golfo, pensa que quer uma aventura com uma estrangeira em Londres, a mulher oriental o atrai com um ponto de interrogação desenhado na testa, por ela estar escondida num baú, no véu negro, entre as caixas de tâmaras e hena." Era isso que Amira conjecturava ao folhear a revista *What's On*, e lia as propagandas com nomes das beldades do Golfo que apareciam como Angie, Estrelas da Síria, Beleza Libanesa e outros. As páginas estavam tomadas por nomes do Golfo: Gazelas do Golfo, A Esbelta dos Árabes, Tâmaras e Palmeiras, Rosas do Golfo, Umm-Machayl, Estrela Golfenha, Amira e os Anjos, Beduína em Londres...

Amira compreendeu que todos esses nomes deveriam servir para dissipar a hesitação e o medo que o visitante árabe deveria sentir em relação à colossal Londres, cidade cheia de gente bem-sucedida. Aumentariam a sensação de segurança e de familiaridade: tudo o que realmente desejassem poderia ser conseguido no seu meio, na sua língua, não com uma inglesa arrogante nem com uma inglesa ladra.

Foi, então, que Amira saltou para outra ideia: tinha que ser uma joia difícil... exceto para aqueles que conhecessem a senha. Ela se transformaria em uma princesa, pois era digna de ser uma delas. De toda forma, já vivia como uma:

dormia até o meio-dia, adorava roupas caras e não lavava um prato sequer.

3

Desde que passara a trabalhar com a coleção do grupo de Sayf, em Omã, o interesse de Nicholas por compra e venda de arte islâmica oscilava: trazia-lhe diversão, mas, ao mesmo tempo, lhe desagradava.

David ligou, pela manhã, perguntando se ele realmente achava que a gazela seria comprada por árabes e qual seria o preço máximo. Às vezes, não conseguia esconder sua indignação por ser considerado um predador, sempre à espreita de oportunidades para obter alguma vantagem sobre os árabes. Mas tinha sido Sayf quem convidara Nicholas para trabalhar com ele, bem quando Nicholas aspirava se afastar totalmente do trabalho na Sotheby's, que havia se tornado insuportável, e de Liz, que o dominava com seu olhar como se ele fosse uma obra de arte que ela desejava dissecar.

— Você se refere ao Sayf? Não, ele não a comprará. Além de ser um amador, ele só coleciona adagas islâmicas. De qualquer maneira, a gazela não está ao seu alcance.

— Quer que eu acredite que há preços fora do alcance dos árabes? Por favor, Nicholas, por favor. Chega de rodeios! Você está me dizendo que eles realmente contam ou conhecem os limites de sua riqueza?

— Não, eles estão muito ocupados contando os dedos das mãos e dos pés. *Bye*.

Assim que se formou em história, Nicholas não procurou nenhum emprego relacionado à sua especialidade.

Reconheceu que seu maior erro fora ter abandonado a astronomia, algo que o fascinara desde pequeno, quando ele dizia que iria encontrar sua própria estrela e criar um foguete com o qual chegaria ao céu. E, numa noite de verão, com uma temperatura muito agradável, deitado em uma colina em Hampshire olhando para o céu, ficou imaginando se seu olhar e o de sua avó se encontrariam caso ela, naquele mesmo minuto, olhasse para a lua que aparecia em Londres.

Passou por diversos departamentos até se estabilizar no departamento indiano, quando Londres começou a assistir a uma chegada massiva de amadores árabes que colecionavam obras de arte islâmicas, na época em que os departamentos japonês e chinês tinham se estagnado. Conheceu Sayf durante os leilões, enquanto ele dava um lance por um rifle omani talhado em marfim colorido. No dia seguinte, ele pediu a Nicholas que o acompanhasse até a Spink; queria que ele examinasse uma adaga que estava pensando em comprar. Nicholas relutou muito em acompanhá-lo, mas Sayf insistiu, dizendo:

— Por favor, eu confio em você. Nem sei por que, exatamente. Talvez pelo seu jeito, ou pelo meu sexto sentido. Por favor, vamos juntos.

— Sinto muito, sr. Sayf, não posso. Eles são nossos concorrentes.

Por fim, Nicholas foi sozinho à Spink, depois de ter almoçado e bebido um excelente vinho com Sayf. Nicholas o aconselhou a comprá-la, já que a adaga era belíssima, toda cravejada de pedras de jade. Mas Sayf, em vez de lhe agradecer, lhe pediu que jurasse em nome daquilo que mais amava que não estava recebendo nenhuma comissão da casa de leilões Spink.

— Por que está me perguntando isso? Você disse que confiava em mim!

— Porque você insistiu em ir até lá sozinho.

Depois dessa dúvida inicial, a confiança entre os dois se firmou.

Nicholas viu a carta de seu pai e se apressou em ligar para ele.

— Alô, como você está?

— Nicholas, você chegou hoje?

— Não. Há dois dias. Da Índia, com escala em Dubai.

— Índia? Você estava de férias?

— Não. Fui atrás de um príncipe hindi em Madhia Pradesh, no centro da Índia, que possuía uma adaga extremamente bela. Mas o maior achado foi uma bola de ouro com rubis incrustados; é algo indescritível, uma peça rara do século XVII. O príncipe costumava esconder as duas joias em seu turbante ou no cinto.

— Nossa, que maravilha! E você as comprou?

— Infelizmente, não. Como você sabe, o Sayf adora barganhar, especialmente com os indianos. E, de fato, ele sempre consegue os melhores preços.

— E como está o Sayf? Você deu a Bíblia a ele?

— Bem, na verdade, eu não levei a Bíblia. Não acredito que seria assim tão fácil.

— Talvez numa próxima vez. Espere, sua mãe quer falar com você.

— Nicholas, querido. Não leve a Bíblia, não acho que seja uma boa ideia. Esse assunto é muito delicado. Não, não! — ele ouve a mãe chamar a atenção do marido. — Ouça, Nicholas — ela fala —, pode ser que os muçulmanos achem que você foi a Omã por causa da religião e não por causa do seu trabalho, principalmente se eles ficarem sabendo que seu pai é reverendo — em seguida, ela volta a discutir com o marido: — Não, não terminei ainda — ela fala. Mas o pai toma o telefone e diz:

— Alô, Nicholas. Você sabe o que sua mãe fez? Bem, ela acha que tem alergia a picadas de abelhas e parece que uma abelha a picou quando eu passei uma noite em Londres. Ela ficou com medo de morrer e decidimos que seria importante que a examinassem. Ela, então, pegou a abelha, colocou-a num envelope e escreveu um bilhete dizendo que a responsável pela morte dela era a abelha. Em seguida, preparou-se para morrer, depois de ter colocado o envelope sobre o peito. Vou lhe dizer: eu nunca ri tanto em toda a minha vida!

A mãe pegou o telefone:

— Está vendo como penso em você até na hora de morrer?

— Você guardou o envelope?

— Claro! É a prova do crime — ela ri.

— Helen, escuta — ele quase confidencia que havia se apaixonado, mas mudou de ideia e lhe perguntou: — Como estão as aulas de defesa pessoal?

— Maravilhosas. Ei, há alguma esperança de você vir nos visitar?

— Em breve.

Desligou o telefone. Sua mãe e algumas amigas se encontravam para treinar defesa pessoal antes de começarem a marcha contra a caça das raposas.

O telefone tocou. Era seu pai novamente.

— Nicholas, acabo de me lembrar de uma coisa. Acho que não lhe contei antes o que aconteceu com Harold, quando ele servia no Sudão. Certa feita, como de costume, ele disse ao motorista sudanês, cujo trabalho era trazer a provisão mensal da igreja, que descansasse da viagem. Também ofereceu chá ao motorista, que aceitou. Após ser servido, o homem observou que o açúcar continuava depositado no fundo da caneca. Harold, não encontrando uma colher, esticou o grande crucifixo que levava no pescoço e mexeu o chá. Quando o motorista estava saindo, Harold lhe disse: "Agora sua barriga tornou-se um monastério". Então o homem arrotou e respondeu: "E esse foi o primeiro padre a sair dele".

Nicholas riu.

— Boa, muito boa essa história.

— O que queria lhe dizer é que sempre há uma disposição para o diálogo, a despeito da religião, a despeito da nacionalidade.

— É verdade.

— Encontrei o Desmond num funeral e quando eu lhe contei que você trabalhava em Omã, ele ficou muito preocupado e me fez ouvi-lo dizer que desconhecia esse seu caráter arrogante até você se apaixonar pelos árabes e começar a trabalhar com eles. Então respondi: "Você acha que o Nicholas é o T. E. Lawrence, o Blunt ou o Burton? A única coisa que aconteceu foi que a sorte lhe sorriu; tem um salário com o qual nunca sonhou, mesmo se ele se tornasse diretor da Sotheby's, faz viagens na primeira classe e tem uma casa grande em Omã".

— Você esqueceu de mencionar que eu estou reunindo a maior e a mais importante coleção de adagas islâmicas do mundo. Enfim, eu preciso me despedir agora; espero encontrar vocês em breve. Ou vocês pegam um trem para Londres ou eu vou visitá-los.

— O melhor seria irmos nós a Londres. Escuta, agora eu posso falar, enquanto sua mãe foi abrir a porta. Ela está deprimida. Acho que um passeio por Londres pode alegrá-la.

— O que está acontecendo? Ela não está bem?

— Não estou falando da saúde dela, ela está bem. Está tudo bem, não se preocupe.

Ele sabia que sua mãe ficava deprimida de tempos em tempos. Ela se considerava integrante da classe média, mas a verdade era que ela e o marido viviam como pobres: contavam cada *pence* a cada passo que davam.

Nicholas decidiu que levaria seus pais até a Burberry quando eles visitassem Londres e compraria casacos de inverno para ambos. Parece que seus pais haviam concordado com o fato de ele pagar as passagens de avião para Omã. Nicholas sempre tinha que encontrar uma maneira adequada de ajudá-los sem ferir seu orgulho.

Essa decisão o fez se sentir aliviado. Da maleta, pegou algumas fotos que tirara com a Polaroid: fotos da adaga e da bola de ouro. Foi invadido por uma sensação de medo e por grande expectativa. "Eu devia ter oferecido um adiantamento ao príncipe, ou insistido com Sayf para que ele me permitisse fechar o negócio na hora certa? Será que poderia confiar no príncipe? Acreditar que ele não voltaria atrás na sua promessa e não venderia as peças antes que Sayf o procurasse?", pensou. Mas, quando voltou a visitá-lo, Nicholas sentiu-se confiante e tranquilo novamente.

O príncipe indiano colocou uma cadeira para travar a porta. Desceu as cortinas sobre as janelas de madeira. Ligou o gravador e se ouviu a voz de Frank Sinatra cantando "New York, New York".

— Não confio em ninguém — o príncipe sussurrou ao ouvido de Nicholas. — Não confio nem na minha esposa, tampouco nos meus filhos. Eu preciso mudar o que meu pai me deixou em testamento como a gata muda de um lugar para outro suas crias, temendo as mãos e as bocas avarentas. Meu filho vendeu o rifle do meu pai em troca de um jantar e uma noitada num restaurante em Bombaim.

O príncipe aproximou o ouvido da porta por um momento. Nicholas lembrou-se de um ladrão, capturado em Londres, não por causa das digitais, mas pelas marcas da orelha que ele havia deixado ao colocar o ouvido atrás da porta fechada antes de abri-la. O príncipe tirou o turbante da cabeça, sacou dele um embrulho do tamanho de uma laranja e, então, colocou o turbante de volta. Em seguida, desatou o largo cinto de tecido colorido que enrolara na cintura com mais de sete voltas. Desfez a primeira volta. Nicholas conteve um suspiro. Quando o príncipe colocou sobre a mesa uma adaga adornada com rosas de rubis, Nicholas ficou estupefato. Seus olhos brilharam e as esmeraldas mais ainda, intensificando o impacto: magníficos círculos e quadrados de ouro embutidos se uniam refugiando-se nas rosas que os rubis formavam. Nicholas prendeu a respiração, enquanto o príncipe desatava uma dobra do seu turbante e tirava dele uma bola do tamanho de uma romã que, em lugar de uma casca grossa, tinha fibras de ouro para sustentar as pedras preciosas. Os rubis eram igualmente maravilhosos, tanto no tamanho como na perfeita simetria; como se cada um deles tivesse sido disposto milimetricamente, com a exata medida dos desenhos sobre as asas das borboletas, conservando a mesma distância no espaço, não se afastando um do outro nem por um fio de cabelo. Assim, completavam as linhas circulares e se transformavam em uma bola. Nicholas, com toda a cautela, perguntou ao príncipe:

— A esfera tem sete centímetros de diâmetro?

— Não, tem cinco.

— As joias reais persas incluem uma bola como esta, embora esta seja maior.

— Dizem que meu avô a carregava e a apertava para aliviar as dores do reumatismo — disse o príncipe, assentindo com a cabeça—, não só nas mãos como também nos pés.

Os dois começaram a rir, embora Nicholas tenha engolido seus suspiros novamente. Ouviram batidas na porta e vozes.

O príncipe respondeu e em seguida pediu a Nicholas que lhe permitisse pegar sua maleta. Ele a abriu e ali escondeu as tão valiosas peças; depois, amarrou seu cinto rapidamente, certificando-se de que o turbante estivesse sobre a cabeça. Um homem e uma mulher entraram no cômodo com bandejas de comida. O agradável cheiro das especiarias inundou a sala, cujos móveis eram de madeira ornamentada. Fazia muito calor, apesar de o ventilador de teto estar ligado.

Nesse exato momento, Nicholas sentiu-se relaxar, não porque estivesse com fome e adorasse a comida indiana, especialmente a caseira, mas porque aquelas peças preciosas não estranhariam a mudança do ambiente: Omã se assemelhava à Índia, não só no cheiro da comida. Quem sabe? Talvez aquele príncipe indiano pudesse recuperar essas valiosas peças de Sayf dali a alguns anos, caso desejasse. Nicholas se consumia, querendo convencer a si mesmo de que o que ele fazia não era o mesmo que faziam aqueles que espoliavam países de sua civilização e do espírito que haviam herdado.

Foi com o príncipe ao santuário em Khajuraho, entre os amarelos campos de mostarda e as douradas espigas de trigo e chegaram ao santuário de Nagara, onde se encontravam as deusas que transbordam beleza e paixão. A trajetória da aquisição da adaga e da bola já não parecia mais tão urgente nem tão importante.

4

Samir gritou (ou foi o macaco?), Samir correu (ou foi o macaco?). Os olhos de Samir saltaram atrás do táxi e das últimas palavras do homem, enquanto os olhos do macaco se fixavam em outro carro. Samir conseguiu parar um táxi e, entre o barulho e o medo, disse umas frases gaguejantes:

— Siga esse cara, esse *akrut*. Siga esse filho da puta. O desgraçado me abandonou com esse macaco que eu trouxe pra ele.

Os olhos do motorista se desviaram do passageiro maluco e voltaram-se para o volante, negando-se a fazer a corrida. Samir girou nos calcanhares, sentindo medo daquela rua, embora ela estivesse repleta de árabes. "Não fique com medo, Samir. Olha só as lojas árabes, os jornais árabes, o chawarma árabe e os irmãos árabes. Estão em todo lugar."

— Peço que me ajude, por favor! Em nome de Deus! — disse ele ao entrar em uma revistaria que vendia jornais e revistas árabes e começou a contar ao vendedor o que lhe havia ocorrido.

O homem deixou Samir narrar toda a história antes de balançar a cabeça em sinal de lamento:

— Desculpa, mas eu entendo só um pouquinho de árabe. Leve ele para o zoológico — disse.

Samir tentou voltar ao apartamento, mas parecia estar cercado de centenas de prédios todos iguais.

— *Ya Allah, ya habibi*, não complique mais as coisas pra mim.

Ele deveria ter deixado um sinal ou marcado o apartamento de alguma maneira. "Como descobrir qual era o prédio se todos são tão parecidos quanto os dentes de um alho?

Não era como no Líbano, em que se pode distinguir uma casa por uma camisa pendurada numa sacada, por um canário numa gaiola ou por um manjericão num vaso de lata. Se, ao menos, tivesse decorado como era a pintura da entrada, onde ela estava descascada."

— Alô, alô, alô — dizia Samir ao tocar a campainha de vários apartamentos. Como não obtinha nenhuma resposta, acabou sendo tomado pelo desespero e gritou: — Que se danem todos vocês!

Nesse momento, veio-lhe a ideia de se livrar do macaco. Com muito esforço, colocou o animal no chão.

— *Yalla*, vamos lá, meu filho, você é um cachorro, entendeu, Bobby, Bobby? Fareja aí, onde a gente dormiu?

O macaco ficou paralisado, olhando para Samir por um momento; em seguida, saltou sobre ele novamente e o abraçou com as quatro patas. Pediria ajuda a Amira, mas não sabia por onde começar. A cabine de telefone era assustadora. Será que conseguiria sair dela depois de ter entrado? "Claro que consigo!"

Pegou o telefone com uma das mãos, mas imediatamente se sentiu sufocado. Tentou empurrar a porta e, notando que ela se abria facilmente, se acalmou. Tinha na mão o papel e as moedas, mas, quando se preparava para iniciar a discagem, o macaco lhe roubou o papel. O coração de Samir bateu descontroladamente até que ele agarrou o papel de volta e o beijou de felicidade quando viu que o bicho não o tinha rasgado nem mastigado. Porém, seu beijo umedeceu o papel e borrou os números, deixando tudo quase ilegível. Discou os números apertando a barriga com a mão. As moedas caem e ele bate o telefone:

— O que você tem? Diarreia?

Colocou as moedas novamente, mas sem sucesso. Empurrou a porta e saiu. Pediu ajuda a uma mulher, que começou a lhe perguntar sobre a idade do macaco, de onde o havia trazido e se era permitido andar com ele como se fosse um cachorro ou um gato. Tudo isso antes de ela explicar como ele deveria usar o telefone. Mas ele nem sequer deu ouvidos à mulher. Estava pensando no cartão pendurado na cabine telefônica que mostrava a foto de dois rapazes lindos e que se destacava dentre os outros cartões, que traziam imagens de mulheres em posições provocantes. Pegou o cartão com os rapazes e olhou à sua volta, como se estivesse roubando pedras preciosas. Escondeu-o no bolso da calça. Agora precisava se livrar do macaco. Ele se pôs a dar voltas e mais voltas feito novelo na mão da fiandeira.

A saída era ir ao restaurante Tabbula, onde os rapazes libaneses o compreendiam. Quando encontrou o caminho e o restaurante se tornou visível ao longe, ficou mais tranquilo. "Londres é uma cidade árabe e não é tão grande nem tão complicada como dizem."

— Por favor, me ajudem. O homem fugiu e me deixou com o macaco. Preciso encontrar aquele cara. Ele é cliente de vocês.

Os rapazes riram das palavras de Samir e dos frenéticos movimentos do macaco, que não parava quieto um segundo. O bicho chegou a roubar a toalha de um deles e uma caneta que o caixa do restaurante trazia atrás da orelha.

— Leva o bicho pro zoológico. Se livre disso — disse um dos rapazes.

— Tenho medo de que me interroguem. Ai, Deus me ajude!

Samir saiu do restaurante. Seguiu por uma rua que se bifurcava e se dirigiu aos prédios que pareciam cabeças de alho usadas pela metade. Parou, tentando reconhecer as janelas do apartamento em que ele havia ficado. Talvez conseguisse vislumbrar a cortina pendurada pela metade ou o lustre quebrado. Enquanto procurava, aproximaram-se dele dois garotinhos acompanhados de sua mãe inglesa. Ela pergunta se o macaco é dele e se seus filhos podem tocá-lo.

— Quer ele pra você? Pega ele pra você. É um macaquinho que adora crianças. Ele é muito bonzinho, a mãe dele morreu, tadinho!

A mulher sorriu e o aconselhou a levar o bicho até o Monkey World, em Dorset, pois lá havia especialistas em todo tipo de macaco. E, apesar dos protestos de seus filhos, ela seguiu seu caminho.

— Corre, corre — sussurrou Samir no ouvido do macaco, tentando encorajá-lo e jogando as nozes que trazia no bolso. O macaco pulou para pegar as nozes. Samir apressou o passo, mas o macaco rapidamente pulou sobre ele, agarrando-o. Samir começou a girar em torno de si mesmo, feito um dervixe, tentando derrubar o macaco. Então começou a suplicar a Deus:

— *Ya Allah, ya habibi, ya helu,* meu Senhor, me livre desse macaco e eu juro que nunca mais ponho os olhos nos loiros. Aliás, nem mesmo nos morenos, ok?

Exatamente como acontece nos filmes e nos sonhos, um carro grande parou ao lado de Samir. Dele desembarcou um árabe, depois que um motorista inglês abriu a porta. O árabe o cumprimentou e perguntou a Samir onde e por quanto ele havia comprado o macaco.

— Quer ele pra você? Eu dou de graça. Vamos lá, nós somos compatriotas.

O motorista ignorou Samir, enquanto o homem árabe respondeu:

— Você é do Líbano? Que bonito esse macaco! Por que você não quer vendê-lo? — perguntou o homem a Samir, enquanto o macaco brincava com sua *masbaha* longa e valiosa.

— Juro, meu senhor, ele está em perfeita saúde. A dona dele está morrendo, o homem que pediu pra eu trazer ele pra cá fugiu e eu preciso viajar amanhã.

— Ele morde?

— Não, não, mas, *habibi*, quem é que não morde quando está brabo? Minha mãe, que Deus a tenha, mordia o peixe pra ter certeza de que era fresco. Faz favor, leve o macaco e seja feliz! Ele é seu.

O homem riu e deu a Samir duas notas cor de pêssego. Samir adivinhou que eram de cem libras. O macaco estendeu a mão tentando surrupiá-las. Samir não o repreendeu. O importante era que havia aceitado deixá-lo: "Oh, Deus, me livre desse fardo!", pensou. Enquanto isso, o macaco pulou no ombro do homem do carro e tentou capturar a *masbaha* que fazia barulho na sua mão. O homem brincou com ele, escondendo-a no bolso da calça. O macaco tentou enfiar a mão no bolso do homem, mas logo mudou de ideia e direcionou sua atenção ao bigode de seu novo dono, que nem prestava atenção no que Samir dizia:

— Danadinho, sabe como ganhar alguém! Ele sabe que com um libanês como eu vai ter que mendigar e passar fome e que, com você, vai viver no luxo e no conforto. Tudo bem, *maasalama*, tchau. Ele vai divertir e alegrar muito você. Tudo de bom! — disse isso e estendeu a mão para cumprimentar o homem, mas o macaco foi mais ligeiro e cumprimentou Samir primeiro para, logo em seguida, surrupiar do bolso de seu casaco um pente e um lenço colorido.

Samir caminhou abraçado a si mesmo, como se o macaco continuasse grudado nele. E se sacudiu, parecendo um pássaro tentando secar as penas molhadas. Recuperou seu peito, pescoço e cintura. Quase não conseguira dormir na noite anterior porque os sonhos do macaco o faziam se revirar. Além disso, se Samir se levantasse para ir ao banheiro, o macaco se levantava também.

Ele ia embora no dia seguinte; guardaria quinhentos dólares para a esposa e os filhos e o restante gastaria ali. Samir acreditava que o dinheiro de um país deveria ser gasto no próprio país. Era o que dizia seu vizinho de Prosper Luna, que se chamava Abd Alghani Qamr e que havia emigrado para o Brasil. Ele começou a juntar o que economizava enfiando tudo num tubo até que conseguisse voltar para o Líbano. Mas, quando decidiu voltar, abriu o tubo e descobriu que os ratos haviam roído toda a grana, deixando-a como um pedaço de queijo suíço.

Samir seguiu pela rua até chegar a uma vitrine com roupas bonitas e sapatos ainda mais bonitos. Precisava encontrar um hotel barato para passar a noite, mas uma ideia o impeliu ao restaurante Tabbula: “Não estou indo com segundas intenções, só vou porque ali é mais fácil usar o telefone e talvez os rapazes conheçam algum hotel barato. Vou comprar uma camisa verde-pistache e uma gravata violeta. Em todo caso, meu Deus, adoro loiros e olhos azuis”.

Seguiu pensando no rapaz tímido do restaurante Tabbula que, no dia anterior, em vez de se juntar aos outros em torno de Samir e do macaco, se satisfez com um sorriso. Dedicava-se a cortar tomates em formato de rosa para colocá-los no meio dos pratos de *homus*; depois, começou a cortar os picles em fatias finas como se fossem os caules das rosas e também cortou o rabanete como flores, ornamentando os pratos com toda a arte e delicadeza. Tinha olhos que pareciam estar sonolentos e seu lábio inferior pendia, suplicante.

"Não me puna, porque eu gosto mesmo de loiros de olhos azuis. Deus meu, eu estava brincando, não me esquecerei da promessa que fiz."

Ao atravessar a rua, a buzina de um carro berrou e Samir correu pela rua olhando para trás. O carro do homem árabe parou, o homem abriu a janela e chamou Samir. (Será que ele quer comprar mais uns dez macacos?) Samir se curvou para falar com o homem quando sentiu que algo escalava suas costas e percebeu que o motorista inglês voltava ao carro. O macaco grudou em Samir apertando-o fortemente: queria ir com ele.

— Sou grato, meu irmão. Esse seu macaco é um capetinha. Surrupiou minha *masbaha*. É bem esperto, é um espertalhão. Eu e o motorista passamos quase uma hora em cima dele para conseguir abrir a mão do bicho.

Samir tirou os óculos escuros do bolso da jaqueta e os deu para o macaco para que se distraísse com eles tentando, ao mesmo tempo, convencer o homem a mudar de ideia.

— Tente de novo, nem que seja só por mais um dia.

— De jeito nenhum, ele me deu um tapa na cara. Desculpe, irmão. Agradecido. Tchau.

O carro arrancou enquanto Samir gritava:

— É que não dá pra discutir com ele! É só um macaco!

O bicho riu de felicidade, bateu palmas e, arredondando os lábios, beijou Samir, que, de repente, se sentiu mais calmo. Olhou para o macaco e o beijou de volta. "É o meu destino", pensou. Então, foi tomado por uma sensação de alívio pelo retorno do macaco já que isso significava que ele não teria mais que cumprir sua promessa quanto aos loiros...

— Tudo bem, você vai comigo. Em vez de uma mochila nas costas, vou ter uma no peito! Eu não vou mais segurar você. Você é que se segurará em mim para que as minhas mãos fiquem livres.

Entrou no restaurante Tabbula e pediu algo para comer, em meio à algazarra dos jovens garçons que trabalhavam lá. Serviram mais comida do que ele havia pedido. Enquanto Samir fazia graça para eles, os rapazes brincavam com o macaco. Um deles sugeriu que Samir tentasse a carreira de ator. Samir, por sua vez, sussurrou um pedido ao ouvido de um dos garçons, o maior, o mais corpulento e o mais engraçado deles. O rapaz trouxe um celular e Samir, então, fez uma ligação.

— Alô, Amira. Não... ele conseguiu ir ao banheiro, mas o homem fugiu e deixou o bicho comigo. Não sei, desapareceu... com o perdão da palavra, feito um peido na fanfarra. Amanhã, vou deixar o macaco na porta de alguma igreja ou na porta do zoológico. Posso dar um pulo aí?

Sua chegada contribuiu para aumentar a algazarra que tomava conta do apartamento de Amira. Parecia não haver porta ali, nem privacidade; vozes entravam e saíam o tempo todo. Warda Al-Jazairia cantava enquanto duas mulheres, Náhid e Bahiya, estavam lendo a borra na xícara de café. O cheiro do café turco pairava no ar. Amira, sentada, tinha a seu lado o telefone celular e o fixo e borboleteava de um aparelho ao outro.

Perguntaram se ele aceitaria um chá, um café ou um suco de laranja. Ele disse que precisava alimentar o macaco, já que havia comprado um saco cheio de comida para o animal. Insistiu em levá-lo à cozinha, que tinha um cheiro forte: a pia estava cheia de pratos sujos, vários bules de café deixados de molho e restos de comida da noite anterior. Ele, que estava todo preocupado em não sujar a cozinha, encontrou-a em uma total bagunça!

Samir colocou o macaco na cintura, como fazem as africanas, e começou a lavar os pratos. Em seguida, arregaçou as calças, agachou e começou a limpar o chão. O macaco, pensando que Samir estava brincando com ele, começou a dançar no ritmo da música e gritava com Warda: "Ah, ah, ah".

De repente, o bicho parou e começou a vigiar Samir, agindo como se fosse humano e deleitando-se com o que via.

Amira insistiu que ele e o macaco passassem a noite ali em sua casa.

— Não, dona Amira, você vai querer se enforcar!

Náhid o interrompeu:

— Tem que amarrar o bicho com uma corrente. Meu tio tinha um macaco como esse e o prendia na corrente.

— Isso é *haram*, irmã. O pobrezinho é um ser vivo — protestou Amira.

— Mas aqui nós não amarramos os cachorros? Então?

Esse comentário de Náhid foi a salvação. Samir amarrou a perna do macaco no pé do sofá e correu para a rua em busca de um rapaz inglês loiro, entre dezenas de homens árabes. Mas, no fim das contas, os homens ingleses ou estavam bêbados, ou eram policiais, ou estavam em seus carros particulares. Samir tinha imaginado que, assim que o avião aterrissasse em Londres, veria filas de jovens ingleses, como douradas e ondulantes espigas de trigo, com calças vermelhas de couro e caminhando de mãos dadas.

Ele precisava comprar roupas bonitas, mas antes tinha que encontrar uma igreja para, no dia seguinte bem cedo, deixar o macaco à sua porta. Pensou no padre encontrando um macaco amarrado dentro de um cesto, em vez de um bebê. Gargalhou diante dessa ideia e, em seguida, fixou o olhar numa vitrine. Adorou tudo o que viu. Preparava-se para entrar quando notou um moço bonito, indo de um lado para outro e olhando à sua volta como se procurando por alguém, por outro homem talvez. "Será possível? Esta rua, que praticamente parecia não ter ingleses, vai me oferecer o melhor de seus rapazes?" Samir se apressou em entrar na loja para comprar uma camisa e já sair vestindo-a.

Aproximou-se do rapaz inglês que afastava as mechas do cabelo loiro e ondulado que caíam sobre o rosto. Imaginou aquelas mechas caindo sobre seu rosto, imaginou o toque daquelas mãos macias, daqueles lábios que pareciam dois morangos. Pensou em cantar em inglês aquela música: "Por onde eu começo a te comer, pato". Ele sorri e o jovem lhe devolve o sorriso. Samir ficou intrigado a ponto de corar e repetiu a consagrada frase, chave entre pessoas de todos os povos:

— Você fala inglês?

— Entendo um pouco.

— Quê?

— Falo um pouco. Eu sou da Bósnia. E você?

— Do Líbano.

— Líbano e Bósnia, mesma coisa. *Same, same.*

O jovem inclinou a cabeça com tristeza e colocou a mão no ombro de Samir, consolando-o.

— Bósnia, Líbano... são uma grande tragédia, uma grande tragédia.

— Não faz mal, esquece esse assunto, o importante é ter saúde — disse isso e imediatamente pensou em como iria flertar com aquele moço depois de ter trazido à baila aquele sentimento de tristeza.

— Quer tomar um café? — perguntou Samir.

— Desculpe, mas estou esperando alguém.

— À noite, então?

— Quê?

— Podemos nos encontrar mais tarde, para conversar sobre as tragédias do Líbano e da Bósnia.

— Você é refugiado? Comprou essa jaqueta aqui?

— Pega, pega — diz Samir, tirando-a.

— Não quero comprar... só perguntei.

— Não é pra comprar! Pega pra você.

Samir não sabia dizer "experimenta" em inglês. Não iria deixar que nada se intrometesse entre ele e o rapaz bonito. Começou a gesticular para que o jovem tirasse a jaqueta jeans e provasse o casaco de couro. Ao notar a resistência do jovem, Samir colocou-a sobre os ombros do loirinho.

Uma jovem inglesa, muito alta e muito bonita, avançou sobre a jaqueta e sobre o rapaz, beijou-o no rosto e, em seguida, nos lábios. Conforme o abraço se prolongava, Samir fechou os olhos e ficou esperando para, afinal, recuperar sua jaqueta.

O cartão com o telefone dos dois jovens pulsava no bolso de Samir, emanando seu calor entre a carne e o tecido, enquanto ele se apressava em encontrar um café de onde pudesse ligar para o número impresso. Perambulou até encontrar um homem, um asiático, que aceitou ajudá-lo, após Samir lhe mostrar cinco libras e explicar:

— É um assunto importante e eu não sei usar o telefone da cabine.

Já ao telefone, disse:

— Alô, eu queria um homem, mas que seja mulher, entendeu? Um homem que não gosta de mulher, mas pra ser uma mulher, entendeu? Eu não sou uma mulher, eu sou um homem igual a uma mulher.

Bateram o telefone na sua cara. Samir ouviu as gargalhadas do caixa e de um garçom, que falou em dialeto libanês, embora parecesse estrangeiro:

— Quer ajuda?

— Ah, meu amigo, quem tem língua ruim pra falar inglês é como um cego vertendo azeite numa garrafa!

— Se você disser o que quer, eu posso ir traduzindo durante a ligação.

— Agradecido, mas não precisa. Deus te abençoe.

— Mas, cara, se você me deixar ajudar, eu explico pra eles o que você quer, bichona suja, filho da... Some da minha frente, antes que eu te arrebente e faça esses pra quem você estava ligando ouvirem teu gemido de dor!

Samir saiu correndo e o garçom, que segurava uma bandeja cheia de xícaras e pratos, correu atrás dele. Samir esperou do lado de fora do café por alguns minutos antes de espiar lá dentro e se certificar de que o garçom estava ocupado com seus afazeres. Colocou a cara na porta e gritou para o garçom:

— Sabe o que é? Os djins te pegaram e te deixaram louco!

Parou um táxi e mostrou o cartão que exibia a fotografia de dois rapazes abraçados, dizendo ao motorista:

— A escola do meu filho é perto deste lugar.

O taxista não fez nenhum comentário, mas, depois de um momento, começou a conversar ao celular. Samir estava convencido de que ele o estava denunciando à polícia.

— Tchau, amor — disse o motorista ao encerrar a ligação.

O carro parou em frente a um prédio que não parecia ser um bar nem um *nightclub*, nem mesmo um cinema. Ao ver que Samir não se movia, o taxista olhou para ele e insistiu para que saísse do carro:

— É aqui; vai, vai, entre.

Samir entrou em um escritório que lembrava o saguão de um hospital. A secretária o cumprimentou, entregou um formulário para ele preencher na sala de espera e indicou o local onde ele deveria se sentar. Samir estranhou ao ver uma fotografia de uma menininha loira na mesa dela.

Ele pensou: "Tudo aqui obedece à lei... até isso".

Samir disse à secretária que ele não falava inglês, devolvendo a ela o papel e a caneta.

— Não se preocupe, vou ajudar você. Qual o seu nome?

— Samir.

— Quantos anos você tem?

— Não importa a idade, entendeu? Por favor, a idade não interessa.

— Não entendi. Quantos anos você tem?

— Quarenta anos. Não importa a idade... com qualquer um. Eu pago pra você?

— Não, não precisa.

— Vocês são muito generosos e nós merecemos essa atenção — disse isso em árabe já que não sabia como traduzir essa frase. — Mas onde é? E quando?

— Não entendi. Desculpe, não entendi. Tem que preencher o formulário.

— Até essas coisas que são consideradas complicadas, são mais fáceis em nosso país. Não precisa de formulários, nem contratos, a gente faz em qualquer lugar, até no cemitério, nas garagens, no posto da polícia.

— Não entendi. De todo modo, sofre de alguma doença sexual por contágio?

— O quê?

— Alguma vez o médico lhe prescreveu antibióticos?

— Sim, várias vezes. As amídalas sempre inflamam — disse, apontando para a garganta.

— Sofre de sífilis por contágio sexual?

— Por quê? Não entendi.

— Desculpe, mas eu preciso dessas informações antes do exame médico.

— Médico? Por que o médico?

Ficou confusa, olhando desconcertada para Samir, que se levantou.

— Obrigado. Eu já vou indo.

Ela o seguiu e, com uma expressão de pesar no rosto, disse:

— Por favor, só um momento. Não vá, por favor.

Ela discou algum ramal e disse: "James! Você pode me ajudar por um momento? Obrigada".

E perguntou a Samir:

— De que país você é?

— Do Líbano.

— Desculpe, qual o idioma que vocês falam? O libanês?

— E também o árabe, o francês e o inglês.

— Muito bem. James morou no Egito e fala árabe.

Samir imediatamente se tranquilizou. "Eu devia ter reclamado antes. Se não tivesse reclamado ela não teria levado a coisa a sério." Tentava imaginar os cabelos de James. "Será que ele é loiro?" A mulher voltou.

— James só consegue atender você daqui a uma hora — disse a mulher. — Tentamos juntos para ver se você realmente precisa do James?

"Ela quer tentar comigo para me fazer deixar meus hábitos e voltar a me relacionar com mulheres. Agora entendo por que eles botam fotos de crianças aí na mesa da entrada: para que os homens sintam falta da família e dos filhos."

Era como a tia que batia nele dizia: "Ande direito, como uma estátua. Não fique balançando nem pra direita nem pra esquerda". E fora ela quem o fizera se casar.

— Eu sou casado. Vou esperar o James.

Ele sabia que as inglesas desejavam ardentemente os homens árabes.

— Casado! A sua esposa sabe sobre você? A proteção, no seu caso, é de extrema importância. Talvez pudéssemos aproveitar o tempo enquanto o James não chega.

Tirou da gaveta uma caixa de preservativos e a abriu na frente dele, comparando um mais fino com um mais grosso.

— Leve para experimentar, é grátis — disse ela, oferecendo uma caixa de preservativos para Samir.

Ele pensou nos espermatozoides que iriam bater sua cabeça na parede da camisinha e riu:

— Ok, ok. E o James? Cadê?

— Como eu informei, o James chegará daqui a uma hora.

O que faria durante aquela hora? Ele se levantou e foi telefonar para saber do macaco, torcendo para que ele não tivesse pulado, nem arrastado o sofá.

Tirou do bolso tudo o que tinha de dinheiro e papéis. Procurou o papel no qual havia anotado o número de Amira. Perguntou à secretária se poderia fazer uma ligação, colocando uma libra na frente dela, que indicou a cabine telefônica no corredor. Ele insistiu, dizendo que não sabia como usá-la. Ela sorriu e o conduziu à sua escrivaninha. Samir mostrou a ela o cartão, amassado, no qual se viam os dois homens bonitos abraçados.

— Esse é o James?

— Não.

— E o James é bonito assim? Estou pronto pra pagar o que for.

Finalmente ela entendeu o que ele queria.

— Desculpe, mas aqui é um centro de tratamento para portadores de HIV. Então, já que está aqui, por que não faz um teste?

Samir e a secretária começaram a rir. Em seguida, ele se lembrou de que o rapaz que havia visto no corredor parecia muito debilitado e, com certeza, era um viciado em drogas.

Deixou o centro pensando que Deus o enviara àquele lugar para que ele tomasse medidas preventivas. Tocou o preservativo no bolso, junto com os panfletos que a mulher havia insistido para que ele levasse.

CAPÍTULO TRÊS

I

Uma folha de papel, fita cassete e a boca, esse foi o material que Lamís trouxe de sua aula. Mas, em vez de começar a praticar a pronúncia da primeira frase, parou diante da janela, novamente observando tudo que enxergava dali, em especial a casa daquela mulher que a encarara, aquela com o menino. A persiana de madeira e a grossa cortina continuavam fechadas.

The task of the farm guard dog was to bark, alarm the yard, and calm the last barn-dancers.

Ouviu a voz da professora no toca-fitas preenchendo o vazio do apartamento e repetiu a frase na frente do espelho, de frente para a janela, sentada e depois em pé. Considerou aquela frase extremamente fácil. Zombou da professora quando ela passou de tarefa apenas uma frase para ser preparada. Repetiu, sabendo que estava cometendo algum erro. Então, gravou-se dizendo a frase e, assim que aumentava a voz para checar os resultados, desaparecia o eco da voz da professora, que havia trazido àquele apartamento um ar de ambiente inglês...

"É a letra 'r'; não posso deixar que ela salte da minha língua como uma menina pulando corda. Tenho que segurá-la para trás, até que fique escondida na escuridão da boca. Tenho que prolongá-la, como se a colocasse para dormir, mas, rapidamente, numa distração, ela escapasse na frase, como o ladrão que foge assustado com o latido do cão."

— A-há! — havia dito a professora. — Lembrei que mostrar a língua é uma das coisas proibidas na cultura de vocês. É por isso que você encontra dificuldade em pronunciar o *the* da maneira correta. Um ator israelense chamou minha atenção para isso, uma vez que fiquei desesperada ao tentar fazê-lo pronunciar o *the* como se deve.

— Mas o Iraque é um país árabe — observou Lamís.

— Ah, me desculpe. Eu me enganei. Israel e Iraque são inimigos. Essas coisas são sempre confusas para mim. Uma vez, confundi iranianos com iraquianos. De qualquer forma, quero que você, como os ingleses, domine a palavra *the*.

— A minha tia mostrava a língua quando dizia *hello, ayni*. Nós respondíamos *hello, ayni* umas dez vezes para que ela repetisse. Parecia que a língua dela estava brincando conosco. Nós formávamos umas bolinhas de chiclete e as fazíamos dançar sobre a língua, como a bola na boca dos golfinhos no circo.

Lamís recomeçou a leitura fazendo pausas, não diante de cada palavra, mas de cada letra e, contudo, a porta da caverna de Ali Babá permanecia trancada na letra "r".

Decidiu descer e comprar algo para comer. Na entrada do prédio, o porteiro tentou lhe entregar um grande envelope. Lamís estava a ponto de estender a mão, mas retrocedeu dizendo:

— Tudo bem, eu pego quando voltar.

Deu dois passos e parou. As batidas de seu coração receberam o envelope antes de sua mão. Será que seu ex-marido havia mudado a caligrafia? Será que estava tentando arrastá-la de volta? Ou queria expulsá-la do apartamento? Talvez a letra de seu filho tenha, subitamente, atingido essa maturidade. Ou os funcionários do escritório de investigações em Dubai tinham enviado a ela uma carta-bomba? Poderia ser também que o governo inglês estivesse tentando retirar dela a nacionalidade inglesa, depois do ocorrido em Dubai, tudo para que fossem mantidas intactas as relações entre os dois países.

Havia uma miniatura do *Majnun Layla* anexada ao cartão. O texto começava com *Vejo você hoje à noite? Nicholas...*

Nicholas, o inglês que tanto desejou antes de encontrá-lo, durante os anos em que caminhava sobre feno dourado e cogumelos silvestres para ver, na colina, cavalos moldados com argila branca, enquanto o trem passava e o garçom vertia chá preto e leite ao mesmo tempo.

Sobre o envelope, a advertência: *Cuidado, frágil.* A miniatura do *Majnun Layla* e o envelope dominaram o apartamento vazio. Tinha trinta anos e era a primeira vez que recebia um presente e algumas palavras de um homem. Olhou para o relógio, que ganhara de presente do marido, mas que não fora um presente; na verdade, era apenas uma extensão das contas de comida, do telefone e da energia elétrica.

"Será que me verei obrigada a vendê-lo algum dia, se as coisas apertarem, como teve que fazer minha mãe, que vendeu suas pulseiras de ouro, uma após a outra, na época em que se refugiaram na Síria e no Líbano?", pensou.

Não se abraçaram, como Lamís esperava, tampouco ela ofereceu a ele os lábios e ele não a tomou em seus braços como ela havia imaginado. Passara os últimos dois dias sonhando acordada. Nicholas, por sua vez, perguntou se ela havia recebido o *Majnun Layla* e se conhecia alguém que poderia colocá-lo numa moldura.

Lamís não queria assistir a um filme árabe com Nicholas, nem comer cuscuz no restaurante marroquino. Queria apenas que ele a abraçasse e que não a deixasse. Mas compreendeu que Nicholas tinha escolhido o filme árabe por sua causa e, no cinema, disse a ela:

— Assistirmos juntos a um filme árabe será uma experiência ímpar.

Depois do cinema, Londres esperava um sinal de Lamís para que ela abrisse os botões de seu vestido e se despisse diante dela. E Lamís, por sua vez, esperava um sinal de Nicholas para que abrisse o zíper de sua calça e ela se desnudasse diante dele. De repente, as árvores, as casas e os prédios se transformavam em Londres, ela estava na companhia de um inglês e tudo que a rodeava lhe era familiar e fonte de serenidade.

— Para onde vamos? Está com fome?

— Aonde você quiser — ela respondeu, mas seu coração murmurava: "Não, não, por favor. A única coisa que eu fazia com meu marido e seus amigos era comer".

— Essa echarpe é do Iraque?

— Não, de Londres. Eu deixei o Iraque quando tinha doze anos e nunca mais voltei.

— É linda — ele disse, estendendo a mão para tocá-la —; mas você poderia voltar se quisesse?

— Sim... não... quem sabe? Não sei...

Queria se queixar de seu ex-marido, que, uma vez, num restaurante, pegara aquela echarpe do chão e a entregara ao garçom pensando que pertencia a algum cliente, sem nem perceber que pertencia a ela, apesar de ela sempre levá-la sobre os ombros ou ao redor do pescoço e, em casa, deixá-la sempre sobre a cadeira ou pendurada no guarda-roupa.

Caminhavam por Piccadilly Circus. Havia uma centena de estorninhos nas árvores, nas janelas e nos anúncios da Coca--Cola. Pousavam em qualquer lugar, mas não chegavam até as estátuas dos nadadores, prontas para mergulhar do mais alto prédio em direção à rua, entre as pessoas e seu alvoroço.

— Vamos até o meu apartamento? Quero lhe mostrar a adaga que comprei.

Lamís relaxou, apesar da surpresa, ao saber que os ingleses também usavam desse mesmo artifício. Engoliu o nó preso na garganta para que desse lugar a outro, que permaneceu entalado até que descessem do carro e subissem as escadas do apartamento de Nicholas. Primeiro deu uma volta com os olhos pelo ambiente; depois, com o corpo mesmo. Fez isso enquanto, dissimuladamente, elogiava a adaga.

Como ele não se aproximou dela, Lamís acabou projetando mentalmente sua sogra. Imaginou-a sentada de frente para ela, seu marido entre ela e Nicholas e, no colo do marido, seu filho. Estavam sentados também sua mãe e todos aqueles que tentaram dissuadi-la do divórcio, de modo que o apartamento tinha ficado cheio de gente, incluindo seus vizinhos de Beirute e os oficiais da alfândega na fronteira sírio-libanesa. Por um momento, todos eles, de pé ou sentados, se reuniram ao redor dela e de Nicholas, que levava sua echarpe sobre o pescoço. Segurava-a com os olhos fechados, aproximando parte dela do seu nariz, enquanto reconhecia que tinha observado Lamís desde o aeroporto de Dubai.

As palavras inglesas de Nicholas fluíam em seu ouvido, dissolvendo-se, letra após letra, e deslizando para regar seus cílios com uma substância de delicioso sabor. Extasiados, seus ouvidos pediam mais. A fala sussurrada dele era uma carícia, que a penetrava, em especial quando Nicholas abandonava a letra "r", deixando-a suspensa no ar. Assim, ela ouvia "hia" em lugar de *here* e "lova" em lugar de *lover*. A letra perdida queria se estabelecer e permanecer em seus ouvidos, mesmo quando ele enfatizava as duas últimas letras da palavra *firstly*, que também deixavam sua boca aberta. Ela penetrou nessas duas últimas letras para estar perto de suas cordas vocais, que podiam ser vistas como que levantando pontes.

Lamís havia perdido a esperança de que Nicholas a abraçasse. Estava convencida de que ele a beijara no museu e a trouxera ao seu apartamento para lhe vender alguma coisa. Uma vez, um rapaz inglês seguiu-a na praça, enquanto ela brincava com o filho, e perguntou se os botões do pulôver dela eram diamantes verdadeiros. Lamís não quis ir embora, apesar de Nicholas lhe perguntar se ela estava com fome e, vez ou outra, bocejar. Ele balançava as pernas, nervoso. "Será que ele gosta de pessoas do sexo dele? Seria mesmo possível que ele não tivesse esposa, ou amante, sendo tão atraente? Uma verdadeira joia."

Era um apartamento de solteiro. Lamís nunca havia visto um apartamento como esse anteriormente. Tudo que havia nele inspirava liberdade: o sofá espaçoso, apesar de seu tecido desgastado, livros, livros, livros, a luminária preta alta, uma mesa de jantar destinada a toda e qualquer coisa, exceto comer, um aparelho de som 3 em 1, CDs e fitas cassete e um tapete Kilim. No quarto, ela nota uma cama isolada, uma mesa redonda de bambu, uma estante e um armário. Mapas de todas as partes do mundo, antigos e modernos, cobriam as paredes. Sentiu uma atmosfera de felicidade e tranquilidade naquele quarto. Em seguida, lhe chamaram a atenção as lentes de contato sobre a mesa. "Qual seria a real cor de seus olhos?" Sorriu ao ver os sapatos jogados, o que confirmava que ele tinha saído com pressa.

— Quer ajuda? — ela pergunta.

Nicholas deixa o arroz, que ele havia lavado, num pequeno escorredor.

— Isto é um milagre. O que está acontecendo é um milagre! — ele disse.

— Um milagre?

— Não consigo acreditar que você esteja aqui comigo, no meu apartamento, na minha cozinha, enquanto eu preparo arroz para você. Arroz e nada mais! — ele ri da sua última frase.

Ela também ri e pergunta se pode ajudar em alguma coisa.

— Procure o açafrão — ele diz, apontando para uma gaveta cheia de temperos. — Então... você vive sozinha em Londres? Sem família?

Ela se vê obrigada a responder com toda a espontaneidade, como nas séries de TV:

— *Yep*... fui casada.

O cheiro do arroz e do açafrão e o vapor se alastrando, os dois pratos e os dois copos, ver Nicholas com a garrafa de vinho nas mãos, tudo isso a fazia feliz. Sentaram-se à mesa, depois de Nicholas ter afastado para um canto tudo o que estava sobre ela. Lamís saboreou com ele o delicioso arroz e, até quando ele perguntou se ela gostava de arroz basmati, não o criticou, como costumava fazer com seu marido e com sua sogra quando eles expressavam suas preferências.

— Quantos anos você ficou casada?

— Treze anos, mais ou menos. Tenho um filho no colégio interno, que mora com o pai, mas posso vê-lo quando eu quiser.

Nicholas não fez nenhum comentário. Perguntou apenas se ela gostaria de provar a salada.

"Ele deve pensar que não tenho coração, porque deixei meu filho com o pai. É disso que todos me acusam."

— Deixei meu filho com o pai porque achei que conseguiria me mudar para Dubai. Queria recomeçar minha vida em um país árabe. Não queria que meu filho fosse afetado, tendo que mudar de vida e de escola. Enfim, ele adora Londres e é muito apegado à avó.

Desejou que ele não perguntasse se ela iria, em algum momento, reclamar a guarda do filho.

Seu jeito de falar, que misturava autodefesa e extrema sensibilidade, indicava que ela se sentia muito afetada por aquele assunto; percebendo isso, Nicholas tomou a mão de Lamís e a segurou com afeto.

— Tudo bem, você me entendeu mal. Sinto muito por você ter se casado tão jovem, só isso. Enquanto eu viajava ao redor do mundo sem nenhuma responsabilidade. Na idade em que você se casou, viajei para a Índia sozinho, com umas poucas rupias, só com uma mochila nas costas. Sempre tento entender por que eu não me preocupava em procurar um trabalho depois de ter me formado... Teria sido preguiça? Ou eu realmente não sabia o que queria ser?

— Parece que você descobriu.

— Não por mim mesmo. Sempre que tentei pensar sobre o assunto eu senti medo, mas o acaso decidiu por mim e me encontrou uma profissão.

Seria mesmo possível que aquele homem alto, que a fazia lembrar-se de seu pai, tinha aberto o coração para ela e revelado suas fraquezas e dúvidas?

— Um dia, eu estava passeando como os outros turistas junto à Porta da Índia, em Bombaim, quando vi uma menina inglesa chorando. Coloquei-a nos meus ombros para que ela pudesse ser vista pela pessoa que a perdera. Então, alguém gritou: "Tamzin, Tamzin!". Era o pai da criança. Quando a devolvi, ele me convidou para jantar e depois me arranjou um trabalho na Sotheby's. Isso foi em 1987. E você, casou-se com o amor da sua vida?

— Fui obrigada a casar com um homem que tinha o dobro da minha idade.

— Ah, você quer dizer que foi um casamento arranjado?

— Não. Quero dizer que foi um casamento por obrigação, um casamento forçado.

— Por que não pediu ajuda a alguém? Por que não fugiu? Há várias organizações que refugiam moças forçadas a se casar.

— Eu nem morava aqui, ainda vivia em Beirute com a minha família. Tentei recusar esse casamento, meu pai tentou me ajudar, mas minha mãe já tinha planejado tudo.

— Eu sinto muito. Mas você vivia em Beirute na época da guerra? Deixe-me pensar... sim, havia guerra nesse período. Seu pai era ligado à política? Era combatente?

— Meu pai é músico, toca alaúde. Saímos do Iraque no início dos anos 80. Fomos dos primeiros a fugir. Os rumores de que Saddam Hussein iria destruir Najaf corriam soltos. Fomos para a Síria, onde permanecemos por dois anos e, depois, para o Líbano, que, naquele momento, passava por um longo cessar-fogo. Um poeta, parente do meu pai, encorajou-o a se mudar para Beirute. Permanecemos lá por uns dois anos, apesar da eclosão da guerra novamente. Voltar para o Iraque parecia impossível. Seria como voltar para a morte.

Nicholas aproximou-se e, inesperadamente, estreitou Lamís nos braços. Queria que ela esquecesse aquele período de sua vida. Lamís segurou o choro, não porque achasse que era genuína a preocupação dele pelo que ela havia passado, mas porque estava apaixonada por ele e, por isso, sentia-se extremamente frágil, como se fosse um aviãozinho de papel.

— Mas e você? O que o atraiu nos países árabes?

— O destino, mais uma vez: conheci um homem de Omã, chamado Sayf, um obcecado colecionador de adagas islâmicas. Ele solicitou meus serviços e me tomou emprestado da Sotheby's, onde eu trabalho. Não posso esquecer que os céus não param de fazer chover maravilhosos acasos sobre mim, como ir ao museu Lord Leighton naquela tarde...

Olhou para ela como se lançasse a rede em mar aberto.

— Temos um provérbio árabe que diz: "A casualidade divina é melhor do que mil encontros marcados".

— Com isso você quer dizer que não nos encontraremos amanhã?

Ela quase disse outro provérbio: "Não deixe para amanhã o que pode fazer hoje" ou ainda "A demora é a ladra do tempo", mas ficou satisfeita em apenas lançar a ele um olhar que valia pelos dois provérbios.

Lamís continuou no mesmo lugar, desejando que ele a olhasse de volta. Ele a olhou, mas não com o olhar que esperava. Porém, ela não se apressou, pois não queria se arrepender de nada. Permaneceu em pé, como quem implora algo em silêncio: implorava para ficar naquele apartamento.

Quando ele demorou o olhar sobre seu rosto, ela se sentiu constrangida. Percebendo o embaraço de Lamís, afastou os cabelos que cobriam o pescoço dela e, com a outra mão, começou a trilhar o caminho do seu pescoço, desde o queixo até o início do colo. Foi tomada por uma estranha preocupação: "Será que ele quer me estrangular?".

Depois, ele acariciou todo o rosto dela com os dedos. Esteve a ponto de quase tocar-lhe a pupila. Ao chegar ao nariz, começou um movimento mecânico com o polegar que seguia a linha que separa as narinas. Ela, impaciente, pensou: "Se ele continuar com isso vai sair muco do meu nariz". Nicholas continuou com aquela carícia no nariz dela, como se estivesse tentando descobrir um segredo profundo.

Lamís se impacientou mais uma vez. Nicholas deixou o nariz, mas não o rosto dela. Olhou-a de um modo penetrante. Seus dedos caminhavam até a orelha, chegando suavemente ao lóbulo. As orelhas são um mundo. Como o são os dedos, o umbigo e o pênis — são as partes que nos lembram que o ser humano é um milagre, consolidando a crença de que foi criado para habitar um planeta chamado Terra e que flutua no espaço. Mas devem existir outras criaturas em outros planetas.

Lamís sentiu aquele toque delicado descer do seu lóbulo até o queixo e, então, chegar aos lábios. Fechou os olhos como se eles tivessem recebido uma inesperada rajada de luz. Sentiu as carícias em seus lábios. Nicholas passava os dedos vagarosamente sobre eles redesenhando, uma a uma, as linhas róseas que os formavam. "Será que o batom sujou o dedo dele? A boca de um homem saboreia os lábios ou o batom?", ela pensou.

Nicholas tirou a camisa. Em seguida, o interesse dele passou dos lábios para os dentes dela. Para espanto de Lamís, ele começou a dar batidinhas leves sobre seus dentes, como um pássaro bica um biscoito. Ela sentiu sua paciência se esgotando, foi ficando confusa com o que estava acontecendo e, por fim, mordeu o dedo dele e riu. Nicholas riu também e acolheu o rosto dela no peito nu. Lamís sentiu um cheiro delicioso que não era da pele, nem de sabonete, tampouco do tecido de sua camisa. Era um cheiro novo que vinha daquele peito sem pelos — era um cheiro inglês. Ela virou o rosto. Desta vez, sentia-se perturbada por desejar que ele tocasse outras partes de seu corpo. Mas ele não o fez. Ele afastou o rosto dela de seu peito nu e voltou a se aproximar dos seus olhos. A seguir, passou aos cabelos, pegando mecha a mecha, separando-as como se retiram galhos que obstruem o caminho. As mãos alcançaram a cabeça dela e ele só soltou as mechas depois de abençoá-las com sua respiração. Cheirava o cabelo dela e se inebriava. "Graças a Deus eu lavei os cabelos de manhã." Ofegante, Nicholas finalmente passou a mão pela cintura dela e começou a abrir sua calça. Ela se levantou para ajudá-lo a tirá-la, mas, com um delicado movimento da mão, ele a fez se deitar novamente.

Tirou a calça dela e a jogou no chão. Ele se inclinou para alcançar o pé de Lamís, levantando-o um pouco para contemplá-lo longe de outras partes do corpo. Apalpou sua perna musculosa; sem dúvida, em algum momento ele perguntaria se ela costumava andar de bicicleta. Tocou o outro pé, juntando-o ao primeiro, temendo que um deles pudesse sentir ciúme do outro. Voltou à cintura e começou a tirar as meias dela. Assim que viu o esmalte nas unhas dos pés, ele foi acariciando cada um dos dedos, como se pintasse as unhas outra vez. Fechou os olhos até chegar às coxas. Suspirou delicadamente. Com os olhos ainda fechados, terminou de lhe tirar as meias. Respirava profundamente, quase arfando. Tomou o pé dela e inclinou-se para beijá-lo. "Quem inventou o creme mentolado para os pés deve ter sido uma mulher que se encontrou numa situação como esta", pensou Lamís.

Ele era o servo do príncipe que examinava os pés das donzelas antes de permitir que elas calçassem o sapato da Cinderela, fazendo quem estava a sua volta crer que o fazia para evitar enganos. Embora ele sentisse imenso prazer a cada vez que tocava aqueles pés, Lamís, por sua vez, sentia-se cansada pois não estava acostumada com todos aqueles gestos e carícias. Nicholas soltou o pé, sem prestar atenção no que estava mais além das coxas ou entre elas, nem mesmo na calcinha escolhida especialmente para o encontro, como se fosse a luz do farol que guia o navio à deriva. Ele acariciou uma pinta que ela tinha na coxa, anualmente examinada pelo dermatologista. Lamís começou a rir e afastou a mão de Nicholas de sua cintura. Tinha cócegas, especialmente na cintura e nos dedos dos pés. Ao lhe dizer isso, ela parecia querer trazê-lo de volta à realidade de que ela era humana: pensava e falava. Com a risada, ela havia interrompido a trajetória dele. Então, ele parou e disse:

— Eu adoro as suas covinhas.

— Me dê uma moeda de cinco *pennies* e eu juro que consigo escondê-la nelas...

Nicholas afastou-se da cintura de Lamís e continuou a sua expedição, dessa vez pelo braço dela. Levantou-o e logo desceu sob suas axilas. Ela voltou a rir.

— Eu sinto cócegas debaixo do braço. Quer ver outras duas covinhas? — Virou-se de costas deitando-se de bruços, mostrando as covinhas da parte inferior da cintura.

Imediatamente ele se prostrou sobre as covinhas e as beijou. Arfando, como se estivesse escalando o mais alto ponto de uma colina, chegou às nádegas. Ela sentia uma brisa quente. Fechou os olhos, esperando receber outro movimento decisivo. Mas nada, nada aconteceu. De repente, ela riu alto quando ele se prostrou aos seus pés mais uma vez. Rindo, Lamís interrompeu a trajetória daquela viagem a dois.

— Está com fome? — ele perguntou.

Lamís respondeu que não e permaneceu no sofá. Tentou devolvê-lo ao caminho da viagem, mas sem sucesso. Inesperadamente, ele se transformou num turista a quem fora devolvida a carteira perdida, com todo o dinheiro, o passaporte e a caderneta de endereços. Seu interesse diminuiu e sua curiosidade pelo lugar morreu. Ela tentou usar outra tática, arriscando perguntar-lhe qual era o segredo das cócegas. "Será que é porque as funções do sangue, das glândulas linfáticas, dos ossos e poros nessas regiões se misturam?"

— Posso preparar algo para comer? Eu estou com fome! — ele disse isso tentando esconder sua ereção.

Então ela o agarrou pelos pés, sorriu e, inclinando-se sobre ele, pôs a boca na boca dele. Momentos antes de beijá-la, quer dizer, momentos antes de tirar-lhe o fôlego, como se ela fosse um pulmão, Nicholas misturou sua respiração à de Lamís e penetrou sua boca, deixando que sua língua buscasse a língua prisioneira. Pressionou os dentes que estavam a ponto de cair de tanta paixão. Mas não a levou para o quarto, como Lamís supunha, sentando-se distante dela.

Teve certeza de que não conhecia Nicholas e que ele era muito estranho. Em vez de retroceder, Lamís lhe perguntou:

— Por que se sentou longe de mim?

— Estou longe de você?

— O que foi que aconteceu?

— Sou a criatura mais feliz do mundo! Foi isso que aconteceu!

— Eu não entendo. O que está acontecendo? O que o fez fugir de mim?

— Fugir? Eu... eu estou no paraíso. Eu quero contemplar você, quero reter você na memória...

Lamís não deixou que ele continuasse, jogou-se sobre ele e o beijou. Segurou o rosto dele enquanto ele a beijava e recebia a língua dela. Ela tira a calcinha, mas ele não para de contemplar as outras partes de seu corpo, como um estudante que busca descobrir o segredo da ligação entre todas aquelas partes, onde começavam e onde terminavam. Assim que percebeu a ereção, Lamís se tranquilizou. O farfalhar das árvores do lado de fora proclamava: "Estamos vendo vocês". Enquanto isso, delicadas gotas de chuva pediam permissão para entrar. Nicholas continuava se deleitando com o que descobria, como se estivesse, pela primeira vez, diante do corpo de uma mulher. "O que será que ele está vendo que não tenha visto antes?"

— Sua pele é tão macia! — Nicholas sussurrou, ao passar a mão sobre a barriga dela.

Quando ele a penetrou, Lamís agradeceu a Deus por, desta vez, ela estar se sentindo uma mulher normal.

Durante os dois últimos anos, ou mais, ela havia pensado que sua abertura tivesse se fechado completamente, como o furo da orelha em que não se usam mais brincos, principalmente porque sentia uma dor terrível sempre que seu marido a penetrava. Lamís trouxe Nicholas para perto de si com toda a espontaneidade, ela que tantas vezes havia se perguntado: "O que é fazer amor?". Ele estava sobre ela, encarando-a, e mantinha as mãos numa posição de esfinge, para não deixar que seu peso recaísse sobre ela. Ele não abandonava a boca e a língua de Lamís, exceto quando fitava seus seios. O olhar tão intenso dele a deixou comovida e, para não chorar, ela fechou os olhos.

Quando abriu os olhos novamente, viu o rosto de Nicholas, que continuava a beijá-la. Viu a cabeça, os cabelos dele, e viu os próprios braços abraçando-o. De repente, lhe ocorreu uma ideia e ela se perguntou: "Por que Nicholas continua em cima de mim? Por que será que ele continua em cima de mim, o que ele tem? O que eu devo fazer para deixá-lo gozar? Para o meu marido era como se fosse um disparo de fogos de artifício: subia e num piscar de olhos caía de uma vez. O que eu posso fazer para satisfazê-lo? Que será que as inglesas fazem? Ele não é árabe para que eu me sinta envergonhada na frente dele. Devo me permitir entregar-me ao desejo? Devo me movimentar mais? Gritar? Gemer? Morder os lábios dele? Agarrá-lo pelas costas? Cravar minhas unhas na sua pele? Ou devo dizer: 'Dá ele pra mim, *baby*!'. Será que meu corpo vai se rebelar contra mim e lhe contar a verdade, que não o sente?".

— Você arrancaria esses pelinhos? — Nicholas perguntou enquanto acariciava as sobrancelhas dela.

Ela não estava acostumada a conversar durante o sexo, tampouco sua língua estava acostumada a experimentar outra.

Nicholas acariciou a pinta no pescoço dela e disse:

— É tão linda!

Ele mordeu sua orelha e reiterou:

— *Turkish delight*.

Agarrou seus seios e olhou para seu umbigo:

— Estou procurando uma pérola — falou isso e virou-se em direção aos pés de Lamís. — Têm perfume de menta — ele observou.

— O que foi? Por que não gozou?

A frase de Lamís foi uma punhalada no coração de Nicholas e o trouxe de volta à realidade.

— Quê? O que disse?

"Será que ele acha que não deve me olhar diretamente nos olhos porque sou árabe? Acaso vê em mim um sinal de caveira, dois ossos e a expressão 'risco de morte'?", Lamís se questionava.

"Ele não está vendo mais nada, exceto o desejo desenhado no meu rosto. Logo, afoga-se dentro de mim tentando espalhar as palavras, mas acredita que continua na superfície, porque meu interior se parece com a areia movediça que se junta e engole a si mesma."

Voltam a tentar; os corpos num movimento harmonioso, coordenado. Ambos os corpos desejavam mais. Ele a esperava, e ela conhecia de antemão sua impossibilidade de chegar ao clímax.

"Como? Como evocar o perfume da madeira, agora?" Ela lembrou-se de uma amiga que mantinha um frasco com a colônia que o amante usava. Com uma desculpa qualquer, ela entrava no banheiro, abria o frasco apressadamente e sentia o cheiro de seu amante armazenado ali dentro. Em seguida, voltava ao marido e transava com ele antes que a sensação trazida pelo perfume se evolasse.

Lamís fechou os olhos de novo, como se estivesse na beirada da mesa, mas não adiantou nada. Ouviu a voz da amiga de sua sogra dizer em seus ouvidos: "Ouça meu conselho. Não deixe seu marido por causa de outro homem. Eu sei das coisas; uma vez, conheci um rapaz mais novo do que eu e ele me revelou o que era o amor. O que posso lhe dizer? Acostumei-me a sonhar com ele a ponto de, passados trinta anos, ainda me deleitar com sua lembrança. Sonhe, mas não se divorcie!".

Havia muitos homens na vida de Lamís. Ela os procurava onde quer que fosse: nos quartos, nas mesas, nas cadeiras e em outros pontos de contato agradáveis. Quando não os encontrava, sentia-se frustrada. Muitos homens haviam passado por sua vida, de diversas aparências e nacionalidades, mas seu coração gostava mesmo era da autêntica e cálida madeira de ébano de uma cadeira de Goa, cujos braços tinham dois abacaxis entalhados. Sempre que se encontrava sozinha em casa, corria para a cadeira, contente com a oportunidade furtiva. Limpava os rastros de que ali estivera, passando um pouco de água no assento, temendo que o cachorro de seu filho farejasse o lugar de sua privacidade e se pusesse a lamber a cadeira bem na frente de seu perplexo marido. Suas amigas não conseguiam descobrir o segredo dos músculos de suas pernas, que se tornearam sem que ela praticasse nenhum exercício físico.

Sempre que pensava em sexo, Lamís corria para o banheiro, fechava a porta e passava batom.

— Por que trancou a porta? — perguntava o marido.

Ela dizia que aquilo era um hábito que mantinha desde a infância. Afastava a cortina do boxe para um lado, para que pudesse se enxergar no espelho do banheiro que se estendia pela parede. Pegava um creme, passava na quina de madeira do armário debaixo da pia e já percebia que estava completamente úmida. Abria as pernas para que tocassem o ângulo do móvel, apoiando as mãos na madeira. Podia ver o orifício sobre o qual repousava sua coluna vertebral refletido no espelho e também as duas covinhas que tinha ali. Via também a colina de suas nádegas e as coxas sempre que se mexiam enquanto o batom que ela passava, e que aparecia no espelho, controlava o ritmo dos seus movimentos e a fazia, então, lembrar-se da charada: "O que é, o que é, que sobe e desce e é vermelho?". Resposta: "Um morango no elevador", ela mesma respondia.

Lamís se espreguiçou, deixando a cabeça sobre o peito de Nicholas, que acariciava e sentia o perfume de seus cabelos. Esperou, mas nada aconteceu. Levantou a cabeça do peito de Nicholas e foi em direção à sua boca. Ele, então, a cobriu de beijos.

— Tudo bem, não precisa fingir, tudo bem... — ele sussurrou e permaneceu ao seu lado, como se sentisse que ela queria confessar algo, ou como se ela fosse uma criança que sofria porque a febre subira. Começou a soprar sua testa delicadamente. Lamís o abraçou com força e contou o segredo que havia iniciado a praticar na sua infância no braço da cadeira de bambu. Depois, sem esperar para ver qual seria a reação dele à confissão que ela fizera, levantou-se da cama e parou diante da janela, vestida ainda com a longa camisa de Nicholas, que cobria suas pernas.

Olhou para fora e contemplou os prédios, todos parecidos e em torno de uma praça de árvores frondosas. Era inevitável: a uma estrangeira como ela era agradável olhar através de uma dessas janelas, tentando descobrir como vivem os ingleses. Caso alguém a visse ali, a tomaria por uma inglesa, parada, refletindo sobre como estava o tempo lá fora.

"Nem os instrumentos de sopro, os metais — cujo lamento chegava até mim vindo de um clube antigo, aos domingos —, nem a aproximação do verão — cujo calor me atirava numa fria solidão — me trariam, a partir de agora, o sentimento de exílio."

Voltou seu olhar para dentro do quarto.

2

Amira não dormiu bem. Na noite anterior havia ligado para Náhid e, quando a amiga não atendeu, sentiu-se feliz e deu graças a Deus, porque não tinha contado seu plano a ninguém. Mas, em seguida, se arrependeu e acabou passando a noite lastimando a falta de confiança na amiga; em outros tempos, tinham sido unha e carne. A amizade entre elas remontava a mais de dez anos, quando se conheceram no hospital, em Richmond, onde cada uma havia ido para se livrar de uma gravidez indesejada: Amira, daquela vez, tinha engravidado de um cliente e Náhid, do dono do cabaré onde dançava. Desde então tornaram-se amigas e uma recarregava a bateria da outra com carinho e amor.

Confidenciavam absolutamente tudo. Quando Náhid se apaixonou por um homem inglês, Stanley, temendo que sua amizade com Amira diminuísse, ela chegou a se questionar se de fato queria seguir com ele, mesmo quando ele a pediu em casamento. Mas Amira a encorajou, dizendo à amiga que aquele casamento era uma oportunidade única na vida. Náhid era dançarina, não uma profissional do sexo, na época em que ela e Amira se conheceram, mas, ao aprofundarem a amizade, ela insistiu para que Amira lhe apresentasse seus clientes. Com firmeza e por muito tempo, Amira se opôs a esse desejo da amiga. Afirmava que a dança era uma arte das mais elevadas e aconselhou Náhid a fazer mais de uma sessão por noite, que levasse sua profissão com muita seriedade e que tomasse aulas para aperfeiçoar seu dom, fosse no Cairo ou em Londres, onde havia uma dançarina maravilhosa que abrira uma escola de dança do ventre. No entanto, quando se divorciou de Stanley, Náhid quis rapidamente começar a trabalhar com Amira.

De manhã, Amira correu para o apartamento de Náhid, na rua paralela à sua. Havia decidido contar seu plano à amiga e, caso ela quisesse fazer parte do trabalho, teria que parar com a bebedeira, com as piscadas, as gargalhadas, a insolência e parar de arrumar encrenca com os clientes. Por último, exigiria que ela jurasse solenemente que não diria uma palavra a Bahiya.

Náhid ainda estava de camisola. O cheiro de sono e de uísque impregnava seu minúsculo apartamento. As garrafas de uísque vazias, algumas servindo de decoração, como suporte de velas, se alinhavam sobre a mesa. Apesar de Amira ter lhe pedido, insistentemente, que se livrasse daquilo, Náhid, bebendo muito, acumulava cada vez mais garrafas.

— Isso é original, Amira... *home decor* — ela se defendia sempre com essa mesma frase.

— Náhid, me escuta, você tem que pagar a conta do telefone — disse Amira.

— Quero pedir um número novo — respondeu.

— Já disse mil vezes que, se você não pagar a conta, não vai conseguir pedir outro número. Ou então compre um celular decente! É simplesmente impossível ligar pra você!

— Eu desliguei o telefone ontem à noite porque tava de saco cheio. Aquela princesa no Hotel Dorchester mexeu comigo de um jeito... Por que Deus faz essa distinção entre uma pessoa e outra?

— Por isso estou aqui... quero contar um plano pra você e te fazer uma proposta. Desde ontem, decidi me passar por uma princesa saudita. Você será minha acompanhante.

— Como assim? Você a matou?

— Náhid, me escuta. A gente pode ganhar, em um dia, de cinco mil a dez mil libras.

— Claro, você me quer nessa só pra eu ter como pagar sua fiança e tirar você da cadeia! Só digo uma coisa: seu destino será o fracasso, a polícia e a cadeia!

— Me escuta, Náhid! Vamos tentar, pelo menos. O que a gente tem a perder?

— Não mesmo! Não quero fazer parte desse plano, nem ser acompanhante, nem princesa.

—Tudo bem. Não faça parte, então. Vai passar a vida toda ganhando quinhentas ou trezentas libras, depois, duzentas, cem e, por fim, vinte libras?

— Até dez libras são suficientes pra mim... Ah, boa sorte com seu plano. Bom, *yalla*, vamos duma vez! Vamos comprar uns tecidos.

Foram até a loja, perto da Selfridges, que vendia os mais caros e os mais belos tecidos, torcendo para que Bruno, a gazela veloz, estivesse lá.

— A gazela veloz! Olha ele lá. Estamos com sorte! — disse Amira, que o viu antes de Náhid.

As duas entraram e Amira escolheu o tecido mais bonito. O vendedor, Bruno, cortou para ela alguns metros a mais, depois de se certificar de que seu gerente estava ocupado com outra cliente. Em seguida, ele sugeriu a Náhid que visse um tecido que ainda não estava à mostra. Ela o seguiu até o andar térreo e, então, por um corredor onde ficavam empilhados os tecidos. Amira se distraiu, folheando as revistas que estavam sobre um balcão, e depois se dirigiu ao caixa para pagar. Ficou ali até que Náhid apareceu sozinha e, um pouco depois, surgiu a gazela veloz carregando os tecidos, tentando disfarçar qualquer sinal de que havia estado a sós com a cliente. As duas mulheres examinaram os tecidos e logo se despediram dele.

Náhid lembrou-se de que tinha que se encontrar com Samir. Ele precisava renovar o visto e, já que ela conhecia bem os trâmites, se oferecera para acompanhá-lo até Croydon.

Assim, levando as suas compras, Amira seguiu pela Bond Street até uma das bifurcações da Hanover Square, em Westminster, por uma rua cujo nome ela desconhecia. Mas, assim que viu a porta de madeira marrom, teve certeza de que aquela era a rua que procurava, pois já havia ido até ali com um motorista para buscar o vestido da mulher grega para quem trabalhara nos primeiros meses em que chegou a Londres.

Sabia que precisava marcar uma hora para ser atendida. O primeiro horário disponível seria depois de dez dias, foi o que lhe disseram:

— Talvez você possa me ajudar — disse Amira a uma das três moças que atendiam as clientes e lhes ofereciam chá. — Tire as minhas medidas, eu lhe mostro o modelo e você explica ao costureiro o que eu quero.

Mas a moça não entendeu aquele pedido e Amira ficou zanzando de um lado para o outro, danificando o salto fino do seu sapato nas frestas da madeira do piso.

Amira não aceitava a ideia de ter que esperar três dias, uma semana ou nove dias para, então, voltar ali. Disse à outra atendente que viajaria no dia seguinte e que fora a princesa jordaniana Firial quem havia indicado o serviço deles. Precisava falar com o costureiro, nem que fosse só por um minutinho:

— Diga a ele que é uma questão de vida ou morte — clamou Amira, enquanto outra moça saiu correndo para chamar o costureiro, que voltou todo afobado.

— Querida, como você está? — disse ele, tentando dissimular a frustração de ver Amira, e não a princesa Firial.

— Eu quero um vestido de princesa.

A cor do cabelo dele era linda, assim como a sua pele, e Amira teve vontade de lhe perguntar que produtos ele usava. O costureiro, por sua vez, examinou o tecido e pareceu não gostar.

— Não gostou?

— Me perdoe. É um tecido bonito, mas muito grosso para o corte princesa.

— Não quero um corte princesa, quero um vestido como os que vestem as princesas.

A princesa que bebericava chá no Hotel Dorchester estava usando um vestido muito simples, mas Amira era mais jovem e mais bonita que ela. De todo modo, os gostos variam e as princesas também.

— Ah! Você quer o decote estilo Maria Antonieta, a cintura como Lady Hamilton e a saia bufante?

Amira só balançou a cabeça em sinal de aprovação, apesar de não ter compreendido nada do que ele tinha dito. O costureiro deu uma olhada rápida nela, como se fosse um cirurgião, e ela ficou parada feito uma matriosca de madeira, que escondia todos os seus filhos nas entranhas.

— O tecido não é suficiente. E, de todo modo, esse modelo vai fazer você parecer mais gorda. Você vai a algum baile de máscaras? Pode alugar uma roupa no Strand.

— Não. Eu...

Ele virou o rosto, dirigindo-se às moças e a uma cliente que tentava fazer uma chamada pelo celular:

— Eu contei pra vocês que a senhora Fletchy queria encontrar uma roupa com uma capa vermelha para a filha dela usar numa festa de *Halloween*? Então, uma vendedora, de uma dessas lojas que alugam roupas, disse-lhe que tentasse encontrar algo na Ann Summers; a coitadinha da senhora

Fletchy escreveu o nome num papel, ligou para a loja Ann Summers e a vendedora respondeu: "Desculpe, não temos o que você procura, mas é uma boa ideia". A senhora Fletchy só foi entender a brincadeira quando passou em frente a uma loja Ann Summers e viu as roupas eróticas que enchiam a vitrine.

As meninas todas riram. Amira, fervendo por dentro, fingiu rir também.

— Ok, então. Eu deixo a escolha com você. Você escolhe o modelo para mim — ela disse.

— Tudo bem, agende com a secretária.

— Agendar? Pra quê? Já combinamos de você tirar as medidas; como eu disse, foi a princesa Firial quem me indicou os seus serviços...

— Não, não... você tem que marcar um horário...

— Ora, não seja como os ingleses, por favor.

— Sinto muito, mas eu sou inglês e tenho orgulho disso.

Xingou o costureiro em pensamento, enquanto colocava o tecido dentro da sacola sem deixar transparecer sua raiva. Queria provar a si mesma que pertencia a outra classe. Seguiu direto para a Bond Street. Parou em frente a uma joalheria onde, uma vez, havia entrado com um de seus clientes, que comprou para ela um anel, enquanto Amira, ao notar a distração dele, aproveitou para esconder na boca um par de brincos de pérolas.

Continuou caminhando até chegar à loja de Roya, a italiana que havia nascido no Cairo e, quando criança, brincava com a cantora Dalida. Sua loja era muito conhecida por todas as mulheres que preferiam um pássaro na mão a dois voando. Roya não estava na loja, mas havia uma vendedora sentada atrás de uma mesa e que parecia ser parte da decoração:

tinha uma faixa escura nos cabelos pintados de loiro, usava um batom de cor viva e fizera uma pinta a lápis no canto da boca. Amira perguntou, em inglês, por Roya e, pela resposta da moça, pôde comprovar que ela era árabe.

— Você é árabe! Que ótimo! E a Roya, está lá dentro? Diga que a princesa está aqui! Ela já sabe...

A vendedora, de repente, despertou de sua letargia e, levantando-se, disse, toda ansiosa:

— Por favor, fique à vontade, senhora princesa. Eu e a loja estamos ao seu dispor.

Amira sentou-se de pernas cruzadas e começou a olhar as roupas que eram colocadas na sua frente para, segundos depois, serem retiradas. Seu rosto demonstrava indiferença ou insatisfação. Acabou escolhendo um vestido cheio de detalhes e foi elogiada pela vendedora por seu bom gosto.

— Nunca se sabe o que vestir pela manhã — murmurou a "princesa".

— Tem razão, Alteza. Este é um vestido esporte para ocasiões casuais.

Em vez de experimentar o vestido, Amira disse, num tom de tédio:

— Vou levá-lo para o hotel e experimento lá. Se não gostar, eu mando de volta pelo motorista.

A vendedora não se opôs e começou a embalar o vestido com todo o vagar, perguntando a Amira:

— E como a princesa vai pagar? — desejando que o pagamento fosse em dinheiro vivo e, de preferência, em libras.

Amira, que se dirigia para a porta da loja, olhou pelo vidro e voltou-se para a vendedora:

— Eu disse ao motorista que viesse me pegar aqui em duas horas porque pensei que Roya estaria na loja. Eu disse a ele que viria comprar o vestido e que, depois, ainda convidaria Roya para tomarmos um café juntas. Então, se ele ou minha acompanhante, Iman — não se esqueça, o nome dela é Iman — aparecerem aqui, diga que estou ali na Cartier.

Amira reforçou a ordem, enquanto pegava a sacola com o vestido e caminhava para a saída da loja.

— Diga a Roya para me mandar a fatura. Obrigada. Deus te abençoe. Estou no Hotel Dorchester — completou.

Apesar de pasma, a vendedora, de tão confusa, acabou não perguntando o nome da princesa; simplesmente abriu a porta e se despediu, sorrindo para Amira. Já estava acostumada a presenciar as histórias mais bizarras naquela loja: de mulheres que vinham acompanhadas por homens árabes para comprar roupas e, no dia seguinte, ou mesmo algumas horas depois, voltavam para devolver os vestidos. Então, Roya restituía o valor pago pelo homem, não sem antes descontar uma polpuda comissão, levava o vestido até a porta, colocava os óculos e o examinava, especialmente nas mangas e nas axilas, limpava o batom com um lencinho de papel antes de aproximá-lo do rosto e cheirá-lo.

Como a vendedora havia acreditado piamente nela, Amira chegou à conclusão de que era uma autêntica princesa. "Ninguém pede um documento às princesas, sejam estrangeiras ou árabes. Tudo é possível quando não se está no seu país. Você se recria, com o nome que escolher, com os pais que escolher", pensou ela. Caminhou pela rua de um jeito diferente, virando-se para trás de vez em quando, até se distanciar da loja de Roya. Não olhava para os rostos e, quando o fazia, era com um ar de arrogância e não de curiosidade. Entrou em algumas lojas de móveis luxuosos, em galerias, em lojas de tecidos e em joalherias. Primeiro, contentou-se de apenas olhar, mas logo passou a escolher algumas coisas, dizendo sempre que o motorista iria passar para pagá-las. Pedia aos vendedores que anotassem os preços, o que os ingleses faziam com todo o respeito e apreço. Um deles chegou a se oferecer para abrir a loja depois das seis horas, caso ela quisesse.

Assim que se apresentava como "Al-Amira, a princesa", todos eram tomados por uma serena admiração, o que fazia Amira deixar as lojas como se tudo estivesse a seu alcance.

Ao chegar a seu apartamento, jogou os sapatos de lado, as sacolas sobre a cama e se deitou. Pegou uma sacola de plástico do guarda-roupa, tirou dela papéis, cartões e recibos. Procurava números de telefone específicos, ao lado de descrições que havia registrado: "Peitos da Pamela Anderson", "Sou Filha de Quem?"; em seguida: "A Arrogante", "A Mandona", "O Mundo de Deus É Grande", "Gold Finger", "Cacho de Uvas", "Chiclete", "Dentadura", "Moreno Moreninho", "Fatin Hamama" e "Eczema"... Selecionou três nomes para os quais ligou, mas não obteve resposta. Contatou então uma locadora de carros de luxo. Pediu informações sobre um Rolls-Royce:

— Quero um motorista inglês, não um indiano-inglês, não um árabe-inglês nem um africano-inglês, chinês-inglês, muito menos um polonês-inglês, escocês-inglês, nem irlandês-inglês. Eu quero um inglês cem por cento inglês que use chapéu e casaca. Sim, sim, eu pago o que for, sim, por hora, e dez libras de gorjeta. Ok, pra depois de amanhã.

Pegou novamente os cartões que havia escolhido — "Peitos da Pamela Anderson", "Fatin Hamama" e "Sou Filha de Quem?" — e as procurou, no cassino, nos saguões dos hotéis e nos cabarés. A cada uma delas, disse, em particular:

— Escuta aqui, Cinderela, não lhe prometo um casamento com o príncipe... mas lhe mostrarei o caminho da carteira dele, que, por sinal, está cheia de dinheiro, com a condição de que você me ouça, trabalhe de acordo com as minhas recomendações e mantenha tudo em segredo.

E exatamente como a fada bondosa que apareceu para ajudar a Cinderela, Amira estava disposta a ajudar a princesa. Mas chegaria com um motorista inglês no lugar do cachorro guardião da carruagem, com um Rolls-Royce, no lugar de uma abóbora, e seguida por três acompanhantes, em vez dos cavalos.

3

O cassino se parecia muito com as outras construções antigas que continuavam abrigando clubes culturais e associações de um passado arraigado e conservador.

Samir parou, tentando descobrir por que a palavra "cassino" o fascinava tanto. Perdido em pensamentos, ele olhava as luzes sobre as mesas e os jovens de ambos os sexos.

Todos os olhares se concentravam nas mesas. A fumaça, os suspiros, o silêncio, as discussões tácitas emanavam daqueles que travavam uma luta interna. Todos queriam ter coragem e tanto fazia se fossem avarentos, sensatos, religiosos ou jogadores profissionais que juravam a si mesmos que iriam parar. E a pergunta que pairava no ar era: "Devo estender o braço para mais uma aposta?".

Os olhos, em vez de desejarem a mulher impecavelmente arrumada, revelando as curvas de seu corpo, se concentravam nos números sobre as mesas, na imaginação, na conta bancária ou nos bolsos. O dinheiro escoava, escorregava das mãos de todo mundo direto para as máquinas, enquanto as respirações eram aceleradas e os rostos se mostravam soturnos, bem como as almas.

Vendo tudo isso, Samir gritou:

— Deus misericordioso e protetor! É isto que é um cassino? Parece mais um funeral. Amira, eu imploro, me tire daqui.

Amira ria enquanto o levava para outra sala, uma espécie de grande salão de recepção rodeado de máquinas caça-níqueis, que faziam um barulho que lembrava o som de pipoca estourando. Havia mesas e cadeiras espalhadas por todo lado e garçons traziam bebidas e sanduíches. O macaco, ao qual Samir dera o nome de Cappuccino, também estava presente, debaixo do casaco e do cachecol de seu dono.

Amira não tinha se sentado, mas, quando uma conhecida lhe contou que Umm-Ibrahim tinha morrido, teve que sentar-se ali com outras mulheres.

Umm-Ibrahim havia se viciado naquele cassino desde a morte de seu filho, que estava em plena juventude. Ela encontrou no cassino uma solução adequada para aliviar a tristeza e a solidão, já que era o único lugar que permanecia aberto durante toda a noite. Ela entrava ali sem a obrigação de se divertir nem de ter que divertir ninguém. Na única noite em que Umm-Ibrahim não apareceu no cassino, ficou na cama contemplando a névoa caindo do céu de Londres e batendo na sua janela. Foi quando deu seu último suspiro.

Ela costumava dizer: "O cassino é a única coisa que pode fazer eu me sentir viva. Nele se sente a transpiração tanto do medo quanto da alegria. É o único lugar em que subo as escadas sem a bengala e sem ofegar".

Logo, o assunto das mulheres passou a ser o senhor Kubani, o nigeriano. Corriam rumores de que ele, ao retornar de Miami, onde ficou conhecido como "Dedo de Ouro", visitaria aquele cassino. Pelo menos foi isso o que dissera um parente dele, um africano que tinha perdido muito dinheiro e que continuava lá a perder já fazia uma semana. Dedo de Ouro costumava distribuir gorjetas de milhares de dólares a todos que encontrasse, desde a massagista à aeromoça e ao conjunto de músicos.

Amira se levantou e se dirigiu ao salão de apostas. Pelo caminho ia cumprimentando algumas pessoas, ignorando outras e perguntando por alguns ausentes. Deixou Samir sentado entre as mulheres de idade, que davam uma trégua às mãos depois de tanto bater nas máquinas, as esposas, entediadas e indignadas, que aguardavam seus maridos, e as belas jovens, árabes e estrangeiras, que gracejavam e piscavam umas para as outras, caminhando e observando tudo o que se passava nas mesas de jogos e, naturalmente, colhendo toda sorte de preciosas informações.

O macaco, que até então estivera sossegado dentro do casaco de Samir, começou a ficar impaciente e a se mexer, o que acabou atraindo o olhar das esposas que esperavam e das jovens que espiavam quem ganhava e quem perdia. Elas cercaram o macaco e ele, por sua vez, as distraiu, ajudando-as a passar aquele aborrecido tempo de espera. O macaco virava a cabeça de um lado para o outro, examinava o próprio rabo, implorava por comida e mandava beijos para o ar. Uma das mulheres ousou abraçá-lo e o chamou de "encapuzado", contando a Samir que havia sido criada na Índia, onde tinha uma dezena de macacos. Porém, quando o macaco se recusou a abraçá-la, Samir explicou:

— Esse macaco é fêmea, e ela gosta de homens.

Um dos garçons, ao ver o bichinho, com um certo medo perguntou a Samir como ele havia entrado no cassino com o macaco.

— Macaco? Que macaco? — respondeu Samir. — Isto é um cachorro que parece um macaco!

Nesse instante, Amira chamou o garçom e colocou algo em sua mão, sussurrando a ele que Samir e o macaco pertenciam a um príncipe generosíssimo que se juntaria a eles em breve.

Amira olhou para seu relógio, pois não havia relógio no cassino. Náhid não viera, como havia prometido, e ela não havia encontrado uma presa sequer. Amira adorava os clientes do cassino, estivessem eles explodindo de alegria ou de tristeza. No breve instante em que a roleta parasse de girar, ela convidaria sua vítima para irem para casa de táxi. Primeiro, perguntaria pela hora, então ele daria a ela seu relógio de pulso, confiante de que podia seguir sendo generoso.

A música de cancã soava forte por todas as partes. A grande tapeçaria pendurada na parede do fundo do bar apresentava uma cena de alguns macacos brincando. Um deles puxava o rabo de um pavão, outro atirava na água uma vara de pescar e outros miravam seus rifles em pássaros pousados nas árvores.

Sob as luzes do cassino, os pelos brancos e pretos do macaco davam a impressão de que Samir estava vestindo uma camisa branca e uma casaca de seda preta brilhante. Desse jeito, Cappuccino aparentava ser um animal muito pequeno e magrinho, apesar do rabo encaracolado que parecia uma mecha de cabelo de Luís XV. Samir havia penteado o pelo de Cappuccino, tentando esconder a calvície que avançava nas entradas, dos dois lados da testa. O macaco gostou daquele lugar quentinho debaixo do casaco e, por isso, passou a demonstrar enorme afeto por seu dono. Nessa noite, Samir se comportava da mesma maneira que o macaco, com movimentos ágeis, olhar atento, fazia as mulheres rirem de seus modos, enquanto narrava as fabulosas histórias de Cappuccino.

O cancã seguia soando alto. O macaco libertou-se das mãos de Amira, que o entretinha dando-lhe de comer. A música, a agitação toda e a presença barulhenta das mulheres o fizeram escapar dela, embora não tenha fugido com rapidez, e sim se inclinado, como se fosse um súdito fazendo uma reverência a um rei. A seguir, voltou-se para o público e, ao certificar-se de que todos os olhares se voltavam para ele, segurou o próprio rabo como se fosse a ponta de um vestido. Depois disso, se curvou cada vez mais, antes de rodopiar diante das mulheres que o observavam, impressionadas. Estendeu a mão, com olhos suplicantes, até escolher uma das mulheres ali presentes e começar a abrir e fechar as narinas diante dela. Ela, então, lhe ofereceu comida, mas o macaco recusou. Confusa e sem saber o que fazer diante dos olhares do macaco, que oscilavam entre a súplica, o desapontamento e a contemplação, a mulher deu a ele uma ficha que tinha nas mãos. O macaco a pegou e, aproximando-a do rosto, examinou-a antes de atirá-la no chão. Então, estendeu novamente a mão em direção à mulher, que abriu a bolsa em busca de alguma coisa. Cappuccino aproximou-se dela, pulando nos ombros de outra mulher. Seguiu implorando com a mão estendida. Ela ofereceu um lenço de papel. Ele também jogou o lenço no chão, voltando a estender a mão. A mulher então pegou uma libra na bolsa. O macaco a segurou, aproximou do rosto e, por fim, balançou a cabeça cheio de gratidão.

Assim, todos os presentes ficaram cientes de que o que o macaco queria mesmo era dinheiro. Uma das mulheres lhe ofereceu uma nota de cinco libras. Cappuccino gritou de alegria e segurou firme o dinheiro, diante da expectativa de todos os que o observavam para saber o que o animal faria na sequência. Olhou inquieto para os lados, virou o rosto e os olhos e, gritando, correu para Amira. Depois, mudou de opinião e, como se procurasse algo, observou e moveu o rosto, soltando outro ganido. Em seguida, correu para Amira e pendurou-se novamente nela. Todos os que assistiam à cena caíram no riso.

— Amira, você faz até os macacos gostarem de dinheiro.

— Por Deus que está no céu, eu não sabia que Capuccino era esse capetinha. Deve ter sido o Samir que ensinou pra ele!

O macaco insistiu que Amira o levasse para uma volta pelo cassino. Amira o cobriu com o casaco e o cachecol de Samir, temendo que os seguranças, que passeavam entre os clientes, o descobrissem. Mas Cappuccino chutou o casaco e Amira o xingou. O animal, então, soltou um grito que chamou a atenção de todos no cassino, inclusive dos que estavam perdendo. Samir correu para atender o macaco gritalhão, que, assim que ouviu a voz do dono, mostrou o rosto tomado por uma expressão de grande contentamento e, abrindo a mãozinha, deu toda a sua fortuna a Samir, que exclamou:

— Juro que Deus existe!

Samir, enquanto abraçava o macaco, explodiu em lágrimas. Em seguida, se deteve, perplexo diante do afeto que o macaco lhe dedicava. Sem dúvida, o animal parecia saber que Samir acabara de perder dez libras. Um irmão gêmeo sempre sabe o que o outro está pensando, porque cada um deles vive no coração do outro.

CAPÍTULO QUATRO

I

O sol que, naquela manhã, se infiltrava pelo carro era o mesmo que havia secado as vidraças da Westminster Abbey e brilhava sobre todas as coisas, inclusive sobre os muitos ingleses que sentiam sua falta e lançavam sobre ele palavras de reprovação. Os turistas admiravam o Big Ben gratuitamente e um ou outro entre eles, todo distraído, olhava para os velozes carros ingleses, invejando-os, enquanto Lamís não tinha a menor ideia para onde Nicholas a estava levando.

O coração de Lamís voou até os iraquianos que se reuniam na Trafalgar Square: homens, mulheres, velhos e crianças carregavam faixas com dizeres que pediam o julgamento de Saddam Hussein.

Ela tentou sufocar as lágrimas; flagrou-se sendo apenas uma espectadora que olhou de relance os iraquianos, exatamente como faziam os turistas e os ingleses, antes de moverem o olhar para outra coisa. Como se ela não fosse um deles, como se, um dia no passado, não tivesse sentido medo enquanto perguntava à escuridão da noite: "Onde será que dormirei amanhã à noite e onde acordarei?". Ela era como o passarinho que, no romper da manhã, encontrava em seu ninho criaturas que não pertenciam à sua espécie.

Apesar da tristeza e do sentimento de culpa, ela respirava aliviada por não estar entre eles carregando faixas, e por não ser uma dentre aqueles refugiados que se sentam a uma mesa posta por alguma igreja da periferia de Londres.

"Eu sinto falta até da poeira de Najaf", sua mãe costumava dizer, suspirando.

No entanto, aquele sentimento de tristeza e de nostalgia foi substituído pela sensação de segurança, de uma quase felicidade, quando recebia informações das novas tensões, internas e externas, que tomavam conta do Iraque.

— Mas, querida, se você está realmente triste por que não demonstra o seu apoio? Por que não se junta aos manifestantes iraquianos? Tenho a impressão de que essa sua tristeza e esse seu medo não são profundos. Você só se emociona quando ouve as notícias, quando folheia os jornais, ou quando, por coincidência, depara com uma manifestação... como agora.

— Não gosto de participar de manifestações.

— Escute, a coisa é bem simples. Se isso realmente é significativo para você, faça alguma coisa. Mas talvez exista uma razão que a impeça de se juntar a qualquer grupo iraquiano: talvez porque, de repente, poderia encontrar sua ex-sogra ou até mesmo o seu ex-marido.

— Ele ou a mãe dele? Nunca! Fique sabendo que há classes sociais até entre os refugiados. Eles jamais participariam de alguma coisa desse tipo. São de classe alta.

Quando Lamís era casada, todas as manhãs a grande sala de sua casa se transformava em um centro de recepção de homens, onde circulavam caixas de cigarros de cinquenta tipos enquanto eles passavam as contas de suas *masbahas* que estalavam como suas risadas. Repetiam as notícias que apareciam nos jornais iraquianos, as histórias de Saddam Hussein e as notícias sobre os movimentos políticos.

Seu marido sempre aparecia no seu melhor terno, com as melhores gravatas, e afundava-se no confortável sofá com seu relógio de pulso, que brilhava tanto quanto os dentes de ouro de alguns dos visitantes. Todos eles se sentavam juntos e faziam comparações entre si: este é milionário, aquele era milionário, esse é filho de um ex-ministro, esta é uma família de embaixadores, eles ali são filhos de famílias nobres, aqueles são filhos de famílias ricas. Todos querem tomar o Iraque de Saddam Hussein...

Lamís não tinha nenhuma relação com aqueles encontros que ocorriam em sua casa. Assistia a tudo sempre reclamando do cheiro de cigarro. Às vezes, não suportava que a casa permanecesse ocupada por tantas horas seguidas: protestava, entrando na sala e abrindo a janela... Assim que o último deles saía, Lamís invadia a sala, abria todas as janelas, jogava fora as guimbas de cigarro e afofava as almofadas de veludo. Comparava as reuniões do marido às dos novos refugiados iraquianos que sofriam expatriação de todas as partes do planeta, fossem árabes ou estrangeiros, antes de se estabelecerem na Inglaterra. E, apesar de seu sofrimento não cessar diante da miséria, da frustração e da falta de condições de vida, eram muito corajosos ao se oporem ao regime de Saddam Hussein, escrevendo e publicando.

— Mas, querida, eu não consigo entender nada. Tudo que estou ouvindo agora me parece cheio de contradições. Quer dizer que seu ex-marido e a mãe dele não se reconhecem como refugiados iguais a esses? E, apesar disso, essa família rica aceitou você, mesmo você pertencendo a outra classe social? Por favor, não se ofenda, não me interprete mal. Eu sei que, para ele, casar-se com você foi como ganhar o mais importante dos prêmios.

Lamís não entendia a razão de Nicholas tomar as coisas com tanto fervor e seriedade, mas começou a se defender:

— A mãe do meu marido inventou uma história sobre a minha família para contar para os outros: ela dizia que éramos de uma família de Najaf e dos pântanos mesopotâmicos bastante conhecida por sua origem nobre, sua educação e pelas riquezas, e que tínhamos deixado tudo para trás. Mas, quando estávamos a sós, ela sempre me lembrava das minhas origens, principalmente quando eu demonstrava algum tipo de rebeldia, não considerando o fato de eu ser a mãe de seu neto. Então, ela cantava para mim a música "Menina pobre", que fala sobre o príncipe que se encantou com uma mulher por sua beleza, se apaixonou por ela e a tomou por esposa. Esse nobre, após se casar com essa bela mulher, construiu para ela o mais lindo dos palácios e colocou diante dela os mais luxuosos banquetes. Mas, assim que a bela mulher ouvia o vendedor de pão anunciando seus produtos, deixava rapidamente a mesa farta do palácio, repleta de fígado de pavão e ovas de peixe, e corria para a janela para estender a mão e pedir: "Por favor, me dê um pedaço de pão".

Ela leu: *India House, British Library*. Nicholas solicitou o livro OR 5323, verificando o número que havia anotado em sua caderneta.

A responsável consultou o catálogo e, quando ergueu os olhos na direção de Nicholas, ele se antecipou, dizendo:

— Eu sei que ele é inacessível. Por favor, a *Miss* Porter está lá em cima?

— Não, ela agora trabalha no Museu Britânico. Conhece o dr. Baker? Se ele assinar o papel, eu lhe trarei o livro.

O recinto, cheio de mesas grandes, era ocupado por acadêmicos que pareciam não deixar o prédio havia décadas. Nicholas colocou o seu casaco e o de Lamís em uma das cadeiras da última mesa e, segurando-a pela mão, levou-a para fora daquela sala, onde ela depositou sua bolsa no guarda-volumes, antes de irem ao café.

— Vocês trocaram as toalhas das mesas?

A moça do caixa sorriu e não comentou nada, apenas confirmou, com um aceno de cabeça. As toalhas das mesas eram de plástico colorido.

Os dois retornaram à espaçosa sala. Nicholas revelou a Lamís um ar de contentamento ao ver o manuscrito que o dr. Baker trazia numa caixa cor de vinho. Carregava-a exatamente como uma mãe carrega uma bandeja cheia de doces, afastando-a do alcance de seus filhos. O dr. Baker lhes desejou uma ótima pesquisa e, de um modo muito gentil, pediu que cuidassem daquela preciosidade. Como se fosse um obstetra que tira a criança do ventre da mãe, Nicholas retirou da caixa o manuscrito, de capa grossa e de cor vermelho-melancia.

Colocou-o no suporte à sua frente e permaneceu rígido como uma tábua. Abriu a primeira página, que tinha cor de açúcar mascavo, e Lamís aproximou o rosto do livro. Ele esperava a reação dela, mas ela não sabia o que dizer; estava nervosa porque não dominava a declinação e as regras da gramática árabe presentes na obra. Nunca dera grande importância às aulas de árabe quando estudara nas escolas de

Damasco e de Beirute. "Tudo bem, se ele me pedir, eu leio sem as desinências", ela pensou. Lembrou-se de que Nicholas não sabia ler árabe. Lamís reconheceu as letras e as palavras que completavam os desenhos pretos, dourados e cor de vinho. Ele folheava as páginas rapidamente e ela só conseguia ler o título da página e dar uma rápida olhada no desenho que o acompanhava. Passou pela constelação do Triângulo, pela constelação da Estrela, pela constelação de Pégaso e do Cão. A constelação da Nave ficava de frente para a do Cão e trazia a seguinte frase: *O que se vê no universo*; depois, outra frase: *O que se vê no céu.*

Nicholas moveu o suporte de madeira para a frente dela e Lamís sentiu-se obrigada a examinar as palavras. Pareceu que a palavra era "Cassiopeia". A mão dele parou no nome da constelação Cassiopeia e, em seguida, desceu até as coxas de Lamís, que continuou lendo: *Sentada sobre a corcova da camela, onde se aninha entre os astros luminosos...* Nicholas passeou a mão até se deter num ponto estratégico. Lamís continuava a ler: *... e sobre a sua face, sobre o seu pescoço, do lado de seu seio, no seu antebraço, na sua mão...* Nicholas encontrou um lugar para sua mão entre as coxas de Lamís e foi movendo os dedos lentamente; Lamís seguia mergulhada na leitura: *... apertou sua outra mão, que estava apoiada em um cetro ou na borda da cadeira, sobre a dobra de seu braço, na ponta de sua trança e então, no seu outro pé.* A mão de Nicholas finalmente encontrou o lugar desejado e só saiu dali quando notou que Lamís estava absorta na leitura.

De acordo com o texto, Cassiopeia era uma mulher que se encontrava sentada na sela de uma camela, mas não havia nenhuma imagem que mostrasse uma figura feminina; o que se lia era apenas a descrição da constelação *como se vê a partir da Terra* e, na página oposta, o comentário sobre a posição das estrelas da constelação *como se vê no céu*.

Tratava-se do manuscrito *Imagens dos astros*, de autoria de Abu-Hussain Abd-Arrahman bin-Ummat Assufi, e remontava ao século XIII ou XIV.

Lamís se impressionou ao descobrir que a língua árabe continuava do mesmo jeito desde que ela a havia deixado: muito clara e familiar aos olhos e à memória. A letra *sin* nos termos: *al-musalsah, as-samad, as-sanam, al-sadis, al-sab'a, batlimus, al-kursy, al-r'as*. A letra *sin* (س) parecia uma onda do mar, uma flor de cravo, a asa de um pássaro.

"Este livro deve ter passado de mão em mão, de uma caixa a outra. Da mais alta corcova do camelo ao alforje de um cavalo, passou por barcos e navios até se ancorar num pedaço do 'Mar das Trevas', assim como aprendi na escola. E nesse mar terrível os navios árabes não se arriscaram navegar, temendo não voltar a ver a costa e se perder entre as altas ondas, os céus de nuvens carregadas, as tempestades e geadas."

Aquele texto era como se Lamís estivesse sentindo o perfume de um jasmim, enquanto seu cérebro pulsava atento, evocando ideias e sentimentos ao mesmo tempo. Ela nunca tinha visto um manuscrito antigo como aquele, cujas páginas tinham cor de açúcar mascavo e de limonada amarela, apesar de haver livros antigos no sótão de seu avô, muitos dos quais ele usava como aparador para xícaras, perto do braseiro, o que fazia com que as letras se dilatassem por causa do calor do chá. Quando calculou os anos que haviam passado, surpreendeu-se e pensou: "Não consigo acreditar que a língua árabe continua como era há centenas de anos". Seu coração latejava de amor por aquele idioma. Pensou nos leitores do passado, nas escolas, e que tudo o que se dizia sobre o florescimento da civilização árabe era a mais pura verdade, e isso era uma prova de sua nobre história. Pensou nas mãos que haviam folheado aquelas páginas e sentiu um pouco de remorso por ter pensado, quando estava em Dubai, que ser árabe era um obstáculo na vida.

Lembrou-se de seu avô, sentado no chão do quarto, com as pernas cruzadas, diante de uma mesa, prostrado sobre as palavras, longe da luz do dia. De vez em quando, ele se levantava para bebericar uma infusão de ervas, esfregando os olhos e explicando o significado das palavras que, a ela, pareciam desenhos.

> *Quantos livros minha mão escreveu?*
> *Corromper-se-á a minha mão, mas o livro permanecerá*[3].

— O senhor escreveu tudo isso, vô? — Lamís perguntava, apontando para os milhares de livros.

Lamís costumava visitar o avô no sótão todos os dias depois do almoço para que ele borrifasse na palma de sua mão uma gota de perfume que ele costumava trazer de Meca e guardar numa determinada gaveta.

"Meu Deus, benditos sejam o Profeta e a família do Profeta", dizia ela, após sentir o perfume. Em seguida, ele desatava a fita do cabelo dela, o penteava, fazia uma trança, depois pegava a fita que tinha enrolado no dedo e, soltando-a, aproximava-a do vapor do bule, como se estivesse a passá-la a ferro.

---

3 Manuscrito de Dimachiq Dahirya, 1784, p. 360a. (N. A.)

Quando completou nove anos de idade, Lamís começou a perceber as críticas que o avô fazia a seus pais, principalmente a seu pai, que se escondia no porão quando o avô aparecia na porta de casa para visitá-los. Ele repreendia sua mãe, dizendo: "Eu sei que você o está protegendo... eu sei que ele fica tocando alaúde e bebendo vinho... e se intromete nos desígnios de Deus e em Suas criaturas. Olhe estes passarinhos", dizia o avô, enquanto batia nas gaiolas com a bengala, surpreendendo-se com o barulho que produzia apesar de sua fragilidade. "Se Deus, louvado e engrandecido seja, quisesse que pássaros comuns como estes cantassem como o melro-preto ou como um canário, teria dado a eles o dom necessário! Seu marido é um degenerado."

Lamís voltou à realidade quando percebeu a inquietação de Nicholas.

— Estava pensando no meu avô...

— No seu avô?

— Esse manuscrito me fez pensar nele... Será que ele poderia imaginar que sua pequena Lamís algum dia viveria na Inglaterra e se apaixonaria por um inglês?

— Que viveria em *London*... e se apaixonaria por um europeu!

— Tenho certeza de que meus pais nunca imaginaram, quando me obrigaram a casar e a viver em Londres, que eles estavam impondo, a mim e a seus netos, uma vida e uma língua novas.

— Eu sou tão grato, querida, por eles não terem pensado em nada. Não consigo imaginar que você não esteja na minha vida — respondeu Nicholas.

Em seguida, voltou sua mão para o lugar que ela ocupava anteriormente.

Eram dois amantes e a respiração dos amantes é sempre ardente. Seus olhos são sempre um diálogo inflamado e duradouro, a saliva é fluida, o nariz respira, inspira e expira, seu peito é como o vidro, e a coluna verga como um pepino.

Tudo isso danificava o manuscrito que havia sido preservado numa temperatura adequada, como a própria Lamís, que até agora havia sido preservada do calor da paixão que acendia os cílios daquele europeu. Deixou-se levar pelo intenso desejo e pela paixão, recebendo o hálito úmido de Nicholas, que saía do mais profundo de seu ser.

A frase sobre Cassiopeia *sentada sobre a corcova da camela* fez com que Lamís se sentisse liberta das amarras de seu cérebro e se entregasse a seu hábito secreto... Era como se cada parte de seu corpo se alongasse e relaxasse sobre a cadeira. Ela se sentiu livre, à vontade, diante daquilo que anteriormente a assustava: os homens. "Ah, não há o que esconder, não há o que esconder", concluiu.

Então, pela primeira vez, desde que havia sido enrolada numa manta depois de seu primeiro choro, se encontrou nua diante de um espelho verdadeiro: Nicholas. Como se fosse uma menina que encara o espelho pela primeira vez e se reconhece lentamente, depois de uns segundos de dúvida e medo, compreendendo que a imagem no espelho é seu reflexo.

Quem via Lamís e seu marido conversando durante o dia achava que ela era a secretária ou a decoradora. Ele se assemelhava aos eunucos, não sentia nenhuma paixão, nem desejo de terem algum contato físico. Se ocorresse de suas mãos se tocarem, enquanto ele pegava a xícara de chá, ele sentia como se ela fosse parte da louça, enquanto ela só sentia o toque das libras inglesas. Mas o eunuco e sua secretária, ou vendedora de peças de reposição, compartilhavam a mesma cama e a corte que ele fazia começava sempre com a mesma pergunta:

— Você está dormindo?

Naquele mesmo dia, Nicholas se dedicava a ela como o pai dela se dedicava às cordas do alaúde quando percebia que a melodia ralentava antes de chegar ao final.

Lamís abraçou Nicholas, agarrou-o pelo pescoço e depois pelo peito de um modo que ele não podia ver o rosto dela. E os dedos dele eram como os anjos do quadro *Vênus e Marte*, tentando despertar o desejo nela, soprando palavras em seus ouvidos, enquanto ela permanecia como Marte, imóvel.

Nicholas tocou cada uma das cordas dela, variando o toque de acordo com a melodia que ele desejava ouvir. Como um professor que não foi ainda tomado pela desesperança ante o aluno que não compreende a explicação, ele tentava de novo, com infinita paciência, até que ela se irritou e disse:

— Está bem, estou feliz assim, não me importa.

— Mas eu não estou feliz.

Como a mãe que desmama seu recém-nascido, enquanto ele chora não aceitando nada além do leite materno, a única coisa que Lamís pedia era o toque da madeira... E, como uma mãe que oferece seu carinho, assim agiu Nicholas.

Ele parou e se afastou dela no momento em que Lamís sentiu que seu corpo se convertera numa espessa barreira resistente às batidas da água e à erosão. Ele se virou para o lado da parede, enquanto ela lançava olhares furtivos para ele; seus olhos passeavam por todo o corpo dele, do seu pescoço aos ombros e depois para a barriga e as coxas. Ela nunca, nem uma única vez, havia se deitado nua ao lado do marido durante os treze anos de casados. Ele jamais se levantava da cama antes de vestir a camisa do pijama e, às vezes, todo o pijama.

Ele sente que os olhos dela o haviam abandonado; tinham voado para um outro quarto, para verem um homem e uma mulher: Adão e Eva. Pensou que a vida havia iniciado de um momento íntimo como aquele, de uma mão que toca o seio e de outra que toca a coxa, de uma mão e de um olhar calmos e de um sentimento de união como aquele.

Então Nicholas a ergueu e a fez abrir as pernas e ficar em cima dele. Lamís quase perdeu os sentidos, sem saber se respondia aos seus seios e ao seu coração disparado, ou às suas coxas e ao que havia entre elas. Sentir aquele homem dentro dela a fez gritar num demorado orgasmo e se esquecer do toque da madeira para sempre. Até mesmo da madeira de *Lignum vitae*, conhecida por sua resina oleosa.

2

O marido e o filho de Lamís a esperavam na porta do Trocadero. Ela tinha desejado que alguma indisposição a acometesse e que ela não pudesse comparecer ao encontro com o filho: tinha medo de chorar, tinha medo de se agarrar a ele e chorar, pedindo-lhe perdão. Seu marido estava sem o charuto e usava uma blusa nova de caxemira; assim que a viu chegar, despediu-se do menino dizendo:

— Bem, até depois, e não se atrase para as aulas.

Olhou o marido nos olhos e, antes que ele fosse embora, ela lhe perguntou por sua saúde. Ele murmurou algumas palavras e saiu apressado. Khalid o chamou: queria dinheiro.

Apesar de Lamís dizer que daria o que ele quisesse, o pai levou a mão ao bolso da calça e deu dez libras ao filho.

Lamís havia se preparado para enfrentá-lo, caso o marido pedisse para que ela voltasse. Havia decorado as frases que diria. Estava tão preparada que parecia ter selado seu discurso com cera vermelha. Mas ele se restringiu a olhar para o relógio, tomado por orgulho e por sua inabilidade em expor seus sentimentos. Antes que ela tomasse coragem e lhe pedisse o divórcio, ele assistira às contínuas náuseas da esposa, ao trancar a porta do banheiro e do quarto na sua cara, às insônias durante a noite e às pílulas tranquilizantes. E a única coisa que ele sugeria era que ela consultasse um médico. Uma coisa era casar-se com ela e poder se gabar de sua beleza e de sua natureza tranquila; outra, bem diferente, era ver essa beleza perturbar sua vida.

"Quem poderia imaginar que eu estive ao alcance da mão desse homem algum dia? Que participei de sua vida? Não fosse por ele, eu nunca teria pisado em terras inglesas e não conheceria o Nicholas! E ninguém poderá negar a realidade de que este é meu filho para sempre."

Entretanto, parecia que aquele menino na sua frente era filho só do pai e da avó paterna, que, quando ele nasceu, o abraçou chorando de emoção, enquanto Lamís sofria de retenção urinária e temia que a enfermeira voltasse com a sonda e a introduzisse entre suas pernas... e temia também carregar seu bebê recém-nascido nos braços.

Lamís percebe agora como o filho, inconscientemente, se juntara ao pai e estava contra ela. Era como se estivessem cantando a canção egípcia que ela costumava cantar com Khalid apontando para os transeuntes: "Nós estamos juntos, juntinhos, e o cão que morde a pata está sozinho".

A Lamís apenas bastou olhar para seu ex-marido para mudar de opinião. Ele não sabia cantar, não sabia contar piadas e ela sentia-se culpada; era isso o que estava acontecendo. Tomou o filho nos braços, sentiu seu cheiro e convenceu-se de que o havia encontrado depois de tê-lo perdido por alguns segundos entre a multidão.

— *Habibi*, como você cresceu neste mês e meio! Está mais alto! Adorei esse cacho na sua testa e essa jaqueta de couro preta! É a última moda!

— Ah, merda! Esqueci de pedir que você convencesse o pai a me deixar voltar sozinho de metrô!

— Não fale assim! Da próxima vez.

— Desta vez. Ele nem vai ficar sabendo. Mamãe, eu falo pra ele que você me levou.

— *La, la*, não e não.

— Vocês dois parecem sempre uns gatinhos medrosos. Não vai acontecer nada. Não sou uma criança. Não esqueça que logo vou fazer treze anos — disse isso e alisou os cabelos com a mão.

Lamís queria rir. Ele sempre passava a mão no cabelo como se fosse um hábito ao falar.

Ela abraçou o filho e disse:

— Senti tanta saudade! E o *jidu* e a *bibi*, todos, todos sentem saudade de você, sua tia, seu primo. E eu deixei Dubai e vim viver aqui em Londres pra ficar perto de você.

— Eu fiquei bem animado com a ideia de visitar você em Dubai. Comprou o que eu pedi?

— Vamos comprar aqui, agora!

— Quer dizer que você não comprou nada em Dubai? Todo mundo vai pra Dubai só para comprar jogos de computador! E você foi lá e não comprou nada? Mãe?

— Foi uma situação muito difícil e eu estava arrasada...

— Não consigo acreditar nisso! Simplesmente não acredito! Você esteve em Dubai e não comprou nada!

— Decidi voltar pra Londres umas horas antes de o avião decolar! Foi uma estranha coincidência eu ter conseguido uma passagem.

— E no aeroporto? Lá tem todos os jogos de computador, até jogos de avião, por menos de cinco libras.

Lamís recorda-se de Samir no aeroporto de Dubai e de como ela o observava. Depois, pensa no abraço de Nicholas. Então, ela toma fôlego e diz:

— Achei que a sua avó e o seu pai tivessem lhe contado o que aconteceu. Você sabe o que aconteceu comigo?

— O que sei é que eles são uns idiotas.

"Khalid não me ama mais", pensou, aturdida. Mas também, como ele a amaria se ela o deixara para viver em Dubai, embora tivesse lhe prometido que visitaria Londres a cada dois meses para vê-lo, e que seu pai o enviaria a ela, em Dubai, entre uma viagem e outra?

"Apesar disso ele me ama", disse a si mesma, tranquilizando-se. "Ele ainda é uma criança e não se pode exigir que dê provas de seu afeto."

Esperou por uma reação, por alguma palavra dele. Queria ter um termômetro em mãos que fosse capaz de indicar "te amo" ou "não te amo", do mesmo modo que ela verificava a temperatura dele quando estava doente.

No dia em que gritou para o marido e para a sogra que ela queria o divórcio, Khalid estava na frente da tela do computador. Conversava com seu amigo Timothy. Ele levantou os olhos do computador e perguntou se ela realmente iria se divorciar de seu pai. A ênfase na sua voz deve ter confirmado ao menino que, daquela vez, ela falava sério. Correu até ele e o abraçou.

— Eu te amo muito, muito — ela disse, abraçando o filho. Mas ele apenas voltou para a conversa no *chat* e escreveu: *Não acredito que eles vão se divorciar, eles sempre brigam. Não vão se divorciar.*

Os dois entraram no Planet Hollywood. Lamís não conseguiu atrair a atenção do menino nem iniciar uma conversa. Os olhos de Khalid estavam fixos na tela enquanto ele mastigava a comida. Ela queria ser julgada agora, para que Khalid ou a condenasse, e nesse caso ela tentaria justificar o que fez, ou a absolvesse, e assim ela fosse feliz. Porém, ele seguia absorto, tentando reconhecer o nome dos filmes através das cenas. Também queria convencê-la, fazendo uma certa chantagem, de que comprasse para ele uma jaqueta de couro vermelha com o nome do restaurante.

— Você a usaria? Achei que você tinha se tornado amigo do Bruce Willis e do Schweizhof — ela ironizou.

— Schwarzenegger, *mama*, Schweizerhof é o nome de um hotel na Suíça — ele replicou, sarcástico. — *Mama*, eu já tô cansado de ficar aqui neste lugar. Esse barulho é um saco. E este lugar é muito chato. Por favor, me leva no Aquarium.

— No zoológico?

— Não, perto do Big Ben, depois da ponte Waterloo... o taxista vai saber.

— Aquarium, de peixes?

— Não, de elefantes!

Lamís sorriu para o filho; preferia vê-lo assim, insolente, a vê-lo sofrendo por ela ter abandonado o lar.

Ela logo parou um táxi e disse ao motorista:

— County Hall, por favor.

O Aquarium ficava num prédio antigo, em frente ao Big Ben, ou seja, do outro lado do rio. A quietude do local a fez pensar que aquele seria o melhor lugar para conversarem. Assim, poderia dizer quanto o amava, apesar de já ter percebido a total independência do filho em relação a ela. Concluiu que, caso o filho tivesse dinheiro, não precisaria dela para passear. Os dias em que ela o guiava, o protegia fora de casa e era a voz com a qual ele falava, experimentava e descobria o mundo tinham acabado. Não sabia que ele se interessava por peixes nem por qualquer outra coisa que não fosse tecnologia. Por fim, acabou descobrindo que o Aquarium não era mesmo seu objetivo. Ele deu só uma rápida olhada nos peixes e nos animais marítimos.

Quando a mãe de Lamís era pequena, ela chamava seu pai, o religioso xeique Addin, toda vez que queria ouvir uma música no rádio. Ele girava o botão procurando sintonizar a recitação do Alcorão e ela o enganava, dizendo: "*Baba*, é esta emissora mesmo; depois da canção, vão recitar o Alcorão".

Seu filho a conduziu até o fliperama da Namco, que ficava bem perto do Aquarium, onde tudo ofuscava os olhos: o brilho das escadas, das propagandas, os corredores, as paredes, o teto. As máquinas com luzes coloridas e a música faziam o lugar parecer que eles estavam em Las Vegas. Khalid correu até um carro esporte vermelho, se sentou no banco e deixou que o ar frio brincasse com os seus cabelos.

— Olha só, estou dirigindo, *mama*. Quero aprender a dirigir! — ele grita enquanto aperta o acelerador e, numa corrida virtual, atravessa loucamente as ruas, pondo fogo nas coisas que apareciam na tela.

O menino pulava de um jogo eletrônico para outro. Nas telas ele foi piloto, soldado e teve que eliminar os tanques que explodiam tudo que havia no seu caminho. Era um profissional na corrida de carros. Um tirano que prendia uma mulher com correntes de ferro. Batia nela com as correntes e depois lambia as correntes e as limpava. Não ouvia mais a mãe, apenas tentava persuadi-la a jogar com ele por um momento, implorando com veemência. Dali a pouco, se esquecia completamente da presença dela e corria, gritando com todo o entusiasmo possível. Lamís foi se acostumando àquele alvoroço todo, às luzes e ao barulho e tornou-se um banco ambulante: alimentava com libras as bocas das máquinas.

— *Mama*, 53 videojogos. Eu quero testar o *choker*. O Timothy me disse que é incrível! *Cool*!

— Não, nem tente esse aí! Não mesmo. É uma cadeira elétrica!

— Não, *mama*, não é verdade. É de mentira.

— Eu sei. Mas a ideia me incomoda. Não.

— Mamãe! Leia! Leia! Eu imploro!

Ela lê a descrição do jogo: *Simule voltagem letal com vibrações intensas. Experimente a cadeira elétrica. Teste suas forças. Você aguenta?*

— Você leu, mãe? Eles dizem que não faz mal nenhum.

Um homem se senta na cadeira, segura o volante e luzes brilham sobre seu rosto. Fez caretas, gritou e, ao deixar a cadeira, disse à sua amiga:

— É maravilhoso! Parece que a gente toca mesmo uma corrente elétrica mortal.

Lamís se afasta, achando que tinha voltado à função de mãe, pegando o menino pela mão, como se ainda continuassem em casa. Khalid não conseguia acreditar que sua mãe não sabia como funcionavam esses jogos. Começou a ensiná-la, enquanto comia batata chips e uma barra de KitKat.

As luzes radiantes, o barulho, os *flashes* e a adrenalina de seu filho finalmente a dominaram. Sentiu-se parte daquela era. Imaginou-se com a mesma idade do filho, na cidade das maravilhas e fantasias eletrônicas. Foi tomada por esse caloroso sentimento de familiaridade. Seu divórcio já era algo inevitável e necessário. Concluiu que Nicholas estava certo ao dizer que ela deveria deixar o menino escolher aonde queria ir. Por fim, Lamís entrou no carro vermelho Ridge Rider; o vento frio do brinquedo eletrônico batia em seu rosto e ela pisou com toda a força no acelerador.

Esperaram o táxi em frente ao Big Ben, perto do rio e da ponte. O crepúsculo em Londres é a mais bonita das horas. Raramente chove nesse período do dia. O céu parece tomar emprestado para si um outro céu, como se fosse um campo de papoulas. Dizem que é a cor da poluição e que Londres é uma parte da ilha que queria ver a si mesma, por isso afasta as nuvens do dia para revelar o sol, que pisca antes de calmamente se esconder.

Entram no táxi e Lamís pede ao motorista que os leve ao Regent's Park. Toma-o nos braços e, com um nó na garganta, pergunta:

— *Habibi*, meu querido, quer que eu volte? Você sente minha falta?

— Eu sinto sua falta, mamãe. Mas eu nunca tinha visto você feliz. Eu sempre via você chorando.

Naquele momento, Lamís chorou e acolheu o filho junto ao peito. Ele também a abraçou.

— Eu te amo, *mama*.

Ela o abraçou novamente, lutando contra os soluços. Eles se aproximaram no exato momento em que o táxi passava em frente à estátua de bronze que sempre desconcertava

Lamís. Era a estátua de uma mulher sobre uma caverna com a mão posta sobre os olhos, como quem tenta proteger os olhos do sol ou da chuva, para poder vislumbrar no horizonte as pessoas que chegavam, e para perguntar a elas qual o motivo de seu atraso. ("Sem dúvida, foi a minha sogra quem ordenou que esta mulher me espionasse.")

Pediu ao motorista do táxi que a esperasse enquanto ela via o filho apertar os números do código para abrir a porta do prédio. Ah, se pudesse abraçá-lo novamente! Seu coração disparou assim que ela viu a porta de ferro, adornada com figuras douradas, se fechar atrás do filho. Mas logo recuperou a calma ao perceber que estava do lado de fora daquela porta. O táxi partiu com ela, que secava as lágrimas.

"Esta casa me fará feliz", assim pensara no passado, quando parava na janela e avistava o Regent's Park, cercado de estátuas e de uma decoração azul que evocava a era greco-romana, e não a neblina, e menos ainda os edifícios ingleses. Entretanto, Lamís acabou reconhecendo para si mesma, à medida que os dias se passavam, que aquela casa era a sua prisão. Da janela, olhava as árvores e os namorados que, descansando perto de alguma estátua, olhavam para os prédios iluminados desejando estar dentro deles, sem saber que dentro de um daqueles apartamentos havia uma mulher que os invejava.

Foi só pronunciar para o taxista a palavra "Pimlico", para ser tomada por uma febre. Sua mãe costumava lhe dar esse conselho: "Seu marido tem que pensar em cama sempre que olhar pra você". E aqui estava ela pensando em Nicholas, acreditando que ele a esperava na cama.

3

Amira preparou absolutamente tudo para poder carregar o título de princesa. Só faltava se animar. Fez-se milhares de perguntas, investigou mil detalhes, fez chamadas nacionais e internacionais e, para se familiarizar com os dialetos, gravou suas conversas com clientes dos países do Golfo. Ligou para embaixadas, consulados e escritórios fazendo perguntas triviais só para ouvir esta ou aquela palavra: *Wech ho?*, "O que é isto?"; *ma abgui*, "não quero"; *ma abbi illa*, "só quero..."; *chlono?*, "como vai ele?"; *abbi aruh*, "quero ir para..."; *ma abbik*, "não gosto de você".

"Qual personagem devo representar? A princesa sonhadora que adora escrever poemas, ou a viciada em filmes e em conhecer as estrelas do cinema? A princesa que preside entidades beneficentes, ou a moderna que conhece todos os restaurantes, lojas e clubes? Ou ainda a princesa que devota sua vida a ser bela e se submete a todo tipo de cirurgia plástica?", Amira se perguntava.

Com a ajuda de Wasim, seu cabeleireiro, ela conseguiu um trabalho como intérprete de uma princesa de verdade que havia se submetido a uma cirurgia na London Clinic. Tornou-se um elo entre a princesa e o médico, as enfermeiras e o hospital, e também entre o séquito da princesa e a cozinha do hospital. Pedia para eles comida, café, chá e os abastecia com filmes de videocassete, a que assistiam na enorme televisão do quarto. Aprendeu a variar o tom da voz e os gestos da mão, quando sorrir e quando gargalhar, quando olhar seriamente e franzir a testa, quando escutar às escondidas, quando falar e quando tinha que se mostrar extremamente generosa, além de saber como falar com os membros de sua família pelo telefone.

Quando chegou o dia esperado, Amira saiu de seu apartamento com um *tailleur* discreto cuja parte de cima era curta e a saia era longa. Levava uma *abaia* preta sobre os ombros, que realçava os cabelos negros. O relógio, o anel e a bolsa em couro de jacaré, tudo nela brilhava evidenciando sua distinção.

Pediu ao chofer do Rolls-Royce que a apanhasse na porta do salão de Wasim, pois temia ser descoberta e exposta pelo porteiro de seu prédio ou por Samir e o macaco.

As três acompanhantes a esperavam no salão de beleza. Após se certificar das roupas e da aparência de cada uma delas, recomendou às moças que não se apressassem e que não abrissem a porta do carro; deveriam sempre esperar o chofer abri-la para elas.

As inúmeras recomendações que fizera a si mesma e às moças, iniciadas havia alguns dias, bem como o carro de luxo e o medo do fracasso, contribuíam para deixar as quatro mulheres extremamente nervosas. Nenhuma delas ousava rir, a não ser depois que Amira lhes disse:

— O que está acontecendo com a gente? Por que parecemos uma cobra que morde o próprio rabo?

Havia definido o banco como o lugar do primeiro golpe, por duas razões: primeiro, por não ser um banco, ali não é lugar propício a fraudes, já que tudo lá dentro está sistematizado e organizado — transferências, cheques, dinheiro... —; e, segundo, porque a vítima estará bem próxima do seu dinheiro.

O chofer parou na porta do Banco Árabe, em Park Lane. Amira não desceu do carro, apesar de ele ter aberto a porta e esperá-la do lado de fora. Ela apenas estendeu a mão para ele e lhe deu um papel azul, impresso com letras árabes em alto-relevo, em que estava escrito: *Alanud bint... bin... bin...* (Alanud, filha de... filho de... filho de...).

— Por favor, pergunte no banco se já chegou da Arábia Saudita uma transferência em meu nome.

— Mas, Alteza, acredita que eles vão confiar em mim?

— Tudo que lhe peço é que pergunte se minha transferência já chegou. Em seguida, eu mesma entrarei.

— Claro, claro, Sua Alteza.

Amira havia alugado aquele carro com chofer em uma agência, por três dias, depois de ela mesma dirigir-se até lá, onde tinha pagado antecipadamente o que era necessário à princesa Alanud. Assinou o recibo em nome de Amira Fayza, acompanhante e intérprete da princesa.

A menos que se tratasse de pessoas conhecidas, as agências já não confiavam mais cegamente em alguém que viesse pedindo para alugar um Rolls-Royce ou um Mercedes para um príncipe ou para uma princesa. Temiam que tais clientes desaparecessem antes de efetuar o pagamento. As únicas exceções eram aqueles clientes com quem tratavam pessoalmente.

De dentro do carro, a princesa confirmou que estava aguardando uma transferência que seria realizada por seu tio, da Arábia Saudita. Começou a passar as contas de sua *masbaha*, até que uma das acompanhantes lhe perguntou se Náhid estava realmente doente.

— Náhid? Não, em absoluto. Onde você ouviu essa notícia?

— Ah, acho que me equivoquei...

Amira imediatamente ligou para o celular de Náhid e, para sua surpresa, ela atendeu:

— Pois não, Alanud, é a Náhid aqui, tudo certo, onde você está? Sim, às sete horas.

Colocou o telefone de volta na bolsa e falou para as meninas em tom de brincadeira:

— Cada vez que a irmã de Náhid pensa em visitá-la... Náhid adoece...

O chofer retornou e, baixando a cabeça, conversou com Amira pela janela:

— Perdão, não enviaram nada até agora, Alteza. Um deles sugeriu que tentasse o Banco de Riad ou o Banco do Kuwait.

— Está bem, obrigada. Pensarei no que devo fazer...

O chofer entrou no carro e, assim que deu a partida, Amira pediu que esperasse.

— Não se pode estacionar aqui, mas ficarei preparado caso apareça algum policial de trânsito — ele respondeu, com toda a polidez e submissão, após desligar o carro.

Amira, então, mudou de ideia e pediu a ele que desse uma volta no quarteirão do banco, e uma segunda volta, antes de ordenar que parasse para que ela e suas acompanhantes descessem. As acompanhantes, por sua vez, foram obrigadas a parar de fazer bolas com o chiclete. Caminhavam em direção à porta do banco no exato momento em que um homem árabe, de uns sessenta anos, estava prestes a entrar. Ao vê-las, ele retrocedeu, abrindo caminho para que entrassem.

Em vez de agradecer, Amira nem sequer olhou para o homem, como se ele nem existisse ou fosse um dos guardas do banco. Também não pararam na fila. Amira sentou-se no banco com uma de suas acompanhantes e, quando chegou sua vez de ser atendida, pediu a ela que perguntasse à funcionária do banco sobre a transferência. Fez a solicitação em um inglês precário e com uma voz tão baixa que era quase inaudível. Rapidamente, a funcionária inglesa solicitou um funcionário árabe, que apareceu num piscar de olhos.

Amira perguntou a ele a respeito de sua transferência, depois de ter pronunciado seu nome com toda a clareza, fazendo-o ressoar pelo banco e, principalmente, chegando aos ouvidos do sexagenário.

Ele contemplava toda aquela procissão, admirando como aquelas quatro mulheres se movimentavam em perfeita harmonia e elegância, com suas *abaias* sobre os ombros ou nas mãos. O funcionário falante de árabe se desculpou e pediu permissão para consultar o computador. Assim que Amira mostrou sua nobreza pronunciando o nome de seu tio, o rapaz rapidamente a conduziu à sala de espera destinada aos *vips* para que ali aguardassem. Mas, consultando seu relógio, Amira se desculpou dizendo que preferia aguardar ali onde estava. Retornou ao seu assento e percebeu que o sexagenário já estava quase de saída. Então, ela se levantou depressa e foi em direção à porta, ao lado de uma das acompanhantes, e começou a falar ao celular:

— Não sei o que faço! Por Deus, não sei, a transferência não chegou. Em nome do Profeta! Estou na porta do banco e o dono do apartamento mobiliado disse que não pode esperar. A embaixada? Prefiro morrer a pedir alguma coisa a eles porque vão mandar uma mensagem para o país para se certificar e depois para o ministério, e daí vão ligar para a minha família, e só então ligarão para a embaixada...

Ela sabia que o árabe sexagenário estava ouvindo sua conversa, por isso disse:

— Eu mesma estou sozinha na porta do banco. Não posso suportar uma coisa dessas, juro! É demais!

Desligou o telefone, colocou a mão sobre a testa e murmurou para a acompanhante:

— Minha cabeça está doendo muito.

Ao perceber que Amira estava debilitada, a acompanhante lhe ofereceu apoio. Em seguida, os olhos de Amira encontraram os do senhor árabe. Ela, então, recobrou a calma, dizendo como quem se desculpa:

— Estou cansada de bancos e de transferências.

— Perdão, Alteza, que tenhas vida longa. Posso ajudá-la, Alteza?

— Oh, não, muito obrigada.

— Por favor, não me leve a mal, mas insisto que me considere um banco. Quando a transferência chegar, o valor me será restituído.

— Obrigada, que Deus proteja a quem você ama e aos seus filhos, mas não posso aceitar.

O funcionário do banco aproximou-se dela com mais dois funcionários. Um deles apresentou-se a Amira:

— Sou o vice-diretor. Eu e o banco nos alegramos em poder oferecer a Sua Alteza tudo o que for necessário no momento.

Amira agradeceu, mas recusou categoricamente a oferta e, virando-se para o sexagenário, agradeceu-lhe novamente.

Assim que os funcionários do banco se afastaram, o árabe insistiu:

— Alteza, que tenhas vida longa, nós estamos em um país estrangeiro, longe de nossos lares. Por favor, aceite.

— Não, muito obrigada.

De repente, uma das acompanhantes pronunciou as palavras *ya amati* (minha senhora), como se quisesse persuadi-la. Amira permaneceu em silêncio, olhando para o chão, toda envergonhada, como se fosse a criança que faz xixi na frente das pessoas. O silêncio era o sinal de seu consentimento.

— Dez mil, que tenhas vida longa, são suficientes?

— Eu lhe deixo meu relógio e, assim que...

— Não é necessário!

— Agradecida.

— Por favor, aguarde no carro. Só alguns minutos.

Entrou no Rolls-Royce arrastando-se de cansaço e de frustração diante de todas essas complicações de banco. Pegou sua *masbaha* e pôs-se a passar as contas, enquanto o chofer inglês permanecia em pé ao lado do carro. Quando avistou o sexagenário correndo em sua direção, abriu o vidro do carro e lhe perguntou seu nome e seu endereço, antes de estender sua mão.

— Não precisa — ele respondeu.

Porém, frente à insistência de Amira, ele disse:

— Meu nome é Haris e estou hospedado no Dorchester.

— Anota, minha filha: Dorchester, sr. Haris. *Inchallah*, amanhã ligaremos para o senhor e compensaremos o favor prestado.

O senhor lhe estendeu dez envelopes, que ela pegou com toda a discrição, sorriu e se despediu dele, com toda a calma. Aguardou uns instantes antes de abrir um dos envelopes, que continha notas de cinquenta libras cintilando para ela.

Amira pediu ao chofer que as levassem a um restaurante libanês no Shepherd Market. Assim que ela entrou com suas acompanhantes, os garçons e o *maître* imediatamente rodearam as quatro mulheres e as conduziram para a melhor mesa do estabelecimento.

Os pratos, mais de vinte especialidades, começaram a se multiplicar sobre a mesa, sem que fossem necessários consultas ou pedidos.

Então Amira e as acompanhantes atacaram a comida com uma voracidade enorme, sem nem parar para comentar como haviam sofrido de ansiedade e de tensão no banco.

E, quando uma das acompanhantes pediu ao garçom um palito de dentes, Amira não permitiu que ela o usasse.

Lembram-se, de repente, do chofer e, diante da sugestão do garçom de levar-lhe os pratos da mesa que não haviam sido consumidos, uma das acompanhantes recusou, dizendo:

— A princesa não aceitaria. Leve a ele o menu e deixe-o escolher o que desejar.

Naquele momento, Amira sentiu que suas acompanhantes já haviam perdido toda a paciência e queriam sua cota de participação no serviço. Para onde iria com elas? Para Náhid? Mas o celular dela não respondia. Deixou que suas mãos abrissem um dos envelopes sem que olhasse para o que estava fazendo. Separou quinhentas libras para cada, mas uma delas fez objeção em relação à quantia:

— Mas, Amira, a sua parte foi muito maior!

— Eu sou a princesa — disse Amira, interrompendo-a e, em seguida, entregou a cada uma delas mais cem libras e, a uma delas, deu uma pequena quantia extra pedindo-lhe que pagasse a conta do restaurante e distribuísse gorjetas entre os garçons que, enfileirados, pareciam esperar receber medalhas da rainha.

Amira deixou a mesa sabendo que todos os olhos não se afastavam dela, especialmente os de um cliente que a encarava desde sua entrada no restaurante. Por fim, ele acabou dissuadido da própria ideia de que ela era alguém que ele conhecia. Amira estava muito mudada, não porque seus cabelos fossem negros e curtos, e já não usasse maquiagem; tampouco, porque o *blazer* que trajava não marcava as curvas de seu corpo; eram seus olhos que haviam se transformado: já não se mostravam famintos nem ardilosos, como os de uma raposa sobre a presa; mostravam-se felizes e satisfeitos.

O carro as conduziu até a Old Bond Street. Amira tirou da bolsa um pequeno Alcorão e fez com que cada uma de suas acompanhantes, antes de sair do carro, jurasse que não tornaria público aquele segredo. Também prometeu que, na próxima vez, aumentaria a cota de cada uma delas.

— Agora, vou comprar para cada uma de vocês uma lembrancinha na Cartier.

Entraram na famosa loja e o gerente se apressou em atender o pedido de Amira, trazendo as peças mais raras de seu cofre. Por um momento, Amira chegou a acreditar ser mesmo uma *amira*, uma princesa, confiante de suas predileções e de seu bom gosto. Ao deixarem a Cartier, foram repreendidas por Amira, uma vez que as garotas não haviam escolhido nada, ao que lhe respondeu, ironicamente, a mais perspicaz dentre elas:

— Tudo o que vimos ali tinha um valor superior ao que dispomos!

— Juro pela minha honra que, na semana que vem, compraremos algo da Cartier.

Depois de deixar as acompanhantes no salão de Wasim, Amira pediu ao motorista que a levasse à casa de Náhid. Recordou-se de seus dois irmãos, que haviam rompido relações com ela quando ficaram sabendo de sua profissão... Então, mentalmente, dirigiu-se a eles: "Eu não falei que seria rica? Vejam o que tem na minha bolsa... a filha de um vendedor ambulante de água se tornou uma princesa e tem um passaporte inglês...".

Desde aquele dia, Amira e suas acompanhantes trabalhavam sem descanso. Ela era o cérebro, preparava o plano de acordo com as características da presa.

Estava sempre mudando as razões de sua urgente necessidade de dinheiro. Nunca apresentava o mesmo motivo. Por fim, percebeu que as desculpas mais simples eram as mais convincentes.

Até as desculpas que ela dava para justificar por que não saldava suas dívidas eram extremamente astutas e criativas.

— A ordem de transferência se perdeu e o banco está investigando o motivo — desconversava.

Também não se esquecia de acusar o banco de estar usando seu dinheiro, especulando com ele para aumentar os lucros. Divertia-se contando histórias incríveis, como quando sua mãe abriu a maleta que o emissário de seu irmão havia trazido e, ao ver os cheques de viagem, pensou que ele estava caçoando dela:

— Esses papéis não são libras inglesas. Onde está a cabeça da rainha e a coroa? Não gosto de papel. Eu quero dinheiro vivo — gesticulava Amira, imitando sua mãe fictícia.

Às vezes, assumia um ar de ingenuidade colegial antes de declarar:

— Eu me envergonho de incomodar meu tio e de perturbar meu pai. Eles são homens muito ocupados. Tenho medo de que me digam para deixar Londres... ou, então, que não permitam mais que mulheres viajem para Londres — falava isso e, às vezes, finalizava relatando o quanto sofria por ser princesa, sempre com centenas de olhos sobre ela.

Logo, chegou o dia em que Amira pagou suas dívidas, utilizando um caminho diferente de todos os que escolhera até então, e que a deixou tranquila de corpo e alma. Estava no hotel Claridge's, bebericando seu chá, depois do almoço, ao som de um conjunto musical composto de quatro moças.

Em torno dele, havia mulheres estadunidenses e inglesas que usavam chapéus parecidos com a tampa de um bule de chá.

O Claridge's era um hotel de luxo, mas nunca tinha recebido em seu *hall* uma princesa e suas três acompanhantes: uma que segurava o *blazer* que a princesa havia tirado, outra que lhe servia o chá e uma terceira que tinha permissão para colocar o guardanapo sobre o colo de Amira. Tomavam chá, conversando animadamente entre si e moviam as mãos, muito timidamente, escondendo a boca enquanto riam. Amira, por sua vez, sentava-se com toda a placidez e equilíbrio, ocultando seu medo de, naquela tarde, não aparecer nenhuma presa ali para ser caçada por ela.

"Quem disse que não sou uma princesa?", perguntava a si mesma e respondia com rapidez: "Uma princesa de verdade não se preocupa, não pode sentir medo uma vez que tudo, tanto as pessoas como as vidas e as coisas, está sempre ao alcance de suas mãos. O importante é deixar muitas libras de gorjeta".

Quando perderam as esperanças de ver o cliente árabe sobre o qual Náhid havia falado, que estava hospedado no Claridge's, começaram a sugerir a ida ao Dorchester, apesar de considerarem a possibilidade de que a princesa verdadeira estivesse hospedada ali. De repente, o tal cliente árabe entrou, seguido por três companheiros iranianos, que escolheram uma mesa próxima à de Amira, já que a *abaia* da "Peitos da Pamela Anderson" havia deslizado para trás.

Amira pegou seu celular e tentou usá-lo, mas fez sinal para uma das suas acompanhantes de que o aparelho não estava funcionando. Rapidamente, a acompanhante se dirigiu à mesa ao lado e pediu um telefone emprestado, após explicar ao cliente árabe que a bateria do telefone da princesa havia acabado. Também esclareceu que a ligação da princesa seria para Londres e não para a Arábia Saudita.

Ao terminar a ligação, Amira entregou o telefone para a "Peitos da Pamela Anderson" e ela agradeceu ao homem com um gesto de cabeça. O homem, levantando-se, pegou o telefone e voltou para sua mesa. Amira pigarreou e, com uma das acompanhantes, foi ao lavabo, com a desenvoltura das princesas: costas eretas como uma placa de mármore e passos muito lentos. Ao retornar à mesa, viu, de longe, suas duas criadas conversando com o homem. Asseguravam a ele que voltariam no dia seguinte, pois a princesa adorava o Claridge's e, inclusive, tinha nascido em uma de suas suítes.

No dia seguinte, a princesa reapareceu. Agora com mais joias e sem o *blazer*, deixando à mostra sua blusa vermelha sobre os proeminentes seios. O homem mudou sua opinião sobre ela e a achou mais jovem e mais bela. Ela não o tinha visto, até que uma de suas acompanhantes sussurrou algo, indicando que ele estava ali presente. Comeu um pedacinho de bolo e bebericou o chá sem nenhuma pressa. Em seguida, pediu ao garçom mais alguns sanduíches e mais algumas fatias de bolo para as moças. O celular tocou, a princesa atendeu e começou a gritar:

— *Auzubillah*! Onde, onde? Hospital de Londres? Ah, meu Deus! Oh, meu Deus, não tem problema, o chofer, eu pego um táxi. Oh, Deus Todo-Poderoso. Muito estranho isso! Não sei se você disse a eles que a princesa é filha... disse a eles sobre meu tio? Muito estranho mesmo. Bem, deixe-me resolver isso.

Mostrando-se desconsolada, Amira imediatamente levou as mãos à cabeça. Uma das acompanhantes lhe ofereceu um copo com água, enquanto elas a rodeavam, querendo saber o que havia ocorrido e demonstrando muita preocupação com a princesa.

— Kawthar prendeu a mão no elevador. Está no hospital. Peçam a conta — disse Amira.

Abriu a bolsa e uma das acompanhantes fez um sinal ao garçom.

— Deus altíssimo, afaste o mal de todas as pessoas! Não sei, querem que eu me ponha a mendigar, por Deus, Londres é muito estranha — ela disse isso e continuou gesticulando. O garçom chega, Amira consulta o relógio e pergunta a ele:

— A que horas fecham os bancos?

— Às quatro e meia — ele responde.

A acompanhante deu uma nota de cinquenta libras ao garçom, mas ele hesitou em pegá-la. Então, Amira complementou dizendo:

— Nós estamos pagando a conta.

Só então ele entendeu o que ela queria dizer e se sentiu envergonhado, pois havia pensado que ela estava lhe dando uma gorjeta em troca da informação sobre o horário de fechamento dos bancos.

Como um raio, Amira continuou falando, fazendo de tudo para que o cliente árabe a ouvisse:

— Juro que não sei o que fazer. Onde é que vou sacar três mil libras? Meu irmão todo dia saca essa quantia pra ir ao Cassino Qamar. E eu estou aqui esperando, esperando, esperando.

Olhou à sua volta, como se estivesse enviando um pedido de socorro, enquanto as moças pareciam órfãs arrasadas. Então, de repente, o homem se levantou, dirigiu-se até elas, se apresentou e, com todo o respeito, perguntou se ela precisava de ajuda.

— É verdade que os hospitais pedem um cartão de crédito ou um cheque? Eu não tenho nem um nem outro. Toda sexta-feira o Reino da Arábia Saudita me envia o malote de dinheiro. Mas hoje ainda é quarta-feira!

— Por gentileza, se me permite, deixe-me lhe oferecer o que necessita.

— Não, obrigada, temo que meu irmão se zangue comigo.

— Ele não ficará sabendo. Quando o malote chegar, você me devolve.

— Mas os bancos estão fechados.

— Eu tenho dinheiro em espécie. Três mil libras são suficientes? Posso oferecer mais.

— Agradecida — disse, enquanto pegava o dinheiro que ele ia retirando dos bolsos da jaqueta, da calça e do casaco. Ela, com seus botões, pensou: "Sou sua senhora, embora tome dinheiro emprestado de você".

Ele perguntou se poderia acompanhá-la até o hospital:

— Considere-me seu irmão.

Mas Amira pediu a uma de suas acompanhantes que anotasse o número de telefone dele para que ela ligasse um pouco mais tarde, a fim de tranquilizá-lo quanto às notícias.

No dia seguinte, foi até lá sozinha. Pediu ao homem árabe que, se possível, a escondesse no seu quarto por uma ou duas horas, pois temia que alguém a visse.

— Tive que enganar minha mãe, minha tia e até o chofer. Tudo pra poder ver você.

Quando os dois subiram e ela descobriu que o homem não estava hospedado em uma suíte, e sim em um quarto *standard*, ficou confusa e lhe pediu desculpas. Porém, não se retirou e sentou-se no confortável sofá.

— Tudo bem, você é como meu irmão — disse ela. — Ontem, foi extremamente nobre e generoso. Uma autêntica generosidade árabe. Você certamente deve escrever e recitar versos.

A seguir, Amira começou a recitar o único poema que sabia: "Tua saliva é água das nuvens ou é vinho fresco/ em minha boca, mas ardente em meu coração".

Deixou que uma lágrima rolasse por seu rosto. Pediu ao homem que ligasse a televisão. Os dois começaram a assistir a algo, mas, de súbito, ela começou a chorar e a expressar seu sofrimento.

Contou-lhe que ela era uma princesa humilhada e oprimida. Gritava que não queria suas joias, ao que tirou seu colar, abriu seu bracelete e atirou-os no meio do quarto. Então, tirou o *blazer* e desabotoou a camisa, deixando à mostra seu peitos empinados e o sutiã de renda colorida.

— Desde que meus olhos viram a luz, pela primeira vez na vida eu me sinto destituída de afeto e de amor — disse isso e se atirou na cama, com os olhos fechados. Em seguida, caiu no chão, fingindo que havia quebrado a mão ou a perna e começou a se lamentar, enquanto levantava a saia descobrindo as coxas.

— Minha mão está quebrada? Meu pé está quebrado? — colocou a mão sobre a coxa, fingindo temor.

O homem, de joelhos e consternado, não ousava tocá-la.

Ela aproveitou a proximidade e sussurrou ao ouvido dele que sua alma se elevaria com belas palavras e com o toque de uma mão terna e, então, tomou a mão do homem e disse com um tom dramático:

— Minha garganta secou de tanto engolir as lágrimas... Deve ser por causa do meu nome: Alanud... *anud*... a nuvem carregada de chuva... de lágrimas.

Em seguida, atraiu o homem para mais perto de si e lhe pediu que examinasse sua mão e sua perna. Seu nervosismo e toda a loucura do momento a levaram a se mexer de uma maneira particular que excitava o homem que, sem pensar em nobreza, nem em linhagem, e tampouco se aquela atitude lhe traria problemas, se lançou sobre ela. Nesse momento, e com o ritmo rotineiro do sexo, ela se esqueceu de que era uma princesa e voltou à sua antiga profissão, soltando uma palavra picante ou fazendo algum movimento que aumentavam o deleite do homem. Ao notar a perplexidade dele com o comportamento dela, Amira rapidamente deu-se conta de seu terrível erro e voltou a pronunciar palavras e expressões que a aproximavam da primeira impressão. Então se recompôs, como se não tencionasse movimentos tão ousados, e buscou demonstrar timidez. Fez tudo isso de olhos fechados, sem abri-los nem mesmo quando tirou a saia. Só foi reabrir os olhos quando pegou suas joias, fechou os botões da blusa e, carregando a bolsa, saiu dali. O homem, por sua vez, sentia uma felicidade insuperável, como se tivesse acabado de fazer amor com uma das *huris* prometidas por Deus. Ele se questionava: havia realmente transado com uma princesa? Uma princesa triste e reprimida? E ficou pensando que, mediante aquela ajuda financeira, talvez tivesse alcançado certo *status* perante a família da princesa, que devia estar extremamente agradecida a ele. Tinha, realmente, transado com a filha de um rei?

Naquele hotel que, apesar das cortinas luxuosas e das camas confortáveis, passava por dificuldades e horrores, ele era o intrépido Hassan, o herói que havia chegado até a joia que estava na garganta do dragão e a salvara das labaredas.

4

Estava no apartamento de Amira, sem poder acreditar que aquilo não era uma de suas fantasias nem um sonho. Por isso, quando John, o oficial de polícia, tirou a farda, o capacete e a camisa de flanela, alongando o peito delgado e mostrando os músculos firmes e a barriga lisa, Samir gritou intimamente: "Ai, ai, ai, ai". E, assim que ele se aproximou de Samir e pegou seus mamilos, levou-o a um êxtase que beirava a loucura. Quando voltou à realidade, paralisado de tanto prazer, ali no quarto do apartamento de Amira, gritou:

— Eu sou virgem, John. Ai, meu Deus, virgem... não uma prostituta... ai... meu Deus! Como se fala essa palavra em inglês?

Ao mesmo tempo, percebeu a enganação. Havia pagado oitenta libras por uma carícia do oficial John em seu mamilo.

O policial John estava verificando o motivo pelo qual a Edgward Road estava obstruída, causando um buzinaço, quando viu uma figura vestida com um manto marroquino, botas vermelhas e um boá violeta. Tentava atravessar a rua por entre os carros, ziguezagueando e rindo. John comentou com o outro policial:

— De onde será que saiu essa bruxa?

Ao ouvir essa palavra, Samir se lembrou da bruxa que monta uma vassoura e sai voando; então, olhou para trás, em direção ao policial, e o censurou:

— Bruxa, eu? *Haram, ya mama*! Mas você é um policial lindo demais. Você é muito lindo; me prende e me põe na cadeia.

Samir tentou de tudo para manter John por um período maior no apartamento. Queria apresentá-lo a um amigo seu, um músico egípcio que nunca na vida tinha experimentado o gosto dos ingleses. Tentou, sem êxito, atraí-lo com um prato de comida e um copo de uísque. Só o macaco teve sucesso, mas por alguns minutos apenas.

— Mas, policial John, você foi muito apressado comigo.

— Me escuta, *mama*, nós concordamos com oitenta libras. Além do mais, se a dona do apartamento, a Amira, chegar e flagrar nós dois juntos, com certeza vai ficar uma fera!

— Ela não vai se importar. Você é algum ladrão ou tem lepra? Ela ficará feliz e vai se sentir orgulhosa porque você é um policial inglês e um exemplo de beleza!

— Quis dizer que talvez ela sinta ciúme. Deve estar apaixonada por você, do contrário por que aceitaria que você vivesse aqui com ela?

— Primeiro, porque eu e ela somos almas gêmeas. Segundo, não te disse que eu ajudo ela em todas as coisas? Eu sou seu braço direito. Melhor, os dois braços dela... Veja, não está percebendo a limpeza deste apartamento? Sou eu que faço a comida, lavo e passo a roupa pra ela. Abra... por favor, abra o guarda-roupa e veja com seus próprios olhos as coisas todas arrumadinhas. Eu não paro de rezar. Rogo pra que todo grão de areia tocado por Amira se transforme em ouro, *inchallah*! E ela sabe que minhas súplicas são respondidas.

— Mas eu não estou vendo ouro nenhum... só uns móveis velhos...

— Só que, Johnny Guitar, a Náhid não pode me ajudar a conseguir o visto... o cara que ela conhecia no departamento de passaportes desapareceu. Você poderia, por favor, me ajudar?

— Eu posso tentar. Mas você tinha me dito que era casado e tinha cinco filhos ou isso é mentira?

— É verdade... eles estão em Sharjah, nos Emirados Árabes. Por que você está me lembrando deles, agora? Por quê?

— Jesus Cristo! Você precisa de alguém pra te lembrar da família?

— Quero dizer agora! Eu sempre penso neles, mas estou tão feliz aqui... bem, eu vou tentar visitar eles em breve.

Apesar de Samir ter chegado havia apenas dois meses, já se sentia parte de Londres. Como se tivesse apagado sua vida anterior e não sentisse saudade de ninguém, nem mesmo dos filhos.

Sempre que amanhecia e ele via o macaco, seu rosto se iluminava. Sentia-se num hotel, como se estivesse de férias. Tudo ao seu redor era novo e nada tinha relação com sua vida anterior. Em Sharjah, suas tarefas eram inúmeras: providenciar o gás para o fogão, colocar comida na geladeira... além disso, odiava o barulho do ar-condicionado, apesar de ser indispensável.

Desde que conhecera Amira, já não se sentia sozinho na vida. Partilhavam do mesmo gosto por músicas, filmes e piadas. Pela primeira vez descobriu que gostava das mulheres: "Elas te amam, te abraçam, te enxugam as lágrimas e te contam segredos".

Agora, ele havia formado uma família com Amira, Náhid e o macaco, apesar de Náhid ficar nervosa facilmente e sem motivo nenhum. Como na vez em que Cappuccino roubou seu batom. A primeira razão de seu amor por Londres foi poder adotar a profissão que sempre desejou ter: fazer palhaçada para os outros rirem. Ali, esse ofício era como qualquer outra profissão respeitada: engenheiro, médico, motorista de ônibus. Trazia dinheiro e fazia chover expressões de reconhecimento sobre ele. Antes achava, como os outros libaneses e árabes, que Londres significava caminhar entre a neblina, proteger-se com um casaco pesado, calçar botas forradas de pelo. E que se resumia a Piccadilly Circus, Oxford Street, o Big Ben e o palácio de Buckingham.

“A verdade é que em Londres se respira a liberdade”, pensou Samir. “Aqui você pode fazer o que mais ama, sem que seja necessária uma guerra para que todos parem de depender de você e assim você possa finalmente escolher o que quiser, sem se sentir culpado ou envergonhado, sem precisar se esconder numa vida dupla que vai te levar, no final das contas, à repressão e à loucura.”

Sem dúvida, tinha sido necessário Deus ter desencadeado uma guerra no Líbano para que as pessoas deixassem Samir em paz e parassem de controlar seus movimentos e para que ele pudesse largar seu trabalho de descascador de batatas no hotel. Fez com que todos se vissem preocupados com questões de vida e morte e o deixassem se vestir como bem entendia, dando a desculpa para sua esposa de que, vestido como uma mulher, se livraria das barreiras de controle e conseguiria comprar o pão muito mais rápido.

Saía vestido com calças e camisas longas e coloridas e usava óculos de armação vermelha. Às vezes, usava roupas de dançarina, para entreter os soldados que estavam sob o efeito de drogas, bebidas e solidão. Circulava entre os combatentes onde quer que estivessem, nas trincheiras ou nas belas residências que ocuparam depois da fuga de seus proprietários. Assim, comprava e vendia botijões de gás e galões de água transportando-os de um bairro para outro.

Quando ele era criança, sua mãe, antes de sua esposa, dos vizinhos e dos parentes, o parabenizara pela admirável astúcia. Ela pegava as sacolas com provisões que ele conseguia com as milícias, muito embora tenha sido ela mesma quem o havia internado em um hospital psiquiátrico. Fez isso quando o viu vestindo sua camisola de náilon azul, usando seu batom, com seus brincos pendurados nas orelhas, calçando seus sapatos de salto alto e cantando e dançando no terraço.

Nesse dia, ela ficou atordoada. Chamou o marido, que fazia a sesta e dormia profundamente, e se afastou do filho, temendo que ele se atirasse do terraço caso ela se aproximasse. Um parente maluco dela havia se atirado. Os loucos não aceitam que alguém chegue perto durante seus acessos.

No manicômio, a orientação dos médicos foi dar a ele muito carinho e atenção, em especial por parte de seu pai. Disseram que os meninos naquela idade têm muita imaginação. Três anos depois, porém, voltaram a interná-lo porque ele tinha tentado se suicidar.

CAPÍTULO CINCO

I

Lamís deu uma olhada nas flores que havia arranjado nos vasos que distribuíra sobre a lareira, na mesinha da entrada e também no lavabo: "Exatamente como se eu continuasse no meu apartamento de casada", pensou, enquanto enchia os cinzeiros de cristal com água e pétalas de rosas e cobria, com guardanapos coloridos, os pratinhos em que depois colocaria pistache. Havia duas coisas que não costumava fazer anteriormente: acender o *luban* omani no incensário e comprar homus e folhas de uva do Marks & Spencer para agregá-los aos pratos preparados por Nicholas.

Desde o dia anterior, tudo que Lamís fizera tinha sido em função daquela noite em que Nicholas a apresentaria a seus amigos e conhecidos, para que ela tivesse uma "família", que a abraçaria e não a deixaria sozinha, conforme ele lhe dissera. "Mas eu estou satisfeita só com você, a menos que já esteja enjoado de mim!"

Os amigos e conhecidos de Nicholas começaram a chegar e Lamís sentiu que estava engatinhando pelo chão, em vez de caminhar. De sua boca saíam sons infantis. Tentava se recompor, mas não conseguia. A conversa girava em torno de uma órbita que ela desconhecia, uma órbita exclusivamente inglesa, em que ela não podia ser educada nem dissimulada e muito menos original. O tema da conversa gravitava entre política interna e leis. Lamís ficou pensando que deveria ter decorado as principais notícias publicadas nos jornais do dia, mas mudou de ideia ao perceber que isso não a teria ajudado a se integrar porque as conversas pareciam uma polêmica infinita incrustada de visões subjetivas e com uma linguagem sumamente rebuscada. Até as discussões sobre comida eram permeadas de palavras que ela não compreendia, como, por exemplo, *gastronomical delights.*

Por dentro, ela culpava Nicholas, que a fizera sair do casulo antes do tempo: sentia-se como o bicho-da-seda que havia enrolado o seu casulo com todo o vagar e alegria, preparando-se lentamente para voar. Bastaria que ela desse um passo para entrar naquele círculo de convidados? Por que não conversava com eles como ela fazia com Nicholas? Sabia que ele sempre considerara interessantes as suas conversas. Tinha que se arriscar e dizer alguma coisa! E precisava ser logo, para não deixar passar a chance. A ocasião certa era aquela: entre os convidados, havia um treinador de falcões que tinha perdido o emprego depois que um dos xeiques dos Emirados Árabes declarara falência e vendera as aves. Esteve prestes a dizer que seu pai treinava pássaros para cantar, mas deteve-se porque teria que conseguir relacionar a história dos pássaros com a dos falcões. Então, alguém perguntou ao treinador de falcões se entre as aves havia uma de bico azul:

— Dizem que o valor desse falcão varia entre oitenta mil e cem mil libras.

— Ah, eles contrabandeiam essas aves do sul da Sibéria. As autoridades russas interceptam diariamente grandes operações de contrabando.

— Talvez para vendê-los à Máfia!

— Você acha que estão entre as aves cuja caça ou venda são proibidas?

Ok. Ela pescou a ideia da coisa. Havia algo que poderia dizer: seria vencedora. Eles gostam de piadinhas. Se ela os fizesse sorrir, abriria uma porta de acesso, merecendo a atenção deles.

E se ela lhes contasse sobre sua tia que, batendo a porta, saiu correndo sobre pedregulhos, gritando em lamentação: "*Auzubillah min achaytan arrajim*! Esta é uma casa de putaria! A filha fornica com a cadeira, os pássaros trepam com um tecido de lã e as bordas da madeira; sem falar no papagaio macho, que repete sem parar '*Ahlan wa sahlan*! *Allahu akbar*!' e monta em outro macho!".

Continuou em pé, a sorrir e a concordar, controlando sua voz que nem sequer tinha estreado. Não estava acostumada a conversar com um grupo de ingleses e não queria que sua voz soasse como a de um rato: baixa e fina.

Finalmente, um dos presentes lhe fez uma pergunta. Devia ter sentido a enorme pressão que ela estava suportando:

— Então você é iraquiana. Refugiou-se em Londres fugindo do despotismo de Saddam?

Ela respondeu, muito confiante:

— Na verdade, eu vim para Londres para me casar com um iraquiano que vivia aqui.

E com essa frase ela apagou a expectativa e a curiosidade dos olhos do indagador, que apenas acenou com a cabeça e disse:

— Ahhh!

Em seguida, ele passou a conversar com outra pessoa sobre a política da Inglaterra e o boicote contra os iraquianos. Ficou parecendo que aquele homem tinha considerado a vinda dela para Londres dentro das condições normais, algo que não despertara nenhum interesse nele.

Mas Lamís tentou voltar para a arena e os interrompeu dizendo:

— Fugimos do Iraque para a Síria e, depois, para o Líbano. Meu pai é artista, ele é músico e não conseguia suportar a dominação da intolerância religiosa sobre sua vida. Então, meu avô...

— Intolerância religiosa? O Iraque não é diferente do Irã e da Argélia? E não é diferente do Egito? Não sabia que havia fanáticos islâmicos no Iraque.

— Eu me refiro a Najaf. Meu pai...

Calou-se, de repente. A história era longa e demandava um vocabulário rico, um domínio fluente do inglês.

— É uma longa história — disse, conformada.

Esperava que o convidado perguntasse qual era a história para que ela continuasse lhe contando, mas ele pediu licença e foi servir-se de mais vinho, deixando-a sozinha a se repreender por não ter contado a ele que haviam fugido por medo de Saddam Hussein.

— Nicholas me disse que você é do Iraque! De Bagdá? — um deles tomou a iniciativa e iniciou uma conversa em árabe fluente. Achava que tinha que esbugalhar os olhos e esticar a boca para que pudesse pronunciar as palavras naquele idioma.

— Não, sou de Najaf.

— A nobre Najaf, a cidade santa. Nunca estive lá, mas conheço Bagdá, que visitei no final dos anos 60. Fiquei hospedado numa pensão que pertencia a uma família sabeísta que estava sendo perseguida. Eu me lembro de vê-los fazendo suas orações no porão. A religião deles me despertou interesse pela crença que tinham de que havia uma relação entre os planetas, as estrelas e a música. Você precisa contar para o Nicholas sobre eles já que, como você sabe, ele se interessa por astronomia.

Em seguida, o homem passou para a civilização mesopotâmica e Lamís sentiu que agora se transformava de livro de geografia em livro de história.

Uma ideia fez a autoconfiança de Lamís ser lançada em um abismo. "Será que o Nicholas pensa a mesma coisa que esses convidados dele?"

— Parece que na Inglaterra há, aproximadamente, quarenta mil iraquianos, ou estou enganado?

Lamís assentiu com um movimento da cabeça. Em seguida, acrescentou, mentindo:

— De acordo com as estatísticas, são entre quarenta e cinco e mil cinquenta. Perto de mil cinquenta...

O homem, então, logo corrigiu o errinho sintático:

— Cinquenta mil, *khamsun 'alfan*. O primeiro termo é marcado pela desinência do nominativo; o segundo, pela do acusativo.

— Eu estava falando no dialeto. Enfim, na Alemanha foram descobertos quarenta e cinco iraquianos escondidos em caixas fechadas que tinham saído clandestinamente de Istambul numa viagem organizada por contrabandistas que teriam recebido três mil e quinhentos dólares por cabeça. E o curioso foi que a polícia alemã, durante as investigações, perguntou aos iraquianos sobre a rota que eles tinham feito...

Ao perceber que ele não se espantara nem sorrira, ela repetiu:

— E eles estavam todos em caixas...

Então ela lançou um sorriso que durou até que pôde notar que o rosto dele tinha relaxado.

Lamís falava com um tom de voz parecido com o de sua sogra, de um jeito muito próximo ao da mãe da Samantha da série *A feiticeira*. Começou, então, a contar sobre o parente do rei assassinado, Faisal, que aguardava a queda do governo de Saddam Hussein para assumir o trono, acrescentando que alguns iraquianos, ali na Inglaterra, ainda mantinham uma espécie de corte desse rei morto. E, no embalo da conversa, contou também sobre uma parenta de sua sogra que, no Iraque, havia se escondido na lata de lixo por medo de Udday, o filho de Saddam. Por fim, informou que, como nas festas de casamento, mesmo naquelas realizadas nos mais luxuosos hotéis de Londres, a algazarra era grande, com choro e riso dos convivas e, do mesmo modo, que eram intensos os lamentos nas cerimônias fúnebres — havia espiões infiltrados nessas ocasiões que ali estavam só para se certificar de que os encontros eram verdadeiros, e não manifestações contra Saddam Hussein! Em seguida, para elevar o tom da conversa e trazer mais peso ao que havia dito, introduziu algumas palavras: Nações Unidas, FAO, Anistia Internacional e Comitê de Imposição do Embargo.

Nesse momento, flagrou-se como se estivesse aparecendo num canal de TV, com os telespectadores (eles) assistindo à enviada do Iraque (ela). Sem diálogo e sem debate, apenas transmitia as informações que haviam sido publicadas.

Voltou a ser a perfeita anfitriã, encorajando os convidados a se servir de mais comida, circulando com a garrafa de vinho tinto e completando as taças; exagerou tanto em representar aquele papel que acabou se tornando uma típica dona de casa quase invisível. Por isso, buscou novamente estabelecer uma ponte entre ela e os presentes, uma vez que sabia que, dali em diante, frequentemente se encontraria com pessoas como aquelas, sobretudo se Nicholas continuasse a apresentá-la aos amigos. Tentava saltar a barreira da língua e da pronúncia desenvolta, mas, apesar de todos os seus esforços, não conseguia e, então, passou a sentir que a coisa toda era uma conspiração contra ela. Conhecia a estrutura da língua, mas encontrava enorme dificuldade para conversar; para ela, aquela língua agora se assemelhava mais ao código de um clube privado, cuja entrada era proibida a qualquer criatura que não tivesse tido a semente daquele idioma plantada em sua mente. "Esses ingleses foram moldados desde seu primeiro choro, quando bebês, num hospital inglês", concluiu.

Como ela conseguiria estabelecer rápidas conexões entre história, literatura e política britânicas? Como poderia saber que a expressão "peça de teatro escocesa" se referia a *Macbeth*? Como seria capaz de descobrir tudo isso sem perguntar? Como faria para, automaticamente como eles fazem, evocar a imagem de cinco libras quando escutasse a palavra *fiver*? Ou a imagem de uma xícara de chá quando ouvisse a palavra *cuppa*? De qual infância ela se recordaria quando ouvisse a palavra *marmite*, marca popularíssima daquela pasta de levedura de cerveja de passar no pão? Será que ela, algum dia, sentiria a chama da lareira do mesmo modo que um inglês quando lê uma passagem do romance *David Copperfield* na qual o protagonista, sentado próximo à lareira, sente o cheiro da lenha queimando?

Em pouco tempo, descobriu que era a sua presença o que fazia a conversa ziguezaguear por temas diversos; eram conversas que seguiam um molde de acordo com a profissão de cada um: o molde da política, o molde das antiguidades e de seu respectivo comércio, o molde das viagens...

Assim, sentiu-se obrigada a intervir na conversa de dois homens:

— Você não foi na casa do Anthony hoje!

— Coitado. Pois não tive coragem de ir. Como estão os filhos?

— Aceitaram a morte dele de um modo corajoso.

Lamís suspirou profundamente, parecendo estar comovida.

— Ah, você o conhecia? Nicholas tinha apresentado o Anthony a você?

Exagerou numa tosse fingida e disse:

— Não — de um jeito que ninguém ouviu, mas, ao perceber que seu suspiro havia sido longo e alto demais, apressou-se em se justificar perante os dois: "Nós suspiramos assim ao ouvirmos a palavra 'morte'".

— Escolhi, dentre as coisas de Anthony, alguns livros e discos e uma mão em madeira da coleção dele. O engraçado é que dentro da capa de um disco de Ravel estava um disco de Hutch.

— Ah, tudo bem! Eu adoro o Hutch — um deles comentou.

Lamís é que queria ter dito aquilo! Um comentário tão simples, mas que daria a impressão de que ela estava no centro da vida e dos acontecimentos, muito embora não soubesse se Hutch era um cantor ou uma banda e, não fosse pelo "Bolero", não saberia quem era Ravel.

— Eu estava folheando o *Miss Beeton*; de repente, as páginas se abriram na letra "c" com a receita de chester e encontrei uma bucha de cocaína.

— A maneira como o Anthony ordenava seus arquivos era fantástica.

Os dois riram e Lamís também, como se ela fosse um papagaio.

— Como você conheceu o Nicholas? Quando você o conheceu? Você trabalha com ele? — passavam por ela e a interrogavam, como se tivessem uma balança extraordinária capaz de pesar a importância pessoal e social de Nicholas até chegarem a um determinado índice.

Um pouco antes de terminar o jantar, surgiu repentinamente uma linda mulher. Assim que entrou, todas as bocas pararam de falar, mastigar e beber para assistir à loira Anita, que vestia calças de um vermelho brilhante e que chegavam aos tornozelos; eram calças tão justas que ressaltavam as nádegas e o triângulo dianteiro da beldade. Usava um sapato de salto alto tão fino que parecia que ia se quebrar a cada passo dado. Trajava um pulôver infantil que lhe amassava os seios e evidenciava os ossos do peito.

— Estava de passagem e desconfiei que Nicholas estava dando uma festa para a qual não havia me convidado — disse Anita, abraçando Nicholas.

Lamís percebeu a maneira como a loira encarava Nicholas e sentiu um vazio no estômago. Correu para o banheiro, embora soubesse que, mais cedo ou mais tarde, seria obrigada a conhecer aquela mulher deslumbrante. Quando retornou à sala, fingiu estar atarefada e começou a circular entre os convidados enchendo suas taças, até que foi abordada por Anita, que se apresentou.

Falava inglês, mas com sotaque estrangeiro e com uma entonação péssima. Comia algumas letras ou as mudava a seu bel-prazer; pronunciava a letra "j" como se fosse a letra "y". Dizia *enyoy* em vez de *enjoy*. Apesar disso, conseguia romper a barreira que separava os ingleses das outras pessoas, tornando-se imediatamente parte do grupo. Liderava as conversas, falava sem parar e, muito embora ninguém houvesse lhe perguntado nada sobre a Dinamarca, ela sabia como se fazer entender, como dialogar, como debater. A conversa entre ela e os demais fluía naturalmente, se aprofundava sem nenhuma afetação. "Deve ser porque ela é da Dinamarca", pensava Lamís. "Porque ela é europeia."

— Uau... você é da Arábia!

Nicholas, irritado, a corrigiu:

— Do Iraque.

— Claro, claro, da Arábia — respondeu Lamís, tentando não complicar as coisas para Anita.

— Já respondi sua mensagem telefônica e deixei muitas outras bem longas... a propósito, quero comprar uma fotografia de Pierre Loti na Sotheby's. Você conseguiria um preço especial para mim? É uma fotografia em que ele está vestido de Nefertiti, sabe qual é, Nicholas? Desculpe, esqueci seu nome.

— Lamís.

— Lamís, você conhece Loti? Pierre Loti foi quem me fez amar a Arábia, principalmente quando fala do seu cheiro e diz: "Cheira a almíscar, revigorante e delicioso". Foi ele quem me despertou o interesse em visitá-la. Ah, e as fotos com as roupas árabes são lindas, você precisa vê-las. São realmente inspiradoras.

Olhou fixo e sorriu para Lamís, que balbuciava algumas palavras em aprovação, embora nunca tivesse ouvido falar de Pierre Loti. Ficava imaginando que não seria possível que Nicholas nunca tivesse se apaixonado por ela. E se, no passado, ele tivesse se deixado encantar por ela? De repente, Lamís desejou ser europeia.

— Escuta, Nicholas, ok. Escuta, Lasím. Oh, desculpe, Lamís. Adoro esse seu nome estranho. Eu estive pensando sobre a Arábia durante essa semana toda e aqui estou eu, conversando com você! Você sabia que o harém é um trabalho gratuito e, ao mesmo tempo, sadomasoquista? Ninguém havia pensado nisso antes, nem mesmo os orientalistas. No *hamam*, as mulheres se ajudam, umas às outras, a se maquiar e se embelezar, a fazer massagens e a se adornar e se preparar para um só sultão. Então, sentadas lado a lado, esperam que ele escolha uma delas. Conseguem imaginar a inveja e a raiva que pairam no ar quando o sultão escolhe esta e não aquela? Quero fotografar o harém de novo. Não sei como! Mas já dá para ter uma ideia de como é um sultão.

Assim que os olhares de Nicholas e de Lamís se encontraram, eles caíram na gargalhada. Anita os observa e fica sem saber o motivo da gargalhada.

Nicholas as deixa a sós por um momento, enquanto vai acompanhar o último convidado até a porta e despedir-se dele. Em segundos, Lamís se transforma em uma aluninha que tenta o impossível para ser aceita pela garota mais popular da classe, revelando a Anita coisas de seu passado.

— É difícil se divorciar sendo árabe?

— Do ponto de vista prático, o processo não foi difícil. Mas, do psicológico, sim.

— Por que você se divorciou?

— Sofri com uma depressão durante meses. E, sempre que transava com meu marido, tinha vontade de vomitar.

Anita parecia estar gostando de Lamís e de sua sinceridade, enquanto Lamís achava que, finalmente, tinha encontrado nela uma amiga. Então, Anita comentou:

— Às vezes eu caía na risada quando o Nicholas transava comigo.

O coração de Lamís disparou. "Será que ela não sabe do meu relacionamento com ele?"

— Porque ele é todo romântico e delicado! Na primeira vez, ele me disse: "Quero tocar uma canção para os seus olhos tão lindos". E, assim que o vi abrir o piano, caí na gargalhada. De todo modo, aquela transa básica já não me atraía, eu achava muito entediante. Quando eu conhecer você melhor, conto a que estou me referindo.

— Como você conheceu Nicholas? — perguntou Lamís, como quem engole uma espinha de peixe.

— Em uma dessas festas. Ele chamou a minha atenção ao perguntar à minha amiga, uma atriz inglesa, por que ela calçava sapatos ortopédicos. Ela, na verdade, estava usando um par de botas pelo qual havia pagado mais de cento e cinquenta libras. E, quando lhe perguntei onde ele tinha comprado aquela camisa tão bonita, ele rasgou a etiqueta do colarinho e me deu.

O coração de Lamís foi despencando mais e mais e ela se perguntava se realmente conhecia Nicholas. Então Anita continuou, lamentando-se:

— Quando ele me convidou para ir ao seu apartamento, meu entusiasmo foi indescritível. Então, ele abriu a Bíblia buscando por uma passagem, enquanto eu estava morrendo de tesão por ele. Já imaginou? Alguém convida você para ir ao seu apartamento, beija apaixonadamente sua boca e, depois, abre a Bíblia e lê para você um trecho sobre as meninas de Sião, de pescoços delgados e que caminhavam com tornozeleiras? Nem me lembro mais...

Lamís se viu com Nicholas no museu Leighton e na British Library, do mesmo modo que o imaginava com Anita e podia até ouvir as tornozeleiras das meninas de Sião. E se sentiu traída.

Assim que Anita finalmente se foi, os dois começaram a arrumar os copos e pratos antes de ir se deitar. Lamís sentiu-se como se eles fossem casados, sendo ela a esposa ciumenta.

— Mas, Lamís... eu e Anita nunca tivemos um relacionamento... nós apenas nos divertíamos. Ela não devia ter lhe contado, é uma tola!

— Inclusive, você ligou para ela assim que chegou de viagem, muito embora tivesse me conhecido e se apaixonado por mim quando estávamos no táxi...

— Ei, pare por aí... Lembre-se de que nós não nos conhecíamos. Enfim, você esperava que eu tivesse mantido a virgindade até a gente se conhecer?

Lamís se tranquilizou e manteve-se calada. Lembrou-se de que ela já se perguntara como uma mulher que já tivesse feito amor com Nicholas poderia viver distante dele por um instante que fosse. E, na imaginação dela, elas eram muitas.

Quando estavam na cama, começaram a comentar sobre a noite e os convidados:

— Obrigado, Lamís, você foi uma anfitriã maravilhosa! Você gostou do jantar? Até a Anita aparecer... Nem acredito que todos a quem convidei vieram. Vi você conversando com o David e com o Matthew. Assim que David a viu, me perguntou se você tinha uma irmã que se parecesse com você. Sem dúvida, ele deve estar com inveja de mim.

— Você acha? Ele me disse que vive com uma mulher que ele ama, e que está viajando agora.

— Então, Lamís, o que ele me disse era um elogio a você... Você, para eles, é como um pássaro especial, de um lugar distante, por mais que eles conheçam outras culturas e outros países...

— E você? Enquanto todos conversavam comigo por eu ser uma árabe, sobretudo uma iraquiana, eu fiquei me perguntando se o que atraiu você em mim foi o fato de eu ser árabe.

— Eu me fiz a mesma pergunta, principalmente porque passei meses no mundo árabe e, agora, meu mundo gira em torno dele. Isso, às vezes, acontece: a cultura e o país se materializam numa única pessoa. Quando, pela primeira vez, segurei uma adaga árabe, fui tomado por uma intensa admiração, que está ligada ao fato de a adaga ser árabe, mas, com o tempo, a procedência do objeto já não importa porque, quando olho mais de perto para sua deslumbrante beleza, para a perfeição do objeto, eu volto a me apaixonar... Agora me diga: o David flertou com você?

— Não gostei dele. Ele quis saber se eu era a conexão entre você e Sayf. Me perguntou onde eu morava aqui em Londres, se nós havíamos nos conhecido na Sotheby's e, ainda, se eu tinha alguma ligação com o candidato ao trono do Iraque. Parece que David conheceu o sogro desse candidato e ficou impressionado com sua imensa fortuna!

— Você deveria tê-lo enganado. Querida, quando as mulheres lhe perguntaram se você trabalhava e você respondeu que não, elas não a ignoraram?

— Inventei uma mentira. Disse que ensinava árabe em uma escola da comunidade iraquiana, todos os sábados.

— Minha linda mentirosa!

— Você sabe que estou procurando trabalho. Mas, me conte, quem é aquela moça de cabelo grisalho? Assim que descobriu que eu era iraquiana, começou a me hostilizar e me perguntou, quase em tom de ameaça, quais eram os motivos que levavam os iraquianos a deixar o Iraque. Então eu disse algo que a deixou sem palavras, após contar o que se passou com meu avô, com meus tios e com a família da minha tia. Todos exterminados por um bombardeio feito por aviões iraquianos, enquanto esperavam, com outros milhares de pessoas, a ajuda dos Estados Unidos.

Nicholas a olhou novamente e disse:

— Quanto mais contato tenho com outras culturas, mais descubro que somos ingênuos. A verdade é que não conhecemos com exatidão a situação política do Iraque... Cada vez que viajo, descubro que somos um povo estranho. Quando eu era criança, achava que éramos normais, mas agora sinto que nós, ingleses, somos introvertidos e tímidos; nos falta autoconfiança e temos muitos tabus que tentamos evitar: riqueza, sexo, religião...

Eles riram juntos. Lamís concordou e acrescentou:

— Agora entendo a razão de os ingleses começarem a conversar sempre com um clichê, dizendo "Temo que...", inclusive quando estão dizendo que vão sair de férias.

Nicholas riu e a abraçou até que ficassem parecidos com duas colheres numa gaveta, como dizia sua mãe.

— Ah, já tinha me esquecido. Sua mãe ligou — disse Lamís, tomada por uma crescente sensação de intimidade e de proximidade.

— Você conversou com ela?

— Acho que ela gostou de mim. Você não me disse que havia enviado a ela uma foto minha.

— Já que você se recusou a conhecê-la e a meu pai...

— Não me recusei, apenas adiei esse encontro. Ela é muito divertida. Contou que havia jogado as luvas de seu pai no lixo e que o cachorro as devolveu extremamente sujas.

— Ela disse que eles estarão aqui depois de amanhã? Eu os convidei para almoçar comigo antes de irmos às compras.

— Ela me disse, e eu me desculpei, porque o Khalid, meu filho...

— Quer dizer que mentiu. Você está cansada, Lamís? Não devíamos ter ficado até tão tarde com a Anita.

Ela pensou em perguntar a respeito de Anita, mas, em vez de fazer isso, a figura daquela mulher exótica continuou aparecendo em seu pensamento: lembrava-se dela conversando, se movimentando, rindo. Pegou a mão de Nicholas, beijou-a e, ao soltá-la, se deu conta de que estava com muito sono. Afastou-se dele, virou de costas e dormiu quase na beirada da cama. Naquela noite Nicholas não conseguiu fazê-la dormir colada a ele como duas colheres na gaveta.

2

Amira reservou um quarto num hotel de luxo. Entrou no quarto, tomou um banho e massageou o corpo com creme hidratante. Quando esvaziou o pote de creme, disse:

— Depois desta noite, *inchallah*, vou emagrecer, mesmo que tenha que me internar num hospital.

Vestiu-se e perfumou-se rapidamente, e chamou a recepção do hotel.

— Gostaria que você ligasse para a suíte do príncipe.

Engoliu em seco antes que a voz da suíte lhe respondesse:

— Pois não?

— Boa noite. Por gentileza, Sua Alteza, que tenha vida longa, está?

— Quem fala, por favor?

— A prima dele... ele sabe!

Silêncio por alguns segundos.

— Alô, alô?

— Sua prima... E como se chama, por gentileza?

— Ele sabe.

— De onde está falando, se me permite?

— De Londres.

— Um instante.

Engoliu em seco novamente quando ouviu passos no corredor.

Batem na porta de Amira:

— Polícia, polícia, abra a porta. Abra a porta, por favor!

Desligou o telefone, pegou a bolsa e ficou paralisada, sem saber o que fazer.

— Polícia, polícia. Se não abrir a porta nós a arrombaremos.

Amira abriu a porta e gritou com eles aterrorizada:

— Que absurdo é esse? Estou sozinha, acabei de me hospedar neste quarto. Perguntem na recepção do hotel!

Inspecionaram o quarto e sua bolsa, mas não acharam nada. Três dos investigadores ingleses trajavam roupa civil. Estavam acompanhados por um homem árabe que parecia ser do Líbano. Um deles trancou a porta e os outros dois se colocaram na entrada do banheiro. Amira ouviu a cortina do banheiro sendo aberta e fechada. Em seguida, eles entraram no quarto. Ela, finalmente, se acalmou. "Certamente é engano. Devem estar procurando por algum criminoso", pensou. Um deles se agachou para inspecionar debaixo da cama. Depois, olhou atrás das cortinas, abriu a janela, estendeu a cabeça para fora, observou o exterior e fechou a janela. Também puxou a cortina com tal precisão que parecia estar ajudando a esposa a arrumar a sala antes da chegada dos convidados. Por fim, com toda a educação, um deles apontou para a cadeira e disse:

— Sente-se, por favor. Farei apenas algumas perguntas rápidas: você usou a banheira?

— Sim.

— Seu nome?

— Amira.

— Você acabou de ligar para Sua Alteza, o príncipe, dizendo que era prima dele?

— Não, não liguei.

— Ah, diga a verdade!

— Não, não liguei!

— Temos certeza de que você ligou. Os telefones deste hotel são controlados. Você ligou para a telefonista e pediu uma ligação para a suíte de Sua Alteza. Poderia nos dizer como sabia que o príncipe estava neste hotel? O que você quer com ele?

— Não liguei para ele.

— O que você quer? Alegou ser prima dele, mas ele não conhece você!

— Quem lhe disse que ele não me conhece?

— É o seguinte: no seu passaporte consta o nome...

— Meu passaporte não tem nada a ver com isso. Talvez o príncipe tenha mentido a vocês quando disse que não me conhecia.

O outro se intrometeu:

— É melhor a levarmos para Savile Row.

— Desculpe, o que você está sugerindo? Não entendi! — perguntou o homem árabe.

— Vamos levá-la à delegacia, em Savile Row.

— Na rua dos alfaiates?

— Exato!

— Quero ir ao banheiro — disse Amira, colocando a mão no bolso da jaqueta e esfregando seu celular como se fosse uma lâmpada mágica.

— Você pode esperar.

— Quem lhe disse que eu posso esperar? Você está dentro de mim?

Entrou no banheiro e deu descarga. Ligou para Samir, deu descarga novamente e saiu. O libanês, então, pediu permissão aos homens da inteligência para conversar com ela em árabe.

— Madame, o príncipe encontra-se aqui incógnito. Não se complique ainda mais. Esses homens são ingleses, não árabes. Com eles você vai ter que jogar limpo.

— Quê?

— Você vai ter que falar a verdade. A cada mentira, você se complica ainda mais. Eles estão acreditando que há algum complô contra o príncipe e consideram tudo isso muito grave. Você veio aqui atrás de seu ganha-pão?

— E o senhor, quem é?

— Sou secretário do príncipe.

E como se tivessem lhe tirado um peso das costas, Amira perguntou se ele conhecia Maureen.

Ele deu um sorrisinho.

— Então foi ela quem avisou você. Olha, mantenha isso em segredo, ou eu perco meu emprego.

— Ok, eu realmente liguei para o príncipe — disse Amira ao policial.

— Você disse que era prima dele, mas não é. Por quê?

— Eu menti; queria falar com ele.

— Por quê?

— Queria dinheiro emprestado. Estou doente e preciso de tratamento.

— Como sabia que ele se encontrava aqui?

— Vim, como de costume, comprar um jornal árabe no hotel. Avistei, estacionados na entrada, carros e guarda-costas e ouvi um deles dizer: “Príncipe, príncipe”.

— Quem lhe informou o nome dele?

— Eu não sei o nome dele. Pensei que Deus tinha me enviado no momento certo. E reservei um quarto, pois tinha a certeza de que a recepção do hotel não me deixaria falar com ele.

— Você tem certeza de que veio pedir ajuda financeira?

— Sim, estou pronta para jurar sobre o Alcorão!

— Você informou alguém sobre isso?

— Não. Eu fiz tudo sem pensar.

— Se você precisa de ajuda, como teve condições financeiras para reservar este quarto?

— Eu achei que conseguiria pagar pelo quarto com o dinheiro que o príncipe viria a me dar.

— Você tinha certeza de que ele acataria seu pedido?

— Claro! Os príncipes são extremamente generosos, principalmente com os necessitados. Uma amiga minha teve os custos de seu tratamento pagos por uma princesa que ela nem sequer conhecia, mas que teve compaixão dela. E o príncipe... não me lembro do nome, que fez uma doação para uma criança na televisão, esqueci o nome da emissora também, uma criança que precisava de um transplante de fígado no programa *That's Life*.

O secretário quis encurtar a história, dizendo aos outros:

— Bem, se é esta a situação, vou perguntar ao príncipe se ele concorda em pagar a reserva do quarto dela. Talvez tenha pena e lhe dê algum dinheiro.

— Isso significa que vão retirar a queixa e o processo de investigação contra ela?

— Acredito que sim. De todo modo, vou explicar o caso a Sua Alteza e já volto.

O libanês saiu e, com ele, um dos três policiais, enquanto Amira exclamava:

— Agradecida, meu irmão.

— Você acha que o príncipe se apiedará de você, como disse o secretário?

— Não sei. Parece que eu o comovi. Provavelmente está com a esposa, ou esposas.

Os dois homens riram.

— Vamos fazer uma aposta. Quanto ele me dará?

— Não nos complique, minha jovem. Somos policiais, e não um guichê de apostas.

— De qualquer modo, muito obrigada.

— Não nos agradeça. Agradeça ao secretário quando ele assinar a retirada da queixa.

— Eu agradeci porque você me chamou de "minha jovem". Mas o que pode acontecer comigo, caso ele se recuse a assinar?

— Nós a levaremos à delegacia e abriremos uma investigação contra você! A partir daí, não dá para saber, pois cada caso é um caso.

Amira não se sentiu amedrontada. Afinal, o secretário já estava na sua mão... Certificou-se disso quando ele retornou:

— O príncipe concordou com tudo. Nós cuidaremos da questão do quarto — disse isso e estendeu um envelope para Amira.

— Eu deveria ter pedido champanhe e caviar!

O secretário e os três policiais caíram no riso.

— Então, podemos considerar o caso encerrado?

— Sim. Esperamos que a senhora pare de brincar com fogo — disse o secretário.

— Estou às ordens, caso queira qualquer coisa — respondeu Amira.

— Adeus.

Amira pegou a bolsa, olhou para a cama e disse ao secretário:

— Você não deveria pagar pelo quarto; eu nem sequer usei a cama.

Deixou o quarto se sentindo como uma ré. Tinha levantado suspeitas e infringido a lei. Para acalmar-se, começou a recordar o que havia acontecido na noite anterior, mas foi inútil. Havia dado ao hotel o número de seu próprio cartão de crédito como garantia e agora a Scotland Yard poderia usar todos aqueles dados para localizá-la quando bem quisesse.

Perguntou a si mesma, desencantada: "Por que, assim que soube por Maureen que o secretário do príncipe iria procurá-la, como faz todas as vezes que visita Londres, para depilar os grossos pelos do peito e das costas, eu tive que agarrar essa oportunidade, em vez de permanecer quieta, com as amigas no *hall*, nos quartos de hotéis e passeando de Rolls-Royce?".

Resposta: porque precisava ganhar mais dinheiro, e o mais rápido possível.

Ser uma princesa significava ter que gastar rios de dinheiro: Rolls-Royce, Samir, acompanhantes, restaurantes, chá da tarde, gorjetas para os informantes que trabalhavam nos hotéis, cassinos, companhias aéreas, bancos e cabarés, cabeleireiros de hotéis, que lhe conseguiam os nomes dos clientes que frequentavam o salão... tudo isso, além dos nomes dos príncipes e xeiques que tinha que vasculhar nos jornais e revistas árabes semanais que eram publicados em Londres.

Sua mãe acreditava piamente que os pobres mantinham os ricos, não o contrário. Certa ocasião, gastou, de uma só vez, tudo o que tinha economizado para oferecer um almoço, na sua casa, a uma parenta que trabalhava como enfermeira no Golfo, achando que a convidada iria lhe trazer de presente um corte de seda ou um relógio de ouro. No fim, apesar de todo o dispêndio, a tal parenta não trouxe nada além de seu traseiro gordo, que aumentou ainda mais depois de lamber os pratos.

Londres evaporou da mente de Amira. Só pensava em encontrar um táxi e visitar Náhid. Nem sequer abriu a bolsa para verificar se o dinheiro ainda estava lá no fundo, como era seu costume, porque temia que o dinheiro fresco que carregava, e cuidava como a própria vida, saltasse feito bolhas de ar e desaparecesse.

Náhid não estava no apartamento e a ligação caía na caixa postal. Também não estava na casa de Bahiya. Ligou para Samir e perguntou se ele havia visto Náhid. Ele a lembrou de que ela, possivelmente, estava ocupada com sua irmã, que havia chegado fazia dois dias:

— Mas por que ela está se escondendo de mim? Por que está fazendo isso se a irmã dela me adora? — perguntou.

Foi até a casa de Náhid decidida a esperar a amiga o tempo que fosse. Porém, Náhid estava em casa, rapidamente abriu a porta, deu dois beijinhos em Amira e fez uma piada, como se nada tivesse acontecido.

— Quer dizer que você está me ignorando só porque eu virei princesa? E a Amal, sua irmã, cadê ela?

— Não veio. Menti pra ela dizendo que eu tinha mudado de casa, que tinha ido morar com você porque o meu telhado estava com goteiras. A verdade é que nesses últimos dias tenho me sentido muito cansada, não sei por quê.

— Pois eu sei: uísque!

— Juro, por meus olhos, que ontem bebi só um copo, escondida. Katkuta estava com a gente.

Amira ficou enciumada e engoliu em seco. Mas o que ela esperava que Náhid fizesse na sua ausência, se ela havia se tornado uma princesa leoa que ia sozinha em busca da presa e antes as duas amigas, na maioria das vezes, costumavam ir à caça juntas? Então, contou a Náhid o que havia acontecido com ela no hotel.

— *Alhamdulillah* que tudo terminou bem. Mas agora esse secretário libanês vai matar a Maureen e ela vai matar você!

— Ora, tudo tem um preço! Paguei a Maureen por essa informação. Mas e você, o que é que você tem? Fale a verdade, está chateada comigo? Por que está fugindo de mim? Fale, Náhid, seja sincera comigo.

— Não tem nada. Só estou pensando no futuro. Pensar no futuro é a minha perdição.

— Se você tivesse vindo comigo nessa de princesa, por um ano que fosse, nosso futuro estaria garantido do melhor modo!

— Claro! E teríamos filhos e filhas... Que pena! Por que foi que abortamos? Por Deus! Que duas doidas nós somos!

— Não pense no passado.

— Tem razão. Mas talvez Deus nos queira no bom caminho e esteja nos guiando pra ele. Por isso, me transformou numa pessoa com os nervos à flor da pele e mandou a polícia atrás de você!

— Obrigada, Deus! Mas onde é que o Senhor estava que não visitou a gente antes disso?

Passaram, então, a se lembrar das razões que as fizeram tomar aquele caminho. Amira lembrou-se de quando decidiu se prostituir. Todo mundo do restaurante onde ela trabalhava, do cozinheiro ao motorista, começou a dar em cima dela, como se ela fosse uma pomba. Mesmo antes disso, até o marido de sua tia tinha pegado a mão dela, à força, colocando-a em seu membro e dizendo que ela, agora, era sua esposa. Na verdade, eles haviam se casado diante de uma autoridade municipal, mas fora apenas um casamento de conveniência, só porque o governo marroquino não mais emitia passaportes para moças solteiras, uma vez que a corrida para a Europa parecia uma nuvem de gafanhotos famintos. Havia se esquecido também dos rapazes do chawarma e do jardineiro da mesquita.

Então, ela começou a pensar mais seriamente nas possibilidades que seu corpo oferecia, nos homens e no dinheiro, sem considerar as consequências. Ficou horrorizada quando a mulher síria — para quem, assim que chegara a Londres, começou a trabalhar como criada, — disse que ela certamente estava grávida, quando viu Amira correr até o banheiro e vomitar. A mulher síria levou-a à ginecologista, que confirmou a gravidez, apesar de ela insistir que era virgem. Considerava impossível ter engravidado em decorrência de uns poucos segundos passados com o motorista asiático dentro do carro dele — ela já o tinha visto no restaurante, quando ele fazia entrega de refeições na casa dos clientes — quando ele havia rasgado a calça dela e lhe prometido que se casariam quando se formasse advogado.

Naquele momento, ela pensou: "Não há nada a perder, se fazer sexo é tão rápido e banal assim, como estourar uma espinha na cara, ou como um trabalho que o homem faz sozinho e do qual sou mera espectadora, num banco de carro.

Quisera eu ter acabado de pisar aqui em Londres! Já se passaram dezoito anos, e eu ainda não comprei uma casa na praia, no Marrocos, nem um apartamento num prédio novo, nem mesmo uma portinha para vender sanduíches. Quisera eu que meu nome continuasse sendo Habiba, e eu caminhasse no meu pequeno vilarejo, fugindo da minha mãe depois de ela me atirar um balde de água... Foi quando uma turista inglesa me parou e me perguntou a direção da muralha histórica. Indiquei-lhe com a mão e disse em francês: 'Me siga, estou indo para lá. Eu quero me, me...'. Não sabia como dizer 'suicidar' em francês. Caminhei junto à turista e senti que Londres caminhava ao meu lado.

Nós nos dirigíamos às altas rochas, como era hábito do povo do vilarejo. Desde tempos antigos, todos corriam à histórica muralha onde se chocam as águas do Atlântico: os funcionários imediatamente após a sesta, as donas de casa, os velhos, os adolescentes e as crianças, todos eles se postavam ali para contemplar o entardecer. Observavam o pôr do sol, cujo brilho ia esmorecendo até se afogar no mar que o acompanhava. Aos moradores do vilarejo reuniam-se os visitantes europeus, exibindo suas roupas ocidentais, seus óculos dourados e, algumas mulheres, exibindo suas joias.

Assim que 'Londres' parou, viu a muralha e as casas coladas umas às outras e despediu-se de mim me agradecendo... pensei: que agradável é Londres. Que educados são os ingleses! Desisti da tentativa de suicídio e brilhou na minha mente a ideia que me fez mudar a direção do meu caminho.

Tinha uma tarefa urgente: procurar o marido da minha tia em todas as partes, nas lojas, no restaurante, no café conhecido como Auzubillah, entalhado nas rochas e onde, ao redor das mesas, se misturavam os turistas estrangeiros com os fumantes de haxixe do vilarejo.

Os jovens que circulavam por ali em volta do café, sem coragem de entrar, e as famílias que mantinham os pequenos distantes da porta como se o café fosse uma epidemia não acreditavam no que seus olhos viam: eu entrando lá, como se fosse um homem, em busca do marido da minha tia. Assim que tive certeza de que ele tinha me visto, saí do café sem dizer nada e não parei de chorar, de estapear o meu rosto e de me lamentar. Corri até o mar, na mais alta rocha. Parei onde as solteiras, em pé, contam as sete ondas que devem tocar a rocha para que Deus atenda seu pedido enviando-lhe um noivo. Ameacei o marido da minha tia dizendo que iria me jogar dali, mas ele não se importou, não perguntou o que se passava comigo, apenas gritou, alarmado, me acusando de ter perdido a virgindade. Depois, ele finalmente descobriu que o que estava acontecendo era que eu queria ir para Londres trabalhar lá. Isso era tudo".

— Olha, Náhid, como Londres é linda!

Pegaram um táxi e estavam a caminho do cassino do hotel Mayfair. Passaram pela South Audley Street, demorando mais do que o normal só para se certificar que os dois elefantes gigantes continuavam expostos na vitrine da Goodge & Sons.

— Escute, Náhid, não se torture. Pense que todo mundo faz o que eu e você estamos fazendo. Até os prédios que você está vendo agora foram construídos pra alguém praticar sexo; os hospitais existem pra fazer nascer as crianças e pra curar as pessoas; as escolas, pra educar as crianças; as lojas, pra vestir gente e pra gente comer; e os cassinos, pra que alguns percam e outros ganhem. E tudo isso pra quê? Pra que eu e você possamos trabalhar. Todas as coisas, até os aeroportos e os aviões, os telefones e o computador... Tudo é resultado do nosso trabalho. Pra que o homem sinta sua virilidade, pra que se sinta seguro de si e pra que a mulher engravide. Ele faz exatamente como o pavão real, que abre seu penacho pra atrair a pavoa. O homem gasta seus milhões pra mostrar seu poder e sua autoridade. Acredite em mim, esta é a verdade.

— Mas você se esqueceu desses elefantes. Eles também foram criados por causa do que eu e você fazemos?

— Claro! O homem que comprar esses elefantes vai se vangloriar, mostrar pra mulher ou pra amante, e ela vai correr pra cama antes dele, cheia de desejo...

— Mas você se esqueceu de uma coisa: esses elefantes não estão à venda.

— Bem, e qual o problema? Isso reforça ainda mais meu ponto de vista. Mister Goodge, dono desta grande loja, vai dizer à mulher dele que lhe ofereceram milhões e ele recusou porque é ele quem manda e ninguém discute com ele. E a senhora sua esposa vai ficar muito excitada porque não imaginava que o marido fosse tão forte e influente. Essa força dele é um afrodisíaco poderosíssimo, como pó de chifre de hipopótamo.

3

No ponto de ônibus, Samir começou a olhar para a mulher parecida com a senhorita Cunningham que estava atrás do inglês estudante de artes; o jovem e seu amigo sorriram para Samir. Na verdade, eles começaram a rir do xale que Samir, tirando-o do pescoço, ofereceu ao jovem, que o segurou e, assim como Cappuccino ao catar piolhos no rabo, o examinou. Samir insistiu para que ele o pegasse, mas o jovem recusou, pois não tinha como pagar por ele.

— Não é pra pagar, acredite. Não tem problema, leve... — declarou Samir.

Em seguida, pegou o xale de volta temendo que o jovem saísse correndo com ele e desaparecesse nos recônditos de Londres. Samir só o deixou partir quando conseguiu o número de telefone do estudante, prometendo que ligaria para dar mais informações sobre o preço daquela peça.

Samir desejava o jovem e se contentaria até mesmo com um passeio no parque. Um olhar dele aliviava a sede e prolongava a vida. Ele parecia o Boy George, especialmente as sobrancelhas. Começou a cantar: *Karma karma karma karma camaleon, red, green and gold.* Seu filho mais velho adorava aquela canção. Amira não sabia como o tal xale tinha ido parar ali na sua casa: "Talvez seja da Náhid. Certeza absoluta de que não é do Marrocos".

Samir discou o número do rapaz várias vezes e em todas elas foi atendido pela secretária eletrônica. Acabou deixando uma mensagem gravada:

— Não tem problema nenhum. Fique com o xale por sete libras. Por favor, me ligue. Este é meu número. Não esqueça de ligar. Se sete libras for muito pra você... eu sei, você é estudante... pague cinco então. Ok, ok? Não se esqueça de me ligar. Estou esperando.

Mais tarde, voltou a ligar uma última vez, antes de ir dormir todo amargurado. Sonhou com a senhorita Cunningham: ela cortava o xale em pedacinhos e os distribuía entre os pacientes que continuavam no hospital psiquiátrico do Líbano. Viu sua cama no hospital, o aspecto dos lençóis e ouviu o rangido do metal no piso de ladrilho. Começou a oscilar entre o sono e o despertar. Acordou com o coração disparado: a senhorita Cunningham! Como não lhe ocorrera isso antes? Será que ela acreditaria que ele estava ali no país dela, em Londres? Será que se lembraria daquele adolescente, no Líbano, pelo qual ninguém tinha compaixão exceto ela? Uma vez, ela enviara seu motorista para levar Samir ao dentista e se comprometera a pagar as despesas do tratamento; além disso, ela o presenteou com sapatos, quando o viu com os pés descalços (os sapatos de seu pai eram grandes demais, mesmo que ele usasse suas três meias rasgadas juntas).

"Claro que o jovem inglês ia ficar encantado quando visse o que a senhorita Cunningham tecia e, além do mais, ela levantaria minha moral na presença dele."

Como não tinha pensado na senhorita Cunningham estando ele em Londres, muito embora, no seu íntimo, sentisse que havia uma pessoa inglesa que ele conhecia? Sua alegria em se lembrar dela foi imensa e ele acordou. A partir daquele momento, começou seu périplo na busca por ela. Ligou para todos os Cunningham da lista telefônica. E dizia: "Estou procurando a senhora Margareth Cunningham, uma pessoa muito gentil e muito adorável. Ela morou na embaixada inglesa em Beirute. Preciso encontrá-la, é uma coisa muito importante". Um deles o aconselhou a ligar para o Ministério das Relações Exteriores e foi então que, uma semana depois, chegou até ele uma carta do filho da senhora Cunningham, com o endereço de sua mãe e dizendo que ela ficaria muito feliz em vê-lo.

O estudante de artes e seu amigo o acompanharam. Transbordando de felicidade, Samir não podia senão gabar-se de sua esperteza. O mundo começara a lhe dar algumas lições; ou era Londres que o fazia?

— A fotografia dela estava em todas as revistas, juro por Deus, acreditem! — Samir disse aos dois.

Os rapazes não entendiam tudo o que ele dizia, entretanto estavam gratos pelo interesse que ele demonstrava pela arte deles. Ele havia levado uma porção de xales da Edgware Road para mostrar a eles, mas eles não gostaram de nenhum. Aquele xale antigo continuava sendo a peça predileta dos dois. O jovem enrolava-o no pescoço agradecendo a Samir todas as vezes que ele o encontrava perto da sua escola, que se chamava Central St. Martin's, para comer algo ou tomar o chá da tarde. Samir tinha o cuidado de vestir as roupas mais bonitas que tinha, pois percebera que a roupa era o ponto em comum entre ele e o rapaz; aliás, entre ele e os dois rapazes, uma vez que os dois jovens não se separavam nem um minuto, o que irritava Samir.

Eles adoravam as misturas de cores incompatíveis que Samir usava. Seu estilo de se vestir, embora sem intenção, remetia à moda dos anos 70 e era, de acordo com ele mesmo, *très original*, com roupas caras que muitos traziam para ele do Líbano e de Dubai.

Alegrou-se quando o táxi os deixou na porta das casas de Fair House, no Queensgate, e viu o prédio luxuoso no qual vivia a senhora Cunningham. Ficou confuso e sentiu medo. Talvez ela insistisse em hospedá-lo naquela casa; o que diria a Amira e o que faria com o macaco? Assim que viu uma funcionária atrás do balcão de informações, teve certeza de que ali era um local de trabalho, e não uma casa. Os dois rapazes trocaram olhares quando a funcionária os conduziu até o quarto da senhora Cunningham. Um deles perguntou a Samir quando tinha sido a última vez que ele a vira. Antes que Samir terminasse seus cálculos, já estavam dentro do quarto. "Não é possível, deve haver algum engano! Esta não é a senhorita Cunningham", Samir disse a si mesmo e retrocedeu. "Esta é uma velha e a outra que eu conheci era muito mais jovem." Tentou explicar isso aos rapazes, mas eles nem sequer olhavam para ele, pois só tinham olhos para o quarto. E Samir também não conseguiu atrair a atenção deles para que o escutassem, pois só tinham ouvidos um para o outro.

A senhorita Cunningham frequentava o hospital psiquiátrico no Líbano e tentava distrair os pacientes com tecelagem. Foi nessa condição que Samir a conhecera. Uma manhã, ela ordenou que desfizessem a costura:

— Desfaçam até chegarem ao pontinho preto e, então, parem.

Enquanto isso, a freira dava voltas, assustada, alertando e observando aqueles que ela acreditava não serem capazes de seguir tais instruções. Um deles, certa vez, tinha desmanchado metade da tecelagem e, assim que ela chamou sua atenção, ele tentou fazer com que a linha voltasse para o tecido. Vendo que não conseguia, começou a puxar os cabelos e a chorar.

A alegria de Samir com o belo, colorido e sedoso tecido era indescritível, pois ele nunca havia tocado seda. Estava habituado apenas ao calicô e ao linho. Ficou brincando e enrolando-o nos ombros, como se fosse um xale. E, assim que a enfermeira o flagrou, fugiu arrastando o tecido atrás dele. Mas, em vez de o repreender, a senhorita Cunningham adorou aquela cena, a ponto de tirar uma foto de Samir. Depois explicou à freira como aquele trabalho lhes restituía a vivacidade e a energia mental. Certa vez, a senhorita Cunningham apalpou o pulôver de Samir, que ele detestava, mas era obrigado a vestir durante o inverno. Perguntou-lhe de onde era aquela linda peça de vestuário, elogiando a lã e a perfeição do tricô. Samir respondeu:

— Minha mãe fez à mão, com duas varetas de pescar. Por favor, pode levar para a senhorita.

Depois disso, ela fez uma encomenda à mãe de Samir de dez pulôveres tricotados, de cores diferentes que ela mesma havia escolhido, e pagou generosamente por eles. Ao final, mostrou-se imensamente grata à mãe de Samir pelos pulôveres e também agradeceu em um cartão que ela enviou de Londres, depois de já ter deixado o Líbano. Ele guardou o cartão por muito tempo.

— Explique a ela quem é você. — disse a enfermeira.

Samir tinha certeza de que aquela não era a senhorita Cunningham, apesar da presença dos móveis árabes entalhados com conchas brancas e do cabideiro de roupas libanesas. Entretanto, rendeu-se à enfermeira e inclinou-se para tentar fazê-la lembrar-se dele.

— Eu sou Samir, de Beirute. Samir, do manicômio. As-fu-ri-ye — pronunciou o nome do hospital lentamente. — O Samir, que você fez o doutor Mezminian tratar os dentes, lembra? Foi quando você me deu uma maçã, eu mordi e gritei de dor. Eu agora moro aqui, eles são meus amigos, eles também trabalham com tecelagem, como você. Olha só o que eles fazem!

Samir estendeu a mão em direção ao rapaz que trazia uma peça de tecido que ele havia produzido; mas, limpando a garganta, o rapaz disse a Samir:

— Deixa pra lá, não incomode a senhora.

Entretanto, Samir arrancou dele o embrulho, abriu-o e, então, mostrou a ela o tecido. A senhora Cunningham tentou pronunciar algo, mas tudo o que conseguia dizer era através dos olhos. Ela adorou a peça de tecido. Tocou-a e, em seguida, olhou para Samir e para os dois rapazes. Balançou a cabeça tentando pronunciar algo que, de novo, saiu mudo. Então, ela se levantou e a peça caiu ao chão. Dirigiu-se ao armário, tentando abri-lo, e não conseguiu; um dos rapazes se levantou e a ajudou. Ela pegou um livro grosso, que quase lhe caiu das mãos, e começou a folheá-lo, apontando para eles as fotos, os quadros e as roupas. Era o livro mais belo que aqueles dois jovens haviam visto. Eles ficaram de pé em volta da senhora Cunningham, passando as páginas para ela, que parecia estar muito feliz. Os olhos dela encontraram uma fotografia e ela tentou articular "a... a... a...", enquanto apontava para a foto. Samir ficou confuso quanto ao que fazer. Passou a observar os móveis árabes e, por um momento, sentiu que estava em Beirute. Depois, ficou aliviado ao ver que os rapazes tinham gostado da senhora Cunningham e que, portanto, todas as expectativas com a visita não haviam sido frustradas. Mas seu contentamento rapidamente se transformou em incômodo, pois os rapazes o ignoravam completamente, dedicando toda a atenção ao livro e à velhinha: um deles beijou a mão dela; o outro pegou o pente e a escova de prata e penteou seus cabelos. Quando a velhinha começou a dar sinais de cansaço, os rapazes se dedicaram a admirar os móveis do quarto, em especial o vaso que tinha a forma de ninfa do mar. Cada um deles passava a mão demoradamente sobre o jarro, antes de ceder a vez ao outro, para que fizesse o mesmo.

— Divino, divino — eles diziam.

Em seguida, um deles pegou as flores murchas e, não encontrando um cesto de lixo, dirigiu-se à porta carregando-as; ele desapareceu por alguns minutos e voltou, acompanhado por uma enfermeira, a quem solicitou que levasse o vaso, o esvaziasse no vaso sanitário do banheiro e, então, o devolvesse à mesa. Samir notou o rastro que a água podre havia deixado, mas não se ofereceu para ajudar o rapaz, nem para limpar o lugar, como era seu costume sempre que via que algo precisava ser limpo. Desejava intensamente o rapaz. Queria que a senhora Cunningham cochilasse um pouquinho e, então, Samir poderia abraçá-lo, principalmente porque o monótono movimento da mão do jovem penteando os cabelos dela o deixara excitado. E, realmente, a senhora Cunningham começou a cochilar muito de leve, como fazem os gatos, mas o jovem afastou-se de Samir dizendo:

— Shhh! Shhh! — depois perguntou: — Você não sabia que ela estava numa casa de repouso?

CAPÍTULO SEIS

I

De longe, Lamís avistou Nicholas e pediu ao taxista que parasse: ficaria constrangida caso Nicholas a visse desembarcar do carro. Ainda se sentia nervosa quando estavam juntos. Na presença dele, tomava água bem devagar, com medo de fazer barulho ao engolir. Agora, diminuía o passo enquanto o observava. Arrepios perpassavam seu corpo. Era isso que ela havia sonhado sempre que ia ao teatro com Balqís ou sozinha: estar ao lado de um homem bebendo vinho, conversando sobre a peça ou sobre qualquer outra coisa interessante.

Lamís o esperou na entrada do teatro enquanto ele chegava, debaixo da chuva. Ele fechou o guarda-chuva e beijou-a no rosto, dizendo:

— Olá, querida! Eu me atrasei? Você me deu a oportunidade de lhe observar atravessando a rua. Parecia que tinha acabado de sair do mar, pelo seu semblante e pelo modo como penteou o cabelo. Fiquei excitado. E agora, o que devo fazer?

— Ah... Nicholas — corou, desconcertada.

— Ok, me dá um beijo.

Inclinou-se em sua direção, mas olhou em volta antes de o beijar no rosto.

— Quem vai ver? Você não disse que raramente encontra um árabe nos teatros e na ópera? Ou sou eu que estou imaginando coisas agora? Viu como você me afeta com esse discurso tão árabe? Que se fodam! Viu só? Voltei a ser inglês.

— Ideia maravilhosa essa de sairmos à noite! Estou tão feliz.

Lamís não contou a Nicholas que se sentia liberada porque havia comprado um telefone celular para que seu filho a localizasse a qualquer momento.

Um senhor de idade sorriu para Nicholas quando, por coincidência, ambos consultaram os relógios. Ao que Lamís comentou:

— Apenas os ingleses idosos se parecem com os árabes.

Notaram outro senhor de idade que parou para olhar um cachorro feliz que caminhava atrás de seu dono. Parecia que ele lutava contra o desejo de correr e brincar com o rabo do cachorro. Uma senhora também idosa indicava a direção da Trafalgar Square a uma turista e continuava a segui-la com os olhos, para se certificar de que a turista estava acertando o caminho.

Lamís sentia-se toda confiante, como os demais ingleses, pois estava na companhia de um deles, alguém que conhecia os rituais de frequentar o teatro. Alguém que examinava o ingresso e sabia quando era necessário se apressar e quando esperar um pouco mais na entrada. Nicholas sussurrou ao seu ouvido:

— Queria estar dentro de você agora.

Escutou aquilo e se sentiu como uma lagartixa sedenta depois de sua pele ter absorvido umidade.

Assistia a duas peças, simultaneamente: uma, no palco; outra, na sua cabeça. Pensava em recuar, pois tinha certeza de que era impossível pertencer àquele lugar. "Ora, nem mesmo Nicholas pertence à Inglaterra. À velha Inglaterra que era vista sobre os palcos de teatro agora", ponderou, tentando consolar a si mesma. Mas, ao olhar para ele e para todas as cabeças que tinham os olhos fixos no palco, mudou de opinião diante dos rostos que se mostravam severos ou sorridentes de acordo com as falas, determinados gestos, as expressões linguísticas ou os longos suspiros: eles se identificavam profundamente com o que se passava na peça, mesmo que sua realidade estivesse bem distante dela.

Foi assomada pela frustração em relação aos seus estudos de sotaque britânico, apesar de sua professora lhe ter dito: "Estou bem otimista. Cinco palavras de sete, Lamís. Muito bem! O importante é que, quando você descer as escadas da minha casa, não pense nada em árabe, nenhuma frase sequer, ou tudo o que conseguimos até agora irá por água abaixo. Essa tarefa demanda muito esforço! Que Deus a ajude!".

Lamís desceu as escadas como se estivesse fugindo daquele sótão ou de um local de tortura. Era como se a professora segurasse um chicote e lhe açoitasse a boca, os ouvidos, a garganta, os olhos e o nariz. Sempre que Lamís imaginava alguma comida, inconscientemente repetia os nomes em árabe: *khubz, zaitun* (pão, azeitonas). Toda vez que levava os olhos aos céus e se alegrava com a sua cor, lhe vinha à mente a palavra *azraq*, azul. Também se lembrava constantemente de seu nome e do nome de seu filho. E, quando já não podia suportar, se via subindo as escadas do sótão e, aos prantos, dizer: "Minha memória é árabe e eu sou um papagaio! Será que os papagaios perdem a memória?".

Nicholas pegou a mão dela e pôs em seu dedo um anel de papel, feito com o programa da peça, que ele enrolara com todo o cuidado.

Não se satisfez com o sorriso dela. Queria uma resposta. Ou talvez ela tivesse respondido deixando o anel no dedo e sorrindo ao vê-lo colocar um anel de papel também no próprio dedo. Lamís segurou a mão dele com força. Será que isso significava “vamos nos casar agora”?

Sentaram-se no restaurante ainda com os anéis nos dedos.

— Pedimos um champanhe para celebrar?

Ela ri.

— Sim ou não?

— Nicholas!

— Sim ou não? Quero que nos casemos.

— Não posso.

— Tem medo de que passemos alguns meses em Omã? Mas se esteve prestes a morar em Dubai!

— Você sabe que eu não posso, agora.

— Obrigado por acrescentar a palavra “agora”. Você não vai acreditar, mas, às vezes, eu esqueço que você foi casada e tem um filho. De qualquer forma, vamos pedir champanhe e celebrar, porque você é linda e eu te amo.

Nicholas pediu champanhe e, quando ergueram as taças, ele percebeu o desconcerto no rosto de Lamís.

— Lamís! Você não parece feliz. Algo a preocupa?

— Quero ir ao banheiro.

Nicholas se levantou e afastou a mesa para ela passar.

Lamís examinou seu rosto enquanto colocava um pouco de *blush* e dizia ao espelho, como se visse o rosto de Nicholas: “Eu te amo, eu te amo. Quero estar logo em casa com você. Tudo bem, talvez a espera acenda mais ainda o meu desejo...”.

— Ajudo você a trazer as suas coisas amanhã?

— Eu vou morar no seu apartamento?

— Não. Vai morar em cima de uma árvore. O que você acha? Lamís, eu não acredito, olhe só a sua cara de espanto. Tudo o que eu lhe disse foi: "Por que não se muda para cá?". Venha, vamos juntos, agora mesmo, até o apartamento proibido para mim e transportamos tudo o que você quiser de lá.

— Vão dizer que eu me divorciei por sua causa.

— Você explica ao seu filho que isso não é verdade.

Ainda não tinha dito a Nicholas que não sabia se já era o momento de apresentá-lo a seu filho. Assim, como dormiriam os três sob o mesmo teto, mesmo que só de vez em quando? Ela perguntou:

— E os outros?

— Você não se divorciou porque descobriu que não tinha mais nada a ver com seu marido e com todo o resto? Sim ou não? Você está dando muita importância à questão.

— Eu sei, mas não posso deixar de pensar nessas coisas.

— Mas você já passa o tempo todo aqui, salvo por uma ou duas horas por dia, quando vai ao seu apartamento tomar banho e trocar de roupa. Você parece uma esposa assustada que é obrigada a confirmar a presença em casa, confirmar sua existência às paredes e ao porteiro. Ah... talvez faça isso por causa do porteiro e da esposa, para que eles carimbem no seu cartão: *Presente*. Ou você quer ficar com o apartamento, apesar do seu marido e da mãe dele. Até agora, não estou convencido de que você tenha renunciado a tudo porque pediu o divórcio!

Ele estava certo. Quando saía de seu apartamento, no final da tarde, ela esperava que o porteiro e a esposa estivessem ocupados tomando chá. Sempre conseguia mudar o assunto da conversa, com Nicholas, mas não naquela noite. Desta vez, ele não reagiu às suas provocações, nem às histórias que costumava contar a ele.

— Ok, você não precisa vir morar comigo agora. Eu sei que o meu apartamento é extremamente pequeno, mas vamos viajar juntos para Omã, por um ou dois meses.

— Omã? Impossível que eu vá com você para Omã.

— Juro que lá você verá mil e quinhentas estrelas, em vez das quinhentas de Londres.

— Posso imaginá-las.

— Não posso adiar mais a minha viagem. Preciso ir em alguns dias.

— De todo modo, não podemos ficar juntos.

— Por quê? Você não é uma inglesa, portadora de um passaporte inglês? Ah, entendi: a lei omani proíbe a entrada de inglesas solteiras com menos de trinta e cinco ou quarenta anos, a menos que se casem com omanis.

Ela respirou aliviada: tinha sido salva pelo sultão Qabus!

— Estou brincando, Lamís!

— Mas nós não somos casados!

— Não importa. Você é inglesa.

— Mas o meu nome, escrito no passaporte, é árabe. E o local do meu nascimento é Najaf, no Iraque.

— Tudo bem. Nós podemos reservar dois quartos separados no hotel. Você será minha convidada. Eu não me importo de gastar tudo o que tenho com esses detalhes.

Nicholas transbordava de felicidade e confiança porque não restava a ela nenhum argumento contra a viagem.

— Nicholas, por favor, pare de sorrir. Eu é que conheço os regimes árabes, e não você. Conheci uma jordaniana muçulmana que havia se casado com um libanês cristão. Os dois se mudaram para um dos países do Golfo e, quando apresentaram os passaportes para emitir a permissão de saída e retorno, as autoridades intervieram, dizendo que a união dos dois não era reconhecida legalmente. Então, eles foram submetidos a um julgamento, embora o marido tenha mentido, dizendo que havia se convertido ao Islã antes do casamento e apresentado até um certificado falso, trazido do Líbano, para atestar tudo isso. Ainda assim, o ministério insistiu em testá-lo publicamente. Deram-lhe alguns livros sobre a religião islâmica. Então, o tal marido precisou contratar um instrutor que lhe desse aulas sobre o assunto durante meses...

— Isso não vai acontecer em Omã, eu juro. Não vai. De todo modo, vou perguntar a respeito e, caso exista qualquer impedimento, você não viaja... É simples.

— Ainda me lembro de como a minha família me descreveu Dubai, como se fosse a Monte Carlo do Oriente. Parece que você se esqueceu do que aconteceu comigo naquele lugar...

— Não, não me esqueci, mas você precisa deixar esse incidente para trás!

— Não foi um mero incidente, Nicholas, foi uma experiência terrível e o medo lançou raízes no meu ser, quer eu queira, quer não... Para ser sincera, devo admitir que passei a temer até mesmo os grupos de oposição ao governo iraquiano. Pode ser que, algum dia, algum desses grupos parta para a mesma violência que um dia quis combater. Ainda me lembro perfeitamente de como passei a evitar meu avô, que eu adorava, quando o vi bater nas gaiolas dos pássaros e criticar minha mãe e meu pai com todo o rancor.

Nicholas tomou a mão de Lamís e a beijou.

2

Saíram do apartamento e atravessaram Londres no pequeno carro de Nicholas. A cidade parecia a palma de uma mão, com linhas profundas e superficiais, perpendiculares e paralelas.

Foram pela Hyde Park Corner, passando por Park Lane em direção à Mount Street; queriam ver um apartamento que um conhecido de Nicholas havia posto à venda. Passam em frente ao hotel Dorchester, onde havia acontecido a celebração do casamento de Lamís. Por pouco não comentou com ele, rindo, sobre a preocupação do seu ex-marido, imediatamente após o casamento, em guardar seu par de brincos em um lugar seguro, verificando-os para se certificar de que nenhuma pedra preciosa havia caído. Contudo, Lamís mudou de opinião, receosa de que Nicholas lhe perguntasse o que tinha acontecido com a joia.

De repente, seu coração disparou, ao lembrar-se de que o endereço registrado na Selfridges, onde ela havia depositado suas joias, era o de sua irmã em Dubai. Agora, precisava mudar para outro endereço que não fosse o do apartamento em que vivia. Temia que, na sua ausência, sua sogra aparecesse, procurasse entre suas coisas e encontrasse a chave dentro do envelopinho. Assim, poderia ir até o andar inferior da Selfridges e esvaziar o cofre, que ficava entre centenas de cofres iguais, num canto escuro, calmo, sob os passos dos clientes e o eco das músicas.

— Lamís, tem uma coisa que não estou entendendo em relação ao apartamento: como pode ter esse preço tão acessível se está em uma região tão chique como Mayfair. Talvez porque não seja mais uma zona exclusivamente residencial e tenha dado lugar a escritórios, galerias de arte e lojas de antiguidades. Apesar de Mount Street, na minha opinião, ser uma das ruas mais bonitas de Londres. Acho ela parecida com Petra, quer dizer, em relação às cores dos prédios. Não acha, querida?

— Nunca fui a Petra, mas ouvi dizer que é mágica.

— Vou levar você para conhecê-la, em breve.

Ela nada disse sobre seu receio de viajar com ele, como turistas, para qualquer país árabe, mesmo que cada um deles ficasse em quartos separados nos hotéis.

— Esta é a região de Londres que eu e meu irmão mais gostávamos: o planetário, o museu, as galerias...

Lamís acariciou os cabelos de Nicholas. Como gostaria de tê-lo conhecido quando ele era pequeno, embora, por nada no mundo, quisesse que ele a visse quando criança: em uma das únicas duas fotografias que ela tinha da infância, parecia que o pente nunca havia conhecido as mechas dos seus cabelos, ásperos e ressecados pelo sol de Najaf. Seu vestido, marrom com bolinhas vermelhas, era bonito, mas não era do seu tamanho e os sapatos, que ela calçava sem meias brancas, eram muito velhos.

— Você costumava vir sempre a Londres? — ela lhe pergunta.

— Não. Três vezes por ano. Nossa viagem de Hampshire até Londres era como se estivéssemos viajando para outro país. Eu e meu irmão nos preparávamos com meses de antecedência. Meu lugar favorito era o planetário, onde as estrelas iluminavam os planetas. Eu era tão aficionado que, quando estávamos todos sentados ali, eu dizia à minha mãe que se preparasse, pois iríamos voar em direção ao teto e tocar as estrelas. E também ficávamos ansiosos para andar nos táxis pretos e visitar a Galeria Tate, onde eles nos deixavam comprar um monte de cartões-postais. Ah, e o metrô era o que havia de mais importante na nossa lista turística, apesar de nos sentirmos estrangeiros em Londres, sempre que víamos meninos da nossa idade embarcando sozinhos, com toda a autonomia, sem que precisassem apontar para o mapa, como costumávamos fazer. Querida, eu já falei demais. E você, o que havia de mais divertido na sua infância?

— *Jiklet, jilaty wa halawat*[4] — Nicholas responde, por ela, em árabe.

— Ainda se lembra do que eu lhe disse em árabe! Genial! Você se sente um londrino?

— Quisera eu! Acredito que só os vendedores de jornais são londrinos de verdade; eles conhecem a menor das ruas, conhecem de A a Z sem que tenham que consultar o mapa. Talvez seja por isso que todo mundo que vive em Londres não cansa de repetir o clichê: quero sair de Londres, quero sair de Londres.

O apartamento na Mount Street era como uma lata de sardinha construída entre duas colunas de cor rosa, que era a mesma cor dos prédios da rua. Assim que voltaram ao carro, Nicholas colocou a mão sobre a mão de Lamís, consolando-a:

— Nossa primeira decepção. Não faz mal. O apartamento de Fulham está à nossa espera. Continuo sentindo como se fôssemos dois pássaros em busca de um lugar agradável para estabelecermos nosso ninho. Um lugar que não tenha nenhuma relação com o nosso passado. Tenho certeza de que vamos encontrar um apartamento espaçoso, na concepção inglesa, não árabe. Você sabia que o Sayf e outros em Omã riem da nossa arquitetura e sempre me perguntam:

---

4 "Chiclete, sorvete e torrone." (N. T.)

"Como vocês conseguem viver numa casa cuja sala de jantar se encontra num piso, os quartos em outro, a sala de estar em outro e a cozinha no porão?".

Lamís sorriu, sem dizer que, na verdade, estava aliviada porque o apartamento de Mount Street era ruim. Desejava que o apartamento de Fulham fosse ainda pior.

— O que você tem, querida?

— Nada.

— Espero que eu não tenha desapontado você quando disse que a região de Little Venice parece um subúrbio de Londres porque, se você quiser comprar um livro, terá que ir à Oxford Street.

— Ok, ok.

— Ok, ok. Você quer que eu me cale? Já sei que é isto: ouvi muito "ok, ok" durante minha estadia em Omã. Você conhece a origem dessa expressão? Dizem que o presidente dos Estados Unidos, Andrew Jackson, sempre se confundia na hora de escrever certas palavras, por isso, toda vez que aprovava um decreto republicano, rubricava *Oll Korrect*, usando a letra "O" em lugar do "A"' e "K" em lugar do "C".

Lamís riu e pensou no que levava Nicholas a amá-la, sendo ela quase entediante. Não conhecia quase nada, nem histórias interessantes, e, além do mais, não era sincera com ele. Aliás, de que valia aquela relação se ela não era totalmente honesta com ele? Por que concordou em acompanhá-lo agora? Por que o fez acreditar que, alguns dias antes, ela havia ido com a corretora da imobiliária procurar um apartamento ou uma pequena casa para os dois, quando, na verdade, havia acompanhado a mulher a dois lugares como se fosse uma ovelha sendo guiada ao matadouro? Bastou a mulher girar a chave na porta para ela querer fugir. A cada passo dado nos apartamentos, na presença ou na ausência de seus moradores, uma grande dor era produzida: ver os lugares mobiliados fazia com que Lamís enxergasse a palavra “família” acendendo e apagando, gerando nela o sentimento de que estava vivendo no estrangeiro e tinha medo de construir uma nova família. Ela preferia seguir naquela vida que levava agora.

Deveria contar a verdade ou, se fizesse isso, Nicholas pensaria que ela não confiava nele?

Recordava-se de como ele estranhou o fato de ela não ter aceitado receber pensão no divórcio. Não entendia por que ela não havia exigido nenhum benefício. Mas o espanto o deixara sem palavras quando lhe contou que ela e o marido nunca se sentaram para discutir os valores a serem pagos, previstos pelo contrato do casamento. E ele, em vez de compreender o posicionamento dela, de alguém que não quer nada além de sua liberdade, a fez sentir-se como se ela estivesse na presença dos pais, da mãe; mais especificamente, que a censurava, embora a censura de Nicholas se parecesse mais com uma desaprovação, com um ponto de vista diferente.

Lamís coloca a mão no pescoço de Nicholas. Como podia amá-lo tanto e, mesmo assim, mantê-lo à margem da realidade de sua vida? Escondeu dele uma ligação de seu pai, no dia anterior, que começou dizendo que ele e a mãe dela ainda estavam tentando se recuperar de seu divórcio:

— Me escuta, *fidwa*, agora que você já provou da liberdade... tem gosto do paraíso? Claro que não! Você está vivendo longe de Khalid, a joia que o Deus altíssimo lhe deu. Além do mais, você mora no apartamento do seu ex-marido, em vez de arrumar um emprego. O dinheiro vem e vai. Por que não volta pro seu marido? Adel, aquele amigo do pai de Khalid, me ligou. Foi a pedido do seu ex-marido, que queria que vocês se reconciliassem. A astuta da mãe dele já está em busca de uma noiva para ele.

Lamís gritou bem alto e o medo se apossou dela.

— *La, la,* não e não! Não quero me reconciliar.

Chorou e gritou.

Era como se seu pai, com aquelas palavras, tivesse imposto uma sentença sobre ela, proibindo-a de se apaixonar por outro homem e de começar uma vida nova. Como se um helicóptero que voava pelo céu de Londres tivesse descido, sequestrado Nicholas e levantado voo novamente.

Ela o contemplava, sem acreditar que possuía aquela criatura por completo: corpo e alma. Mudou de ideia e decidiu viver com ele sob o mesmo teto. Ele era sua dádiva, assim como "o Egito é a dádiva do Nilo", primeira coisa importante que havia memorizado do livro de geografia.

No entanto, assim que viu o agente da imobiliária à espera deles, junto à porta, na região de Fulham, voltou a sentir-se ambígua, livre e angustiada ao mesmo tempo, principalmente porque o homem era árabe, não apenas por causa do nome dele, mas por causa do sotaque ao falar inglês. Levou-os até o apartamento, no terceiro andar de um prédio tranquilo. O apartamento era fantástico, rodeado por jardins, árvores, belos prédios e pelo céu.

— *Innaha jamila, habibti*[5] — comentou Nicholas, em árabe.

Quando o agente da imobiliária ouviu essa frase da boca de um inglês, contou-lhes que era libanês.

Nicholas e o homem trocaram observações e informações. Lamís se cansou, incomodada com tantos detalhes que tinha que ouvir: o apartamento recebia, mesmo no inverno,

---

5 "É lindo, querida." (N. T.)

muita luz; a direção da entrada do sol em cada cômodo; a ausência de umidade nas paredes e no teto... Sentiu vontade de pegar Nicholas pela mão e arrancá-lo daquele lugar: revoltou-se contra si mesma, repreendendo-se, porque não se imaginava vivendo com aquele homem, mas, ao mesmo tempo, sabia que viver sem ele seria o mesmo que lhe cortarem um braço.

3

Amira pôs os fones do *walkman*. Umm-Kulthum cantava no seu coração: "Teus olhos me transportam aos dias passados", e a ânsia por amor sempre a fazia se lembrar de chocolate. Correu para abrir o tubo de chocolate e cheirá-lo. O aroma maravilhoso do chocolate penetrava em suas narinas. Embora fosse a décima vez que ela fazia isso, seu desejo não cessava, ao contrário do que Peter, o médico especialista, lhe garantira que aconteceria.

O doutor não acreditava em regimes, a não ser naquele regime pelo método olfativo para interrupção do apetite. Toda vez que Amira sentia vontade de comer, devia abrir um tubo (que se parecia com um daqueles tubinhos de Vick) e inalá-lo. Se sentisse vontade de comer chocolate, inalava o tubo de chocolate, se sentisse vontade de comer frango, inalava o tubo de frango.

— Mas e o falafel, a bastilla, o cuscuz e a harira? — ela perguntou ao médico, que lhe disse que iria lançar essa ideia de várias comidas típicas do mundo ao especialista estadunidense que tinha inventado aqueles tubos.

Levantou-se para procurar a barra de chocolate que havia escondido na mala de viagem, guardada na prateleira mais alta do armário. Escutou um barulho perto da porta de entrada, mas ignorou-o por uns dez minutos até que, tomada pela curiosidade, foi ver pelo olho mágico. Não reconheceu os rostos nem as roupas, tampouco entendia o porquê daquele barulho causado pelas crianças, entre as bolsas e maletas. Ao ouvir o nome "Samir", abriu a porta e parou diante de uma algazarra árabe. Amira vestia um penhoar cor de rosa e óculos de sol fumês.

— O Samir está?

— Isaaf e as crianças? Entrem, entrem.

— Que coisa! Ele fez você saber de cor os nossos nomes?

— Faz favor, entrem, entrem.

A esposa de Samir vestia um casaco caríssimo, embora fosse duas vezes o seu tamanho: as mangas iam até a ponta dos dedos de Isaaf. Ela empurrou os filhos e as malas para dentro do apartamento.

— Olha só! Ele jejuou, jejuou e acabou comendo uma egípcia[6].

Amira não quis explicar a ela que era do Marrocos, principalmente porque a hostil esposa acrescentou:

— Ele me disse que morava com um cara libanês...

Não resistia e seguia comentando sobre o penhoar de Amira, os óculos dourados e os chinelos de pluma rosa.

— Por acaso, eu poderia me vestir assim? Nunca que eu ia ter dinheiro pra me vestir assim! Com um filho nos braços, um na barriga e outro agarrado nas minhas pernas... Samir! Onde você está, Samir? *Yalla*, menino, pegue o bebê do colo da sua irmã — ela disse ao perceber que sua filhinha, que

---

6 Alusão ao ditado árabe que diz: "Jejuou, jejuou e acabou comendo uma cebola". (N. T.)

ainda não tinha cinco anos, estava a ponto de cair com o peso do bebê que segurava. Em seguida, gritou:

— Sua excelência deixou a gente dizendo que ia entregar o macaco ao dono e desapareceu. Imagino que tenha cumprido com a obrigação. Agora, acha que é só ligar de vez em quando, mandar uns trocados e tudo bem?

— Escuta! Samir se foi com o macaco — disse Amira, tentando contemporizar a situação.

— *Alhamdulillah*! Ainda bem que Ele me iluminou e me mandou vir aqui. Talvez, se eu não tivesse vindo, Samir teria sumido no mapa. Me deixou sofrendo com a cria dele. Eu e meus filhos vamos ficar aqui, junto com vocês, doa a quem doer. Vocês não vão se livrar da gente.

Amira já não conseguia aguentar. Levantou os óculos do rosto e apareceram os hematomas em volta dos olhos, marcas da cirurgia plástica. Enquanto as crianças faziam a maior confusão, ela gritou com Isaaf:

— Me escuta! Eu e Samir...

— O quê? Ele bate em você? Tem ciúme de você? Ele nunca teve ciúme de mim e nunca me bateu!

Com essa, Amira se encheu de indignação. Entrou em seu quarto e trancou a porta. As crianças olhavam para a mãe, que tinha a cabeça entre as mãos. A menor começou a chorar, escapou dos braços do irmão e correu para a irmã até que a fez cair no chão, caindo por cima dela. A esposa de Samir foi até a porta e bateu, aos gritos, mas Amira não abriu. Tentava ligar para o celular de Samir, enquanto pensava sobre o ciúme, até onde ele poderia levar alguém. "Será que o ciúme dela acabaria caso descobrisse que suas concorrentes não são mulheres, e sim rapazes? Rapazes cujos nomes Samir não sabia nem pronunciar e os quais ele só conhecia superficialmente, pois eles desapareciam antes mesmo de ele acordar de suas noites de prazer", pensou Amira.

Amira havia começado a temer por ele desde que sua obsessão pelo mesmo sexo se tornara um vício. Por isso, comprou várias caixas de preservativos e lhe ensinou que os ingleses eram conhecidos por ser muito sovinas: a Maureen, por exemplo, cobrava dos clientes até o valor da caixa de preservativos!

Certo dia, Samir contou a Amira que sua esposa não desconfiava de seu desejo por homens. Ao contrário, disse que ela estava convicta de que ele tinha uma amante. Certa vez, foi atrás dele em um dos chalés em Sharjah, onde ele trabalhava na limpeza, encontrou um vestido e uma echarpe, ambos dele, e que Samir, quando a viu chegando, havia escondido num baú. Isaaf batia nas portas dos chalés em busca da amante de Samir, fazendo o maior escândalo, principalmente porque o vestido tinha um cheiro fresco de suor, misturado ao perfume Giorgio. Então, Samir não teve alternativa a não ser confessar que ele adorava usar vestidos e, como ela não acreditava no que ele dizia, foi obrigado a lembrá-la:

— O que eu vestia no tempo da guerra? Não é possível que você nunca tenha ouvido as histórias de quando eu usava os vestidos da minha mãe e calçava salto alto! Você certamente se lembra daquela calcinha azul cheia de rendas e fitas de cetim que ficava no bolso da calça.

Ele a fazia recordar de como aquela calcinha o deixava maluco quando ela a deixava sobre a pia do banheiro, em cima da mesa da cozinha ou do sofá.

— Que vergonha, mulher! *Aíb*! — ele gritava.

— Ora, eu sou livre e gosto dessa calcinha — ela esbravejava. — Estou esperando os meninos me perguntarem do que se trata...

Ela não acreditou em uma só palavra de Samir. Ao contrário, quanto mais sincero ele era, mais aumentava a desconfiança dela a respeito dele.

Amira lembrou-se do comentário de Samir sobre a esposa, de que ela não compreenderia a atração que o marido sentia por garotos e seu prazer por vestir roupas femininas, principalmente porque ela havia gerado cinco filhos dele.

Então Amira contou a Samir que ela tinha uma tia em uma região rural do Marrocos, que foi proibida pela filha de receber presentes dela. A tal filha dizia que o dinheiro de Amira era fruto do pecado. Ao que a tia anciã respondeu:

— Não acredito que a Amira roube.

A filha então perdeu a paciência e gritou com a mãe dizendo que Amira dormia com homens e eles pagavam a ela com dinheiro pecaminoso. A tia, por sua vez, balançou a cabeça e disse:

— Qual o problema? Pelo menos eles pagam, são generosos...

Um dos filhos de Samir entrou no quarto do pai e chamou a mãe. Isaaf viu o casaco do marido sobre a cama. Então, como o cachorro que fareja o cheiro de seu dono à distância, a mulher avançou sobre o casaco e pôs-se a cheirá-lo, tentando farejar o rastro da amante. Jogou-o de lado, para pegar um cinto, umas canetas coloridas e papéis com o desenho de um menino pequeno. "Será que ele teve mais filhos, ou adotou um daquela mulher de penhoar rosa? Eles devem ter colocado o cesto de brinquedos, os pacotes de pistache e de biscoito em cima do armário para afastá-lo da criança, e o mesmo com esta almofada velha, em que a criança vomita, rola e brinca", pensou a esposa ciumenta. Em seguida, voou sobre o guarda-roupa, abriu-o e viu as camisas estampadas, bordadas, uma de cor violeta, outra branca, e botas masculinas de verniz com fivelas douradas.

— Ui! Igualzinho às roupas daquele cantor, o Prince — exclamou o filho mais velho.

Ela examinou as calças de couro cinza e o jeans vermelho. Segurou um boné listrado e um boá violeta. Enquanto isso, as crianças brincavam com o cesto, o pacote de pistache e os brinquedos. A menina experimentou um sapato colorido e com enfeites e disse ao irmão mais velho:

— Olha, olha, igual à foto do barco que tem no seu livro.

Mas o irmão nem sequer prestou atenção no que a menina dizia: estava louco de vontade de vestir aquelas camisas luxuosas. Sua mãe, gritando, pegou uma calcinha e uma blusinha justa de tigrinho. Nesse momento, o menino teve certeza de que tinham cometido um erro e que aquele guarda-roupa de mulher não era o guarda-roupa de seu pai.

Disse isso à sua mãe, que, em vez de se acalmar, berrou:

— Até a roupa deles precisa ficar junta!

Amira não abriu a porta até que a voz de Umm-Kulthum no *walkman* foi interrompida por Samir, que, batendo na porta do quarto, lhe pedia que abrisse para eles, pois Isaaf queria se desculpar.

— Por favor, Amira, jurei pra ela, com minha mão sobre o Alcorão, que você é como irmã pra mim!

— Não quero saber de juras! Ela está pensando o quê? Entra na minha casa e me esculacha! Sua mulher é uma idiota. Mas o que me preocupa, Samir, é onde vão viver! Vocês são sete!

Amira parecia lembrá-lo do pesadelo, então ele gritou com a mulher:

— Verdade! Onde vocês vão dormir? Por que vieram? E como vieram? Quem comprou as passagens? E quem comprou esse casaco que você está usando?

— As senhoras mais velhas, as *cheikhas*, ficaram com pena de mim e das crianças... Você tem cinco filhos! Acha que o que mandou pra gente era suficiente?

— Ah, as *cheikhas* ou os xeiques? Pergunte pra Amira como eu trabalho noite e dia por causa de vocês, pra que vocês continuem de cabeça erguida. E você jogando o meu nome na lama. Como, agora, eu vou querer voltar pra Dubai se a minha mulher virou uma Natasha morena? Ai, minha mãe, me acuda que eu vou desmaiar!

— Eu lhe contei como, uma vez, a Mahasin me levou com ela para eu ler o futuro na borra de café dessas senhoras e eu acertei todas as previsões que fiz. Aí elas começaram a mandar um carro pra me pegar, todas as manhãs e tardes, e me levar à casa delas.

Samir continuou a fingir ciúme por ela, pois parecia ser a única maneira de controlá-la.

— Claro! Você caiu do céu pra essas *cheikhas*... De qualquer maneira, se eu ouvir mais uma palavra, vou estrangular você.

A esposa de Samir se acalmou, acreditando que ele estava com ciúme dela. Ela era dele. Ele havia até ameaçado bater nela e estrangulá-la. Que mais podia querer como prova de seu amor? E ali estava ele, exausto. Possivelmente, não tinha acreditado nela, já que ainda inspecionava o casaco, tentando saber a verdade. Mas bastou ela mostrar a Samir as passagens de ida e volta, Dubai-Londres, Londres-Dubai e o visto de um ano estampado no passaporte dela, que os olhos dele se esbugalharam e ele começou a berrar:

— Estou acabado, sem trabalho, sem diversão, com seis correntes atadas no meu pescoço: você e seus filhos!

Nesse momento, Amira interferiu, embora sentisse que perdia Samir:

— Você tem que agradecer a Deus, Samir, pelos adoráveis filhos que tem. Eles são realmente muito educados. Vá abraçá-los.

Samir lançou-se sobre eles, abraçando e beijando um por um; depois, reuniu todos eles e se abraçaram, formando uma enorme bola de gente. O macaco ficou enciumado. Tentava, com todas as forças, afastá-los de Samir, pulando sobre a cabeça deles. Como não conseguiu, Cappuccino soltou gritos estridentes, assustando a todos. Só Isaaf não se deixou assustar: segurava firme o antebraço do marido, de olho no casaco dele, querendo meter a mão em algum dos bolsos ou, melhor ainda, pegar a bolsa de mão que ele segurava e que, com toda a certeza, guardava todos seus segredos.

4

Lamís se levantou no meio da noite e ligou para Nicholas, que estava em Omã. Queria lhe contar que havia decidido viver com ele. Como de costume, não entrou em detalhes. Também não contou da amizade que iniciara com Anita, a quem via praticamente todos os dias. Afinal, com quem ela poderia conversar que conhecesse Nicholas tão bem quanto Anita? E Lamís queria conhecê-lo de verdade.

Ele não compreenderia aquela necessidade que Lamís sentia de encontrar Anita, principalmente depois daquela noite, na casa dela, antes da viagem de Nicholas para Omã, quando eles se entrelaçaram como três linhas, cada uma delas pega por um menino, na porta da loja do alfaiate: cada vez que os meninos trocam de lugar, pulando num pé só, os três fios se trançam.

Anita flertava descaradamente com Nicholas o tempo todo e ria cada vez que ele a rejeitava. Sussurrava as mais tolas perguntas ao ouvido de Lamís, que, por sua vez, também fazia uns gracejos com ela e ria muito. Tudo entre eles parecia pura diversão.

No caminho de volta para o apartamento, Nicholas perguntou a Lamís:

— Por que você estava tentando me irritar? Está me punindo pelo meu passado ou está tentando provar que é audaciosa? Por favor, seja sincera comigo.

Na verdade, Lamís só queria entender Nicholas por meio de Anita. Passou a gostar dos momentos que passavam juntas. Descobriu uma outra Londres, que parecia encoberta por uma enorme echarpe, oculta dos turistas e dos expatriados como ela. Anita a convidou para tomar o chá da tarde em um salão localizado entre dois cemitérios. E a convenceu a entrar num grande jardim cercado onde centenas de borboletas pousavam e voavam ao redor delas.

Lamís rendeu-se à sedução da câmera de Anita, que em suas fotos conseguia revelar a alegria e o encantamento de um corpo em estado natural, um corpo que não provoca nem é provocado, mas é vivo, move-se e senta-se, sem se esconder, exatamente como a criança que, sem roupa, bate alegremente na barriga, antes de abraçar a água e a areia. Nem seu ex-marido, nem seu filho, nem sua família haviam visto seu corpo desnudo. "Eles viram apenas o meu rosto. Se minha mãe tivesse visto meu corpo, não teria conseguido me casar daquela forma como o fez."

Lamís havia decidido viver com Nicholas depois de sua ida, logo depois do almoço, à Edgware Road com Anita, que procurava uma loja específica que vendia sapatos femininos de modelos muito originais e criativos. Precisava fotografá-los para uma revista feminina. Anita escolheu um sapato que trazia como enfeite um coração vermelho que acendia e apagava, como se pulsasse; escolheu outro, cheio de contas turquesa, e outro ainda, com formato de lábios, e um último, de veludo, com rosas artificiais e ondas do mar, todas azuis.

Naquela noite, quando Lamís fechou os olhos, sentiu que o forte cheiro de tabaco que seu ex-marido e seus amigos fumavam lhe penetrara as narinas. Esse cheiro a acordou de um sonho terrível, no qual ela era o charuto que seu marido fumava e a cabeça dela queimava a cada tragada dada por ele.

Depois daquela ida à Edgware Road, Lamís se convencera de que ela havia passado para o outro lado e que, finalmente, se encontrava distante dos homens árabes que vira naquela tarde; todos eles acreditavam pertencer àquela vida em Londres e, portanto, seria natural não terem o menor interesse por pessoas como ela. Ela, por sua vez, também não demonstrava interesse nenhum por eles.

No dia seguinte, anotou num papel:

1 – Meu filho (ao lado, fez um sinal de correto);

2 – O amor (sinal de correto);

3 – A pronúncia de inglês britânico (sinal de correto, seguido de ponto de interrogação);

4 – O trabalho (escreveu a seguinte frase: ainda em dúvida entre arranjo de flores e confecção de joias de prata).

Decidiu se livrar de todas aquelas caixas e malas do seu apartamento. Pensou em abrir uma delas, mas logo desistiu. Preferiu olhar pela janela. Até a torre da BT, ao longo dos anos, se transformara de uma agência central dos correios em uma torre de transmissão que havia trocado todos os seus materiais e equipamentos. Avançou em direção às roupas e as colocou em uma mala e em sacos plásticos pretos. Cada vez que fechava um daqueles sacos, encerrava um período de sua vida e, ao não se lembrar mais do que havia posto no primeiro saco, alegrava-se.

Deixou o apartamento apressadamente, antes que pudesse mudar de ideia. Dirigiu-se a uma loja que recebia doações de roupas e revertia os lucros de suas vendas a instituições beneficentes. A vendedora, uma senhora de idade, recusou-se a, naquele momento, receber tantos sacos. Pediu a Lamís que esperasse ou, então, que voltasse quando uma assistente estivesse lá para ajudá-la.

Deixando a idosa, Lamís pegou um táxi que a levou, com os sacos, a uma loja atrás da Harrods na qual sua sogra costumava comprar roupas usadas de marcas conhecidas e enviar de presente para seus parentes no Iraque, em Beirute e, até mesmo, na Alemanha.

Lamís permitiu que a funcionária abrisse um dos sacos. O ruído do plástico antecipou o aparecimento de metros de rendas e, finalmente, um vestido de noiva. A mulher ficou perturbada ante o vestido e levou alguns segundos para retornar à realidade. Não expôs a Lamís os sentimentos que agitavam seu coração nem disse: “Vocês são extremamente egoístas e gananciosas! E as lembranças? E não pensam em suas filhas e parentas?". Em vez disso, falou com hipocrisia:

— Uau, que maravilhoso! Você deve ter ficado igual a uma princesa com ele. Mas a entendo bem: o guarda-roupa não consegue abrigar um vestido como este. Uau, é lindo mesmo. Uma amiga minha desfez a cauda do dela e transformou-o em um vestido de festa. Este bordado, você tem razão... quer deixar outra noiva muito feliz em usá-lo. Há uma loja especializada em venda de artigos de noivas. De toda forma, vou comprá-lo de você; não vou torturá-la nem mandar você a essa outra loja. Eu farei isso por você.

Lamís vendeu as roupas e saiu feito uma flecha, temendo encontrar sua sogra ali, por acaso. Nesse momento, ouviu uma voz que a chamava. Ignorou, mas a voz continuou chamando. A dona da voz era Amira, que se aproximou rapidamente e a cumprimentou trocando beijinhos:

— *Bismillah arrahman arrahim*, não é possível! Por Deus, madame Lamís! Que coincidência incrível! Que alegria encontrar você! Escute, ontem estávamos falando de você. Suas orelhas devem ter ficado vermelhas. Liguei para Nicholas e ele me disse que vocês dois são amigos, ou melhor, namorados. Também me disse que você vai viajar para Omã!

— Ele volta hoje à noite. E você, como está? Mudou a cor do cabelo... E como estão Samir e o macaco?

Amira bateu uma mão na outra:

— O macaco e Samir! A história desses dois dá um livro! Ele estava morando na minha casa até que a família dele chegou. Escute, venha comigo um momentinho e depois podemos ir até a Harrods ou ao café Richoux. Sou muito burra. Comprei quatro bolsas do mesmo modelo, de cores diferentes. Pensei em vender três e ficar com uma. E você, o que vendeu?

— Nada. Na verdade, preciso voltar pra casa.

— A verdade é que você vai tomar um chá comigo, sem desculpas. Não sei se fico com a bolsa preta ou com a vinho. O que você acha?

— Ah, a vinho.

Lamís concordou em esperar Amira, que retornou rapidamente, com os olhos faiscando e com as bolsas nas mãos.

— Bandidos! Olha, eu prefiro dar essas bolsas a ter que vender a eles pelo preço que oferecem! Praticamente de graça. Imagina só! Discuti com aquela balconista estúpida, que começou a examinar os botões, depois veio com uma desculpa das mais esfarrapadas dizendo que muitas mulheres arrancam as marcas de bolsas originais, nas lojas, e colocam nas bolsas falsas. Eu disse a ela: "Sou árabe, não estadunidense! Só compro original!". De todo modo, não gosto de dar e não gosto que me deem coisas usadas porque o calor da pessoa e o que ela traz de doenças, de preocupação e de má sorte, com certeza, tudo isso passa para as coisas. Olha... olha, como eu fico toda arrepiada só de pensar nisso.

Lamís ficou imaginando a mulher que iria comprar suas roupas: sua sorte no casamento seria melhor ou pior do que a dela? Procurou a mesa mais escondida do café, por medo de encontrar sua sogra ali, que costumava se sentar perto da porta de vidro para observar as árabes e fiscalizá-las de cima a baixo, como se fosse uma professora munida de caneta e papel. Amira objetou quanto à escolha da mesa:

— Por que estamos nos castigando? Venha, vamos ver as criaturas de Deus passando!

— Aqui é um lugar bem tranquilo.

— E quem quer um lugar tranquilo?

Arrastou Lamís até a mesa em frente à porta de entrada. Assim que se sentaram, Amira se levantou dizendo:

— Você tem toda a razão em ficar com vergonha de ser vista comigo. Mas juro pelos seus olhos que, nesta região, sou uma senhora respeitável como qualquer outra.

Lamís insistiu para que ela se sentasse:

— Deus me livre! Juro pela vida do meu filho que nunca pensei isso! Na verdade, estou com medo de que a minha sogra me veja.

— Você é divorciada, não é? Sua sogra deve ser um escorpião! Mas me diga: você tem medo do quê, exatamente? Você não acha, Lamís, que este nosso encontro hoje é uma estranha coincidência?

— Na verdade, eu estava com a consciência pesada por não ter telefonado pra você no dia em que voltamos de Dubai. Queria me desculpar por não ter comparecido ao jantar e agradecer também pela carona no táxi.

— Está desculpada. Conhece o provérbio que diz: "Mais sabe o diabo por ser velho que por ser diabo"? Pois eu ganho de você em experiência e em traseiro — Amira disse isso e riu. — Que coincidência! Pois aprendi uma lição. Menti para Samir dizendo que tinha ligado pra você e que íamos nos encontrar hoje. Juro por Deus e pelo Alcorão — afirmou isso colocando a mão no peito. — Então, não podemos perder as oportunidades, quer dizer, não posso deixar escapar o momento. Você tem tempo agora? Por favor! Peço meia hora e vamos até o cassino. Você me dá sorte. Por favor.

— Ao cassino, de dia?

— Eu lhe peço encarecidamente! É um favor do qual jamais esquecerei. A única coisa que você tem que fazer é ficar paradinha, do meu lado, enquanto eu aposto nos números. Só isso, nada mais.

— Mas... não posso.

— *Yalla*... só cinco minutos. Por favor.

Amira chamou o garçom e abriu a bolsa para pegar o dinheiro, apesar da insistência de Lamís em pagar. Amira estendeu dez libras ao moço. Lamís a seguiu como se estivesse enfeitiçada... "Eu, com toda a certeza, não tenho personalidade", pensou isso e sorriu para o traseiro de Amira. "Realmente, é do tamanho do mundo." Lamís se sentiu segura ao observar o tamanho de Amira. Lembrou-se do que sua sogra, certa vez, lhe dissera após examinar seu corpo magro: "O que aconteceu? Deixou seu traseiro no sofá quando se levantou?".

Amira tirou uma caneta da bolsa, para escrever a letra *kaf*, em árabe, sobre seu dedo anular direito. Em seguida, parou e riu: "Esqueci que você estava comigo". Amira escreveu uma letra em cada um dos dedos: *kaf*, *ha*, *ye*, *ayn*, *sad*; e na outra mão, *ha*, *mim*, *ayn*, *sin* e *qaf*. Lamís também riu: "Suras do Alcorão para trazer sorte no cassino!".

Aquele era o amuleto da moda nas comunidades árabes, as suras corânicas: escreviam as letras na ponta dos dedos e as levantavam diante de qualquer impasse. Uma mulher egípcia, por exemplo, havia difundido essa invocação quando a filha tinha sido reprovada diversas vezes no exame de direção e não passou até que se rendeu às crenças de sua mãe. Então, segurou firme o volante do carro com as letras escritas nos dedos e, assim, deu-se o encanto.

Lamís se surpreendeu ao descobrir, pelos penteados e pelos rostos, que a maioria das mulheres que circulavam pelas mesas de jogo eram árabes e iranianas. Identificou entre elas duas divorciadas.

O prazer de ganhar era voraz. A fumaça dos cigarros formava um fino véu sobre os olhos, evitando que os jogadores encontrassem outros olhos que os dissuadissem, pelo olhar, de apostar nos números perdedores. Lamís percebeu mãos idosas cheias de manchas, nas quais as veias saltadas impediam que os anéis escorregassem. Amira arrastou Lamís até uma mesa e pediu:

— Me dê quatro números. Pares ou impares. Como você quiser.

— 18, 16, 14 e 12.

— Você é que vai colocar as fichas.

Lamís hesitou: era só o que faltava. Quase fora presa em Dubai, acusada de traficar drogas, depois tachada de prostituta e, agora, era uma apostadora em jogos de azar. Esse pensamento a levou a estender a mão na maior distância possível, como se lançasse bem longe o peso de uma carga : 18, 16, 14 e 12.

Amira segurou a mão de Lamís e, de olhos fechados, recitou a *basmala*. Por fim, abriu os olhos e viu: 18, 16, 14 e 12.

À noite, entrou na banheira. O telefone tocou. Temeu que fosse Nicholas, que tivesse adiado seu retorno. E era mesmo Nicholas, prestes a embarcar no avião de volta para Londres. Ele a repreendeu por não ter atendido sua chamada. Ela ficou desconcertada, a ponto de gaguejar. De repente, não foi capaz de expressar seus sentimentos e contar que tinha passado o dia todo pensando nele, apesar do casual encontro com Amira. Havia preparado flores, pão, vinho, chocolate e frutas. Tinha ficado em dúvida sobre comprar ou não comprar queijo, mas acabou comprando, prometendo a si mesma que não o comeria antes que Nicholas chegasse. Sentiu um prazer imenso em escolher tudo aquilo. Voltou correndo para o apartamento de Nicholas e colocou tudo no lugar, antes de começar a se preparar para recebê-lo.

Lamís se revirou na cama a noite toda, pensando que quando a campainha tocasse, de manhã cedo, ela pularia da cama, faria um bochecho com menta e passaria um pouco de *blush* no rosto antes de correr para abrir a porta. Mas descobriu que a insônia que, às vezes, a acometia também cessava: Nicholas entrou enquanto ela dormia profundamente. De repente, ela despertou, ao perceber que ele se encontrava no quarto. Aguardou na cama, como se fosse uma rede de basquete preparada para receber a bola — de onde ela viesse.

Depois de algumas horas de sono, já no meio da manhã, Nicholas deu a Lamís os presentes que trouxera da viagem e também uma boneca bem simples, vestida de noiva e com uma coroa na cabeça, e disse:

— Isto é algo importante na minha vida.

CAPÍTULO SETE

I

Seu encontro com Nicholas, depois que ele regressou de sua segunda viagem a Omã, não foi como o primeiro, nem o beijo, que desta vez teve um quê de saudade. E o que dizem os amantes sobre o paralelo entre a saudade e o amor? De repente, pararam de se abraçar. "Ah, talvez ele queira ir dormir, deve estar cansado e com fome", ela pensou. Esperava receber mais do que um abraço, mas logo a respiração de Nicholas passou para um ritmo tranquilo e ele caiu no sono.

Ficou arrasada ao perceber que ele dormia feito um barril de madeira com uísque que passa anos e anos em repouso numa destilaria.

Ela se levantou na ponta dos pés, como uma bailarina, tomando todo o cuidado para não cair. Lançou um olhar sobre a mesa, para a mala de mão de Nicholas e, em seguida, para sua carta ou, melhor dizendo, para o livro de colagem que ele lhe havia enviado de Omã. Folheou-o e viu os desenhos de coqueiros, de homens árabes lendo revistas femininas, de banhistas saltitando nas areias quentes que queimavam seus pés e das estranhas árvores de *luban*. Em uma página com um mar azul havia uma propaganda de perfume, com uma mulher cheirando-o, ao lado de uma foto do sultão Qabus vestindo uma *abaia* azul. Ansiosa, Lamís tentou ler o que havia nas entrelinhas. Queria se convencer de que, às vezes, fazer amor não tem nenhuma relação com o amor nem com as qualidades que se atribuem à palavra "amor". "Há homens que fazem amor com prostitutas." Esses pensamentos a fizeram afundar numa tristeza ainda maior, levando-a a se perguntar: "Se os homens transam com qualquer mulher, então, por que ele não fez amor comigo? Será que já não me deseja? Será que decidiu me deixar?".

Recordou-se da ligação dele lá de Omã, quando dissera quanto sentia sua falta e insistia para que ela o visitasse:

— Não entendo. Se você realmente me ama, por que está sozinha em Londres e eu sozinho aqui em Omã?

Naquele momento, ela mudou de assunto achando que os telefonistas, nos países árabes, certamente escutavam todas as chamadas telefônicas. Recordou-se de outra ligação em que ele disse:

— Você quer uma relação apenas sexual?

"Esse é o motivo", pensou. "A maneira como ela havia interrompido o assunto, sem que explicasse nada, nem discutisse, muito menos perguntasse a ele o que queria dizer com 'relação apenas sexual'. Talvez a razão fosse a falta de interesse dela em tocar no assunto do apartamento de Fulham, pelo qual ele se apaixonara, ou em contar se ela havia ligado para o rapaz da imobiliária a fim de darem início ao processo de compra... Ou não existia aquele futuro feliz com o qual ela havia sonhado depois de ter se divorciado?"

Ele se levantou, a abraçou e a beijou ardentemente no pescoço. Contou as três pequenas verrugas do pescoço dela e constatou que, em sua ausência, havia nascido mais uma. Beijou cada uma delas. Contudo, não fizeram amor. Ele perguntou quais eram os planos dela para aquele dia. Decidiu não permanecer calada. Queria entender o que se passava, então lhe perguntou:

— O que está acontecendo?

— Às vezes, gosto de amar você assim, guardando as emoções para depois, como faz uma criança com um chocolate, do mesmo modo que os românticos que reservam sua visita a Veneza para depois.

— Não sabia que eu era "a moedinha da sorte que se guarda para um dia ruim".

Ele riu e segurou o rosto dela, como a mãe cansada de repetir os mesmos conselhos à filha. Queria que Lamís o escutasse e o compreendesse de uma vez por todas.

— Quero viver com você. Por favor, por favor. Você se lembra do que me prometeu? Pense bem antes de me responder.

— Eu também, eu quero viver com você.

Fizeram amor, mas não como no passado.

Ela o observa entrando no banheiro e teme que ele já não a ame. De repente, sente como se uma mão, ou uma perna, tivesse sido arrancada dela.

Quase por instinto, Lamís mentiu novamente, dizendo que ela ainda procurava um apartamento para os dois e que ele não deveria se lamentar por terem perdido a oportunidade do apartamento de Fulham, porque não havia sido culpa deles. De todo modo, o imóvel fora vendido rápido demais.

No dia seguinte, ela chegou ao apartamento de Nicholas apenas com uma mala. Ninguém ficaria sabendo de sua mudança. O telefone celular seria a solução de todos os problemas: Khalid poderia ligar para ela quando quisesse. Mas, assim que amanheceu, teve vontade de voltar a seu apartamento para, como de costume, passar o dia ali.

Na terceira vez em que Nicholas regressou de Omã, Lamís não perguntou o que havia com ele, nem mesmo quando ele a deixou na cama, naquela manhã, satisfeito em apenas abraçá-la, antes de correr para a cozinha e colocar a chaleira no fogo.

Ela se levantou nua e, ignorando-o, foi preparar um suco de laranja. Quando o viu vestindo-se, perguntou:

— Está com frio?

Nicholas sentou-se na beira da cama para calçar as meias e Lamís sentou-se no colo dele. Ele a beijou suavemente no ombro, um beijo rápido, como se sugerisse que era para ela sair dali. Ela se levantou e começou a se vestir também.

À tarde, quando Nicholas evitou suas carícias e provocações, Lamís se lembrou dos pretextos que ela inventava para evitar o marido: "Estou com dor de cabeça. Minha garganta está doendo. Estou menstruada". Até que, um dia, seu marido lhe sugeriu, inocentemente, que ela fosse ao ginecologista depois de sua menstruação estar durando por volta de dois meses.

— Você está menstruado, Nicholas?

Nicholas a abraçou e a beijou. Ela suspirou de alegria e, em resposta, entregou-se a ele com todo o seu ser. E, quando o ritmo dos corpos a fez alcançar o êxtase, sentiu seu corpo levitar no sofá, como se ela fosse um iogue que se eleva do chão. Por um momento, pensou sobre quanto era feliz e como estava tudo bem entre eles. Ele parecia ter lido o pensamento de Lamís e, de repente, parou. Lamís esperou alguns segundos antes de perguntar o que estava acontecendo.

— Nada. Gozar não deve ser regra.

— Decidi não guardar mais nada para mim. Não quero voltar a ser a Lamís do passado, não me importo com o meu amor-próprio. Mas você precisa me dizer por que me deixa sozinha e se levanta.

— Eu já disse. Não é tão importante que cheguemos ao orgasmo todas as vezes.

— Talvez você não queira, mas eu quero.

— Desculpe.

Seu sentimento de humilhação era proporcional à sua tristeza. Será que a natureza estava se vingando dela por ter rejeitado o curso das coisas ao dizer não à maternidade, ao marido, à família e às suas raízes? Como a natureza podia criar nela esse aguçamento do paladar depois de tantos anos e, então, paralisar sua língua e tampar suas narinas? Só quando o ouviu assobiando na cozinha é que estendeu a mão e, de olhos fechados, sentiu sua umidade. Desde que estava com Nicholas, nunca mais havia se tocado, até aquele momento. Teve dúvidas sobre querer alcançar o prazer sozinha porque isso poderia indicar que, a partir dali, ela já não precisaria mais dele. Era um desafio.

Essa indecisão a fez retroceder; talvez seu corpo já estivesse acostumado a Nicholas e, então, passara a rejeitar as suas próprias carícias. Apesar de tudo, tentou continuar. Nesse momento, ele entrou no quarto e gritou:

— Jesus Cristo!

Ela continuou, embora soubesse que não chegaria ao fim. Abriu os olhos. Seu sorrisinho foi o que o levara a perder a razão. Ele continuou a gritar:

— Você parece um animal. Pare, pare com isso.

Lamís parou, vestiu-se e saiu do apartamento como se fosse outra pessoa. Suas pernas tremiam como se fosse a primeira vez que ela caminhava naquela rua. Não se virou para confirmar, mas sabia que ele estava lá no segundo andar olhando para ela. Não olhou para aquele apartamento onde, tantas vezes, havia dormido e acordado. Apenas olhou a caixa de mensagens do telefone e se perguntou: "Minha voz soará por aqui a partir de agora?".

Nicholas pegou a mão de Lamís no momento em que ela dava sinal para um táxi. Inclinou-se e se desculpou com o motorista. Lamís retornou com ele, ambos em silêncio. Deitaram-se na cama e ele começou a tirar as roupas dela. Com toda a calma, ele se inclinou e tirou as meias. Ela permitia aqueles movimentos, mas não ajudava. Não se deitou de costas. Parecia uma boneca de pano que se deixava levar, assumindo tranquila a postura em que ele, cuidadosamente, a colocava. Nicholas, por sua vez, estava muito excitado e, na loucura do momento, começou a tirar a roupa e a jogá-la no chão, sussurrando:

— O que você deseja, querida? Peça o que quiser.

2

Na noite do Eid Aladha, a mesquita do Regent's Park recebeu mais de vinte cordeiros abatidos e mais de duas mil libras para serem distribuídas como esmola aos pobres e necessitados que a frequentavam. Quando o responsável pela mesquita perguntou o nome do doador para poder assinar um recibo, o motorista respondeu:

— Escreva: "uma benfeitora".

Amira escutou Samir contando sobre a doação feita por Bahiya, por quem ele demonstrava nutrir uma grande admiração e, então, comentou, com ironia:

— Bahiya ficou foi com medo de dar seu nome e a mesquita descobrir qual era a profissão dela, recusando seus carneiros e suas libras. E, por falar nisso, a Náhid estava com ela?

Samir ignorou o comentário e a pergunta de Amira, talvez sem intenção, pois estava ocupado procurando um lugar na geladeira da casa dela para guardar o pedaço de cordeiro que o açougueiro havia cortado para ele. Samir tinha se mudado, com a família, para um pequeno apartamento pelo qual não pagava nada. Amira tinha intercedido por ele com um marroquino que trabalhava numa imobiliária árabe. Em troca desse favor, o marroquino conseguiu, também com ajuda de Amira, um emprego para o irmão na Arábia Saudita. Mas Samir, para alegria de Amira, passava a maior parte do tempo no apartamento dela. Só ia embora quando ela voltava, à noite. E dali ele não retornava para sua família: ficava pelos clubes com os amigos até o amanhecer.

Amira foi até a casa de Náhid, naquela manhã, desesperada para encontrá-la. Tinha deixado uma mensagem atrás da outra no celular da amiga. Chegou até a cantar para ela a canção árabe: "Me visite nem que seja uma vez por ano./ É pecado me esquecer como você fez./ Às vezes briga comigo, depois faz as pazes outra vez".

Decerto Náhid ainda estava brava, pensou Amira, desde aquela discussão que tiveram no Claridge's. Foram-se os dias em que brigavam e logo faziam as pazes, como se fossem irmãs. Não só porque Náhid se irritava com facilidade, mas também porque a paciência de Amira, como ela mesma dizia, saíra para passear e nunca mais voltara.

O cliente que havia sido fisgado por Amira no Claridge's aceitou com satisfação a ideia da princesa Alanud de passar uma semana com ele no hotel (depois de ela ter dito à mãe que passaria dois ou três dias no campo, para relaxar), junto com sua acompanhante especial, Náhid, escolhida para fazer-lhe companhia e cuidar dela. O plano era que Náhid seduziria o homem quando Amira deixasse o hotel para ir às compras.

Mas, assim que Náhid entrou no luxuoso quarto reservado para ela, tirou a roupa e mergulhou no aconchego daquela maravilhosa cama, sem conseguir acreditar que estava descansando no coração da aristocrática Londres, vendo à sua volta as ruas limpas e as lojas em que sempre ambicionara comprar tudo que oferecessem.

Teve vontade de pedir todos os itens da lista do serviço de quarto, em especial as várias marcas de uísque. Comeu muito e bebeu um copo atrás do outro. Já bêbada, ligou para o Cairo e conversou por horas. A cama, então, se transformou em um abrigo que ela não deixou até a tarde do dia seguinte, quando Amira teve que ser duríssima com ela, obrigando-a a se levantar e ajudando-a a se vestir. Amira ligou para Samir pedindo que, com urgência, ele viesse, em um táxi preto, até o hotel para pegar Náhid. E não se esqueceu de reiterar como ele deveria se comportar e o que deveria dizer ao rapaz da recepção.

Desde aquele momento trágico, Amira ficara aguardando que Náhid se desculpasse por seu comportamento inadequado, que quase causara um escândalo no hotel. Mas Bahiya e a mesquita, e também seu afeto por Náhid, a levaram a dar o primeiro passo e ir procurar a amiga, bater em sua porta e tocar a campainha. Tinha certeza de que Náhid não lhe abriria a porta, mesmo que estivesse em casa. “Ela ainda deve estar brava comigo.” De repente, pensou na possibilidade de convidá-la para uma viagem ao Cairo para passarem alguns dias juntas. Náhid ficaria feliz em rever sua família, enquanto Amira se hospedaria no hotel Mina House, onde os passarinhos comem sementes na palma da nossa mão.

Quando já estava perdendo a esperança de ver a porta do apartamento de Náhid se abrindo, Amira pensou em ir embora, mas a porta se abriu e uma mulher com a cabeça coberta e usando uma *jalabiya* surgiu. A princípio, Amira teve a impressão de que estava diante de alguma irmã de Náhid ou de sua mãe. Mas não, aquela era a própria Náhid, que, ao notar a surpresa de Amira, quebrou o silêncio fazendo uma brincadeira:

— Que foi? Viu uma cobra? Entra, entra.

— Você ficou surda? Está doente? Há um mês que eu ligo pra você e você não atende!

— Não. Comecei a usar o *hijab, alhamdulillah.* Chá ou café? O que foi, Amira? O gato comeu a sua língua? Acorda!

— O que está acontecendo, Náhid?

— Nada. O Mensageiro de Deus veio e me despertou. Eu estava dormindo. A verdade é que eu estava bêbada e queria beber ainda mais. Fui até o homem monstruoso com quem fiquei três dias e que não queria me pagar. Ele disse que eu era muito apressada. De qualquer forma, voltei pro apartamento, entrei no banheiro achando que era o quarto.

— E o homem pagou? O filho da puta pagou?

— É só isso que lhe interessa em toda a minha história? Você não muda nunca, Amira! Vi a mim mesma jogando a garrafa na parede e me dei conta de que a mão do Profeta de Deus, que Deus o abençoe e lhe conceda a paz, estava me fazendo despertar. Aquela mão me conduziu ao meu quarto, levantou o cobertor pra mim e ficou comigo até o amanhecer, me protegendo — disse isso e caiu em prantos.

Náhid estivera implorando ajuda a Amira, por causa do vício do álcool e de seu excessivo nervosismo. Apesar disso, Amira não havia estendido a mão à amiga. Ao contrário, havia censurado Náhid no Claridge's, gritado com ela, estivera a ponto de estapeá-la, obrigara-a a segurar a forte náusea até que chegasse ao vaso sanitário, temendo que Náhid vomitasse nas belas almofadas, na cortina ou no piso do banheiro. E, quando Samir chegou para acompanhá-la, Náhid agarrou-se a Amira como se estivesse afundando em águas perigosas e pediu ajuda à amiga, dizendo: "Não me deixe, Amira, pelo Profeta, não tenho nada neste mundo além de você".

— Por acaso usar o *hijab* a impede de falar no telefone? Ou acabou, você não quer mais falar com os pecadores?

— Minha vida é diferente agora. Enfim, é você que vai reclamar de mim. Eu vou à mesquita e vem uma mulher aqui me orientar sobre o Alcorão e o Hadith. Venha, Habiba, experimentar uma aula!

— Meu nome é Amira e eu estou em paz com o meu Deus. Mas me conte, Náhid: o que você vai fazer com seu casaco de pele, hein?

— Vou usá-lo, claro. Olha, que bobagem! O que tem a ver o casaco de pele com a fé e o arrependimento?

— Nada, nada mesmo. Só perguntei.

Amira se arrependeu do que havia dito. Sentia um tempestuoso carinho por Náhid e, mesmo assim, fora incapaz de lhe estender a mão ou de conversar com ela, com sinceridade, tentando compreendê-la. Sentiu-se inquieta, sem saber se devia permanecer ali ou ir embora. De repente, a campainha tocou. Náhid olhou para o relógio e abriu a porta para algumas mulheres com véu. Ficou confusa, nesse momento, sobre como apresentaria Amira a elas. Por fim, disse, com toda a seriedade, apontando para Amira:

— Esta é minha irmã dos tempos de libertinagem — e, apontando para as mulheres que usavam véu, disse: — Estas são minhas irmãs no Islã!

Amira deixou Náhid, confiante de que a amiga ligaria para contar as suas aventuras com as irmãs do Islã. Uma semana se passou e nenhuma notícia de Náhid, nenhuma ligação telefônica, nem mesmo para Samir. Amira não conseguia acreditar que havia perdido sua amiga e chegou a cogitar que Náhid deveria ter encontrado um cliente muito rico que a estava mantendo ocupada por todos aqueles dias.

Mais uma semana se passou, e Náhid continuava sem dar notícias. Amira foi procurar por ela novamente, na casa de Bahiya, no cassino, falou com suas antigas companheiras do cabaré, até que despertou certa manhã bem cedo e correu para o apartamento de Náhid com um buquê de rosas, uma lata de caviar, duas passagens de ida e volta para o Cairo e cheques de viagem. Estava decidida a não arredar pé da porta do apartamento até vê-la.

Depois de insistentes batidas na porta, Náhid a abriu e, vendo as flores, lançou-se nos braços de Amira chorando:

— Você é guiada pelo coração. Olhe, estou me despedindo deste mundo. Estou muito, mas muito doente mesmo.

Logo, reuniu forças e brincou:

— Aquilo que a gente sempre temia que viesse... veio, chegou à soleira da porta e me disse: "Vejo que você está sempre com medo de mim. Cá estou, vim até você para que não tenha mais medo".

Amira se estapeou no rosto, puxou os cabelos, esmurrou o peito e se viu naquela cena em que segurara a cabeça de

Náhid sobre o vaso sanitário até que ela esvaziasse suas vísceras, preocupada apenas com o piso de mármore do hotel.

As duas se abraçam longamente, antes de Amira se despedir no início da tarde do dia seguinte, depois de dormirem lado a lado, na mesma cama, a noite toda perto do câncer: talvez ele, percebendo a amizade das duas, pudesse sentir pena e abandonasse Náhid. "Pode ser que o Profeta, que Deus o abençoe e lhe conceda a paz, tenha misericórdia e decida intervir por ela diante de Deus." Amira se agarrou a ela, mostrando quanto a amava e que não temia que o câncer de Náhid passasse para ela. Ela se martirizava por não ter percebido o que estava consumindo Náhid, apesar de todos os sinais.

— Por que, por que não me contou nada, *habibti*?

— Fiquei com medo de você ficar preocupada.

Amira se despediu de Náhid, garantindo que voltaria a visitá-la naquela tarde.

— Se você estiver ocupada, não tem problema. Você está sempre comigo. Mas eu sei que você vai voltar pra comer o caviar.

Amira riu mas, assim que desceu as escadas, rompeu em lágrimas. Chorou, chorou, chorou...

3

Lamís entrou no apartamento de Nicholas preparando-se para encontrá-lo. Assim que notou que as flores não estavam no vaso, seu coração disparou; mas ela logo se acalmou e pensou: "Pode ser que a Júlia tenha jogado fora, já que não gosta de flores". Júlia sempre reclamava dos salpicos amarelos deixados pelos galhos de mimosa e temia que o miolo da açucena caísse e manchasse o sofá e as camisas de Nicholas. Ela, inclusive, jogava fora os caules recurvos que Lamís costumava adicionar aos arranjos de flores. Ao entrar na cozinha, percebeu que Júlia não havia ido ao apartamento. Nicholas é quem tinha jogado fora as flores vivas para que agonizassem em um saco plástico. Correu para verificar se havia um escorpião ou uma cobra entre elas, como algumas vezes ocorria em Najaf. Ficou chocada ao ver que seu pote de mel e a caixa de chá também estavam dentro do saco. Então entendeu que aquilo era uma declaração de guerra.

Entretanto, ao ver os restos das laranjas espremidas, uma lata de atum vazia e pedaços de tomate cortados, refletiu que alguém que declara uma guerra não tem vontade de comer. Correu para o quarto e, sobre a cama, encontrou sua maleta e três sacolas empilhadas, parecendo as três pirâmides. Abriu uma delas e se surpreendeu ao ver todas as suas coisas: "Minha camisola, o par de tênis, escova de dentes, o perfume, lixa de unhas e a camisa que dei a ele de presente".

Lamís então desmoronou. Ficou obcecada com a ideia de que teria que batalhar muito para fazer as coisas voltarem ao que eram antes. Deu voltas e voltas, sem conseguir acreditar que ele a estivesse expulsando de sua vida. "Não há razão para isso." Pensou na sogra: "Será que ela tem alguma participação no que está acontecendo? Talvez ela o tenha ameaçado!". Livrou-se da ideia. Além do mais, o próprio Nicholas a censurava por ela ainda pensar tanto na sogra. O que ele estava querendo dizer com aquilo? Como se ainda existisse diálogo entre os dois! Se ele não suportava mais nem ver suas coisas, exatamente como ela, quando não aguentava mais ver nada que pertencesse ao ex-marido. Só o fato de compartilharem o creme dental e de ver que sua escova de dentes estava ao lado da dele já era motivo de irritação. Ficou tão chocada que perdeu a noção de quanto tempo se passou até correr ao telefone para procurá-lo. Parecia que seus pesadelos tinham se tornado realidade. Tentou ligar, mas havia esquecido o número do telefone dele.

Quando conseguiu ligar para Nicholas, recebeu a resposta da operadora: "Este número encontra-se ocupado. Por favor, tente outra vez...". Olhou para seu celular; talvez ele tivesse mandado uma mensagem, mas não havia nada. Tentou novamente, três, quatro, cinco, seis, dez vezes. Inútil. Deixou a voz da mensagem automática falando e não desligou até que aquilo soasse como um carro de bombeiros.

Tentou se acalmar. "O que está acontecendo agora se chama 'briga'. É só uma nuvem carregada e vai passar." Como sua mãe e seu pai, que discutiam mil vezes por dia. "Daqui a pouco ele se acalma, como eu quero me acalmar agora."

Levantou-se e foi pegar a caixa de chá e o pote de mel do lixo. Preparou uma xícara de chá, obrigando-se a tomá-lo. Depois pegou uma cápsula de vitaminas da caixa de Nicholas, como se fosse uma cápsula de sangue que injetava nas veias. Recolocou suas coisas no lugar e, então, encontrou um papel com um desenho que Nicholas fizera: o perfil do rosto de uma mulher, de cujo pescoço brotava um cacto que terminava com uma flor estranha, quase assustadora: sua boca vorazmente aberta lembrava uma planta carnívora. Mas seria ela mesma uma flor comedora de insetos? Segurou o desenho e se reconheceu nele, descobriu seus olhos ali e notou que o rosto era o seu. Permaneceu imóvel. Os olhos da mulher a olhavam com severidade. O que tinha desenhado na cabeça? Seriam células cancerígenas? Não, era um membro masculino que se estendia do cérebro até a boca, que o engolia quase que completamente.

Atirou o desenho no chão e correu para a cozinha. Porém, a imagem a perseguiu. Via aquele rosto até mesmo na açucena moribunda. Cobriu os olhos e chorou.

Juntou suas coisas e as colocou de volta na sacola. Não rasgou o desenho, mas o colocou sobre a cama. O sentimento de raiva que a afligiu rapidamente se dissipou enquanto ela imaginava que talvez ele lhe tivesse deixado alguma mensagem em seu apartamento. Apressou-se em voltar para casa e, assim que viu a luzinha piscando na secretária eletrônica, seu coração disparou. Escutou a voz na gravação: "Lamís, querida, me ligue. *Fidwa*, é importante. Ok, é a Amira". "Senhora Lamís, aqui é o agente imobiliário. Acho que encontrei o apartamento que a senhora queria. Por favor, me ligue." "*Mamy, hi mamy*. O professor ficou sabendo que o meu avô é da região dos pântanos mesopotâmicos e me pediu que eu fizesse uma redação sobre a infância dele. Você acha que o vovô escreveria pra mim, em árabe, claro, e você traduziria?"

A voz de seu filho pairava por todo o quarto. Discou o número de Amira, que lhe respondeu em dialeto iraquiano, brincando:

— *Ayni, fidwa*, vamos pra Cambridge juntas?

— O Nicholas, o Nicholas desapareceu, me deixou.

— Talvez ele esteja bêbado ou doente. Ele não pode deixar você. Ele me disse que era a pessoa mais feliz da face da Terra por ter você.

— Jura, Amira?

— Não preciso jurar. Faz sentido ele deixar você assim, sem nenhum motivo? Por que você acha que foi abandonada?

— Ele quer que moremos juntos...

— Porque ele te ama. O inglês, quando ama, quer se casar. O árabe, quando ama, se casa com outra.

— Senhor! Por que me torturas? Por que me torturas?

— Lamís, vou aí encontrar você agora. Onde você está?

Lamís se recompôs:

— Não, Amira, obrigada. Eu ligo pra você mais tarde.

Ligou novamente para o celular de Nicholas, depois no seu apartamento, deixou uma mensagem telefônica para Anita, ligou na Christie's, na Sotheby's, na Spink, até na India House. Ligaria para Omã, para falar com a mãe dele. Pegou a caderneta telefônica em sua bolsa. Começou a discar, mas desligou antes do último número. Tinha que ir buscar a mala de viagem dele. Encontraria um apartamento para os dois no dia seguinte e, no final de semana, contaria a seu filho sobre Nicholas. Isso era tudo o que devia ser feito.

Subiu as escadas do apartamento de Nicholas lentamente. Queria surpreendê-lo no meio do quarto, mas ele não estava. Ficou lá esperando durante cinco dias e o apartamento também parecia esperar com ela...

Só depois de uma semana, sentiu que a pedra entalada na sua garganta desde o desaparecimento de Nicholas havia se movido um pouco, deixando-a igual ao lápis no buraco de um apontador, que se torna cada vez mais curto. Foi visitar Amira, que havia decidido voltar ao convívio com a plebe e vestir sua roupa justa. Amira lhe disse baixinho:

— O destino vai explicar, Lamís. Nicholas é alto e, *machallah*, não pode derreter feito uma pedra de sal!

Lamís se distraía com Samir, fazia inúmeras ligações telefônicas, ouvia Umm-Kulthum e observava o macaco preso pela corrente, sentado em seu canto, segurando nozes e um quebra-nozes, que ele apertava, quebrava, escavava e comia, depois de atirar a casca no chão. O jeito de Amira revelava segurança, especialmente o sorriso largo dela frente às situações que Lamís expunha culpando-se por elas. Amira, apesar de ser uma mulher muito simples, sempre entendia tudo de modo explícito e realista. Já a Lamís nunca lhe havia passado pela cabeça este pensamento ou aquela lógica. Amira lhe disse:

— Viva muito e você vai ver muito. Eu carrego o mundo todo sobre os ombros desde que eu era muito pequena.

— Por quê? Por quê? Por quê? Eu o enganei? Eu menti, por acaso? O que fiz pra ele além de amá-lo? Eu sou louca por ele. Eu não fiz nada além de amá-lo.

— Você não aceitou morar com ele.

— Mas estávamos juntos todas as noites.

— Levar uma malinha pro apartamento dele significava, pra você, que realmente estava morando com ele? Era preciso que você espalhasse a notícia, mudasse pro apartamento dele, viajasse com ele de vez em quando e então se casassem e tivessem filhos e filhas.

— Mas por que ele desapareceu desse jeito? Estávamos muito íntimos, como unha e carne. Como é que ele desaparece desse jeito? Por que não conversou comigo ou argumentou?

Apressou-se em subir as escadas, convicta de que sua saudade escavaria a terra e o traria de volta para ela. Ela e o apartamento dele ainda esperavam. Lamís voltou para casa, mas seguia aguardando o retorno de Nicholas. Enquanto isso, Khalid deixou outra mensagem telefônica. Ela, então, decidiu ligar para a escola e prometeu ao filho que o buscaria dali a dois dias e que, desta vez, ele dormiria na casa dela. Ao desligar o telefone, pensou em como seu filho era sortudo por não morar com ela. Ligou para Omã, para o apartamento de Nicholas em Londres, para Omã novamente, para o apartamento dele outra vez; deixou outra mensagem telefônica para Anita contando o que havia ocorrido. Contemplou a torre da BT, antes de fechar as cortinas e deixar suas pálpebras também se fecharem. Pensou na razão que levara Nicholas a fugir dela; o verdadeiro motivo não podia ser o fato de ela não ter se mudado para o apartamento dele ou para um apartamento dos dois, e nem por ela não haver contado ao filho sobre Nicholas. Havia deixado inúmeras mensagens na caixa postal dele. Já havia elucidado tudo e, mesmo assim, ele não ligara para ela.

Assim que desembarcaram do metrô, Londres animou Khalid. Ele pediu à mãe que o levasse ao Namco Arcade: "Em Piccadilly Circus desta vez, por favor, mamãe".

Mas Lamís insistiu em levá-lo ao Hyde Park, depois de almoçarem no Hard Rock Café. Em seguida, dirigiram-se a um café onde havia um salgueiro. Perguntaria a ele se ainda se lembrava do que havia dito sobre aquela árvore? Não, não deveria ser sentimental. Deveria alegrá-lo, e não fazê-lo sentir-se triste. Um dia, quando ainda era pequeno, Khalid se meteu entre os longos galhos da árvore, os puxou até que chegassem ao chão e disse: "Com certeza ela secou suas lágrimas". Em outra ocasião, ele juntou alguns galhos secos debaixo da árvore e perguntou a ela se os galhos eram suas lágrimas.

"Esse menino que caminha arrastando o pé, todo emburrado porque ela não comprou um par de patins para ele patinar com os outros no Hyde Park, é o mesmo que pronunciou essa frase tão doce sobre a árvore?"

— Escuta, não vamos fazer compras. Quero conversar com você.

— Conversar sobre o quê?

Nesse momento, ela desejou poder compartilhar com Khalid o amargor que era o desaparecimento de Nicholas.

— Sobre a sua escola, sobre seus amigos. Como está o William?

— Sabe o que minha avó fez com ele? Obrigou ele a comer quibe iraquiano. Ele teve dor de barriga e a mãe dele ligou pra vó perguntando o que tinha no quibe. Minha vó ficou muito brava.

— Tudo bem. Que acha de, na semana que vem, convidarmos o William para ir conosco ao Namco Arcade?

— A mãe dele não vai deixar. Ela ligou pra minha avó e disse que nós gastamos muito dinheiro com ele toda vez que meu pai leva a gente pra passear. E ela não pode gastar o mesmo com ele. A vó ficou irritada, disse que era uma quantia insignificante e que os árabes são muito generosos.

Lamís ficou tomada de tristeza ao ouvir o filho. Como ele era pequeno, como ainda precisava dela para que o arrancasse desse meio do qual ela mesma tinha fugido!

— Se seu pai aceitasse que você viesse morar comigo... Posso tentar?

— Eu não quero mudar de casa nem mudar de quarto, e meu pai não vai permitir. Eu já sei.

Ela ergueu o olhar para ele, que observava os barcos flutuando no lago, entre patos e gaivotas. Uma vez ele havia remado com o pai.

— Queria remar, vamos alugar um barco.

— Eu não sei remar.

— Eu sei.

"Eu deveria estar feliz por ele ver as coisas por essa perspectiva. A partir desta noite, dormirei de olhos fechados, não como um fantasma, vou dormir profundamente."

— Você sabe mesmo?

— Claro, claro. Eu sei, mamãe. Por que me pergunta isso?

— Pergunto porque eu não sei.

A autoconfiança do filho a fez concordar com o passeio. Sentou-se no barco, pensando, assustada: "Por que se rema sempre para trás? Como se pode ver o que há atrás da gente?".

— Khalid! Vamos voltar.

— Você está com medo. Confessa!

Ela estava com medo de que não pudessem voltar. Estavam distantes da margem e moviam-se pesadamente.

— Vamos descansar um pouco.

— Você está com medo, como se você não fosse uma mãe. Eu sei que você tem medo de água, medo da neve, de cavalos, de andar de bicicleta, de insetos, do escuro, de cachorros... Ah, não, não me lembrava, você já se acostumou aos cachorros.

— Eu contratei uma instrutora de natação, contrariando você, seu pai e sua vó.

— Eu lembro que fiz xixi no pé da professora.

— Me deixa remar com você.

— Você não sabe. Está com medo. Confessa.

— Me ensina. Quero que você me ensine.

De repente, enquanto ele a ensinava, o remo lhe escapou; o coração dela disparou, mas ele conseguiu recuperar o remo. Sentiu-se extremamente confiante ao ouvir as instruções dadas pelo filho. Concentrou-se e escutou o garoto, agindo de um modo diferente do usual, até que se aproximaram da margem.

Atravessaram o Hyde Park até o Park Lane para pegar um táxi. A alegria de Khalid em ensinar a mãe a remar foi imensa. Entraram no apartamento de Lamís e ele pareceu muito desapontado.

— *Mama*, não acredito que você vive como os pobres! Está tudo velho e a televisão...

— Em breve, vou trocar tudo. Eu quero arrumar um quarto pra você que seja igual ao que você tem em casa, porque você virá toda semana dormir aqui comigo. Você teve um dia gostoso hoje?

— Eu te amo, *mama* — ele disse, abraçando-a. — Por que não vamos ao cinema ou ao Planet Hollywood?

4

Como o sol deslizava pela vida dos ingleses, também o fazia na vida de Amira e de seu séquito assim que surgiram os primeiros sinais do verão, com o desabrochar das rosas nos canteiros das casas, nas praças e nos parques. As rosas, como se fossem mulheres com belos chapéus, inclinavam-se para ver todos os passantes que iam e vinham. As ruas e as lojas de Londres foram inundadas por *abaias* pretas e burcas, que deixavam atrás de si um perfume que não se dissipava nem se misturava ao poluído ar londrino.

Amira, com suas acompanhantes, entrou no Hyde Park, o oásis das famílias árabes, onde havia água, árvores e plantas, patos e gansos, cavalos e patinadores. Os árabes que ali passeavam, diferentemente dos idosos ingleses que frequentavam o local, divertiam-se ao observar as moças e moços que patinavam no asfalto, girando, dançando e saltando, cada um com seu ritmo e estilo.

O que causava certo desconforto nos passantes era a presença de cachorros, especialmente daqueles que corriam livres, longe de seus donos. Algumas pessoas sentiam repulsa ou medo de que eles pudessem roçar suas pernas. Por isso, as empregadas filipinas corriam para pegar as espreguiçadeiras estendidas no gramado, procuravam e catavam sujeiras deixadas pelos cachorros no lugar em que a família havia escolhido para se sentar. As meninas mais velhas pediam permissão para passear pelo parque, soltavam suas *abaias* pretas da cabeça, deixando-as sobre os ombros, parecendo borboletas coloridas de olhos negros. Elas lançavam olhares furtivos, curtos mas maliciosos, aos rapazes de seu país que vinham ao Hyde Park em busca da futura esposa. Esse era o momento de se conhecerem e trocarem algumas palavras antes que fosse apresentado o pedido de casamento — e Londres era o lugar ideal —, longe dos olhares e dos cochichos dos vizinhos e da sociedade. Hyde Park, com seu ambiente poético, era o lugar em que os encontros casuais se multiplicavam, enquanto Edgware Road e White Liz eram verdadeiros pontos de encontro desses expatriados e estrangeiros.

Os futuros noivos andavam por ali e, com o semblante sério, conversavam pelos celulares (alguns tinham, coladas em seu aparelho, fotos do líder de seu país ou sua bandeira, vendidas numa loja especializada que ficava ao lado do hotel Hilton, no Park Lane). Gabavam-se de seus vistosos ternos italianos em que despejavam perfumes de cheiro tão forte que faziam os patos e pelicanos fugirem para a água.

Amira sabia o que se passava na cabeça dos homens daquelas famílias ali aglomeradas: "Aqui estamos nós, finalmente, com a água e o verde, mas onde estão os belos rostos?".

Com seu séquito, Amira se aproximou do Speaker's Corner e parou ali naquele recanto a fim de escutar as conversas, as risadas e o barulho ao redor de um homem árabe que discursava em inglês. Sentiu como se uma corrente de palavras se estendesse de seu coração à sua garganta, mas, ao chegar aos seus lábios, tivesse sido interrompida. Queria afastar o orador dali, tomar seu lugar subindo nos engradados de Pepsi-Cola e gritar: "A questão é simples. O mundo carrega a todos: rico ou pobre. A finalidade do pobre é trapacear e arrancar o que estiver disponível da riqueza dos ricos indecisos que não sabem como nem onde gastar seu dinheiro".

Como não encontrou uma presa no Hyde Park, Amira dirigiu-se com seu séquito ao hotel Lanesborough, ali perto.

Sentou-se para bebericar chá com suas acompanhantes, após ter ouvido dizer que o salão de chá daquele hotel se parecia com o do Royal Pavilion, em Brighton. Mas, para sua decepção, não havia nenhum árabe ali.

"É bem possível que o hotel já não esteja recebendo hóspedes árabes depois de um dos ricos atrasar o pagamento de uma conta de milhares de libras."

Havia enviado uma das três acompanhantes, com seu batom cor de laranja, para investigar, como uma abelha à procura do pólen. Logo, Amira a viu retornar, radiante feito uma vela, apressando-se para contar as novidades:

— Acabei de encontrar um homem árabe.

Então Amira dirigiu-se para a área dos telefones. Como estava com a barriga cheia, depois de dois bules de chá e de um pedaço de bolo, achou melhor não inventar histórias novas nem apresentar enigmas aos ouvidos do árabe. Decidiu repetir a história da farinha que seu tio lhe havia enviado num avião particular, já que a farinha de Londres fazia a massa grudar na panela. E acrescentou:

— Londres é linda, mas a vida aqui é muito complicada. A gente se cansa do telefone, do hotel, do telefone celular... inclusive, dizem que celular causa derrame cerebral e meu tio me aconselhou a não usar.

O nome de seu tio imaginário era Misk Al-Khitam, o que fez o lenço do bolso do homem árabe estremecer e os botões de sua jaqueta e seu relógio de ouro chacoalharem, tamanha a perplexidade que causou. Amira voltou para sua mesa na esperança de que o homem a seguisse. Esperou, enquanto ele terminava de comer o pedaço de bolo que havia pedido.

— Meu Deus! — ela gritou, e a maioria dos presentes se virou em sua direção enquanto ela revirava a bolsa e atirava tudo o que havia dentro dela sobre a mesa.

— Fui roubada! Me roubaram! Meus cheques, meus cartões, sete ou dez mil libras, não sei exatamente quanto dinheiro tinha dentro do envelope! Talvez na Harvey Nichols, quando deixei minha bolsa, por um momento, enquanto eu provava uma camisola.

Pediu que chamassem o motorista, dizendo que ia até a Harvey Nichols e também à polícia. Mas, desde que deu aquele primeiro grito, Amira se viu acompanhada pelo homem, que, apresentando todo o seu cavalheirismo árabe, não a deixou nem um instante. Ela permaneceu com ele até o dia seguinte, no hotel, depois de ter dispensado as acompanhantes e recomendado a uma delas, em especial, que fosse para casa a fim de cuidar "das crianças", alertando-a:

— Não fume diante das meninas. Peça comida libanesa no Marush. Estou com vergonha, mas não faz mal, peça que marquem na minha conta.

O homem deu mil libras à acompanhante. Amira estava extremamente feliz com ele porque ela era a princesa rebelde, aventureira, que, finalmente, havia encontrado um homem adequado, depois que Omar Al-Sharif, 'Izzat Alalayli e muitos outros haviam se apaixonado por ela. "Eles eram loucos por mim", costumava dizer.

Não largou o homem até o dia seguinte, ao meio-dia, conseguindo dinheiro para as compras e para pagar os gastos do apartamento. Combinaram de se encontrar no quarto por volta das quatro da tarde.

Amira correu para sua casa, temendo não encontrar a acompanhante que havia desaparecido com as mil libras. Apressou-se em ligar para Náhid, depois de Samir ter deixado uma mensagem dizendo que Náhid queria vê-la. Mas, em vez de ouvir a voz de Náhid do outro lado da linha, escutou outra voz, desconhecida:

— Corre, corre. Náhid está muito mal.

O coração de Amira se apertou. O fim de Náhid estava muito próximo. Havia percebido isso nos últimos dias, ao notar que Náhid já não suportava sentir o perfume da amiga.

O apartamento de Náhid estava cheio de gente e tinha cheiro de peixe. Amira empurrou todo mundo até chegar a ela, que estava deitada na cama. Começou a falar, rindo e contendo as lágrimas:

— O que você tem? *Yalla*, vamos passear!

— Me conta uma coisa que me alegre! E cuidado, não come o peixe. Isso deve ser fsíkh, e não peixe.

Não estivesse Náhid nos seus últimos momentos de vida, as duas amigas estariam rindo sem parar. Aquele pescado tinha sido trazido por um amigo, tocador de tabla, que tivera o trabalho de lhe trazer o peixe fermentado e salgado do Egito, certo de que, se Náhid o comesse, recuperaria a saúde. De repente, desencadeou-se uma briga entre Stanley, o ex-marido inglês de Náhid, e as mulheres que usavam véu, que Náhid havia conhecido na mesquita. A mulher que controlava a porta do quarto, dirigindo-se a Stanley, bradou:

— Não, não e não. É pecado entrar! Pelo Profeta, alguém explique para esse senhor o que se passa, por favor, me ajudem!

Ao que se elevou a voz de outra mulher, cuja boca estava cheia de espinhas do peixe:

— Escuta, Stanley, é pecado, *haram*, não é adequado que você entre no quarto. Ela não é mais *halal* para você, desde que vocês se divorciaram.

Mas Stanley gritava:

— Eu quero vê-la. Eu quero falar com ela. Eu quero me despedir e entregar este buquê de flores.

— Me dá que eu levo até ela.

— Não, quero vê-la eu mesmo. Você disse a ela que o Stanley quer vê-la? Tenho certeza de que não disse nada!

Amira se levantou assim que ouviu Stanley chorando como um bebê e sussurrou algo no ouvido de Náhid. Então saiu, empurrando aquela que estava proibindo a entrada de Stanley, gritando com ela e tentando se segurar para não estapeá-la:

— Quer dizer que o astrólogo charlatão que pegou o isqueiro Dupont, prometendo fazê-la sarar em dois dias, era *halal* e podia ver a Náhid, mas o marido dela, com quem ela viveu, é *haram*, não pode entrar? O que vocês estão dizendo?

As mulheres que estavam comendo peixe aumentaram a resistência, mas os integrantes do grupo musical e as meninas do cabaré se cansaram e começaram a afastar a mulher de véu parada na porta para que, finalmente, Stanley pudesse entrar no quarto.

Amira sentou-se e, tentando irritar as mulheres que usavam véu, perguntou a um dos músicos se ele se lembrava da história de amor entre Stanley e Náhid, quando ele a viu dançando, e como ele queria que ela se cobrisse com seu casaco quando a apresentação terminou, temendo que ela se resfriasse com a corrente de ar gelado do ar-condicionado. E como, depois daquela noite, eles se casaram.

— Foi uma história de amor à primeira vista... que supera a de Romeu e Julieta...

Terminou a conversa com essa frase, recordando como o amor e o casamento haviam terminado em divórcio, alguns meses depois, assim que voltaram da visita ao Cairo: Náhid fora para se vangloriar diante de sua família por ter conseguido se casar mesmo sendo uma dançarina, e Stanley para ver as pirâmides, a esfinge, montar em camelo e fumar haxixe. Contudo, uma vez lá, ele passou a se dirigir a ela, ao Egito e ao povo egípcio com desprezo. Sempre que via um asno, ou uma mula magra, sofrendo de cansaço e de fome, dizia:

— Olha, olha... dá pra ver as costelas aparecendo. Vocês são uns monstros.

Uma manhã, Náhid atirou as roupas de Stanley da varanda da casa de sua família, no Cairo, enquanto os moradores do bairro o perseguiam para trazê-lo de volta, e a mãe de Náhid, que tinha adorado o inglês, dizia aos dois, à filha e ao genro:

— Vocês estão brigando por causa de uma mula que nem conhecem?

Assim que Stanley deixou o quarto de Náhid, Amira entrou.

— Ore por mim, Amira — disse Náhid —, pra eu morrer logo. Não consigo respirar. O muco está fechando a minha garganta.

Amira tentou encontrar o médico de Náhid; apesar dos protestos das mulheres de véu, ligou para o hospital, que prometeu mandar uma ambulância imediatamente.

Amira percebeu a presença de Bahiya; as duas se abraçaram e choraram juntas. Então Bahiya lhe disse, muito calma:

— Precisamos juntar o dinheiro para o funeral, o caixão e o túmulo no cemitério islâmico, e para os recitadores do Alcorão da mesquita do Regent's Park.

Nada disso havia ocorrido a Amira. Mas, de imediato, ela se antecipa e diz:

— Temos que ligar para a família dela. Eu vou ligar para eles. Precisamos levar ela para o Egito.

— Mas a família está brigada com ela. E o preço vai ser muito alto pra gente!

— Não importa. Eu pago tudo, nem que seja um milhão de libras.

— Que sorte tem a Náhid! Queria eu morrer tendo a meu lado alguém assim, da mais alta lealdade e devoção.

Amira e Bahiya acompanharam Náhid na ambulância até o hospital, deixando-a aos cuidados dos médicos e das enfermeiras.

Amira deixou o hospital com o peito apertado. Bahiya lhe pediu para irem juntas ao Whiteleys, mas Amira se desculpou. De repente, Bahiya voltou ao hospital, pensando: "Para onde eu vou agora?". Desde que Náhid tinha adoecido, Bahiya se dedicara a visitar a amiga diariamente, sentindo, pela primeira vez, que tinha uma rotina que afastava o vazio de sua vida, ao mesmo tempo que tranquilizava o coração do xeique que lhe dava condições para que pudesse ter essa rotina.

Amira voltou para seu apartamento. Ficou chateada por não encontrar Samir lá e o recriminou. Guardou cinco mil libras debaixo do colchão de sua cama. Tinha que enviar o dinheiro ao carpinteiro marroquino, no Ealing, onde o valor dos caixões era metade do preço dos caixões ingleses. Ao tentar encomendar o caixão pelo telefone, o fabricante falou a Amira do *halal* e do *haram* na questão dos caixões destinados a um muçulmano, então ela pediu que ele se calasse, dizendo que tinha medo de se aproximar da religião e medo de que a religião se intrometesse em sua vida. Deixou um bilhete para Samir pedindo que ligasse para o celular dela imediatamente. Tomou um banho. Começou a se maquiar, mas, apesar de todo o esforço em se embelezar, o rosto de Náhid não se separava de sua lembrança.

Pegou um táxi e foi até o hotel, subiu ao quarto do homem dizendo para si mesma: "Mais cinco mil e volto pra Náhid". O homem estava esperando por ela. Ele se inclinou, beijando sua mão, e ela lhe disse:

— Que Deus lhe dê vida longa.

O que ela desejava era lhe contar a verdade e chorar por Náhid, sem ter que dissimular nada. Ele perguntou onde estavam as compras e ela respondeu que estavam no carro. Então ele começou a perguntar os nomes dos familiares, sobre seu tio e se a polícia havia entrado em contato. Assim que percebeu a mudança repentina nas feições dela, ele a tranquilizou, recordando-a da enorme perda de dinheiro sofrida por ela. O celular de Amira tocou num momento bastante oportuno. Correu para procurá-lo em sua bolsa. Era Samir, e ela começou a falar, apressadamente: "Venha às seis para o hotel, com as meninas e o carro. Awatif conhece o caminho, ao lado do Pizza Park". Então o homem se intrometeu:

— Diga-lhe, por favor, que estou esperando as meninas pra enfileirar elas na cama pra que eu entre e saia de uma puta à outra.

Essa fala grosseira, cujo teor de obscenidade Amira nunca havia ouvido nem mesmo de seus clientes europeus mais libertinos, caiu sobre ela como um balde de água fria que causou uma tormenta em seu coração. Ignorou-o e preparou-se para escapar, embora permanecesse fingindo que prestava atenção na ligação. Então, o homem disse:

— Conte também que vou fazer coisas inimagináveis com você, mesmo que você seja uma princesa.

Amira virou-se para ele e gritou:

— Você dormiu comigo ou não? Qual a diferença entre eu ser uma princesa do Golfo ou de um país de macacos? Você dorme com uma mulher ou com um título? Você dorme com uma mulher ou com sua nacionalidade?

Seu grito inesperado o intimidou e ela aproveitou para jogar um copo de água na cara dele. Em seguida, saiu correndo com toda a fúria e determinação que possuía. Entrou no restaurante Pizza Park. Sentou-se, com o coração ainda disparado. Ligou para Samir pedindo-lhe que viesse até ela, mas sem o macaco.

Amira segurou a cabeça entre as mãos ao perceber que suas orelhas ficavam em pé ao menor barulho que fosse; até quando a garçonete lhe perguntou o que ela gostaria de beber, ela gritou. Tentou se acalmar. Pensou em Náhid. Deveria deixar tudo e retornar ao hospital para ficar com a amiga. Como tinham rido e se divertido juntas! Talvez tenha acontecido o que aconteceu no hotel para que ela tivesse tempo para ir ao encontro de Náhid e se desculpar. Ainda estava trêmula. "Por que ele não tinha lhe dito, rindo: 'Você é uma impostora, devolva meu dinheiro, por favor'?" Ela teria devolvido o dinheiro dele, depois de descontar o valor dos serviços, claro. "Mas, a propósito, por que estou com tanta raiva dele? Eu não sou uma princesa, sou uma puta", lembrou-se desse fato.

Deu um grito de pavor quando Samir tocou seu ombro. Contou-lhe que o homem havia descoberto sua trama.

— Ele seguiu você até aqui?

— Não. Joguei um copo de água na cara dele e fugi.

— Então, do que está com medo? Nem que escave a terra ele vai achar você. E, se achar, ele vai querer fazer o quê? É um mentiroso filho de mentiroso. E eu sou a maior testemunha. Passamos o dia todo juntos.

Enquanto eles devoravam uma pizza, Amira se deu conta de que voltara à sua vida normal, voltara a ser ela mesma, como se a pizza a tivesse fortalecido. Pediu outra.

Samir chamou um táxi e Amira entrou rápido. Pela janela do carro, viu o hotel, viu que ele permanecia exatamente como ela o havia deixado. Viu o porteiro na escada da entrada, mas nem sinal do homem árabe, nem de dezenas de clientes fornecendo informações sobre ela aos policiais, como imaginara.

CAPÍTULO OITO

I

— *Fidwa*, Lamís, luz dos meus olhos, escreva: "Eles estão secando as águas, os leitos estão sedentos". Escreva: "Ó água dos rios e pântanos, tu que foste meu leite, ó terra das águas, tu que foste meu alimento, as tâmaras sobre tuas altivas palmeiras. Ó Eufrates, estão secando teu coração; ó Tigre, conseguirão secar teu peito? As guelras de teus peixes encolherão e eles morrerão? Ó pássaros, ó aves...".

— *Baba*, lindo demais isso que você disse, mas o Khalid está pedindo informações sobre os pântanos mesopotâmicos. Eu entendo, podemos considerar que a seca é um dado importante, mas o que ele quer são informações sobre a vida lá quando você era menino. Você ia à escola? Como eram as aulas? Com o que vocês brincavam? Havia médicos... armazém? O que vocês comiam? Como eram as estações? Resumindo, como viviam as pessoas cercadas por águas?

— Entendi, entendi. Escreve, *ya babati*, quer dizer, escreve, Khalid. O pai do meu avô e o avô do meu avô eram...

— Fale sobre você e eu escrevo depois.

— Meu pai, que Deus o tenha em Seu vasto Paraíso, me proibiu de ouvir música, mas tudo o que eu tinha à minha volta eu percebia através da escuta. Como ele me proibiria de ouvir, se tudo o que me rodeava era a música que Deus, glorificado e louvado seja, generosamente nos presenteava? Eu ouvia as ondas do rio e sabia que o barro do seu entorno o tornava vermelho e, de um dia para o outro, ele transbordava. Ouvia os sons dos patos, o coaxar de mil sapos, o francelho e o caimão, o choro das crianças e o latido dos cães. Ouvia o som da folha das palmeiras que se curvavam com toda a sua altura para beber água ao lado dos búfalos. Eu me deleitava com a melodia da urina dos meus irmãos mais novos ao tocar a água...

Lamís ouviu a voz de sua mãe ecoando:

— Por que não fala pra ela sobre a primavera?

— *Fidwa*, amorzinho, na primavera havia centenas de pelicanos...

— Não, não... eu me refiro às moscas da primavera... — disse a mãe, interrompendo o marido.

— Lamís, você está me ouvindo? Sua mãe está atrapalhando, como sempre; ela destrói o ânimo, queima a imaginação da gente. Bem, no final das contas, o nome dela é Nirán, que quer dizer "fogos"! A propósito, onde eu estava? Ah, centenas de aves caimão se levantavam em fuga, batendo as asas, fazendo reinar a escuridão e, de repente, a luz voltava assim que elas desapareciam. Quando o coração das açucenas-d'água se abria, os insetos sorviam delas como se fossem açúcar, produzindo um zunido parecido com uma música amarela, violeta, branca... e os búfalos corriam como se fugissem do abate e se aproximavam para ouvir a música.

— *Baba*, o que você tem? Por favor, não chore. O que você está contando é extremamente belo e importante.

— O que você está contando para ela, seu egoísta? Por que está chorando na frente da sua filha? Ela vai ficar assustada. Deixe-me cheirar seu hálito, você deve ter bebido!

— Estou dizendo à Lamís como sou sortudo por ter ido a Najaf e conhecido você!

— Não, diga a ela a verdade... diga a ela que foi um dia de azar.

— Nirán, minha vida, eu contei a ela que, se meu pai não tivesse me proibido de tocar o alaúde e a tabla, eu teria permanecido no pântano e não teria conhecido você e não teria gerado nossa preciosa Lammussa. Eu contei a ela sobre nosso encontro, como você adorava ouvir meu alaúde, mesmo antes de nos conhecermos, e como agora você o odeia, a ponto de já ter quebrado três deles.

— Alô, *baba*?

A voz de Nirán interveio novamente fazendo estremecer o telefone na mão de Lamís.

— Escreva pra ela... ou grave uma fita cassete. Ou a senhorita Lamís acha que ela ainda continua vivendo como uma rainha e pode torrar dinheiro? Conte a ela que deveria pagar a fatura de telefone e de luz... Ou será que ela não se preocupa com o que dizem por aí, que ela é uma parasita que vive à custa da esmola do ex-marido? Lembre-a também de que ela poderia estar em posse do apartamento em que está vivendo temporariamente. Ela tinha que entalhar na mente dela este provérbio: "Longe dos olhos, longe do coração", já que o filho dela, com o tempo, vai esquecer que ela existe.

Lamís desligou o telefone nervosa. Embora estivesse munida de caneta e papel para anotar as palavras de seu pai, no fundo de sua alma ficara somente a beleza da voz dele e toda a lucidez e a harmonia das coisas que ele havia dito. Só isso. Nada permaneceria dos gritos e das palavras duras de sua mãe.

Lembrou-se de Nicholas. Como será que ele falaria dos pântanos? Ela sempre voltava, ainda que inconscientemente, a Nicholas: quando sentia dores do período menstrual, lhe pedia socorro, sussurrando seu nome. Pensava nele ao despertar e antes de dormir, nas aulas de sotaque britânico também, e sempre que via o telefone. Deixara, ultimamente, de ir ao apartamento dele e evitava frequentar qualquer lugar que tivesse relação com ele, até mesmo o supermercado. Havia escondido tudo que o lembrava: a miniatura do *Majnun Layla*, a bonequinha, as pulseiras de prata, os fósforos que ele usava para acender os cigarros e a tampa de madeira da caixa de tâmaras. Passou a deixar a luz da cabeceira acesa, pois quando a apagava, antes de se deitar, atraía Nicholas, que a acompanhava e se transformava em mercúrio. Lamís se perguntou: "Como posso esconder a torre da BT, do jeito que escondi o telefone para não ligar para ele?".

O amado fugitivo leva consigo o rosto, para que quem fica não tenha como exigir seu retorno nem possa persegui-lo ou alcançá-lo.

Lamís sorri para Nicholas, mas logo se reprime. A dor que sente recupera a si mesma neste momento. Ela ainda o amava, apesar de a certeza em relação ao egoísmo dele se reafirmar todos os dias. Sentiu também que sua paciência com a situação estava se esgotando. Nicholas havia declarado guerra contra ela e, então, desaparecera, muito embora ela tenha entendido, ou melhor, Amira a fizera compreender, que cada pessoa tem uma maneira de expressar a tristeza, a raiva, a alegria e o término das relações. No fim das contas, ela mesma nunca tinha desejado dialogar com seu marido e simplesmente fugira sem apresentar nenhum motivo racional, não foi?

— Mas eu não amava o meu marido, e o Nicholas eu amo.

— Então por que você não viaja para Omã? — pergunta Amira, fazendo-a cair na armadilha.

— Viajar sem ter certeza de que ele realmente está lá?

— Ele ficará sabendo que você tentou. Enfim, por que você não está no apartamento dele, em vez de ficar discursando e discutindo?

Ligou novamente para seu pai e pediu que ele escrevesse uma carta ou contasse suas memórias em uma fita gravada.

— *Fidwa*, minha querida, é você quem manda, mas agora escreva uma frase, antes que ela fuja da minha cabeça, porque, às vezes, eu escrevo tão rápido que depois não entendo minha própria letra ou não entendo o que eu quis dizer: "Um filho dos pântanos pode ouvir antes de ver e, por isso, nossos ouvidos ficam mais aguçados que os do cão". Não, não, escreva "do coração". Continuando, "os meus ouvidos eram tão sensíveis que eu não conseguia dormir se ouvisse minha respiração e percebesse que ela não correspondia ao meu pulso latejando sobre o travesseiro de palha...". É isso; *maasalama, ayni*, adeus!

Uma semana depois, Lamís recebeu uma entrega expressa com fitas cassete gravadas, acompanhadas de uma longa carta carregada de emoção, lealdade e amor:

Querida, não poderia deixar de lhe contar tudo que agita o meu peito. Omita o que não achar adequado e tenha certeza de que seu pai a entenderá e perdoará. Gostaria de enfatizar que é preciso que você encoraje o Khalid a pedir a nacionalidade inglesa: há ingleses com nomes árabes.

Dou início à minha jornada com estas palavras: "Eu imaginava que o alfabeto fosse como uma criança sem lar, sem abrigo, embora habitasse um museu, dentro de uma jaula, e, então, eu comecei a vagar atrás dela para envolvê-la, com grande ternura, em meus braços".

Ao ler esse trecho, Lamís pensou que seu pai era um poeta, até chegar à explicação: *Estas linhas sobre o alfabeto, as tomei emprestadas do poeta Adonis.*

Ela pôs a fita para tocar:

"Alô, alô", ecoa a voz de seu pai no apartamento. "Ouça, Khalid... ouça, meu querido. Foi o alaúde que levou sua mãe para Londres. Não fosse por ele, você não teria nascido em Londres. Também foi o alaúde que levou seu avô dos pântanos mesopotâmicos para Najaf. O alaúde que me fez casar com sua avó e me afastou do meu universo, da minha família e de meus companheiros. E você, minha filha, minha querida Lamís, perdoe este alaúde do qual você, tantas vezes, tentou ver o que tinha por dentro e que a deixou sem raiz, sem estudo e até sem uma cama para chamar de sua. Um, dois, três, agora começamos de verdade.

O alaúde de madeira era a obsessão de seu pai ainda jovem, quando fora para Najaf, partindo dos pântanos mesopotâmicos onde nascera. Nirán viu o alaúde sobre uma mesa quando bisbilhotava, por trás da roupa estendida no varal, o quarto do jovem estudante que se mudara havia alguns dias. Seu coração se encheu de alegria ao ver o alaúde. Ela se lembrou do filme estrelado por Chadya e Abdel Halim Hafiz, ao qual assistira em Basra durante uma visita a sua tia materna.

A imagem do alaúde aproximou dela o amor, afastado daquela cidade onde não havia salas de cinema nem música porque eram praticamente proibidas. Ali, ligar o rádio não era recomendado, a não ser que fosse para ouvir a recitação do Alcorão e o nobre Hadith do Profeta. Guardava o amor das canções sussurradas que ouvia, das histórias de amor narradas pelos poetas de Najaf, dos casais de amantes secretos, cuja identidade se ocultava nas cartas, e também por meio dos filmes egípcios, assistidos por alguns poucos, mas transmitidos por muitas bocas.

Nirán flertou com o rapaz que havia chegado dos pântanos. Ele tocava alaúde de olhos fechados. Ela não escutava nenhuma nota, porque ele tocava no coração dela, enquanto seus dedos se moviam, subindo e descendo, sobre as cordas. E assim ele a atraiu para si, como a ave macho atrai a fêmea. Ele respeitava os costumes daquela cidade, na qual o *azan* indicava o momento de dormir e o momento de despertar. Apenas os galos e as aves migratórias tinham o direito de cantar, indiferentes às reclamações de uma anciã que tentava calar o canto de um pássaro feliz, repreendendo-o: 'Como sua alma lhe permite cantar aqui?'.

Mas a música havia me levado até Najaf. O medo que meu pai tinha de que eu me tornasse um cantor que anima casamentos, circuncisões ou funerais foi o que o levou a seguir o conselho de um professor enviado pelas Nações Unidas aos pântanos: persuadir as famílias a instruir seus filhos nas escolas e, então, enviá-los para as cidades iraquianas. Meu pai não me enviou a Bagdá nem a Basra, nem mesmo a Mosul, mas à nobre e santa Najaf, para receber aulas de religião", dizia a fita no gravador.

A voz do seu pai ressoou nervosa pelo apartamento. Lamís tremeu. "O que está acontecendo?" Por um instante, não entendia o que se passava. A fita terminou. Ela rebobinou a fita alguns segundos e ouviu ele gritar, nervoso:

— O que houve? Por que você me interrompeu? — após essa frase, vinha um período de silêncio. — Por que se senta aqui, agora? Já não disse que não quero você aqui comigo?

— Eu não vou me intrometer, só vou me sentar e lixar as unhas — Lamís ouviu a mãe dizer.

— Você acha que essa expressão no seu rosto não interfere? Esse sorriso vingativo, debochado e odioso?

— Pare a gravação, se você quiser saber o motivo desse meu sorriso.

— Já parei.

— Eu não posso senão debochar ao vê-lo considerar-se um músico, como se estivesse se levando a sério. Como se você fosse o Charif Muhiddin Haidar.

— Ah, se eu tivesse realizado meus sonhos, você estaria agora conversando em outro dialeto e carregaria esse alaúde como se fosse seu filho recém-nascido.

— E quem impediu você de realizar seus sonhos?

— Sua cidade me impediu; e sua família.

— Então, por que ficou?

— O amor me entorpeceu, minha paixão por você me iludiu e me fez crer que eu deveria deixar de lado minhas confusas palpitações e me contentar com você.

— O amor, se supõe, é o que alimenta a arte... seja você feliz com ele ou sofra por causa dele.

— Não quando a amada acorda de cara fechada e diz: "A geladeira da minha irmã é maior, a pulseira da minha prima é mais bonita". Se ela me vira as costas na cama e eu tento satisfazê-la e me reconciliar, e ela aceita e me pergunta: "Vai comprar tudo o que eu quero?".

— Eu pressionei para que você se mexesse e começasse a trabalhar.

— Quem não vai ao Golfo não trabalha? Você tem razão. E o meu trabalho nos Correios?

— Você mesmo disse que esse trabalho era coisa de idiotas. Ah... desculpe, esqueci que você presidia uma Academia de Música — ela comenta, com ironia.

— Pode zombar quanto quiser porque eu ensino os pássaros a cantar, mas não esqueça que, não fosse pelo alaúde, nós jamais teríamos atravessado a fronteira iraniana. E o homem da alfândega inglesa teria sido tão respeitoso, não fosse pelo alaúde?

A gravação acabou.

Lamís verificou se a fita havia realmente terminado e, então, pegou a outra. Antes de se sentar para ouvi-la, foi até a cozinha preparar uma xícara de chá.

De repente, Lamís se sentiu transportada para a casa de seus pais em Najaf, para as numerosas gaiolas que se tornaram sua marca, onde havia pássaros desconhecidos com penas de modestas cores, aos quais seu pai se dedicava a uma lavagem cerebral para que esquecessem as limitadas melodias que nasceram para cantar. Diariamente, ele tentava encher o cérebro daqueles pássaros com canções harmônicas e rítmicas, tocando para eles gravações de rouxinóis cantando dia e noite, até que eles aprendessem as lições e aperfeiçoassem seu canto. A imitação que os pássaros faziam acabava sendo tão perfeita que chegavam a reproduzir o clique que a fita fazia ao acabar.

Em seguida, Lamís foi transportada ao aeroporto de Heathrow: seu pai garantia ao homem da alfândega, que examinava o alaúde que ele trazia nas mãos, que o instrumento não era de Najaf, mas da região dos pântanos mesopotâmicos, e que a inglesa Lady Drawer havia distribuído entre eles jogos e chapéus, quando ele era pequeno, e que Wilfred havia tirado uma fotografia dele, e esta era a prova de que sua família nunca fora contra os ingleses.

Lamís parou de escutar a fita. Não suportaria outra dose de tristeza pelos fracassos de seu pai, nem o ressentimento de sua mãe. Ainda assim, seu pai, aquele belo golfinho que havia perdido a noção do tempo e do espaço, tinha tirado sua família do país, temendo a perseguição e a violência que viriam nos dias nublados da opressão. Culpava a mãe dela e o amor por terem bloqueado seu caminho para a realização do seu grande sonho.

Pela primeira vez viu seu pai como homem, como indivíduo, e não como uma máquina que fabrica soluções, esperanças, felicidade e sabedoria. Sentiu como se uma mão lhe arrancasse aquela camada fina que a impedia de respirar e de sorrir. Aquela película que, quando menina, viu uma mulher idosa retirar do rosto da vizinha jovem, aplicada ali para aliviar as sardas. Uma pele que arrancou junto com os lamentos, suspiros e sussurros e fez seu coração pulsar mais forte para que deixasse os pulmões e encontrasse um lugar mais seguro, longe da sua casa da infância, de seu pai bêbado, do cheiro de vinho e das tumbas e santuários religiosos de Najaf... do terror que invadiu a cidade que esperava que Saddam Hussein a exterminasse, das montanhas e dos vales onde famílias de fugitivos aguardavam a ajuda dos contrabandistas que os conduziriam a um país seguro, entre o choro alto dos adultos e o medo de sua mãe de que Lamís e sua irmã fossem devoradas pelas hienas. Para evitar o ataque dos animais, a mãe untara o corpo das duas com areia molhada, na esperança de diminuir o cheiro da tenra carne das meninas.

Logo alcançaram a segurança dos lugares antigos, pelos quais o tempo havia passado e levado a alma de tudo, fosse Damasco ou Beirute. Lamís observava, sem dizer nada. Depois veio o casamento, um oásis de gelo, e ela continuava observando sem dizer nada.

Tinha que encontrar Nicholas. Não queria que Khalid algum dia viesse a ficar na mesma posição em que ela agora se encontrava, a escutar sua voz rouca enquanto se culpava, culpava a seus pais e a ele por ela ter se apaixonado e ter tido medo de viver com o homem que amava. A voz de seu pai levou-a de volta à casa deles, em Najaf. O que será que Khalid sentiria ao escutar uma fita deixada por ela ou ao ler a longa carta destinada a ele? Falaria do salgueiro do Hyde Park, do barulho dos jogos de *video game*, ou dela, deitada na cama, lendo e chorando? Ou escreveria a ele uma carta contando-lhe como seu pai fugiu com eles, quando sua falecida mãe aparecia para ele, no porão, quando ele bebia vinho e dedilhava o alaúde? Talvez contasse como o pai havia abraçado ela e sua irmã, dizendo: "Vocês são meus olhos, você é o meu olho direito e você, o esquerdo. Juro por Deus que vou levar vocês, nas asas de um pássaro, a um lugar maravilhoso, onde há muitos brinquedos enormes, doces e sorvetes... onde todas as pessoas estão ocupadas comendo, dançando e cantando".

Lamís discou o número do pai, em Dubai, para dizer-lhe que ele não era somente um músico, mas que era também escritor, poeta e psicólogo. Durante um momento, permaneceu em silêncio, antes de reunir forças para conter as lágrimas. Disse que sentia saudade dele e da mãe.

— Sua irmã me contou do inglês!

— Ah... Nicholas. Ele é inglês, mas você vai gostar dele...

— Não tem nada, não, minha filha. Um inglês é excelente. Prefiro ele a alguém de nós. Ele vai valorizar você e fazer você feliz. Ele trabalha com o quê?

— Nunca mais o vi...

— Ele não quer se casar? Fica só na conversa? Você tem razão. Você sempre foi sábia e percebe as coisas.

— Ele queria se casar. Eu é que disse que não queria.

— Se vocês se entendem, se ele gosta de você, você gosta dele e não teve a casamenteira nem a camaleoa se metendo entre os dois, então deixe o destino unir vocês.

Lamís riu pela "camaleoa", que era o apelido de sua sogra.

— Mais um pouco de tempo, *baba*, um pouco mais. Quero esperar e ver. Agora não, agora não.

— Dizem que a camaleoa está procurando uma noiva para seu ex-marido.

— Quero que ele seja feliz.

— E o menino?

— O que tem ele?

— Vai ter uma madrasta dura e má?

— Khalid leva qualquer um até o rio e o faz voltar com sede. De toda forma, esse é um assunto muito remoto.

— Você tem razão. Mas não entendo o que você quer dizer com "agora não, agora não". O que isso significa? Que você quer esperar? O inglês gosta de você, você gosta dele e vocês se entendem, ou não? Isso é o mais importante.

— Eu não sei, eu tenho medo.

— Você tem medo dele?

— Não, não sei, talvez da minha sogra, das pessoas, da minha mãe, do Khalid, do pai do Khalid.

— Não tenha medo. Agora todo mundo está criticando você por ter deixado seu filho, mas o Khalid está muito bem.

— Quer dizer que você não está me culpando?

— Eu culpo a mim mesmo, dia e noite, e também culpo sua mãe. Escute uma coisa, minha filha...

— Eu tenho uma surpresa pra você — disse Lamís, mudando de assunto. — Eu conheço alguém que tem relações com o responsável pelo programa de música de uma rádio dos Emirados.

— Ah, nos deixe viver tranquilos aqui perto da sua irmã. Deve ter sido a camaleoa que ligou para as autoridades por causa de sua bagagem. Que Deus a destitua de Seu paraíso! Agora eu e sua mãe estamos fazendo tratamento médico.

— *Baba*, ela não sabia que eu tinha comprado as flores.

— Não seja inocente. Ela espiona até a si mesma.

— Eu te amo, *baba*.

Ele rompeu em lágrimas e disse:

— Eu te amo, Lamís. Desculpe por eu ter causado sofrimento a você e a sua mãe. Se estivéssemos na nossa casa, agora, nos sentiríamos no paraíso. Sinto saudade dos pássaros, do cheiro da terra, do cheiro do braseiro; eu, inclusive, prefiro a voz dos muezins à das cantoras russas que cantam as músicas de Umm-Kulthum.

— Você está sofrendo de nostalgia, só isso. Se você estivesse lá agora, tentaria fugir o tempo todo. Você ficou extremamente feliz quando nos tirou de lá, nos prometendo lugares habitados por pessoas felizes, que passavam os dias tomando sorvete, dançando e cantando.

— Fugir na imaginação é algo delicioso — disse isso e voltou a chorar.

— Você nos salvou e nem se deu conta disso. Veja o que aconteceu depois de nossa saída!

— Minha filha, me perdoe. Cometi um grande erro com você, por medo de sua mãe. Eu deveria ter enfrentado ela e impedido que ela obrigasse você a se casar!

— Tudo bem, *baba*. Eu me divorciei. Isso é o mais importante.

— Tenho medo de que você tenha problemas psicológicos.

— Pois não sinta esse medo.

Lamís começou a chorar: casaram-na com um homem que nunca cantava, nem sequer murmurava uma melodia qualquer, nem a chamava de querida, não ouvia música, e nada tocava seu coração sem que lhe causasse flatulência severa. Nos primeiros anos de casada, circulavam pela cabeça de Lamís planos para se vingar de seu pai e de sua mãe, principalmente quando ouviu, pela primeira vez, os detalhes da história de amor dos dois: como seu pai se mutilava com a espada e atirava a corrente no peito na Celebração da Achura para que Nirán visse seu peito nu. Ela estendera a mão a ele, limpara o sangue e o passara no rosto das crianças de sua família, como reza a tradição... E como ele havia ameaçado raptá-la quando estivesse dormindo se o pai dela fosse contra o casamento só porque ele tinha um alaúde.

2

Quando finalmente encontrou a loja do fabricante de caixões, em Ealing, Samir se perguntou: "Será que esse lugar ainda é Londres?". Foi acometido de uma sensação de estranhamento ao observar as amplas ruas, os raros passantes, as lojas desbotadas, o céu opaco e a neblina que grudava nos vidros, nas lâmpadas elétricas e nas duas construções sombrias: uma, de um bingo; outra, de um boliche.

Desejava não ter deixado o restaurante Tabbula e os rapazes do balcão que faziam uma algazarra enorme ao cumprimentá-lo.

Samir esperou o motorista do caminhão na loja do marceneiro marroquino que fabricava caixões. A loja o fez recordar de Beirute, levado pelo cheiro da madeira, da cola, pelas batidas nos pregos e pela palavra *chakuch*, martelo. Sentiu-se em casa ao sentar-se diante do rádio que, em pleno coração de Ealing, tocava *'Asmar, ya 'asmarani*, "Moreno, meu moreninho".

O motorista voltou carregando sacolas de compras, comentando que Ealing era o lugar mais barato de Londres. Colocou o caixão no caminhão, com a ajuda do marceneiro e do rapazinho que trabalhava ali e que não parava de perguntar a Samir se ele conhecia Príncipe Nassim, o campeão de boxe, pois queria ser como ele.

O motorista do caminhão, um egípcio, aceitou o convite do marceneiro para tomar chá com ele, enquanto Samir foi até o banheiro passar *spray* no cabelo e arrumar a roupa antes de se despedir do marceneiro, que, apertando sua mão, lhe disse:

— Foi um prazer, Samir. Espero vê-lo em breve.

Ao que Samir respondeu:

— Deus me livre, espero que não! Por Deus, tenho cinco filhos!

O marceneiro e o motorista egípcio riram. Samir abriu a porta do caminhão para se sentar ao lado do motorista e descobriu que seu banco estava ocupado por sacolas e sacolas cheias de papel higiênico, verduras, roupas de cama, garrafas de suco e caixas enormes de sabão em pó.

— Onde eu sento?

— Na carroceria do caminhão, para ir cuidando do caixão.

— *Ya mama,* não me assuste assim. Quem vai querer roubar caixões carcomidos por cupim? Ou é o caixão do faraó?

— Não, não fique com medo. Eu estava brincando. Aqui ninguém rouba nada. Mas não posso colocar as sacolas perto do caixão porque depois não vou conseguir comer nem beber o que tem nelas.

— E eu que me dane, então?

Samir não teve remédio a não ser subir na carroceria e sentar-se de costas para o caixão, do qual ele rapidamente se esqueceu, apesar do remelexo todo do veículo. Seu coração se encheu de alegria. A carroceria era aberta e aquele modelo de caminhão lhe pareceu único em toda a Londres. Mas Samir também sentiu saudades do Líbano. Pensou nos carregadores que se sentavam nas carrocerias com cordas sobre os ombros. Lembrou-se de um caminhão do Exército do qual um dos soldados atirou uma barra de sabão, o que o fez, noite e dia, se perguntar, se o tal soldado era extremamente generoso ou se não gostava de tomar banho.

Encolheu-se e colocou as mãos sob a cabeça, familiarizando-se com o balanço do caminhão. Então, começou a pensar no rapaz magro e sonhador que trabalhava atrás do balcão do restaurante Tabbula, que não parava de cortar picles. Aquela era a primeira vez que se permitia apaixonar-se, desde a paixão por Salah, seu professor que se casara. Havia jogado pedras nas janelas da casa de Salah, uma atingiu a mãe da noiva no peito, mas ele não parou de gritar: "Professor Salah, professor Salah!", enquanto rolava no chão e batia a cabeça, como se fosse uma bola quicando, e só parou quando foi internado no hospital.

Naquele hospital, afastado de Beirute, entre os pinheiros e os gritos dos pacientes, foi acolhido pela freira que lhe pediu para que regasse o jardim todos os dias depois do almoço. Quando a irmã e os médicos decidiram que ele já estava curado e que deveria deixar o hospital, Samir se alegrou muito e, inclinando-se, beijou a mão dela, que por sua vez disse para ele esquecer Salah, pois Salah era um rapaz como ele.

— Não, *ma sœur*, ele é muito mais velho que eu. Eu só tenho quinze anos.

— Eu sei. Quero dizer que ele é como você, pois é do gênero masculino; sua mãe, por exemplo, sua irmã e eu somos do gênero feminino.

— Mas você tem bigode, *ma sœur*.

— Engraçadinho! Quero dizer: Salah e você são dois do mesmo sexo e não está certo haver amor e casamento entre vocês. Vocês não podem gerar filhos.

Em seguida, ela veio com uma imagem do corpo humano e explicou a ele, em detalhes, o que diferenciava um homem de uma mulher. Quando ela terminou a explicação, ele lhe perguntou se poderia colher um buquê de rosas do jardim para levar com ele no dia seguinte, dia de sua saída.

— Para quem é o buquê, Samir? Para sua mãe e sua irmã?

— Para o professor Salah.

— Já conversamos sobre isso; Salah é um homem e não está certo você amar um homem. E você já conhece o motivo.

— Eu sou muito jovem para pensar em ter filhos. Não vou procriar. Meu pai puxa os cabelos e bate na própria cara, dizendo: “Eu sou um grande asno por ter gerado filhos”. Enfim, o professor Salah descobriu que eu tenho um buraco igual ao das meninas. E eu me sinto uma menina desde que usei o vestido vermelho da minha irmã e fui para o terraço cantar e dançar. Olha, *ma sœur*, eu cantava: *Katkuta, katkuta, katkuta, maktakta...*

— Já chega, já chega! Não quero ouvir sua canção nem ver sua dança.

A imagem do jovem tímido do restaurante Tabbula retornou ao seu coração; ele cortava o tomate em forma de uma rosa que acabara de se abrir e que tinha a mesma cor de seu rosto. "Isso, sim, é amor verdadeiro, sem cabelo loiro nem olhos azuis."

De repente, parecia que haviam entrado rapidamente em Londres e o caminhão parou. Samir se levantou, disposto a descer depois de a porta se erguer, e então descobriu que o caminhão ainda não estava totalmente parado. Ouviu um ruído que o fez olhar para trás e ver a tampa do caixão se abrir, saindo dele um corpo, que se voltou a ele e perguntou:

— Londres?

Samir se jogou do caminhão, que acelerava novamente na direção de Londres. Gritava de dor, enquanto os carros em alta velocidade desviavam. Ele chorava, suplicava a Deus e gritava: "Por favor", em árabe e em inglês. Muitos carros pararam. Um motorista, pelo celular, ligou para o resgate. Samir desmaiou. Ao voltar a si, viu que estava enrolado num cobertor, sendo erguido para dentro da ambulância. O motorista do caminhão, o egípcio, foi ao seu lado, repetindo:

— *Alhamdulillah,* você está bem. Aquele jovem, filho do marceneiro, se escondeu dentro do caixão porque ele queria fugir do pai, ser lutador de boxe.

Samir dormiu um pouco, até que ouviu o enfermeiro dizer pelo *walktalk*:

— Pro Hospital Middlesex.

Ao que Samir gritou:

— Não, não, estou arrependido. Meu Deus, eu me arrependo. Por favor, me levem para um hospital normal.

3

Amira se colocou entre as mulheres que estavam enfileiradas no vestíbulo da mesquita, todas elas vestidas de preto e com lenço transparente na cabeça, alguns bordados em renda ou seda, pulseiras de contas negras e joias no pescoço. Uma delas desculpou-se com a pessoa que se encontrava a seu lado tentando esconder seus muitos anéis:

— Tenho medo de que os ladrões invadam meu apartamento...

— Olha — a vizinha sussurrou para ela, abrindo a bolsa, mostrando todas as suas joias dentro de um saco de tecido.

Náhid estava dentro do caixão e dois imãs começaram a oração do funeral. Amira estava muito irritada; havia brigado com o porteiro da mesquita porque ele fez uma observação sobre o comprimento de sua saia, que, apesar de cobrir os joelhos, era considerada muito curta — ela estava com o rosto coberto e nem usava maquiagem!

O cortejo preparou-se para se dirigir ao cemitério islâmico. Não era um cortejo habitual: havia desde o dono do cabaré, onde Náhid dançou desde que chegou a Londres, vinte anos atrás, até o funcionário que varria o chão do cabaré; as amigas próximas de Náhid e as amigas das amigas próximas. Morrer no estrangeiro é a mais difícil das mortes para a família e para os amigos do morto, e a mãe de Náhid havia recomendado a sua filha, certa vez, quando ainda estava de bem com ela, a não deixar de ir a todos os velórios de egípcios, incluindo o dos mortos que ela nem conhecia. Os tocadores de tabla, o encarregado de abrir o champanhe e o apresentador dos shows, os que nunca se levantavam antes das três da tarde, estavam todos de pé às dez horas daquela manhã.

O céu desabava. Como dizem os ingleses, "chovia cães e gatos" e, como dizem os árabes, "o céu se partia em duas metades". O coveiro foi obrigado a descer no interior da sepultura e, em posse de um balde, começou a retirar a água da chuva e a lama. Mas, sempre que lançava a água fora da cova, o céu a preenchia de novo. Aqueles que tinham Náhid sobre os ombros aguardavam impacientes. A chuva implacável penetrava em tudo quando tentaram enrolar a mortalha, demorando para colocá-la na sepultura, que estava cheia de lama e de água. Todos exclamaram quando parte do corpo de Náhid ficou à mostra, ao que Amira e uma das mulheres que usavam véu pediram ao coveiro que lhes desse uma sacola de plástico, enquanto tentavam cobrir o cadáver de Náhid com suas sombrinhas. O coveiro se apressou em conseguir um saco de lixo preto. Todos exclamaram novamente, embora as duas mulheres nem tenham prestado atenção nas exclamações, tentando cobrir Náhid com o saco preto — aquele corpo que servira a ela por toda a sua vida. O xeique, como líder religioso, se inclinou e proferiu as últimas palavras de advertência:

— Cuidado com Satanás, *ya* Náhid. Expulse-o dizendo: "*Yalla*, vamos, saia daqui. Eu sou muçulmana, o Islã é minha religião, o Profeta Muhammad é meu profeta e o Alcorão é meu livro".

A chuva castigava o papel-celofane que embrulhava as coroas e os buquês de flores, como se lhe fizesse uma reprimenda. O cartão que Stanley havia escrito para Náhid se transformou em um borrão azul-marinho.

Amira ironizou esse costume dos ingleses:

— Um cartão acompanha as flores, como se as palavras ali escritas fossem chegar aos mortos.

Do mesmo modo, criticou o papel-celofane que envolvia as flores, em vez de elas serem espalhadas na terra.

Bahiya amarrou uma gata de brinquedo num buquê tão grande que a deixou ofegante por carregá-lo. Amira irritou-se com a gata e, em seu íntimo, xingou Bahiya por essa imitação cega de um costume dos ingleses. "A Náhid realmente amava os gatos e a Bahiya sempre amou as tradições inglesas", pensou.

A morte de Náhid e seu enterro serviram de fonte de reflexão para Amira. Aqueles que agora acompanhavam o funeral haviam feito parte da sua jornada, mesmo que Náhid os tivesse, nos últimos tempos de sua vida, repudiado; eles haviam permanecido juntos na vida e na morte dela. Até mesmo sua família, no Egito, dissera a Amira, quando ela sugeriu levar o corpo de Náhid ao Cairo: "Para que esse inconveniente? Vão vocês, enterrem a Náhid perto de vocês. Vocês são a família dela e as pessoas que ela amou".

Amira não conseguia acreditar nos comentários feitos enquanto a água inundava a sepultura e a terra se transformava em lama: "É como se Deus não aceitasse receber Náhid, nem quisesse que ela retornasse a Ele".

"Quem irá ao meu funeral?", pensou Amira. "Os funerais são como os casamentos, uma exposição superficial da pessoa, uma fotografia tirada do avião de um lugar qualquer. Assim é na morte: alguém diz uma ou duas palavras sobre quem se foi, como naqueles jogos rápidos das revistas que mostram apenas os olhos de alguém famoso." Amira pensou no que diriam quando ela morresse: "Esta foi uma prostituta, e talvez acrescentem o adjetivo 'simpática'".

Desde o dia do funeral, Amira não parou de sentir dores que a fizeram ficar na cama. Muitos a tranquilizavam, dizendo que não era nada mais do que o golpe da tristeza pela morte da Náhid. Ou talvez ela tivesse usado músculos de seu corpo que não estava acostumada a usar, ao ter que andar na lama do cemitério. Já ela quis acrescentar a esses motivos um outro: não fazia mais sexo como antes.

Samir lhe preparava as refeições, tentava convencê-la a comer alguma coisa e não parava de suplicar a Deus, em voz alta, que ela sarasse. O macaco havia se habituado a se sentar ao lado de Amira e a virar as páginas da revista para ela, depois de ela colocar amendoim em sua boca. Ela repetia a mesma pergunta a Samir:

— Por que eu não falei mais com a Náhid? Por que não larguei tudo pra ficar com ela dia e noite?

4

Lamís estava convencida de que o coração também podia pensar. Passou a projetar essa lógica particular ao arrancar os galhos verdes que se emaranhavam em volta de Nicholas e a encorajar-se a entrar na vida dele novamente, como se tivesse sido ela quem tinha saído. Queria fazer com que tudo retornasse ao normal, trazê-lo de volta ao seu apartamento em Pimlico. Entrou em uma loja especializada em chocolates chamada Sociedade do Chocolate; queria retornar aos lugares onde havia estado com Nicholas e fora ali que ela o ouviu pedir, num delicioso inglês: trufas recheadas com *brandy*. A sensação que essas palavras lhe trouxeram era de plenitude, como a sensação que o chocolate que ela comia lhe trazia: provocava calor na sua boca e acelerava as batidas do coração. Tem razão quem disse que o chocolate e o amor caminham juntos.

Correu até o prédio em que ele morava, enquanto devorava os chocolates sem parar. Tocou a campainha do apartamento mais de uma vez. Tentou o interfone, mas ninguém respondeu. Tocou a campainha de outros apartamentos, porém, ninguém abriu a porta para ela. Então, tirou o molho de chaves do bolso e abriu a porta. A entrada do apartamento de Nicholas causou em Lamís certa confusão. Certificou-se, ao ver o pedaço de uma correspondência aparecendo através da porta, que ele não estava ali. Girou a chave na fechadura.

As coisas de Nicholas estavam à espera, encobertas pelo pó, como se quisessem dizer que sofriam sua ausência, a ponto de seu coração produzir aquela camada. Sem dúvida ele não havia voltado a Londres durante aqueles quatro meses. O cartão que ela havia escrito ainda estava sobre a mesa.

Leu o que tinha escrito: *Se você sentir saudade, me liga, pois sinto sua falta.*

Nem Júlia quisera cooperar com ela; todas as vezes que lhe perguntava por Nicholas, limitava-se a responder que ele não se encontrava. Não viu sinais de outra mulher no apartamento. O saco preto que havia sido deixado sobre a cama desaparecera, bem como o desenho da planta carnívora. Também não estava ali o saco de lixo com a caixa de chá, nem o pote de mel e as flores.

Lamís pressionou a tecla da secretária eletrônica e ouviu a própria voz trêmula, com sotaque árabe; ouviu a voz de uma mulher inglesa, a voz do pai e a do irmão de Nicholas. Voltou a ouvir a voz da mulher, colando o ouvido à máquina para verificar se, naquela voz feminina, havia paixão ou se era uma chamada por motivo de trabalho. Abriu a caixa de chocolate que comprara para oferecer de presente e começou a devorar trufas novamente.

Viu a Bíblia em árabe sobre a mesa e viu também seus grampos de cabelo coloridos que ainda estavam no prato japonês. Leu os envelopes das cartas: propagandas e convites. "Talvez alguma mulher tenha escrito para ele. Talvez ele ame outra mulher." De repente, leu seu nome em um dos envelopes. Quase explodiu de tensão e de pessimismo crendo que eram apenas especificações dos apartamentos e casas enviadas pelo corretor de imóveis, mas ao ver o selo de Omã deu um grito que assustou até os animais bordados na tapeçaria pendurada na parede. Abriu a carta e viu que continha o desenho de uma tulipa sinuosa, como se a estivesse observando com seu olhar volátil e delicado; sobre uma das pétalas havia pólen que parecia espalhar as sementes de seu coração.

Lamís não conseguia adivinhar o que Nicholas queria dizer com aquele desenho, apesar de tentar inutilmente interpretar os símbolos. Começou a procurar debaixo dos livros e das correspondências, até que encontrou, sobre a mesa, vários desenhos iguais àquele. A princípio, não compreendeu que eram esboços das servas devadasis, do santuário indiano, desenhadas a carvão. As deusas, em pé, se movimentavam, inclinadas, sorrindo ou carrancudas, presentes ou ocultas, a depender da sombra do lápis no desenho. Só então se deu conta de que seu rosto estava presente em cada uma delas.

"Será que ele havia feito aqueles desenhos em Omã e os trouxera para Londres? Ou havia desenhado tudo ali, sentado naquela mesa?" Os desenhos eram diversos: pequenos, grandes, completos e incompletos. O coração de Lamís batia de amor, de angústia, de dor e, então, de raiva.

Ele retornara a Londres e não havia ligado para ela. Tinha se sentado ali, naquela mesa, e usado carvão para fazer aqueles esboços que ela acabara de descobrir.

Lamís pensou: "Ele pensa em mim e me transforma em desenhos e reminiscências quando estou a menos de uma milha de distância". Então uma frase lhe veio à cabeça: "Não é um milagre que tenhamos nos encontrado entre milhares de pessoas?". Ele havia lhe dito isso, um dia.

Essa frase acendeu ainda mais a dor e ela se enfureceu com ele. Segurou a cabeça entre as mãos e chorou, desesperada. E não parou de chorar até que ouviu a própria voz sussurrar: "Ele é um homem complicado, Lamís!".

Então, dita essa frase, levantou-se, deixou as chaves do apartamento sobre os desenhos e trancou a porta atrás de si para sempre.

CAPÍTULO NOVE

I

A mulher de Samir encontrou um batom na carteira dele. Ao perguntar o que aquilo significava, ele respondeu:

— Isto... isto é uma ferramenta de trabalho. Eu passo batom nos lábios pra fazer todo mundo rir de mim e pra dar de comer a vocês. *Ya haram*... este é meu fim!

Ela respondeu em seu coração: "O depravado pensa que eu sou idiota para acreditar que batom é sua ferramenta de trabalho? E as calcinhas e os sutiãs?".

Ela sabia de tudo, mas se calava. Temia ouvir a frase "Se não está satisfeita, *maasalama*, tchau, volte pra Beirute". E se ela voltasse para o Líbano, onde viveria e como, com quatro crianças e ainda uma quinta que havia nascido deficiente por causa do estrondo de uma granada enquanto Samir estava em cima dela? Ele estava apavorado e se debatia tentando sair de dentro dela sem conseguir, até que ela o estapeou na cara, gritando: "Diga *Bismillah arrahman arrahim*! Diga *Bismillah arrahman arrahim*!".

Ela não conseguia mais suportar a ausência do marido em casa. Não acreditava que ele estava dormindo na casa de Amira desde a morte de Náhid. Foi até lá para esclarecer essa situação, mas não lhe abriram a porta. Isso reforçou sua desconfiança de que ele havia se casado com outra mulher. Pediu a Amira que jurasse pelo Alcorão que ele não tinha se casado com ela nem com outra mulher. Amira fez o que lhe foi solicitado, contudo a esposa de Samir não acreditou naquele juramento e começou a visitar as igrejas.

Seu filho mais velho contou a Samir que a mãe o havia levado à igreja do bairro em que viviam — tinham se mudado temporariamente para o apartamento de Náhid — e que quando o padre estendeu a mão para cumprimentá-la, ela evitou e colocou a mão sobre o peito, murmurando uma recusa ao cumprimento. O padre disse que a igreja era para todas as religiões, para todos os refugiados e que, uma vez por semana, um jantar era oferecido à comunidade. Em seguida, ele perguntou:

— Você é do Iraque ou da Albânia?

— Não, não... Sou libanesa...

Ela virou-lhe as costas, enquanto tirava do sutiã um papel que havia dobrado até que se tornasse um pequeno quadrado, exatamente como o jogo infantil de papel para prever o futuro e a sorte. Ela leu: *Jean, Jean*, como se com a repetição do nome o padre pudesse adivinhar o que ela estava pensando. Indicava para ele o nome *Jean*, escrito no papel, ao lado de um número de telefone. Chegara a ligar para aquele número mais de vinte vezes perguntando: "Jean, Jean?". E uma voz masculina sempre respondia: "Aqui não tem nenhum Jean". Depois de um tempo, quem atendia ao telefone passou a gritar com ela sempre que ouvia sua voz.

Ela perguntou ao padre:

— Meu marido Samir e Jean se casaram nesta igreja?

Volta ao apartamento pensando numa armadilha para pegar Samir. Escolheu a hora mais adequada: quando ele estivesse acordando. Perguntou se a jaqueta dele precisava ser passada. Levantou-a na frente dele e, então, pegou um papel caído de um dos bolsos. Abriu-o e leu: *Jean, Jean*. Ele não se preocupou em pegar o papel, não corou nem gaguejou, como de costume, mas disse simplesmente:

— O quê, você está aprendendo inglês? Está indo bem.

— Preciso aprender para poder conversar com a tua mulher e me entender com ela. Porque tenho certeza de que você se casou com outra.

— Tadinha da Amira! Com tudo o que ela está fazendo por nós!

Ela lhe mostrou o papel:

— Quem dera fosse a Amira... É essa dona Jean, seu mentiroso!

— É Jason. Isso é nome de homem. Deus me livre e guarde de você!

— De onde você inventou esse nome?

— Você quer falar com o Jason? *Yalla*, me dê o telefone e aquiete seu coração!

— Deixa que eu disco os números.

Depois do almoço, naquele mesmo dia, Samir foi obrigado a sair acompanhado por seu filho mais velho e levar o macaco até o hotel. Não confiava mais na esposa. Seu filho havia lhe contado que vira a mãe colocando sabão em pó na comida de Cappuccino. Disse à esposa que levaria o filho ao dentista, já que sempre que o menino abria a boca e os dentes entravam em contato com o ar frio ele gritava de dor.

— Deve ser só uma friagem — gritou a esposa. — É *haram* gastar dinheiro à toa. Filho, venha aqui, vamos fazer um gargarejo com água e sal que passa.

Mas Amira tinha jurado que não voltaria a falar com Samir se ele não levasse o filho ao dentista. Então foram...

— Filho, você tem que parar de comer doce e açúcar pra seus dentes ficarem bons. Me dá cinco minutos. Eu tenho um compromisso no hotel. E depois eu levo você no dentista. Me espera aqui, perto da banca de jornal.

Samir deu a Cappuccino um caramelo e a seu filho deu três, lembrando-lhe que eram para ser divididos com Cappuccino também, caso o menino precisasse distrair o macaco. Despediu-se deles, deu alguns passos e voltou para confirmar:

— Me escuta, é proibido ter macacos aqui. Proibido, entendeu? Aqui até os cachorros têm carteira de vacinação e o nome deles registrado no computador. Preste atenção, filho: mesmo que ele morda você com toda a força, aguente firme e não o deixe escapar.

O menino balançou a cabeça, concordando:

— Ok, *baba*... não se preocupe. Mas não demore, tá?

Samir virou-se para o filho, enquanto tranquilamente esperava pelo elevador. Não dava para perceber que seu filho estava segurando um macaco. Cappuccino tinha se enrolado no menino do mesmo jeito que sempre se enrolava em seu pai; não era visível, exceto pelo rabo encaracolado, que, embora ele tentasse esconder no bolso do casaco do menino, acabava escapando.

Sem dúvida, o caramelo estava distraindo e deleitando o macaco, que tentava chupar o restante que lhe ficara pendurado no céu da boca, entre os dentes.

Samir entrou no elevador, ajeitando os cabelos, olhando-se no espelho e fazendo uma autoanálise: “Eu virei um viciado”. Já não se sentia feliz, a não ser que estivesse sozinho com outro homem. Mas aquilo não era uma questão de se sentir bem; era questão de ter uma vida, de se sentir tranquilo. Andava tão necessitado desses encontros íntimos com homens que os levava até o banheiro da senhora Cunningham, um lugar seguro, distante do porteiro de Amira e do cheiro dos banheiros públicos. Aquele banheiro era extremamente limpo, havia rosas nos vasos sobre a mesa e sabonetes coloridos em um prato bonito. Todo aquele requinte agradava aos homens ingleses, com exceção do estudante de arte, que preferia pentear os cabelos da senhora Cunningham, caridosamente, a dirigir uma olhadela a Samir. Por isso, Samir havia reservado aquele quarto, imaginando que ele não conseguiria nada com ele se não fosse numa atmosfera refinada.

Samir contou ao jovem que ele pertencia a uma família muito rica, que não fora capaz de adestrar sua paixão para o sexo oposto e tampouco impedir seu gosto por roupas bonitas. Assim, ele se vira obrigado a deixar o Líbano. Ao chegar a Londres, teve que enfrentar outro problema: sua riqueza o fizera perder a fé nas amizades e nas intenções das pessoas, por isso preferia a amizade do macaco à do ser humano. Acreditando em suas próprias mentiras, disse ao rapaz bonito:

— Eu sou dona de muitas propriedades, sou uma mulher riquíssima, vou comprar crocodilo pra você, quer dizer, uma jaqueta Gucci legítima, de pele de crocodilo. Você vai viver no luxo.

— Por acaso você acha que eu sou o carinha do filme *Morte em Veneza* e você é o velho pervertido Dirk Bogarde? Ou você é o Keith Richards, ou um xeique da Arábia que vai apoiar meu talento e me conseguir um trabalho assim que eu me formar?

— O que você está falando? Não entendo nada.

— Você se parece com o Keith Richards.

— Ele é bonito?

— Claro!

— Ok, não tenho tempo, por favor, você... você vai me fumar primeiro, entendeu?

Mas, em vez de fazer o que Samir queria, o jovem caiu na risada enquanto dizia: "Eu já sabia que esta não seria uma hora passada em vão". O estudante de arte nem esperou sair do hotel para ligar e contar aos amigos e à irmã sobre aquela situação patética, repetindo a frase de Samir, *please smoke me*, e o deixando à míngua.

Samir se pôs a pensar: "Deus está se vingando de mim outra vez. Paguei uma grana por este quarto de hotel. Mas não serviu pra nada. Tudo porque não encontrei a frase certa e supliquei 'por favor, por favor' , pedindo que ele me fumasse como um cigarro". O garoto teve um ataque de riso. Não parava de se contorcer de tanto rir. Quando, finalmente, pareceu que ia parar, ele deitou-se de costas e começou tudo de novo. Repetia a frase e caía na risada, enquanto Samir o observava, tentando rir também. "Parece que tem umas cinco pessoas fazendo cócegas na barriga dele; ele rolando e se revirando todo sobre a cama, como se tivéssemos muito tempo pra passar ali e não desse a menor importância para o que temos que fazer. Acho que ele perdeu completamente o desejo."

Samir passou pelo corredor e desceu as escadas onde se encontrava seu filho. Ao ver o pai, o menino gritou a plenos pulmões:

— *Baba*, o macaco fugiu, foi lá pro casamento.

O menino correu em direção ao pai, chorando.

— Que casamento? Deus me livre de você! Como deixou ele fugir? Para onde ele foi?

Sem nem esperar a resposta do filho, Samir correu em direção ao alvoroço, à música e aos grandes buquês de flores, enquanto preparava o que iria dizer: "Eu trabalho no zoológico. Eu sei como capturá-lo. Abram caminho". O barulho da festa no salão do hotel engolia suas palavras, assim como o salão havia engolido o macaco. E o barulho aumentava a cada vez que Cappuccino pulava de uma mesa para outra, dos arranjos de flores aos ramos que cobriam as colunas do salão. A gritaria aumentava, as gargalhadas aumentavam, a noiva chorava e os homens perseguiam o macaco, que subiu no varão de bronze das cortinas.

Samir e seu filho observavam o que acontecia, meio tontos, como se estivessem no meio de um redemoinho.

— Deixa que eu subo. Eu entendo a língua dos macacos.

Mas ninguém o ouvia. Todos os olhos e todos os ouvidos estavam voltados para o macaco e para o homem que havia chegado ao último degrau da escada, até a "torre de controle" de Cappuccino, que se agarrava à cortina. Quando o homem estendeu a mão, o macaco pulou da cortina e caiu sobre a mesa em que estava o enorme bolo de casamento, de vários andares. Cappuccino apressou-se em arrancar pedaços de bolo, como se fossem pedras, que ele comia ou atirava nas pessoas, lambendo os dedos depois.

Samir ficou paralisado por um tempo. Então pegou a mão do filho e disse:

— Vamos, filho. A mamãe está esperando lá fora. Nós não conhecemos esse macaco, entendeu? A gente não conhece ele, nem ele conhece a gente.

Retirou-se, puxando o filho do salão e do hotel. A seguir, correram e não pararam até chegar ao ponto de ônibus. Samir sentou-se e, segurando a cabeça entre as mãos, começou a chorar. Suspirava e chorava, como se tivesse depositado Cappuccino em um brinquedo de um parque de diversões da cidade e fugido. Cappuccino procuraria por ele no meio da multidão, para lhe mostrar suas gracinhas. Queria que ele o ouvisse gargalhar enquanto pulava sobre o bolo, que se parecia com uma casa branca, comendo vorazmente e atirando-o nas pessoas. Eles certamente o capturariam. Samir parou e disse ao seu filho:

— Meu querido, eu não posso viver sem ele. Agora vão pegar ele, prender numa jaula e pode ser até que matem o coitadinho. Podem achar que ele é louco. O que acha? Vamos salvar o macaco? Mas os donos da festa podem me levar pro tribunal. Aí será pior ainda pra ele. Se eu tentar pegar ele, acaba pra mim e pra ele, e pra você, pra sua mãe, pros seus irmãos e pra Amira. Adeus, Cappuccino! Seu cocô já deve estar por toda parte daquele salão. Adeus, *habibi*, você plantaria o mirtilo da minha sepultura e agora deve estar chorando. Vou morrer sem você! Se você soubesse falar, perguntaria de mim. *Alhamdulillah*, você não sabe falar, nem ler e escrever.

Samir não parava de chorar, embora seu filho tivesse se achegado e dito:

— *Baba, baba*, levanta, *yalla*, as pessoas estão olhando. No mínimo eles vão chamar a polícia.

— Mas ele é que é meu filho. Sim, ele é meu filho e não você, sua irmã e seus irmãos. Não sei por que vieram, como vieram, de onde vieram. Eu tinha medo de que todo mundo falasse que eu gosto de homem. Cada vez que a lacraia da minha mulher engravidava, eu me livrava desse medo e do peso na consciência por um ano.

— *Baba*, levante-se, vamos. As pessoas estão olhando pra gente.

— O macaco é que tinha que poder falar e me chamar de *baba*. Ele não se entediava nem se cansava. Toda noite, a gente entrava em três cabarés e três restaurantes e ele embarcava no trenzinho, se transformava em enfermo e pedia dinheiro. E vocês, o que vocês fazem além de comer, cagar e dizer: "Me dá isso, *baba*, me dá aquilo, *baba*"?. Doze mãos estendidas. Aonde quer que eu vá, vejo doze mãos estendidas pedindo coisas! Se eu não entrego nada pra essas mãos, me estrangulam. Antes de todos vocês me seguirem até Londres, eu experimentei a felicidade pela primeira vez na vida.

Não subiram no ônibus até Samir se acalmar, dizendo a si mesmo que Cappuccino já deveria ter sido transportado para o zoológico. No dia seguinte, seria encaminhado àquele local que a mulher inglesa lhe havia informado, fora de Londres, destinado aos macacos.

— Meu filho, me escute. Tenho certeza de que as pessoas que trabalham no zoológico têm coração. Então vou lá falar com eles e, sem dúvida, vão entender por que eu era apegado ao macaco. Não vão me denunciar. Será que vão me deixar brincar com ele? Quem é que sabe? Será que posso comprar ele de volta?

Então o menino colocou a mão no ombro do pai e, apertando-o, perguntou:

— Como vamos viver sem ele, *baba*?

— Deus vai mandar provisão. Meu pai, que Deus tenha piedade de sua alma, dizia: "A gente vale o dinheiro que tem". E eu digo: "A gente vale o macaco que tem". Deus vai mandar provisão.

Em seguida, Samir disse a si mesmo: "Todo mundo ri de mim. Mas quem vai me fazer rir daqui em diante?".

2

Fazia uns vinte anos que rotina e monotonia não se instalavam na vida de Amira. Estava, como de costume, diante do guarda-roupa, indecisa, escolhendo o que vestir. Tomou banho, usou um creme hidratante perfumado no corpo e delineou os olhos com *kohl* preto. Desde que se transformara em princesa, passara a acender *oud* e *bakhur* num incensário que ela posicionava no chão; levantava o vestido sobre o incenso, como se fosse Marilyn Monroe, para que o perfume penetrasse sua roupa íntima e seus poros. Bastava alguém chamar pelo interfone e aquele som lhe despertava uma enorme adrenalina que acordava todas as partes de seu corpo, como se houvesse tomado cinquenta xícaras de café de uma vez. O medo de não encontrar nenhum cliente a levava a ver *flashes* intermitentes, até que recitava a seguinte frase que a acalmava como se fosse um mantra: "Os homens sempre buscam sexo".

Talvez ela devesse se conformar em ficar na praia, pescar inocentes peixinhos e comê-los com voracidade. Mas a ganância de Amira a transformara em um pescador de mar aberto, onde peixes, baleias e enormes tubarões haviam crescido comendo a isca do anzol. O êxito obtido no hotel, algum tempo antes, levou-a a ter certeza de que era extremamente inteligente e esperta, pois havia enganado a Scotland Yard e caçoado do príncipe.

Mas o anjo da guarda que a protegia desapareceu naquela noite. Talvez por causa do frio intenso, Amira estava engolindo a isca que ela própria havia atirado aos peixes grandes. Aquele novo príncipe, a quem ela se dirigia, não era como os príncipes menos relevantes, que nem sequer conheciam os nomes dos parentes de seus parentes, já que as famílias eram muito numerosas. Este era muito minucioso, sobretudo no que se referia a ele, aos seus irmãos e aos membros de sua família. Acreditava na honra e na boa fama. Não hesitava em punir seus parentes jovens quando ouvia histórias escandalosas sobre eles.

Quando ouviu a história de uma prostituta árabe que se fazia passar por uma princesa, com o sobrenome de sua família, ele não riu como os outros nem se irritou. Quis encontrá-la e, por fim, arranjou as coisas para que ela o encontrasse, exatamente como ele queria.

Amira bateu na porta uma vez, duas vezes. Nunca havia dito a Deus que O amava e Ele sempre havia cuidado dela. Lembrou-se de um antigo comentário de Bahiya: "*Alhamdulillah*, eu rezei antes de me embebedar".

Parou ali, de pé, cabisbaixa. Retirou o véu negro que cobria seu rosto até a metade, encobrindo a boca e a pele morena, deixando que seus olhos contassem a história. Exalava *oud* e *bakhur* e sua timidez feminina atraía o homem, a ponto de ele lhe implorar:

— Estou nas suas mãos; me dê de beber, nem que seja uma gota de água.

Mas ela, irredutível, o fazia ver que fortaleza ele era, rodeado pela família e pelos filhos.

— Londres, às vezes, me dá medo — ela murmurou, desviando do olhar dele, toda tímida, sem que lhe explicasse o motivo, já que limitar a conversa a uma ou duas palavras revelava extremo respeito entre membros de uma mesma família. Ela dizia que se sentia extremamente indefesa pelas poucas experiências fora da segurança da família e do seu país. Desejou que, naquele momento, ele se excitasse para que, assim, seu cérebro parasse de funcionar: ela sabia que, quando o membro do homem fica ereto, o cérebro se enterra no chão.

Amira lançou um olhar arrebatador, mas ele não demonstrou ter se impressionado. Para ele, a situação ficava cada vez mais ambígua: suas roupas, seus movimentos, sua voz, seu discurso, seu cheiro... apesar de o registro que ele tinha em mãos afirmar que seu nome era Habiba Almustanaimi. Ela o fazia de idiota, para convencê-lo de sua honestidade e para que ela pudesse continuar com a sua farsa, já que ele estava parado diante dela feito um falcão. Perguntou a ele se poderia usar o telefone.

— Por favor, fique à vontade.

Amira se impunha para que ele, o príncipe, a tratasse com o respeito dispensado a uma princesa. Discou um número e disse:

— Awatif, o que você comeu? Mande o chofer ir ao restaurante Maruch. Sim, daqui a uma hora ele me pega aqui no hotel. E desligue essa televisão.

— Por favor, sente-se aqui.

O príncipe convidou-a para se sentar e perguntou o que ela queria beber. Era a primeira vez que Amira se encontrava com alguém com aquele título e aquela elevada posição. Desejou não estar representando o papel de princesa, mas ser uma princesa de verdade. Ele era de natureza gentil, tinha uma bela voz e uma extrema elegância. Depois de lhe perguntar o que se passava, ela mudou de roteiro. Não lhe diria que precisava de tratamento médico de urgência e que ainda esperava a transferência bancária. Alguns homens não gostavam de se aproximar de uma mulher doente. Por isso, repetiu a história de que seu apartamento tinha sido roubado, acrescentando que seu irmão o iria ressarcir de todos os gastos. Ela tinha certeza de que a questão iria permanecer apenas entre eles, assim que ela se retirasse.

— Quem? O Muhammad?

Ela balançou a cabeça em sinal de timidez.

— Tudo bem. — Em seguida, ele ligou para outro quarto. — Por favor, só um momento.

Não conseguia dominar seus pensamentos e se concentrar na quantia que iria pedir a ele. Não deveria parecer nem muito elevada nem muito insignificante. Imaginava se seria melhor agradecer com um ar de orgulho ou, simplesmente, murmurar algo discreto. Afinal, era obrigação dele ajudar um membro da família, sobretudo uma mulher. Deveria chorar? Deveria contar que o marido a deixara? Reconsiderou. Essa história não teria nada de pungente, já que todos se casam mais de uma vez. Seria interessante dizer que não tivera filhos? Ou que gostava de escrever poesia?

Não, não nesta noite; noutra ocasião seria melhor. Parece que ele não gosta muito de histórias. Era incrivelmente sério.

Também muito sério era o homem que bateu à porta antes de entrar usando sua própria chave. Uma única palavra dita por Amira a havia entregado: a forma como pronunciara "televisão". De repente, o homem começou a lhe dar tapas no rosto, na cabeça, no peito, nos braços... Quanto mais gritava, mais ele batia: nos pés, nas pernas... Amira não sabia onde colocar as mãos. Os tapas aumentavam, como se muitas mãos a estivessem espancando.

Para repelir os golpes, ela cobria o rosto com as mãos, como um lutador que perdera toda a sua força para defender-se e obrigava o adversário a golpeá-lo em um local específico. Abriu os olhos para ver se havia anéis nos dedos do agressor; quando não notou nenhum, respirou aliviada: pelo menos seu rosto não ficaria desfigurado. Parecia que havia muitas pessoas ali: estava nas mãos de seu pai, de seus irmãos, de seus primos, dos vizinhos, dos policiais, dos homens de seu vilarejo. Eles a golpeavam violentamente. Era o que ela temia sempre que visitava o povoado. Se o príncipe tivesse, ele mesmo, batido nela, não teria se sentido tão humilhada, mas Amira não suportava a ideia de que esse guarda-costas se sentisse, com toda aquela arrogância, superior a ela.

"Com certeza o príncipe humilha ele e ele se vinga me humilhando. Ele me bate cada vez mais para se curar da autoridade do príncipe sobre ele." Tinha dito isso para si mesma ou em voz alta? Não sabia. Teria dito, mas não ouvia a própria voz? Nem o príncipe a ouvia, embora Amira soubesse que ele se encontrava ali, pois ela via seus luxuosos chinelos. O homem não parou de esbofeteá-la até que o príncipe limpou a garganta e começou seu discurso:

— *Aíb*! Uma mulher árabe trapaceando. *Aíb*! Na próxima vez, faça-se passar por uma princesa de seu país; não coloque o nome de nosso país em suas mentiras nem em sua degradação. *Aíb*, vergonha!

Amira se deu conta de que não teria forças para se levantar. Então o príncipe pegou os papéis de sua mesa e leu para ela:

— Habiba Almustanaimi — e, nesse momento, Amira, como se fosse uma aluna que escuta seu nome, deu um jeito de se levantar, ainda que com grande dificuldade. — Escute, tudo que diz respeito a você está escrito aqui. O que aconteceu aqui, esta noite, é uma advertência. Cuidado, mas muito cuidado mesmo! Se eu souber que você fez isso de novo...

Eu nem preciso fazer ameaças, porque você sabe o que vai lhe acontecer.

Amira disse umas palavras totalmente desprovidas de sentido. Talvez porque sua boca, de tão inchada, já estava bem perto da orelha. Temia ser obrigada a sair de Londres. Já não conseguia respirar pelo nariz. Encontrou-se perto do elevador, apoiando-se em tudo que pudesse agarrar, com muita dificuldade, até porque o véu preto lhe cobria todo o rosto. Caminhou pelo elegante saguão do hotel, onde havia se tornado uma princesa, para que pudesse andar nele e por outros hotéis semelhantes com todo o orgulho, vestindo roupas caras. As luzes tênues penetravam seus olhos como se fossem agulhas que os perfurassem. Então ela protegeu os olhos com a palma das mãos. Seus pés doíam: possivelmente os batera na mesa ou o homem tinha pensado que estava lutando contra Rocky Marciano. Começou a chorar. Pela primeira vez na vida tinha experimentado a violência dos cafetões e a ira dos homens maus aplicada a seus semelhantes.

Até então, todos os homens a quem vendera seu corpo deixavam seu autoritarismo na porta e sucumbiam ao seu afeto e à sua atenção. Por isso, ela não entendia as razões de as prostitutas de outras nacionalidades se exporem à violência e dependerem dos cafetões ingleses, em vez de procurarem diretamente clientes árabes.

O que mais lhe doía era não ter podido se defender. Essa dor superava as dores do seu rosto, das mãos, dos ouvidos e dos pés. Por que deixou que ele a esbofeteasse se sentia que não merecia apanhar? Mas ele não batera nela com aquela violência toda porque ela havia usurpado o papel de princesa para conseguir dinheiro e transar com suas vítimas. Ele a agredira porque ela era uma prostituta!

Por amizade a um cliente, Amira uma vez aceitou ser entrevistada por um estudante universitário árabe que desenvolvia uma tese de doutorado sobre como a comunidade árabe trazia para Londres tudo de seus países de origem, inclusive a prostituição. Após ter respondido às perguntas feitas por ele, Amira perguntou o que ele faria se soubesse que sua irmã estava trabalhando na mesma profissão que ela.

— Enfiaria uma faca no coração dela, só isso! Inaceitável, inaceitável.

Agora, ela pertencia à mesma classe das outras estrangeiras e inglesas, já que não tinha conseguido proteger seu orgulho e parecia que suas roupas caras e seu relógio de diamantes não haviam servido de nada, e tampouco sua atitude: havia se recusado a transar com iraquianos quando eles ocuparam o Kuwait. Depois, parou de transar com os kuwaitianos por eles terem expulsado de seu país as outras nacionalidades árabes. Até que parou de se intrometer na política, já que as prostitutas não fazem parte da sociedade, não foram criadas num útero materno, nasceram de árvores, sem pais, irmãos, irmãs ou parentes. Uma vez, um cliente ficou chocado quando ela lhe contou que era uma ótima cozinheira, como se ela não estivesse autorizada a exercer qualquer outra função na comunidade.

Estava acostumada a escapar de situações perigosas, então, o que acontecera aquela noite? Sua autoconfiança ultrapassara os limites e isso a fizera perder a noção de sua própria falibilidade. Se deu conta de que todos os homens eram meras fotocópias uns dos outros... Lembrou-se de uma vez em que um cliente, puxando seu cabelo, gritara:

— Eu quero isto... quero aquilo... quer você queira ou não.

— Aceito — ela respondeu. — Você pagou e esta é minha profissão. Mas você está me machucando. Me solte, por favor.

Ajeitou bem o lenço no rosto, recompondo-se, com medo de que sua mãe a visse naquele estado, embora estivessem a milhas e milhas de distância uma da outra. Lembrou-se, então, de como sua mãe, em uma de suas visitas ao Marrocos, a havia acordado bruscamente: "Levante-se, levante-se! Você não pode dormir aqui. É pecado dormir ao lado de suas irmãs puras. Vá fazer sua cama longe delas".

Amira se levantou, com o corpo ainda aquecido pela respiração de suas irmãs menores, que levavam no pescoço a corrente de ouro que Amira havia trazido para elas, com um pingente em forma de Alcorão, também de ouro, em que estava gravado *machallah*, com uma pérola e uma pedra azul. Foi fazer sua cama longe delas, desejando ser pequena como as meninas e não conhecer outro teto além daquele do quarto. A respiração das irmãs a embalou até ela dormir novamente. Mas, assim que se levantou pela manhã, ao ouvir a gritaria da mãe porque o leite transbordara ao ser fervido e sujara o chão, e ao ouvir uma das irmãs batendo na porta do banheiro, apressando-a enquanto ela estava de cócoras, sentiu-se feliz, pois, após o almoço, retornaria a Londres, para sua vida de conforto em que desfrutava de água quente, táxis, perfumes, restaurantes, diversão, serviço de saúde, tudo ao alcance da mão.

Amira amava a mãe e compreendia o fato de ela não querer tocar no dinheiro da filha e de não permitir que nenhuma de suas irmãs o tocasse; deixaria o dinheiro sobre a mesa, esperando que Amira fosse embora e, então, chamaria sua vizinha, uma velha religiosa. Ela subiria as escadas, se sentaria com a *masbaha* entre os dedos, beberia chá, pediria mais uma colher de mel, antes de começar o processo de purificação do dinheiro sujo, lavando-o, não com água, mas com clamores e orações; então, abençoava-o ao deixá-lo sobre o Alcorão fechado, por alguns minutos, antes que a mãe de Amira começasse a desenhar um olho azul sobre cada uma das notas.

O que faria se ela deixasse seu trabalho? Até sua mãe havia parado de lhe pedir que voltasse para o Marrocos e se casasse. Quem seria ela sem sua profissão? Como poderia se retirar agora e recuperar toda a juventude, energia e inteligência que havia dedicado abrindo mão de se tornar uma esposa, uma mãe ou mesmo uma amante? Ela sabia que os homens que a queriam em sua cama estavam, na maioria dos casos, mais interessados em carros de luxo e em casacos caros do que nela. E as mulheres não eram as únicas que se vendiam aos diretores e presidentes das grandes empresas, elas disputavam espaço com homens também.

Amira tentou tranquilizar-se novamente. Lembrou-se de que já tinha caminhado pelo severo frio de Londres sem meias, sem amigas e sem um abrigo, como empregada, indo de casa em casa. Depois de algumas horas, recuperou as forças e as dores excruciantes cessaram. De todo modo, tinha sorte porque era uma mulher livre, não uma inglesa a caminho da delegacia, descoberta pelos faróis do carro de polícia e detida quando tentava pegar algum cliente. Tampouco era uma mulher de um vilarejo distante, vinda, como gado, em um grande ônibus para passar alguns dias em Londres nesses hotéis cheios de baratas. Ela era sortuda, pois nunca fora violentada sexualmente quando criança e nenhum cliente jamais a havia enganado.

Parou um táxi e disse ao motorista que queria ir à mesquita do Regent's Park. Ao chegarem, pediu ao motorista que a esperasse, pois queria apenas perguntar se o corpo de sua mãe havia chegado. Acreditou em sua própria mentira e chorou. O gentil motorista, consternado, disse que iria desligar o taxímetro:

— Demore o quanto for necessário; vou esperar aqui.

Amira deu alguns passos até que lhe ocorreu uma brilhante ideia. Voltou ao táxi, pagou a corrida e deu uma libra de gorjeta ao motorista. Entrou na mesquita. Teve pena da pobre Náhid, que uma vez lhe dissera: "Eu pensava que valia menos que uma piastra, por isso fiz o que fiz".

Chorava por Náhid ou por si mesma? Ela se considerava extremamente inteligente, uma máquina de calcular nata, que multiplicava o tempo por dinheiro ao preço de se deitar cinco minutos com um homem.

O homem sentado atrás da mesa de recepção no vestíbulo da mesquita perguntou como poderia ajudá-la. Ela, por sua vez, lhe perguntou se o corpo de sua mãe já havia chegado. Amira informou o nome de sua mãe e a data do falecimento e, em posse dos dados, o homem desapareceu por uns minutos. Ao voltar, ele se perguntou se ela tinha certeza daquele ocorrido.

— Isso significa que minha mãe não morreu! — e começou a chorar.

— Não quis dizer isso. Sente-se, por favor. Espere um pouco. Aceita um chá?

O nervosismo de Amira desapareceu e ela sentiu-se segura. Bebeu o chá como se saboreasse um doce pela primeira vez. Levantava o véu do rosto para sorver a bebida e voltava a baixá-lo.

Agradeceu ao homem e, levantando-se, disse que talvez tivesse se equivocado com as datas. E, como de hábito, tirou uma nota de dez libras da bolsa e a colocou na mão dele, que lhe agradeceu, dizendo que não havia feito nada.

Saiu no frio cortante, olhando à sua volta. Se alguém a seguira, certamente pensaria que ela havia ido à mesquita para se arrepender. Não viu ninguém, mas precisava se precaver.

Ficou parada por um bom tempo antes de embarcar em um táxi preto. Os outros taxistas não quiseram parar, já que ela trazia o rosto coberto. Inclusive um deles cuspiu em sua cara e outro, antes de saber para onde ela se dirigia, perguntou quanto receberia de gorjeta. A ele, Amira respondeu: *Fuck you*! O homem se mostrou chocado, mas, em seguida, mostrou a ela o dedo do meio. Ela queria, naquele momento, estar em um Rolls-Royce com seu séquito, esperando o início e o êxito final de sua peça de teatro. Essa lembrança do sucesso deixou seu coração pulsando de alegria e fez com que seus pés se movessem com facilidade. Não, não queria que seu estilo de vida desaparecesse, não queria que sua vida voltasse a ser aquela de antes de ela ser princesa, a vidinha da plebe.

Havia se tornado uma mulher digna, solene e tranquila e atraíra o respeito de todos, incluindo o de Wasim e Samir.

Todos a chamavam de "princesa Amira", até mesmo seu parente que viera do Marrocos e se hospedara em sua casa por algum tempo, até encontrar um trabalho, e a vira se comportando como uma princesa, sentada na varanda de seu apartamento a ouvir histórias, divertindo-se com as pessoas que passaram a rodeá-la para tirar vantagem de seus contatos com os generosos homens do Golfo. Um dia, um motorista inglês lhe pediu:

— Alteza, poderia me ajudar a comprar gasolina por um preço mais baixo já que a senhora é do país do petróleo?

Amira o encarou com toda a seriedade e fez uma promessa:

— Eu vou tentar. Você é um homem bom.

Já não desejava caçar homens nos cassinos, clubes e hotéis; os clientes, quanto mais velhos fossem, mais gostavam das mulheres jovens, e Londres estava abarrotada delas. Amira não era mais a atriz de antes, que decorava seus papéis e se adaptava aos outros atores que esqueciam suas falas. Não raro, ela representara a *mammy*, exatamente como a *mammy* com véu que ela vira na Edgware Road. Não conseguia nem queria incitar os demais. Não se interessava por nada a não ser seus próprios assuntos.

Samir ficou desesperado quando viu o estado de Amira. Ela lhe disse que havia torcido o pé e caído de cara no chão. Mas, quando ele lhe trouxe uma compressa de gelo dentro de uma toalha e a colocou em seu rosto, Amira começou a chorar feito uma criancinha. E, como a criança que ainda não sabe falar direito, restringiu-se a apontar para seu rosto e dizer:

— Ai de mim! Ai de mim! Ai de mim!

Depois de Samir implorar que ela contasse o que realmente havia acontecido, Amira mudou a versão inicial, contou que havia batido num poste e caiu na risada. Então, finalmente, relatou que havia se encontrado com um príncipe ciumento que tinha ordenado ao seu guarda-costas que a espancasse, enquanto ela não cessava de dizer quanto ele era atraente, principalmente pelo perfume de suas vestes... e por suas palavras.

— Você está delirando, *ya* Amira! Você está delirando! Que Deus a proteja! Tem muita gente com inveja de você.

Samir a levou até a cama e a fez deitar-se:

— Não fique com medo, Amira. Se você tocar a areia, ela vira ouro.

Ela fechou os olhos e sussurrou para si mesma:

— O que é que eu vou fazer a partir de agora? O quê?

3

Quando havia neblina, a torre da BT ficava parecendo um foguete e suas luzes fracas viravam fogo. Lamís acreditava que a torre a conduzia, em meio aos bairros e avenidas, como um farol que guia os barcos em sua direção. Finalmente, ela chegou feliz porque não precisara pegar um táxi nem tivera medo de se perder. Parou diante da BT, ou melhor, diante de sua base, erguendo o olhar até onde conseguia enxergar. Tudo começa num determinado ponto. Os engenheiros haviam parado onde a torre se encontra agora e dito: "Aqui". Ver aquela torre, em plena luz do dia, era como remover do seu olhar a fantasia que Lamís havia projetado nela. A partir daquele momento, quando voltasse a olhar a torre à noite, ela lhe pareceria uma construção normal, com funcionários entrando e saindo, como se fosse qualquer outro edifício.

Entra e pergunta:

— É possível subir até o topo?

— Não. O acesso não é aberto ao público.

— Mas é muito importante para mim.

— Ligue para o setor de informação. Aqui está o número.

Lamís percebeu que não havia falado com a pronúncia inglesa correta, embora, uns minutos antes, tivesse conversado em perfeito inglês britânico com uma turista estadunidense que lhe havia perguntado pela Oxford Street: tinha engolido as letras "r" e "e" da palavra *here*; ela disse *I dare say* e acrescentou um *actually*. Lamís esforçou-se para deixar claro que vivia "aqui", que a turista era de "lá", que conhecia a rua paralela à que elas estavam e que sabia o que se podia comprar em cada loja daquela quadra. Exatamente como havia se sentido quando os ônibus de turistas paravam, no início de dezembro, e expeliam ingleses de fora de Londres que vinham fazer compras, sob os enfeites natalinos, na Regent e na Oxford Street. Ela caminhava entre eles, orgulhosa, vendo-os segurar mapas e pensava: "Coitados, são forasteiros em Londres".

Apenas naquele mês, dezembro, ela via os ingleses fazendo compras em grupos e não sozinhos, como de costume. Estavam em família, com amigos e vizinhos, segurando sacolas. No verão, ao contrário, via as inglesas em seus vestidos Laura Ashley e sandálias em estilo romano, subindo nos ônibus como se subissem escadas de templos.

Lamís lembrou-se do rosto da professora de pronúncia inglesa, Alisson, e de sua gata. A professora gargalhava ao contar à sua nova aluna: "A iraquiana quase se engasgou com o pedaço de madeira que havia colocado na boca para empurrar sua língua e conseguir pronunciar a letra 'r'".

Lamís chegou ao internato Montessori, em frente à Selfridges, num posto de votação. Olhou a estátua de uma mulher segurando um relógio na entrada das lojas. Antes, quando ela e o filho se dirigiam à escola, sempre que soava a hora, eles costumavam parar no meio do caminho e levantar e abaixar as palmas das mãos unidas a cada batida da hora. Dessa vez ela entrou sozinha na escola, olhou para a parede da entrada, à sua direita, onde ficavam os cabides para os casacos dos alunos, com etiquetas indicando seus nomes, entre os quais estava o nome de seu filho, Khalid, ao lado da foto de seu cachorro. Viu a sala de aula: um cômodo pequeno de paredes brancas, com muitos desenhos feitos pelas crianças e, sobre as mesas baixas, frutas e animais coloridos feitos de massa de modelar. Não viu a estátua de São Marcos em bronze, nem o piano, nem as mesas e cadeiras marrom-escuras, e sim cadeiras e mesas novas de várias cores, empilhadas de um lado, dando espaço às urnas de votação.

Quando matriculou Khalid nesse internato, foi obrigada a ficar com ele por dez dias porque não queria vê-lo chorar toda vez que ela estava prestes a sair. Quando a senhora Lubbock lhe sugeriu continuar com o menino até que ele se acostumasse com a escola, ela aceitou a ideia de imediato: qualquer lugar distante de sua casa era o paraíso, mesmo que fosse entre vinte crianças tossindo, lambendo catarro e fazendo xixi na roupa.

Ela participava de todas as atividades: lendo histórias de crianças, cantando canções infantis, aprendendo a segurar tesouras e a dar brilho em potes prateados... Se não tivesse se distraído tanto, pensando por que não aprendera tudo aquilo durante sua infância, teria aprendido a pronúncia correta das letras inglesas aos dezoito anos, quando a senhora Lubbock a elogiou pela paciência e disposição de permanecer sentada, presa ali por três horas; naquele momento, Lamís esteve a ponto de lhe responder que estava feliz porque estava aprendendo e sentia-se segura.

Como as coisas tinham mudado! Pensara que aquele lugar era eterno e seguiria igual... pensava que seu filho permaneceria com a mesma idade, como os pés das meninas chinesas presos em sapatos apertados.

Disse, de repente, à moça do balcão de informações:

— Meu filho estudou nesta escola.

A moça olhou para ela com olhos sonolentos e esboçou um sorriso. Quando saiu, uma senhora parada à entrada lhe entregou um panfleto da associação de moradores do bairro. Lembrou-se de que aquela senhora era a mãe de uma criança que também frequentara a escola, cujo apelido era "Ameixa", porque era cheinha como a fruta. Lamís se dirigiu a ela para conversar e a mulher fingiu que se lembrava de Khalid, perguntando em que escola ele estudava agora; em seguida, a mulher tentou saber em quem Lamís havia votado. Mas só o que importava a Lamís era sentir-se inglesa e a política e em quem votara eram secundários.

Caminhou e leu o panfleto que solicitava às autoridades que aceitassem que fosse dada prioridade aos habitantes da região para estacionarem seus carros, mesmo aos domingos, já que as centenas de lojas da Oxford Street abriam suas portas nesse dia. A igreja de Saint Marcus estava precisando de uma grande ajuda financeira. Seguia a discussão, ainda inflamada, sobre o bar que perturbava o sono dos moradores. O panfleto ainda lamentava o fechamento de uma agência de correios, que fora transformada em uma loja de camisetas de algodão e os moradores temiam que a rua perdesse sua beleza.

Finalmente, Lamís leu uma nota sobre Rose Dunn, a mulher de 103 anos que vivia no apartamento em cima do mesmo quarto onde ela viu a luz pela primeira vez. Rose nasceu no dia da estreia da *Patética* de Tchaikovsky, cresceu na década em que Wilbur Wright realizou o primeiro voo e em que morreu Oscar Wilde; foi testemunha de duas guerras mundiais e assistiu aos reinados de seis rainhas e reis. Nos últimos anos, vivia num tempo em que não se viam mais vendedores ambulantes de *muffins* nem ursos dançando nas ruas e convivia com a poluição e o barulho dos motores, em vez de ouvir as batidas dos cascos dos cavalos.

"Qual é o meu papel em tudo isto?", Lamís pensava enquanto caminhava, até que parou diante do prédio onde vivia Rose Dunn. "Onde estou em tudo isto? Em que posso contribuir para esses lugares, além de minha confusão, do barulho dos meus passos e do meu voto na urna? Não faz diferença alguma? Como posso chegar ao coração de um homem e fazer com que ele sinta a minha presença?"

Viu que tudo o que lia não lhe interessava e sentiu-se angustiada. Uma pomba entrou na lata do lixo. Lamís ficou preocupada, achando que a pomba não conseguiria sair dali e ficaria presa. Mas ela voou em liberdade. Era, então, ali que vivia Rose Dunn, pensou Lamís, observando o prédio: "A entrada não é proibida. Ao contrário, porque não sou daqui, posso me enfiar onde eu quiser, posso como uma águia sobrevoar e pousar em qualquer ponto que eu queira, e dizer: aqui vou me assentar e viver, não como Rose Dunn, que nunca deixou o lugar onde nasceu".

Voltou ao seu apartamento e ligou para a torre da BT.

— Por quê? — indagou a apressada voz inglesa.

— Porque eu quero ver Londres do alto.

— Então, é por uma razão sentimental? Desculpe, sinto muito, mas não é possível.

— Não vai demorar mais do que alguns minutos... o escritor inglês Jonathan Raban, em seu livro...

— Tanto faz um minuto quanto uma hora, quer dizer, um segurança vai ter que acompanhá-la e outro vai ter que... não... desculpe, não é possível. Sinto muito. *Bye*.

O autor Jonathan Raban, em seu livro *Arábia*, subiu no mais alto edifício de Sanaa, no Iêmen. Sem dúvida, o guia iemenita que o conduziu sentiu-se orgulhoso por esse inglês querer contemplar do alto a beleza de Sanaa. Como queria ser inglesa se ainda mantinha uma mentalidade árabe? Era impossível que um funcionário inglês pensasse assim: "Vou permitir a esta mulher estrangeira, que ligou dezenas de vezes, subir até o alto da BT". Há muitos estrangeiros que são fascinados pelos pontos históricos das cidades modernas, como aquela asiática que se infiltrou em um dos escritórios da Scotland Yard, em Londres, saindo dele com um capacete de guerra e uma armadura de plástico sem que ninguém a visse. Ou Samir, que achava que seu macaco poderia escalar o relógio da Fortnum & Mason e fazer com que ele acabasse conhecendo o sr. Mason e o sr. Fortnum pessoalmente, como um macaco que ficara famoso por ter roubado uma antena de televisão na Nigéria.

"A torre me guia como um farol guia a embarcação errante." Essa comparação havia surpreendido os funcionários do escritório da BT, por isso um deles retornou a ligação de Lamís: "Nós preparamos tudo. Por favor, peço que traga um documento de identidade".

"Então os ingleses são como os árabes: abrem exceções em suas leis quando querem!"

A sala de espera da torre da BT se assemelhava a um bar em plena luz do dia. Um ponto amarelo no tapete, que não queria se sentir sozinho, se misturava com as outras cores, cinza e azul. O ascensorista levou Lamís até o 34º andar e lhe contou que não sentia tonturas por causa da velocidade e que seus ouvidos não entupiam com a altura. A guia destinada ao passeio abriu a porta para Lamís e a deixou parada diante do céu. Então Lamís compreendeu o porquê do orgulho do ascensorista. Ali estava ela, parada diante do céu, contemplando os raios do sol que se espalhavam com grande justiça e equilíbrio por toda a Londres: se fossem medidos pelos cientistas, eles descobririam que todos os raios eram iguais.

Agora, Lamís sabia como o sol iluminava Londres, e que o céu tinha uma pele que a protegia. Sentiu como se fosse ver Deus na forma de um homem, como Ele aparece nas pinturas sacras, com a luz emanando das pontas dos dedos, como filetes de água que tivessem sido congelados por centenas de anos.

Havia prédios por toda parte, que se estendiam e se erguiam como cactos no deserto e nas planícies dos filmes de caubóis no Velho Oeste. Notou alguns prédios que teriam passado despercebidos de seu olhar: suas janelas eram como olhos delineados com *kohl*, com rímel nos cílios para deixá-los mais longos, as pálpebras pintadas de rosa, deixando-as mais encantadoras, como se arrancadas de um quarto de dormir para ir a uma festa de carnaval. As luzes de neon, azuis e alaranjadas, eram mechas de cabelo. Via os arranha-céus da região de Canary Wharf; o mais alto deles se destacava, todo iluminado e feliz por não estar sozinho. Observava as cúpulas azul-turquesa, esverdeadas pelo musgo. A Torre de Londres pegava na mão de seu irmão para que ele não caísse. A grama separava a torre do resto, ressaltando as áreas verdes e o rio que a empurrava, abrindo espaço para correr tranquilo. Mas Lamís não conseguia ver nem patos, nem cisnes porque os olhos de sua imaginação a faziam ver seu filho Khalid, uma flor desabrochada na casa de seu pai, cheia de homens, cada um sentado sobre sua próstata aumentada, como as contas das *masbahas* que traziam entre as mãos. Também imaginou Khalid jogando no computador e nas máquinas de jogos eletrônicos: conforme ele jogava, o dinheiro jorrava, ele enchia os bolsos e sua avó o elogiava. O Iraque, naquele apartamento, se transformou em uma palavra que havia nascido e morrido entre as muralhas daquele país distante, no espaço e na memória.

Seu olhar voltou-se para os prédios, que respiravam desde o mais alto topo, ao contrário dos prédios de Nova York, que respiravam desde as bases.

Percorreu com os olhos a região do Victoria e viu Nicholas examinando os seus desenhos e lhes perguntando por que Lamís havia deixado as chaves sobre eles.

Perguntava-se onde se encontrava o bairro de Anita, que não tinha sido capaz de responder às mensagens telefônicas de Lamís e, quando por fim respondeu, interrompeu Lamís no exato momento em que ela iria contar que Nicholas a deixara e disse: "Como as histórias de amor são chatas e sem graça! Eu detesto ouvir gente falando de problemas sentimentais".

Lamís, então, tentou descobrir onde ela mesma vivia atualmente. Olhou o enorme mapa fixado na parede e localizou os edifícios: Roundhouse, o Zoo, Baker Street... Em seguida, checou o número e reconheceu a praça e os prédios, inclusive a bandeira de um consulado que ficava na frente de seu prédio; viu a parte de trás do edifício onde morava e identificou a cor do telhado e a boquinha pintada com os lábios abertos: ali era a janela de seu quarto. Quem poderia adivinhar que o quarto era quase vazio, apenas com a cama, alguns cabides e as roupas, e que no banheiro estavam seus cremes, os sabonetes e as toalhas? Imaginou-se em seu quarto a observar a torre e, da torre, observava seu quarto. Lá estava ela, uma pedra encalhada no rio, enquanto a corrente de água fluía... Ninguém observava da janela daquela maneira, a não ser o solitário estrangeiro que deixava seu olhar se perder em direção aos lugares em que ele pousa e dos quais voa, como se esses lugares dessem as boas-vindas e se despedissem de seus visitantes. Viu-se sem casa e sem dinheiro e, reunindo toda a sua coragem, pensou em entrar numa floricultura para pedir um emprego.

Lamís saiu da torre, depois de ter recebido de presente, do balcão de recepção, uma caixa de chocolates e um livreto sobre a BT com seu nome escrito na capa. Já na rua, abriu a caixa e comeu um telefone de chocolate branco e depois um outro, escuro e com um delicioso recheio. Abriu o livreto e descobriu que ele continha um certificado de que Lamís subira 158 metros sobre Londres, na data de... Esbarrou em um homem que segurava um copo plástico com café e o copo caiu sujando os sapatos dele. Ela se desculpa, dizendo:

— Me perdoe, estou literalmente nas nuvens. Eu estava na torre.

— Não tem problema. A vista é mesmo fascinante.

— Muito.

— Não sabia que o restaurante tinha sido reaberto ao público.

— Não, não... é que eu queria ver Londres do alto.

Seguiu caminhado e pensando: “Eu queria ver Londres como a palma de uma mão, deitada, imóvel, sem passado e sem presente ou sem que o passado esteja apegado ao presente: a Torre de Londres, seus altos muros, o rio e os edifícios da região sul. Eu vi tudo isso isolado, sem estrangeiros, sem idiomas diferentes, sem rainha, sem mendigos nem polícia de trânsito”. E, de repente, toda a Londres desapareceu assim que ela cobriu os olhos com as mãos. No momento, quando pode ver novamente, vira pontos coloridos, crianças jogando basquete na quadra de uma escola, as cores e as roupas se mesclando como se vivessem juntos sobre um círculo de cores.

Correu para o apartamento como se quisesse remover uma pedra do sapato: tinha que abrir o restante das caixas que ainda estavam no *hall*. Abriu a primeira e por uns instantes mergulhou em sua vida passada, que se esvanecia. Continuou abrindo uma caixa após a outra, até que o passado que se aninhava nelas morreu. Pegou o caderno de inglês e leu os exercícios de pronúncia sentindo que não conseguira mudar de língua. Como poderia confundir a palavra inglesa *dishwasher*, que significava "lavadora de pratos", com a palavra árabe *wachwacha*, que queria dizer "cochicho", embora as duas se parecessem foneticamente, exceto pela letra "r", como lhe havia ensinado a professora? Como ela poderia repetir esta palavra, *wachwacha*, uma palavra árabe que esconde segredos, sem se recordar de quando descia até o porão com passos silenciosos, feito um gato, para ir cochichar no ouvido do pai para que ele parasse de tocar o alaúde e, então, o pai já sabia que o avô tinha vindo visitá-los?

Agora tinha seu passaporte inglês na bolsa e mesmo assim ela se sentia uma forasteira. Aqui ela estava à margem. Com certeza Dalal, Samira, Belquis, Fátima, Zaynab e a outra Lamís, suas colegas da escola que, como ela, deram à mesa de estudos o apelido de *rihla*, "excursão", essas colegas com quem tomava leite, comia bolos e engolia as vitaminas de fígado de bacalhau em Najaf agora chacoalhavam as árvores e cavavam a areia para alimentar seus filhos. Ela poderia estar na mesma situação, suada e chorando, tentando curar com beijos seus filhos doentes.

Quando criança, sonhava em ser enfermeira. Roubava gazes da escola e isso bastava, até que seu pai lhe prometeu que ela estudaria medicina; mas ele esqueceu-se de sua promessa. E depois que abandonaram a casa, ela também se esqueceu, ao terem que procurar outra casa, entre os vales, nos cumes das montanhas ou nas terras desérticas.

Quando pararam perto de uma colina, Lamís protestou perante sua mãe insistindo que deveriam completar sua jornada até "lá", com a teimosia de uma criança que pressentia que ninguém sabia ao certo onde era esse "lá".

Agora Lamís sentia que estivera dormindo durante todos aqueles anos e que acabara de despertar para descobrir que ainda tinha doze anos e que seu filho, da mesma idade, lhe perguntava onde ficavam a Patagônia e Queensland, o país de Peter Pan. Seu filho também perguntava se a Somália era um país árabe e ela tentava dissimular a vergonha de sua ignorância e culpava o fato de ter deixado o Iraque, de ter frequentado escolas precárias e de ter se casado tão jovem.

— Você tem algum certificado escolar do Iraque ou do Líbano que comprove seus estudos?

— Não, nada.

— Então, faça as disciplinas do nível A e, quando for aprovada, você entrará na universidade.

— Em uma escola com alunos muito mais novos do que eu?

— Há escolas para pessoas adultas como você. Você não informou em que área quer se especializar.

Lamís calou-se. Como poderia ela saber? Sentia que realmente tinha doze anos, exatamente a idade em que deixara a escola no Iraque, para entrar, vez ou outra, em escolas de que quase nem se lembrava de tão ruins já que, como os demais refugiados, dependia da ajuda de organizações e de partidos políticos. A responsável pela inscrição percebeu a hesitação de Lamís; então, sorriu, encorajando-a, e disse:

— Certo. Esta é uma pergunta muito prematura. Nós temos aqui um quadro com recortes de jornal. Tente ler alguma coluna do quadro antes de ir embora.

Lamís agradeceu, procurou o quadro de recortes, achou a coluna do jornal e leu o seguinte:

The Independent,
segunda-feira, 29 de novembro de 1999.

Francis Hill, uma secretária de trinta e sete anos, superou os jovens de dezoito e obteve a maior nota na disciplina Língua Inglesa do nível A. Francis Hill, que abandonou a escola aos dezesseis anos para trabalhar em uma fábrica, amanhã receberá uma medalha de prata.

EPÍLOGO

Em árabe, a expressão *lisáni dáfi'*, literalmente, "minha língua é calorosa", significando que não revelo segredos, pode ser traduzida para o inglês como "minha língua é boa de beijar".

E foi assim que Samir a traduziu, declarando-se a John, o policial, querendo, na verdade, dizer que de sua boca não saíra nenhuma palavra inconveniente quando ligou para a delegacia perguntando por ele.

— Não percebe, Samir, como você fica me paquerando sem parar em todos os lugares? Eu não quero que ninguém fique sabendo, principalmente pelas libras que recebo de você! Se não for assim, está tudo terminado, ou eu vou me ferrar!

Samir respondeu:

— Claro que todo mundo sabe! Quando eu vi pela primeira vez o Rock Hudson no filme *Confidências à meia-noite* eu disse pra ele: "Sai dessa! Sai. Você, minha linda, Johnny Guitar, malvada".

Amira conseguiu esvaziar os pneus localizados na cintura e também um pouco do volume arredondado de seu traseiro.

Está tendo um relativo êxito em reduzir seu peso depois que começou a comer coalhada com umas substâncias que dão a sensação de estômago cheio. Voltou ao trabalho, não como princesa em situação crítica, mas como espectadora daquilo que havia acontecido àquela princesa. Os clientes riam, se divertiam e pediam a ela que repetisse uma determinada frase ou aquela história de quando enganou o serviço secreto inglês, ou um milionário, o xeique, o tal príncipe, além do velho, ou seja, todos que pensavam ser ela uma princesa. Desse modo, suas aventuras com homens importantes e poderosos foram correndo de boca em boca e os clientes vinham ansiosos para ouvir o que ela tinha a contar e como debochava do orgulho daqueles homens. Contava como havia dito a um deles: "Você dorme com uma mulher ou com uma nacionalidade?"; e para outro: "Você dorme com uma mulher ou com seu título?"; e a outro ainda: "Não lhe fiz um favor encarnando o papel de sua parenta? Imagina então se você realmente aproveitasse a oportunidade da frágil situação de sua parenta e fizesse com ela o que fez comigo! Com que cara você ficaria quando voltasse ao seu país?".

Dedicava-se a entretê-los, acreditando que havia perdido a inocência. Ela deveria acreditar no amor, o amor do seu noivo, aquele que a deixou por causa da mobília do quarto. A mãe dela prometera dar de presente aos noivos um jogo de quarto, mas não cumpriu a promessa. E quando ela ouviu a mãe do noivo dizer: "Sem móveis, sem casamento!", sentiu uma raiva enorme de tudo e um desprezo ainda maior. Pensou em tirar a própria vida, ou sair de seu vilarejo, abandonar a pobreza e aquele noivo para, algum dia, retornar extremamente rica. Saiu e seu noivo, por muito tempo, continuou a escrever para ela: "Com lágrimas nos olhos e o fogo da boca", segundo ele mesmo dizia. "Se eu tivesse acreditado no amor dele, agora não estaria com medo da vida", pensou Amira.

Samir entrou com uma bandeja cheia de corações de alface e anunciou a Amira:

— Vão fazer você dormir feito morta.

Inclinou-se e desconectou o telefone, antes de apagar a luz.

— A luz a gente entende! Mas o plugue do telefone?

— É pra você dormir e eu também. Tô cansado, muito cansado.

Depois da morte de Náhid, Amira insistiu com Samir para que ele a chamasse de Náhid, e ele respondeu:

— Com uma condição: que você me chame de Cappuccino.

Cappuccino havia sido adotado pelo Mundo dos Macacos, em Dorset.

E Samir, de quem Amira se tornara tão próxima, como irmãos, feito unha e carne, havia se mudado para viver com ela assim que sua família retornou a Beirute. Ele começou a trabalhar sem parar, circulando pelas ruas onde havia estacionamento de carros para vigiar os parquímetros. Quando via que o tempo da vaga estava chegando ao limite, apressava-se e alimentava o parquímetro com algumas libras e esperava o dono do carro aparecer para lhe dizer como os céus o haviam enviado no momento certo e que, se não fosse ele, o guincho da polícia de trânsito travaria as rodas do carro e o motorista seria obrigado a pagar por volta de cem libras. O dono do carro era então poupado de um grande problema e, em reconhecimento, lhe dava dez libras, às vezes até vinte. Além disso, à noite, Samir circulava pelos cabarés árabes, entretendo os clientes com histórias de Cappuccino, encenando o papel do macaco e o seu, ao mesmo tempo: o que Cappuccino fizera no casamento, o que ele fez na...

Amira rolava na cama, sem conseguir dormir. A verdade é que queria comer mais um coração de alface. Levantou e escutou Samir ao celular conversando com uma agência de acompanhantes, enquanto sussurrava:

— Vocês têm algum homem como aqueles atletas que aparecem na TV nos Jogos Olímpicos? Vocês viram, esta tarde, um jovem forte, correndo em...? Meu Deus, como se diz salto em altura em inglês, "salto mecânico", será?

Amira riu. Ligou a luz do *hall* e Samir, agachado, deu um salto e sussurrou para a agência:

— Falo com vocês daqui a cinco minutos.

Algumas semanas se passaram desde a ida de Lamís ao apartamento de Nicholas, em Pimlico. Ela estava ocupada com várias coisas. Viciou-se em comer chocolates e em ligar diariamente para seu filho. Depois de sua visita à torre da BT, passou a se dedicar às aulas, aos deveres de casa e também a seu trabalho — ela agora era florista numa floricultura famosa por sua originalidade. Vivia feliz entre os vasos, as flores e os perfumes, realizando o trabalho que se propusera a fazer quando decidira mudar-se para Dubai, mas com uma diferença: agora estava entre flores e cores que desconhecia e sentia o perfume de muitas delas pela primeira vez na vida, enquanto, em Dubai, estava cercada de ramos e flores secos, sem veias e sem oxigênio.

Uma manhã, a carta que ela recebeu, com um selo inglês, fez seu coração disparar e virou sua vida de cabeça para baixo.

Querida Lamís,

Descobri que a devoradora de insetos, na verdade, é uma planta tímida, cujo apetite é apenas por sabores agradáveis, e não como foi descrita: planta atroz devoradora de carne! Mas a que mais me faz lembrar de você é a tulipa que lhe enviei. Enfim, quero explicar, ou melhor, me desculpar pelo meu comportamento, pelo qual ainda pago um alto preço. Minha imensa vergonha é o que me impede de ligar para você.

Um amante sempre afirma taxativamente que sua amada entrou em seus sentidos e em sua vida passada, e que testemunhou seu nascimento. E eu, por exemplo, até agora nunca vi seu cabelo molhado, nem suas mechas frisadas que você mencionou.

Nunca pensei, antes de conhecê-la, que eu quisesse ter uma relação estável. Tinha chegado à conclusão de que eu ainda era muito jovem para me ligar a uma única mulher e me satisfazer com ela. Estava certo de que iria olhar para outras mulheres. Eu lhe contei da Liz e das muitas outras. Não quero, agora, repetir o clichê: "Não sei o que aconteceu comigo quando conheci você", quero dizer que sei exatamente o que ocorreu comigo quando encontrei você. De repente, passei a ter trinta e cinco anos de idade, a ser matéria criada para a fusão. E meus olhos se transformaram na bússola que me guiou até você. Me senti, pela primeira vez, como no passado, quando me sentava diante do telescópio para estudar as estrelas e os planetas. O medo não me controlaria, como fez quando decidi deixar a astronomia: então a questão da existência criou um sentido, como as cicatrizes que marcam os corpos. E o que comumente se diz sobre o humano não ser nada mais que uma gota no oceano e um grão de mostarda no campo me afetou profundamente, de tal forma que fiquei paralisado, como se estivesse pregado à cadeira, sem nunca mais poder sair do lugar.

Nos últimos tempos, enquanto fazíamos amor, algo mudou: a satisfação, a comunicação e o encontro de almas foram substituídos pelo sentimento de perda e de insegurança. Comecei a vê-la como uma turista que tinha vindo a Londres nas férias e que estava decidida a desfrutar seu tempo de aventuras e de sonhos que não tinham relação alguma com a vida que levava em seu país. Conhecer um inglês, exatamente como faz a turista inglesa quando viaja em férias para países de sol e praia, sentindo a plena liberdade para seguir seus desejos com algum nativo por um momento passageiro. No seu caso, com um homem inglês que é identificado como parte de Londres. E, assim que terminam as férias, ele se torna um fantasma ou uma pessoa numa foto perto do Big Ben, ou melhor, no portal do palácio da rainha-mãe, o portal que você tanto adora.

Eu sentia que nosso relacionamento era um fardo para você e que eu a pressionava, a tal ponto que você se viu obrigada a mentir. Você continuou a me enganar, me fazendo crer que realmente queria começar uma nova vida comigo e se mudar para um lugar só nosso. Duas gotas no oceano ou dois grãos de mostarda num campo.

Descobri que eu atacava você sempre que percebia que não estávamos seguindo um único caminho, um único destino, e que eu sempre quis me colar a você, mais e mais, porque não queria que você me tirasse de uma gaveta que você puxou para fora do guarda-roupa, num dado local e numa certa hora, para me devolver à escuridão do armário quando as condições não fossem adequadas: um ex-marido, uma ex-sogra, a comunidade árabe inteira. Não vou nem mencionar o Khalid, porque lhe prometi que não me meteria entre vocês dois. Mas como eu gostaria de conhecê-lo!

Eu sentia que havia questões que você pretendia pensar a respeito e resolver, e sei que a minha presença atrapalhava isso.

Levava-a por uma direção talvez contrária à que você queria. Para resumir, minha presença tornava as coisas mais complicadas e mais nebulosas. Talvez, agora você me acuse de não ter sido sincero, pois não lhe pedi que escolhesse entre vivermos juntos e nos separarmos. Mas, como podia exigir de você que tivesse por mim algum sentimento, quando eu é que tomei a iniciativa e comecei esse amor?
Não respondi às suas cartas porque temia que elas mascarassem o amor e ele não fosse nada mais do que a sensação de perda, de hábito, de ausência, orgulho, desafio ou, até mesmo, de curiosidade. Além do mais, você continua vivendo no apartamento do seu ex-marido... Quem sabe talvez até deseje voltar para ele. E eu reconheço que fui possessivo e impaciente, mas quem ama sempre o é. Eu sei que agi precipitadamente, mas quem ama é precipitado. Se eu não fosse possessivo nem precipitado eu teria sido um bom amante?

Nicholas

P. S.: Estou em Omã. Pedi a alguém que postasse minha carta no correio de Londres... uma trapaça, só para você abri-la.

Nicholas estava tão perto que ela podia sentir sua presença no quarto, na cozinha. De repente, escutava a chave girando na fechadura. O tão esperado Mahdi voltou... Quando Lamís estudou, na aula de religião, o desaparecimento de Mahdi no porão da mesquita de Samara, perguntou ao seu avô: se Mahdi aparecesse, sua mãe o puniria porque ele se escondera e não dissera onde estava, ou ela se lançaria sobre ele e o beijaria, feliz por seu retorno?

Londres vai dormir sem tirar a roupa do dia, sem se banhar. Somente às sete horas da manhã, quando boceja através da neblina, os trabalhadores começam a limpá-la: recolhem o lixo, as garrafas de cerveja vazias jogadas nas portas dos restaurantes e dos bares. Assim ela se prepara para se converter em um Narciso que vê sua imagem refletida nas vitrines de suas lojas, na grama verde e impecável, nas flores e nas árvores (que, por sua vez, olham para as nuvens) e nas estátuas ornamentadas dos prédios que se saúdam mutuamente.

Lamís ligou para a Sotheby's para ter certeza de que Nicholas ainda estava em Omã. Temia não o encontrar, ou melhor, temia que ele estivesse voltando para Londres a bordo desse mesmo avião que a levava a Omã e se sentaria nesse mesmo assento. Deixaria para ele, no bolso do banco à frente, um bilhete para o qual ele não estenderia a mão? Tinha certeza de que não o encontraria em Omã. Provavelmente, ele teria ido à praia, dar um mergulho no mar, com os membros do clube de natação e não voltara, ou talvez o visse de longe, sentado sob um coqueiro, com uma inglesa a seu lado.

Segurou os sachês de sal e de pimenta e leu em árabe: *milh* e *bhar*; em seguida, segurou um sachê de papel-alumínio e leu: *mandil muatar*, "lenços perfumados". Sentiu um grande carinho por todas aquelas palavras. Ela realmente cogitara, um dia, substituir seu idioma até que desaparecesse tudo o que herdara, ou seja, não veria, não ouviria, não falaria e nem respiraria?

Na última aula de inglês, Lamís confidenciou à professora:

— Se realmente há uma Rainha das Palavras, por favor, me ajude, pois me parece que eu perdi até o idioma árabe.

A professora adorou a maneira como Lamís lamentou a perda de sua língua materna e lhe pediu:

— Não perca sua língua porque é o que distingue você de nós.

Lamís havia perguntado algo à professora, quando uma mosca enorme entrou na sala pela janela entreaberta e seu zumbido transportou-a a Najaf:

— Por que o zumbido dela é único... seja em solo inglês ou em solo árabe? Por que não se fala uma língua única no mundo?

O avião sobrevoava as negras montanhas de Mascate, de modo que Lamís não escutou a música clássica que tocava no carro de Nicholas naquela tarde, enquanto ela descia das alturas; uma melodia que devolvia para dentro do carro o aroma do *luban* que impregnava as roupas dele, já que o belo hotel Albustan costumava acender *bakhur* dia e noite. Nicholas não estava sozinho naquela noite: a mulher tunisiana, de belas formas e radiante sorriso, estava ao seu lado. O ótimo inglês dela trazia vivacidade à conversa, que transitava entre assuntos sérios e fofocas sobre os trabalhadores ingleses, ou entre política interna e externa, em função de seu trabalho de redatora em uma revista semanal inglesa. Entretanto, apesar da privacidade que o ambiente romântico propiciava aos solteiros, fazendo com que homens e mulheres desejassem se aproximar uns dos outros, Nicholas se absteve de flertar com a tunisiana. Ele a acompanhou até o quarto dela, onde se despediram, mas ela voltou e foi bater na porta do quarto dele. Nicholas não abriu. Ao contrário, apagou todas as luzes e se sentou no escuro.

O avião se aproximava do golfo de Omã. Lamís prometeu a si mesma que não se preocuparia em pronunciar as palavras corretamente nas conversas; faria uma tradução simultânea do árabe ao inglês, mesmo que sua lógica parecesse ziguezagueante. Não evitaria nenhum assunto por medo de que sua explicação precisasse de um vasto vocabulário, de sinônimos que ela não poderia encontrar em inglês ou de palavras difíceis de pronunciar. Imitaria Samir, que sempre fazia trocas, como, em vez de "et cetera, et cetera", dizia "en setra en setra", e ainda colocava a expressão "nisso" depois de toda frase.

Na última noite antes do seu desaparecimento, Nicholas tentou conversar com Lamís sobre a relação dos dois; queria ouvir seus planos para o futuro. Foi extremamente sincero quando disse a ela: "Não quero uma aventura, quero um compromisso, quero uma vida estável", enquanto ela, sentada, olhava para as linhas coloridas do tapete tentando imaginar se cada cor chegava até a borda e como as cores se misturavam. Mas ele não descobriu a resposta, pois não ousou pensar na pergunta.

Ela pegou os livros de história e de inglês e os colocou de volta na sua bolsa. Leu a primeira frase da redação pela qual recebera a maior nota da sala: "Devo me sentar agora e escrever que Londres é um aspirador que absorve seu próprio ar".

Olhou pela janela do avião, viu as montanhas irregulares, as costas azuis, as casas brancas e a areia. Notou um sinal de mais, à caneta vermelha, ao lado da nota A. Tinha sido feito por Khalid, que, no verso daquela página, escrevera a lista de coisas que havia pedido que ela levasse de Omã, ou melhor, de Dubai. Isso se ela tivesse coragem de parar lá em seu retorno a Londres.

Preparou-se para o pouso. Pegou seu passaporte, o mesmo que fora encontrado pelo passageiro inglês, Nicholas, aquele que a fez voltar aos países árabes. O homem que veio de lá, do verde Atlântico... o Mar das Trevas.

Agradecimentos

Agradeço a Eve Arnold e a Carmen Callil por sua ajuda e seu apoio inestimáveis.

Agradeço à Leighton House e à British Library — especialmente ao Departamento de Acervo Oriental e Indiano —, por me permitirem consultar manuscritos raros, e à British Telecom, por ter me levado à torre da BT.

GLOSSÁRIO

Abaia	Túnica longa feminina.
Achura	Celebração realizada pelos muçulmanos xiitas em homenagem ao dia do martírio de Hussain Ibn Ali, neto do Profeta Muhammad.
Ahlan wa sahlan	Saudação árabe que significa "bem-vindo".
Aíb	Literalmente, "vergonha".
Alhamdulillah	"Graças a Deus."
Allahu akbar	"Deus é maior."
Azan	Chamado islâmico para a oração.
Auzubillah	"Eu me refugio em Deus"; "Deus me livre". A fórmula completa é: *Auzubillah min achaytan arrajim*, literalmente, "Eu me refugio em Deus contra o maldito Satanás", e equivaleria à expressão latina: "*Vade retro Satana*".
Ayni	Literalmente, "meu olho", expressão atribuída a pessoas queridas.
Baba	Forma carinhosa de dizer "pai".
Babati	Maneira carinhosa de um pai se referir à filha.

Bakhur	Incenso queimado em forma de lascas perfumadas. Aqui, refere-se ao incenso típico do Omã.
Bibi	"Vovó" (forma carinhosa usada no Iraque).
Basmala	Fórmula da oração *Bismillah arrahman arrahim* ("Em nome de Deus, o Misericordioso, o Misericordiador").
Dichdacha	Túnica longa masculina.
Eid Aladha	Festa do Sacrifício, quando os muçulmanos celebram a disposição de Abraão para sacrificar seu filho Ismael.
Fidwa	De *fadwa*, literalmente "sacrifício", mas no dialeto iraquiano é atribuído a mulheres com um sentido de "preciosa", "querida".
Habib	"Querido", "amado".
Hadith	Conjunto dos ditos atribuídos ao Profeta.
Hajj	Título atribuído ao crente muçulmano que realizou a peregrinação a Meca. Também usado como forma de tratamento para com os mais velhos.
Halal	Literalmente, "permitido", "autorizado"; usado para qualificar um ato realizado segundo os preceitos islâmicos.
Hamam	Tradicional banho turco.
Haram	Literalmente, "proibido"; usado para qualificar qualquer ato realizado em desacordo com os preceitos do Islã.
Haydar	Ritual de autoflagelação praticado na Achura.
Helu	Literalmente, "doce"; referência a algo agradável, bonito, encantador.

Hijab — Véu utilizado pela mulher muçulmana para cobrir os cabelos.

Huri — De acordo com a fé islâmica, cada uma das virgens prometidas aos homens islâmicos bem-aventurados.

Inchallah — "Se Deus quiser."

Jalabiya — Túnica tradicional egípcia.

Jidu — "Vovô" (forma carinhosa usada no Iraque).

Kohl — Produto extraído da estibina, usado, desde tempos antigos, no Oriente Médio, na Ásia e no Norte da África, como delineador de olhos e cílios, tanto por homens, como por mulheres e crianças.

Luban — Incenso extraído da seiva da árvore Boswellia sacra, encontrada na região do Dhofar, no Omã.

Maasalama — Literalmente, "com a paz". Expressão usada no contexto de despedida.

Machallah — Literalmente, "o que Deus quis"; expressa apreciação, contentamento por uma pessoa ou evento.

Mahdi — De acordo com a escatologia islâmica, xiita e sunita, o redentor que com Jesus (Issa) livrará o mundo do erro, da injustiça e da tirania.

Majnun Layla — "Louco por Layla", antiga história de amor de origem árabe, semelhante à de Romeu e Julieta. Dedicada pelo poeta Qais Ibn Al-Mullawah à sua prima Layla Al-Amiriya, serviu de inspiração a muitos escritores e artistas muçulmanos.

Marhaban — Saudação que pode significar "oi" ou "bem-vindo".

Masbaha	Tipo de rosário usado pelo fiel muçulmano nas orações, meditações e pedidos de auxílio.
Mulukhiya	Folhas de planta da espécie das malváceas consumida no Oriente Médio e no Norte da África. É geralmente cozida e dá nome ao prato preparado com suas folhas. No Brasil, é conhecida como "espinafre do Egito" ou "espinafre árabe".
Oud	Literalmente, "madeira", mas aqui faz referência à fragrância amadeirada presente em perfumes e no incenso.
Subhanallah	"Glorificado seja Deus."
Ya	Partícula vocativa da língua árabe.
Yalla	"Vamos!"

Este livro foi composto em Scala e impresso sobre papel
Avena 70 g/m^2 pela gráfica Exklusiva em novembro de 2022.